Patricia Moyes

»...daß Mord nur noch ein Hirngespinst«

DuMont Buchverlag Köln

Die Deutsche Bibliothek – CIP-Einheitsaufnahme

Moyes, Patricia:
».. . daß Mord nur noch ein Hirngespinst«/Patricia Moyes.
[Aus dem Engl. von Manfred Allié. Hrsg. von Volker Neuhaus].
– Köln: DuMont, 1992
    (DuMont's Kriminal-Bibliothek; 1038)
    Einheitssacht.: Murder fantastical ‹dt.›
    ISBN 3-7701-2423-5
NE: GT

Umschlagmotiv von Pellegrino Ritter
Aus dem Englischen von Manfred Allié

© 1967 Patricia Moyes
© 1967 William Collins Sons & Co Ltd
© 1988 by Chivers Press
© 1992 der deutschsprachigen Ausgabe by DuMont Buchverlag Köln
Alle deutschsprachigen Rechte vorbehalten
Editorische Betreuung: Petra Kruse
Die der Übersetzung zugrundeliegende englischsprachige Originalaus-
gabe erschien 1988 unter dem Titel »Murder Fantastical« bei Chivers
Press in Abstimmung mit der Autorin und Henry Holt and Co., USA
Satz: Froitzheim Satzbetriebe, Bonn
Druck: Rasch, Bramsche
Buchbinderische Verarbeitung: Bramscher Buchbinder Betriebe

Printed in Germany   ISBN 3-7701-2423-5

Mein Traum, daß Mord nur noch ein Hirngespinst,
Erschüttert meine schwache Menschheit so,
Daß jede Lebenskraft in Ahnung schwindet,
Und nichts ist, als was nicht ist.

Macbeth, I. Akt, 3. Szene

Kapitel 1

Es war ein herrlicher Septemberabend, warm und golden, und alles sprach dafür, daß das schöne Wetter sich halten würde. Im Garten von Cregwell Manor in der Grafschaft Fenshire summten die Bienen schläfrig zwischen den rostroten Chrysanthemen umher. Überall herrschte heitere Gelassenheit, und niemand auf den drei Morgen, die die Mauern des Gartens umschlossen, war heiterer als der Hausherr selbst – Sir John Adamson, Polizeichef von Fenshire. Er war eben mit dem Rasenmähen fertiggeworden und entspannte sich nun in einem Schaukelstuhl auf der Terrasse.

So war er denn alles andere als erfreut, als er das aufdringliche Klingeln des Telefons vernahm, das aus dem offenen Fenster seines Arbeitszimmers herüberdrang. Doch ein Polizeichef ist niemals außer Dienst. Pflichtbewußt, wenn auch widerstrebend, erhob Sir John sich von seinem bequemen Platz und trottete durch die Balkontür hinein.

»Cregwell 32. Adamson am Apparat.«

»Sind Sie das, John? Meine Güte, bin ich froh, daß ich Sie erreiche. Hier ist Manciple. George Manciple.«

Diese letzte Information, die der Anrufer noch hinzufügte, war überflüssig. Sir John hatte den leicht irischen Tonfall in der Stimme auf Anhieb erkannt und seinen Nachbarn identifiziert, den Bewohner und Besitzer von Cregwell Grange.

»Hallo, George«, sagte er. »Schön, von Ihnen zu hören.«

Das entsprach nicht ganz der Wahrheit. Nicht daß Sir John etwas gegen Major Manciple gehabt hätte. Im Gegenteil, er hatte ihn stets für einen sympathischen und unterhaltsamen Menschen gehalten – bis vor kurzem. Doch jetzt drängte sich ihm der starke Verdacht auf, daß Manciples Anruf nicht rein geselliger Natur sein könnte, und er gestattete sich in Gedanken einen bescheidenen Fluch.

»Verzeihen Sie, wenn ich Sie um diese Zeit noch belästige, John«, ließ Manciple sich vernehmen. »Es geht um diesen Burschen Mason. Ich fürchte, diesmal kommen wir nicht darum herum. Sie werden Scotland Yard verständigen müssen.«

Es kostete Sir John einige Anstrengung, Ruhe zu bewahren. »Also hören Sie, George«, entgegnete er, »ich weiß, daß Mason Ihnen Scherereien gemacht hat, und es tut mir aufrichtig leid – aber Scotland Yard, das wäre wohl doch...«

George Manciple schien die Unterbrechung gar nicht zu bemerken. Er fuhr fort: »Verstehen Sie, der Bursche war Gast unter meinem Dach. Hat sich selbst eingeladen, versteht sich, aber man darf auch nicht kleinlich sein. Und deshalb fühle ich mich natürlich verpflichtet. Und Violet ebenfalls. Alles Menschenmögliche muß unternommen werden. Das verstehen Sie doch, nicht wahr? Alles Menschenmögliche. Keine halben Sachen.«

Diesmal war Sir John an der Reihe, sich nicht um Manciples Monolog zu kümmern. »Wie ich schon sagte«, fuhr Adamson mit Bestimmtheit fort, »ich weiß nicht, womit er Sie diesmal wieder verärgert hat, aber es ist Freitagnachmittag, nach sechs, und ich würde vorschlagen, daß Sie sich ein Gläschen eingießen und die Beine hochlegen und sich die Sache in aller Ruhe durch den Kopf gehen lassen. Montag wird schließlich immer noch früh genug sein, um –«

»Ich verstehe nicht, was Sie da sagen, John.« Manciple klang verwirrt. »Sie werden mir doch nicht raten wollen, bis Montag nichts zu unternehmen?«

»Genau das will ich.«

»Aber John, mein Lieber – was soll ich denn mit der Leiche machen? Ich kann sie nicht bis Montag hier liegenlassen. Das würde Violet gar nicht gefallen. Und Maud auch nicht.«

»Die Leiche? Wovon reden Sie denn da? Was für eine Leiche?«

»Masons Leiche natürlich. Hören Sie mir denn überhaupt nicht zu, John? Natürlich, wenn Sie darauf bestehen, behalte ich ihn bis Montag hier, aber ich finde –«

Sir John begann den Boden unter den Füßen zu verlieren und suchte nach etwas, woran er sich halten konnte. Schon früher war es ihm bei Gesprächen mit George Manciple oft vorgekommen, als ob sie auf eine irritierende Weise jegliche Logik auflösten, so wie Sonnenschein den Nebel auflöst.

»Nun erzählen Sie mir ganz genau, was geschehen ist, George«, sagte er.

»Aber das habe ich doch. Der Bursche war bei uns zu Besuch, deshalb fühle ich mich ja verpflichtet. Und Violet ebenfalls. Thompson meint, man müsse sich an Duckett wenden, aber damit habe ich mich gar nicht erst abgegeben. ›Ich rufe Sir John an‹, habe ich gesagt.«

»Ich nehme an«, entgegnete Sir John mit bewundernswerter Selbstbeherrschung, »daß Sie mit ›Thompson‹ Doktor Thompson meinen und daß der Doktor Ihnen geraten hat, sich an Sergeant Duckett in Cregwell zu wenden, an die Polizeiwache im Dorf. Habe ich recht?«

»Natürlich haben Sie recht. Das ist doch wohl nicht schwer, oder? Ich muß schon sagen, Sie machen ja ganz schön Wind um so eine einfache Angelegenheit, John. Ich kenne in Cregwell keinen anderen Duckett, es sei denn, Sie meinen den alten Henry Duckett, den Tierarzt. Aber der wohnt in Kingsmarsh.«

Sir John schluckte. »Warum«, fragte er, »hat Dr. Thompson Ihnen geraten, sich an Sergeant Duckett zu wenden?«

»Na, er kann sich ja wohl kaum selbst erschossen haben, oder? Das ist doch klar.«

»Sprechen Sie von Raymond Mason?«

»Aber natürlich. Großer Gott, John, ich gebe mir doch nun wirklich alle Mühe, es Ihnen zu erklären. S i e sind derjenige, der alles durcheinanderbringt, mit Ihrem Gerede von Tierärzten. Sie sagen also, ich soll Masons Leiche bis Montag hierbehalten und nichts unternehmen –«

»Ich habe nichts dergleichen gesagt!«

»Doch, das haben Sie. Aber ich kann mir nicht helfen, ich glaube, das ist keine vernünftige Idee.«

»George«, sagte Sir John, »würden Sie mir bitte einfach erklären, was vorgefallen ist?«

»Aber das tue ich doch. Mason kam heute nachmittag vorbei – fragen Sie mich nicht nach der Uhrzeit, ich war unten am Schießstand, aber Violet wird Ihnen das sagen können. Ich weiß nicht einmal, weshalb er kam – vermutlich, um uns Scherereien zu machen, darauf können Sie Gift nehmen –, aber weiß Gott, ich sollte so etwas nicht über den armen Kerl sagen, nun da er tot ist. Also, es läuft darauf hinaus, daß er erschossen wurde, als er mit seinem riesigen Automobil von unserem Haus abfuhr. In der Auffahrt.

Mausetot, sagt Thompson, obwohl wir das zu dem Zeitpunkt natürlich noch nicht wußten. Violet hat Thompson gerufen, und seitdem hört Thompson nicht auf, uns zu predigen, daß wir Sergeant Duckett verständigen müßten. Aber ich habe nein gesagt. Ich sagte: ›Ich werde Sir John anrufen.‹ Und ich glaube, ich muß auf Scotland Yard bestehen, John. Und behaupten Sie nicht, das könnten Sie nicht – Sie können es, das weiß ich. Das habe ich in einem Buch gelesen. Der Polizeichef kann den Yard hinzuziehen. Stimmt das etwa nicht?«

»Schon, aber –«

»Na also, dann ist doch alles klar. Wir verlassen uns darauf, daß Sie den besten Mann kommen lassen – ich denke, Sie werden schon wissen, wen Sie anfordern müssen. Na, ich muß schon sagen, das ist eine Erleichterung.«

»Was ist eine Erleichterung?«

»Nun, daß Sie die Verantwortung für die ganze Sache übernehmen. Mir fällt ein Stein vom Herzen. Jetzt kann ich Thompson sagen, daß Sie sich um den Fall kümmern und daß Scotland Yard jeden Moment eintreffen wird. Sehr anständig von Ihnen, John. Ich weiß das zu schätzen.«

»Nun aber mal langsam, George!« Zu seinem Verdruß bemerkte Sir John, daß er die Stimme erhoben hatte. Ja, er brüllte beinahe. »Ich übernehme für gar nichts die Verantwortung! Das muß alles seinen geregelten Gang gehen –«

»Muß w a s gehen? Nuscheln Sie doch nicht so, John.«

»Seinen g e r e g e l t e n G a n g !«

»Oh. Oh ja. Natürlich. Deswegen habe ich Sie ja angerufen.«

»Der geregelte Gang, George, verläuft in diesem Falle über Sergeant Duckett und die Kriminalpolizei in Kingsmarsh. Ich erfahre offiziell von der Sache erst, wenn ich deren Berichte bekomme.«

»Natürlich, natürlich. Das verstehe ich vollkommen, John. Ich werde gleich Duckett Bescheid sagen. Ich habe ja nichts dagegen, daß alles seinen geregelten Gang geht, nun, da ich mit Ihnen gesprochen habe und alles geklärt ist. Aber es wäre doch Unsinn gewesen, Duckett anzurufen, bevor ich mich mit Ihnen abgesprochen hatte, oder?«

»Zum hundertsten Mal, George – nichts ist abgesprochen. Ich werde warten, bis der Polizeibericht kommt, und dann entscheiden, was zu tun ist.«

»Natürlich. Natürlich. Solange wir uns einig sind, daß Sie –«

»George, würden Sie bitte auflegen und Sergeant Duckett anrufen?«

»Aber gewiß doch. Bitte um Entschuldigung, daß ich Sie mit meinem Geschwätz aufgehalten habe. Kann mir ja vorstellen, daß Sie unverzüglich mit dem Yard Kontakt aufnehmen wollen. Auf Wiederhören, John – und haben Sie vielen Dank.«

Sir John legte den Hörer auf und kehrte in der Absicht auf die Terrasse zurück, sich wieder seiner Pfeife und seinem Bier zu widmen, bis der geregelte Gang ihn auf den Plan riefe – aber es hatte keinen Sinn. Die Abendruhe war dahin. Er beschloß, nach oben zu gehen, um ein Bad zu nehmen und sich für den Empfang des Detective-Inspektors aus Kingsmarsh ein wenig angemessener anzuziehen.

Während er sich im warmen Wasser ausstreckte, war Sir John in Gedanken bei Raymond Mason, der nun tot auf Cregwell Grange lag, noch nicht einmal zwei Kilometer von hier. Er konnte nicht behaupten, daß er den Burschen gemocht hatte. So beflissen Raymond Mason auch versucht hatte, den Landedelmann zu spielen, war es ihm doch niemals gelungen, in der Gesellschaft von Cregwell Fuß zu fassen. Er paßte weder zu den Adamsons und den Manciples mit ihren Herrenhäusern noch zu Dr. Thompson oder Reverend Herbert Dishforth; aber auch nicht zur gemütlichen Gesellschaft der Bauern – zu Tom Rudge und Harry Penfold und wie sie alle hießen. Es konnte indes überhaupt keinen Zweifel daran geben, wo Mason seinen Platz zu finden gehofft hatte – er hatte aus seinem Ehrgeiz keinen Hehl gemacht, zum »Landvolk« zu gehören, wie er die Adamsons und Manciples zu deren Leidwesen zu nennen pflegte.

Das war natürlich schlichtweg unmöglich. Sir John hoffte zwar, wie er nicht müde wurde zu beteuern, daß er kein Snob sei – doch war dies eine vergebliche Hoffnung. Es war undenkbar, daß er eine wirkliche Beziehung zu jemandem unterhielt, der nicht nur Geschäftsmann war, sondern dessen Geschäfte überdies von so unseliger Natur waren. Ein Buchmacher, also wirklich! Kein schlechter Kerl, auf seine Weise, und großzügig – aber eben nur ein Buchmacher. Nicht, daß es heutzutage noch eine Rolle spielte, welchem Stande jemand angehörte, selbstverständlich nicht, und dann und wann lädt man den Burschen sogar zum Abendessen ein, und man hofft natürlich, daß man kein Snob ist, aber . . .

Darüber, wie Mason gelebt hatte, bevor er nach Cregwell kam, wußte Sir John nur sehr wenig. Mason hatte sich oft und mit Genugtuung einen »Selfmademan« genannt – aber er hatte niemals näher ausgeführt, wie er dieses interessante Kunststück zustandegebracht hatte. Sicher war nur, daß er Gründer und Eigentümer der Firma Raymond Mason, Wettbüro, war, deren Londoner Geschäftsräume nach bescheidenen Anfängen im East End mittlerweile ein schmuckes Domizil in Mayfair gefunden hatten. Vor vier Jahren hatte Mason – damals Ende Vierzig – es sich leisten können, einen Geschäftsführer einzustellen, sich zur Ruhe zu setzen und seinen Traum vom Leben als Landedelmann zu erfüllen. Zwar fuhr er ein paarmal die Woche nach London, um alles im Auge zu behalten – aber Cregwell sollte von da an sein Zuhause sein und sein Leben das eines waschechten Herrn vom Lande.

Major George Manciple hatte ihn zunächst durchaus willkommen geheißen, denn durch den Erwerb von Cregwell Lodge – dem alten Pförtnerhäuschen der Grange – und zweier Morgen Land dazu hatte er die Familie Manciple aus einer prekären finanziellen Lage befreit. Der Verkauf der Lodge war nur ein weiterer Schritt in jenem anscheinend endlosen Kampf gewesen, den George Manciple schon seit Jahren focht – dem Kampf, seinen Familiensitz im Angesicht der Inflation intakt zu halten. Ja, ging es Sir John durch den Kopf, damals hatte der alte George Manciple ganz und gar nichts gegen Mason gehabt, er hatte einiges Aufhebens um seinen rundlichen, aalglatten Nachbarn gemacht und ihn dem ganzen Dorf präsentiert. Eigentlich hatte sich ihr Verhältnis zueinander erst in jüngster Zeit verschlechtert.

Worum genau es bei diesem Streit ging, wußte Sir John nicht. Aber offenbar hatte Mason begonnen, gegen Manciple zu intrigieren, und Manciple wurde nicht müde, sich darüber bei seinem Freund, dem Polizeichef, zu beklagen. Mason hatte Beschwerde gegen Manciples privaten Schießstand auf dem Anwesen erhoben, der laut und gefährlich sei; Mason hatte Manciple beschuldigt, ihm ein altes Wegerecht auf seinem Grundstück zu verweigern; Mason hatte Manciple bei Sergeant Duckett angezeigt, weil er in der Dämmerung eine einsame Straße hundert Meter weit hinuntergeradelt war, ohne sein Fahrrad ordnungsgemäß zu beleuchten; Mason hatte alte Urkunden über das Land, auf dem die Grange stand, ausgegraben, um damit zu belegen, daß Manciples neue Garage unrechtmäßig erbaut worden war; Mason hatte . . . und immer so weiter.

»Nun aber mal ehrlich, George«, hatte Sir John eingewandt, »es muß doch einen Grund geben für all das. Was ist denn bloß in den Burschen gefahren? Warum führt er sich so auf? Was haben Sie getan, das ihn so in Rage bringt, hm?«

Doch auf diese durchaus vernünftige Frage hatte er niemals eine befriedigende Antwort erhalten. Und nun war Raymond Mason tot, und niemals wieder würde sein weißer Mercedes-Benz – selbstverständlich mit dem Kennzeichen RM 1 – durch Cregwell dröhnen, zum Schrecken der Hühner und zur Freude der Kinder; niemals wieder würden diese kurzgliedrigen, manikürten Hände in der Bar des Viking Inn eine Brieftasche voller Fünfpfundnoten hervorziehen, im Bestreben, sich zu kaufen, was man nicht kaufen konnte – dazuzugehören zu den Grüppchen zufriedener Biertrinker, zu jener Dorfgesellschaft, die so schlicht und anheimelnd war für jeden, der in sie hineingeboren worden war, und so unendlich kostspielig und kompliziert für jeden Außenseiter.

Nun kam der beunruhigende Umstand hinzu, daß Mason eines gewaltsamen Todes gestorben war. All das ungereimte Zeug, das George da von Scotland Yard geredet hatte . . . er hatte doch wohl nicht andeuten wollen, Mason sei ermordet worden? Doch wenn nun . . . aber Sir John vertrieb den unangenehmen Gedanken aus seinem Kopf. Was im Augenblick zu tun war, war, aus dem Bad zu steigen, sich abzutrocknen und anzukleiden und dann die Nachrichten abzuwarten, die ihn auf dem geregelten Gang erreichen würden.

Und so kreuzte denn zur gegebenen Zeit Detective-Inspektor Robinson aus Kingsmarsh mit sorgenvoller Miene und einem Bündel von Papieren in Cregwell Manor auf, um dem Polizeichef die Fakten vorzulegen.

Raymond Mason war gegen halb sechs in seinem weißen Mercedes nach Cregwell Grange gefahren. Er hatte Mrs. Manciple aufgesucht und mit ihr gesprochen, war dem Major, der sich an anderer Stelle des Grundstücks auf seinem Schießstand aufgehalten hatte, jedoch nicht begegnet. Kurz vor halb sieben hatte er sich wieder verabschiedet; nach wenigen Metern war der Wagen jedoch ohne ersichtliche Ursache stehengeblieben, und er war ausgestiegen, um nach dem Grund zu sehen. Was dann geschah,

13

war nicht ganz eindeutig zu ermitteln. Offenbar hatte er irgend-eine Gefahr gespürt, denn er hatte etwas gerufen. Unmittelbar darauf war ein Schuß gefallen und Mason tödlich getroffen neben dem Wagen zu Boden gestürzt. Die einzige Augenzeugin – abge-sehen vom Schützen selbst – war Miss Dora Manciple, die neun-zigjährige Tante des Majors. Sie war Mason aus dem Haus ge-folgt, in der Hoffnung, ihn einzuholen, um ihm einige Traktate über Spiritismus mitzugeben. Ihre Aussage war dem Anschein nach etwas unklar; aber Mason war offenbar hinter dem Wagen hervorgekommen, hatte mit den Armen gerudert und einen Laut ausgestoßen, als sei er über etwas erschrocken. Dann war er tot umgefallen.

Bei einer Suche am Tatort hatte sich eine Waffe – vermutlich die Tatwaffe – im Gebüsch an der Hauswand gefunden. Wie sich herausstellte, handelte es sich um eine der Armeepistolen, mit denen Major Manciple seine Schießübungen machte. Sie wies kei-nerlei Fingerabdrücke auf – man hatte sie offenbar sorgfältig ab-gewischt. Ein einziger Schuß war daraus abgegeben worden.

Die Untersuchung des Wagens ergab, daß er durch eine Dieb-stahlsicherung, die Mason erst vor kurzem hatte einbauen lassen, fahruntüchtig gemacht worden war. Es handelte sich dabei um einen unter dem Armaturenbrett versteckten Schalter, mit dem die Benzinzufuhr unterbrochen wurde, so daß ein Dieb nur ein paar Meter weit fahren konnte, bis das Benzin im Vergaser aufge-braucht war. Es war höchst unwahrscheinlich, daß Mason diese Sicherung eingeschaltet hatte, als er den Wagen in der Auffahrt der Manciples stehenließ, und schlechterdings undenkbar, daß er, selbst wenn das der Fall gewesen sein sollte, dies so vollkommen vergessen haben konnte, daß er die Motorhaube öffnete, um nach der Ursache der vermeintlichen Panne zu suchen.

Die Schlußfolgerung, sagte Robinson melancholisch, sei unver-meidlich, daß sich jemand am Wagen zu schaffen gemacht habe, um Mason zum Anhalten in der Auffahrt zu zwingen – wo er dann die perfekte Zielscheibe für jeden abgab, der sich im Gebüsch versteckt hielt. Zog man zusätzlich in Betracht, daß die Waffe sorgfältig abgewischt worden war und niemand in der Grange sich dazu bekennen wollte, den Schuß versehentlich abgefeuert zu ha-ben . . . nun, so deutete alles auf Mord hin.

»Ich glaube, das ist ein Fall, bei dem wir den Yard hinzuziehen sollten«, sagte Sir John.

Robinson stieß einen tiefen Seufzer der Erleichterung aus. »Der Ansicht bin ich auch, Sir John. Wir haben einfach nicht die Möglichkeiten. Am besten überläßt man so etwas den Experten.«

Was er meinte, war, wie Sir John sehr wohl wußte: »Am besten überläßt man das einem Außenstehenden. Schließlich sind es Ihre und meine Freunde. Insbesondere die Ihren.«

»Genau«, bestätigte Sir John. »Wir haben nicht die Möglichkeiten.«

Und so kam es, daß Henry Tibbett, Chefinspektor der Kriminalabteilung bei Scotland Yard, seine Pläne aufgeben mußte, am Wochenende mit Freunden in Sussex segeln zu gehen, und statt dessen ein Zimmer im Viking in Cregwell nahm. Für seine Frau Emmy war das natürlich eine Enttäuschung, doch ihre Laune besserte sich ein wenig, als ihr einfiel, daß eine alte Schulfreundin einen Arzt namens Thompson geheiratet hatte, der in Cregwell praktizierte. Folglich buchte Henry ein Doppelzimmer und erlaubte Emmy, unter der Bedingung mitzukommen, daß sie sich aus allen polizeilichen Ermittlungen heraushielt. Die beiden trafen am Freitagabend einige Minuten vor Mitternacht in dem Gasthaus ein.

Kapitel 2

Am Samstagvormittag, nach einem langen und herzlichen Gespräch mit Inspektor Robinson und Sergeant Duckett und einer ernsten Stunde, die er damit zugebracht hatte, die Leiche des verstorbenen Mr. Mason sowie dessen Automobil in Augenschein zu nehmen, begab sich Tibbett nach Cregwell Manor, um dort den Polizeichef zu treffen.

Beide Männer sahen dieser Begegnung mit Spannung entgegen. Sir John hatte schon viel von Chefinspektor Tibbett und seiner intuitiven Art der Ermittlung gehört, seinem »Riecher«, wie Henry zu sagen pflegte. Sir John hätte dem Treffen nicht mehr entgegenfiebern können, hätte es sich um die Begegnung mit einem Filmstar oder einer bekannten Persönlichkeit aus der Politik gehandelt; doch als es schließlich so weit war, konnte er sich selbst nicht verhehlen, ein klein wenig enttäuscht zu sein. Dieser unauffällige, hellblonde Mann mittleren Alters... sympathisch, kein Zweifel, und seinen tiefblauen Augen entging so schnell nichts... entsprach ganz und gar nicht Sir Johns Vorstellung von Scotland Yards bestem Mann. Wirklich enttäuschend.

Henry seinerseits war sehr gespannt auf den Polizeichef gewesen – oder, genauer gesagt, darauf, was dieser von Masons Tod halten würde. Doch Sir John zeigte eine seltsame Abneigung, überhaupt über die Angelegenheit zu reden, und vor allem wich er aus, sobald die Sprache auf die Familie Manciple kam.

Nachdem er sich ausführlich geräuspert hatte, begann er schließlich: »Tja also, Tibbett, George Manciple hat mich heute früh angerufen. Wir sind nämlich Nachbarn, müssen Sie wissen... also, die Sache ist so – George ... Major Manciple ... würde sich freuen, wenn Sie heute in Cregwell Grange zu Mittag essen würden... zum Kennenlernen sozusagen. Nur im engsten

16

Familienkreis. Deswegen wollte ich auch nicht, daß Sie Ihren Sergeant mitnehmen oder ... oder sonst jemanden. Dann haben Sie
die Möglichkeit, selbst ... sich ein eigenes Bild zu machen ...« Sir
John hielt inne und zupfte sichtlich verlegen an seinem grauen
Schnurrbart. Schließlich setzte er hinzu: »Allerdings sind es Iren.«

»Die Manciples?« versuchte Henry ihm weiterzuhelfen.

»Genau. Georges Großvater kam als erster herüber und ließ
sich in England nieder. Georges Vater war der berühmte Augustus Manciple, Rektor der Kingsmarsh School. Ein ausgesproche-
nes Original. Er hat Cregwell Grange vor rund fünfzig Jahren gekauft, und seitdem ist es der Familiensitz. Ich denke, es wäre eine
gute Idee, dort zu Mittag zu essen.«

»Das klingt, als ob es sich um eine sehr große Familie handelt,
Sir?« fragte Henry.

»Ach, eigentlich nicht. Nein, das nicht. Für gewöhnlich sind
nur George und seine Frau Violet da. Ja, und Tante Dora natürlich. Miss Dora Manciple, die Schwester von Augustus. Aber im
Augenblick ... na, Sie wissen ja, wie es bei solchen Familientreffen zugeht ...«

»Familientreffen?«

»Ja. Im Augenblick findet in Cregwell Grange so eine Art Ver-
sammlung des Clans statt. Die Brüder und die Tochter und ... na,
Sie werden sie ja alle beim Mittagessen sehen. George erwartet
Sie um halb eins, Sie sollten sich also lieber ... auf Wiedersehen,
Tibbett. Und alles Gute.«

* * *

Cregwell Grange war ein hoch aufragendes, häßliches Haus, Anfang des neunzehnten Jahrhunderts aus Sandstein erbaut. Es war
von Bäumen, Sträuchern, Gärten und Wiesen wie von einem
Schutzschild umgeben, so daß dem Besucher die zweifelhafte Ar-
chitektur des eigentlichen Hauses erst auffiel, wenn er schon mehrere Windungen der Auffahrt, die sich von der Straße zum Anwesen schlängelte, hinter sich hatte. Henry, der bereits in Inspektor
Robinsons Büro Skizzen des Grundstücks studiert hatte, wußte,
was ihn erwartete. Als sein Wagen die letzte Kurve umrundete
und das Haus in Sicht kam, war ihm klar, daß er an exakt der
Stelle angelangt sein mußte, an der der unglückliche Mr. Mason
sein Ende gefunden hatte.

Das Haus lag vor ihm, ein wenig zur Rechten. Davor endete mit einem Schwung der Kiesweg, aus dem Unkraut und Gras wucherten. Ausgetretene Steinstufen führten zu der wuchtigen Haustüre hinauf. Beiderseits der Treppe schien das ungepflegte Buschwerk das Haus zu bedrängen wie ein Dschungel. Es stand zu vermuten, daß in diesem finsteren, dichten Gestrüpp die Waffe gefunden worden war. Über das Gebüsch lugten einige kleine gotische Fenster hinweg – vertikale Schlitze, die offenbar so angelegt waren, daß sie heutzutage ebensowenig Licht hineinließen wie zu der Zeit, als ihre Vorbilder als Schießscharten für Bogenschützen gedient hatten. Henry hielt an und stieg aus. Die Auffahrt war gerade breit genug, daß zwei Wagen aneinander vorbeikamen. Rundum boten Bäume und Büsche ideale Deckung für einen potentiellen Mörder. Die ganze Gegend schien verlassen.

Plötzlich sprach jemand. Es war eine tiefe, gebieterische, männliche Stimme, die vom Himmel herabzukommen schien. Sie sagte: »Peng, peng! Peng, peng!«

Henry blieb wie angewurzelt stehen und blickte sich um. Er konnte niemanden sehen.

»Peng, peng!« erklang es von neuem. Nach einer kleinen Pause fügte die Stimme hinzu: »Sie da unten.«

Diesmal konnte Henry die Richtung, aus der die Stimme kam, deutlicher bestimmen. Im Geäst des großen Ahornbaumes, das über ihm emporragte, saß ein Mann. Der Mann trug verblichene khakifarbene Militärshorts, ein khakifarbenes Hemd und einen alten Tropenhelm. Er mußte gegen Ende Fünfzig sein. Sein Haar und der gepflegte Schnurrbart waren stahlgrau, seine Augen waren braun und sehr hell. In der Hand hatte er eine Armeepistole, die er ohne zu zittern auf Henrys Herz gerichtet hielt.

»Halt«, befahl der Mann im Baum. »Keine Bewegung!« Er zielte sorgfältig.

Kriminalbeamte sind darauf trainiert, schnell zu denken und sofort zu handeln. Sie bleiben nicht einfach stehen, wenn bewaffnete Desperados ihre Pistolen auf sie richten. Als der Mann abdrückte, warf Henry sich mit dem Gesicht nach unten auf den Kiesweg.

Gleichzeitig rief der Mann von oben: »Peng, peng! Sie sind tot.« Dann kam ein seltsames Geräusch wie von brechenden Zweigen, so als ob etwas Schweres vom Baum heruntergeworfen würde. Henry erhob sich und bürstete Steine und Sand von seinem Anzug. Der Mann saß noch immer im Baum, aber die Waffe lag jetzt auf dem Boden. Er hatte sie in Richtung Haus geschleudert, und nun lag sie im Unterholz am Rande der Auffahrt.

»Hm«, sagte der Mann im Baum. »Würde gerade so reichen, denke ich. Obwohl die Pistole nicht weit genug geflogen ist.« Der irische Tonfall war nun nicht mehr zu überhören. »Ob Sie wohl so freundlich sein könnten, sie aufzuheben und mir wieder hinaufzureichen?«

»Sie ist nicht geladen, nehme ich an?« fragte Henry.

»Natürlich nicht. Aber nein. Das wäre ja ausgesprochen gefährlich, sie so herumzuwerfen, wenn sie geladen wäre.«

»Genau daran dachte ich auch«, entgegnete Henry. Er ging hinüber zu den Büschen, hob die Pistole auf und hielt sie in die Höhe, den Griff nach oben. Der Mann nahm sie entgegen.

»Haben Sie vielen Dank«, sagte er. »Danke. Sie sind der Mann aus London, nehme ich an.«

»Ich heiße Tibbett«, antwortete Henry. »Ich komme von Scotland Yard.«

»Hocherfreut, Sie zu sehen, Sir.« Der Mann auf dem Baum strahlte. »Mein Name ist Manciple. Wenn Sie gestatten, steige ich noch nicht herunter. Ein oder zwei Sachen, die ich noch hier oben zu erledigen habe. Gehen Sie nur schon hinüber zum Haus – meine Frau erwartet Sie schon. Ich sehe Sie dann beim Essen.«

Henry spürte, wie die Pistole wieder genau auf ihn gerichtet wurde, als er in den Wagen stieg, und hörte noch ein leises »Peng, peng!« aus dem Laub dringen. Voller Vorfreude fuhr er die wenigen Meter zum Haus hinauf.

Die Türglocke bestand aus einem altmodischen schmiedeeisernen Griff an einem rostigen Drahtseil. Eine Sekunde lang hörte er nichts, dann kam der Klang einer kupfernen Glocke aus der Tiefe des Hauses. Das Echo verhallte; dann näherten sich eilige Schritte, und die mächtige Tür öffnete sich. In der Tür stand eine kleine Frau in einem zerknitterten Tweedkostüm. Sie mußte um die fünfzig sein, aber ihr Gesicht war vollkommen glatt und faltenlos, und mit ihrer Haut, die hell wie Pfirsichblüten war, ihrem schwarzen Haar und den dunkelblauen Augen mußte sie mit Sicherheit das hübscheste Mädel in ihrem irischen Heimatdorf gewesen sein.

»Oh«, sagte sie. »Inspektor Tibbett, nicht wahr? Kommen Sie herein. Ich bin Violet Manciple. Ich fürchte, hier herrscht ein ziemliches Durcheinander, wie immer.«

Henry trat in die weitläufige Halle und sah sich wohlwollend um. In gewisser Weise hatte Mrs. Manciple schon recht. Man konnte das Haus nicht gerade ordentlich nennen; aber es hatte ohne Zweifel etwas Behagliches. Große Vasen mit herbstlichen Rosen und Rittersporn standen auf mächtigen, prachtvollen antiken Möbeln; die Vorhänge waren aus zerschlissenem Chintz, und neben dem Kamin stand ein zerbeulter Kupferkessel, gut gefüllt mit Kienholz. Außerdem waren ein Sortiment alter Zeitungen zu bewundern, ein Spankorb mit grüner Gartenschnur, eine schmutzige Schürze sowie mehrere Stapel alter Briefe. Das eindrucksvollste Stück in der Halle war jedoch wohl das große, steife Ölporträt eines grimmig dreinblickenden alten Herrn in Talar und Doktorhut, dessen unnachgiebiger Blick jedem Besucher nach seinem Eintritt mißbilligend zu folgen schien; der Effekt wurde allerdings dadurch gemildert, daß jemand einen alten grünen Schlapphut über eine der Ekken des schweren vergoldeten Rahmens gehängt hatte.

»Ich gebe mir alle Mühe«, sagte Violet Manciple, »aber ohne Personal... und jetzt natürlich, wo die ganze Familie hier ist... ich hoffe, Sie werden uns verzeihen, Chefinspektor... übrigens –« Sie blieb in der Tür zum Wohnzimmer stehen und wandte sich zu Henry um und fragte: »Sollen wir Sie Chefinspektor nennen oder einfach nur Mr. Tibbett? Ich fürchte, es ist das erste Mal, daß ich jemanden von der Polizei zu Gast habe. Es macht Ihnen doch nichts aus, daß ich frage?«

»Aber natürlich nicht«, beruhigte Henry sie. »Und reden Sie mich an, wie Sie mögen.«

»Na, wenn es Ihnen nichts ausmacht...« Violet Manciple lächelte wie ein junges Mädchen. »Kommen Sie ins Wohnzimmer, und trinken Sie ein Glas.«

Das Wohnzimmer war ebenso anheimelnd und verwohnt wie die Halle, und ebenso voller Schätze. An dem großen Erkerfenster saß ein hagerer, weißhaariger Mann in einem Sessel und las die *Times*. Er erhob sich, als Mrs. Manciple Henry ins Zimmer führte. Er trug sehr alte graue Flanellhosen, Tennisschuhe und einen Cricketpullover. Im V-Ausschnitt dieses letzten Kleidungsstücks prangte überraschenderweise eine purpurfarbene seidene Hemdbrust, die von einem Priesterkragen gekrönt war.

»Mr. Tibbett«, sagte Violet Manciple, »darf ich Ihnen meinen Schwager vorstellen, den Bischof von Bugolaland? Edwin, das ist Mr. Henry Tibbett.«

»Sehr erfreut«, antwortete der Bischof. »Wollen Sie sich nicht setzen? Schöner Tag heute.«

»Nehmen Sie ein Glas Sherry, Mr. Tibbett?«

»Danke, Mrs. Manciple. Gern.«

»Na, nun setzen Sie sich schon«, beharrte der Bischof, ein wenig irritiert.

Henry folgte der Aufforderung, und der Bischof ließ sich wieder in seinen eigenen Sessel sinken. Dann fragte er: »Schon mal was von Bugolaland gehört?«

»Ich fürchte nein, Sir.«

»Entsetzliches Land«, sagte der Bischof. »Fehlt mir sehr. Wunderbare Menschen. Grauenhaftes Klima. Neuerdings unabhängig, na, ich wünsche ihnen alles Gute. Natürlich arm wie Kirchenmäuse. Organisiere gerade eine Sammlung ... das ist nämlich alles, was ich noch tun kann. Letztes Jahr zur Ruhe gesetzt. Anraten des Arztes.«

»Da sind Sie wohl froh, wenn Sie es sich ein wenig bequem machen können«, meinte Henry.

»Bequem? Ha!« Der Bischof lachte, nicht sarkastisch, sondern ehrlich erheitert. Dann zog er sich wieder hinter seine Zeitung zurück.

Mrs. Manciple kam mit einem Glas Sherry und stellte es neben Henry ab.

»Würden Sie mich wohl entschuldigen, Mr. Tibbett?« sagte sie. »Ich muß mich um das Essen kümmern. Sie können solange mit Edwin plaudern.«

Der Bischof schwieg eine Zeitlang, dann sagte er: »Ha!« Diesmal sprach unmißverständliche Befriedigung aus seinem Tonfall. Dann ließ er die *Times* sinken und sagte: »Fauler Bursche. Immer nur träge herumhängen, das ist der Anfang vom Schnüffler. Ein Engländer braucht Hilfe.«

»Da haben Sie allerdings recht«, sagte Henry verblüfft.

»Immer nur träge herumhängen«, wiederholte der Bischof sehr deutlich. »Das ist der Anfang vom Schnüffler.«

»Tut mir leid, wenn Sie der Meinung sind, daß wir uns nicht genug bemühen«, sagte Henry.

»Ein Engländer braucht Hilfe. Nun überlegen Sie doch mal.«

»Ich versuche es ja.« Wie die meisten, die zum ersten Mal mit der Familie Manciple zu tun hatten, hatte Henry das Gefühl, er kämpfe sich durch einen Berg von Watte.

»Hilfe! Hilfe!«

»Was für eine Art von Hilfe?«

»Das frage ich S i e . Höchst raffiniert. Denken Sie doch nach.« Henry gab auf. »Ich fürchte, Sir, ich verstehe nicht, worauf Sie –«

»Hilfe«, sagte der Bischof. »Hilfe.«

»Sie meinen Hilfe für Bugolaland?«

»A i d«, sagte der Bischof. »A-I-D. Englisch für ›Hilfe‹. Sie fangen an mit dem dreizehigen südamerikanischen Faultier –«

»Wie bitte?«

»Ach, das hätte ich Ihnen sagen sollen. Drei Buchstaben.«

»Sie haben doch gerade gesagt, drei Zehen.«

»Das ist das Faultier. Das immer nur träge herumhängt. Ai.«

»Was?«

»Ai. A – I – Das dreizehige südamerikanische Faultier. Kennen Sie das nicht? Ein nützlicher kleiner Bursche. Weiß gar nicht, was die Verfasser ohne ihn machen würden. Bleibt das D. D wie D e - t e k t i v . Schnüffler, das ist der Detektiv. Fängt mit D an. A-I-D. A i d . Der Engländer sucht Hilfe. Raffiniert, nicht wahr?« Der Bischof hielt Henry seine *Times* unter die Nase. Die Zeitung war so gefaltet, daß das Kreuzworträtsel obenauf lag.

»Überaus raffiniert«, pflichtete Henry bei.

»Natürlich hat nicht jeder einen Sinn für Kreuzworträtsel. Man hat ihn, oder man hat ihn nicht.« Es war nicht zu übersehen, daß er versuchte, eine freundliche Erklärung für Henrys Begriffsstutzigkeit zu finden. »Zu Hause komme ich selten dazu, sie zu lösen. Aber wenn ich bei George zu Besuch bin, habe ich natürlich genügend Muße.«

»Bleiben Sie lange in Cregwell, Sir?« fragte Henry.

»Lieber Himmel, nein. Nur ein paar Tage.« Wiederum lachte der Bischof. »Bedauernswerter junger Mann. Muß eine Tortur sein. Aber wir sind gar nicht so übel, wenn man uns erst einmal kennt. Die Familie, meine ich. Aber der Rektor – der war von einem anderen Schlag. Sie haben Vater nicht gekannt, oder?«

»Leider nein.«

»Ein bemerkenswerter alter Herr. Das, was man ein Original nennt. Unter uns gesagt, er war ein wenig exzentrisch in seinen späteren Jahren, auch wenn sein Verstand kristallklar blieb, bis zur letzten Minute. Er war zweiundachtzig, als er starb –«

»Das ist doch ein schönes Alter«, warf Henry ein.

»Ein schönes Alter?« wiederholte der Bischof verblüfft. »Mein lieber Herr, in unserer Familie gilt ein Mann als Jüngling, bis er die Neunzig erreicht hat. Schauen Sie sich Tante Dora an; die Schwester des Rektors. Sie werden sie ja gleich kennenlernen. Dreiundneunzig, und flink wie eine Gazelle. Nein, nein – der Rektor hätte noch mindestens zwanzig Jahre zu leben gehabt, hätte die Natur ihren Lauf genommen. Ich dachte, Sie hätten davon gehört.«

»Wovon gehört?«

»Daß er bei einem Autounfall ums Leben kam. Unverschuldet natürlich. Der andere Fahrer trug die Schuld.«

»Sie meinen – Ihr Vater fuhr noch Auto, in seinem Alter?«

»Aber gewiß doch.«

»Ich dachte immer«, sagte Henry, »daß es reichlich riskant sei, noch zu fahren, wenn man über Siebzig ist.«

»Gütiger Himmel, was für eine abwegige Idee. Der Rektor hat ja erst mit Fünfundsiebzig zu fahren begonnen. Er war ein bemerkenswerter Fahrer.«

»Das kann ich mir vorstellen.« Henry dachte an das Porträt in der Halle.

»Wenn er einen Fehler am Steuer hatte, dann war es sein Widerwillen, auf seiner Straßenseite zu bleiben. Er zog die Straßenmitte vor, wo er sich sicherer fühlte. Schließlich war er als Steuerzahler ja, wie er immer wieder betonte, Eigentümer der Fahrbahn. Leider war er sich gerade in diesem Punkt ganz und gar einig mit seinem besten Freund – dem alten Arthur Pringle, dem Anwalt des Rektors. Eines Tages fuhren ihre beiden Wagen, der eine in der einen, der andere in der anderen Richtung, offenbar mit einiger Geschwindigkeit aufeinander zu. Keiner der beiden Fahrer wollte dem anderen den Weg freimachen, und es kam zu einem Frontalzusammenstoß. Eine schreckliche Tragödie. Pringle war auf der Stelle tot, und der Rektor starb einige Stunden später im Krankenhaus.« Der Bischof seufzte. »Nun gut, das ist jetzt alles schon so lange her. Über fünfzehn Jahre.«

In diesem Augenblick öffnete sich die Wohnzimmertür, und ein Mädchen trat ein. Ein schmales, blondes Mädchen, das hereinspazierte wie eine Tänzerin. Obwohl sie ein einfaches blaues Lei-

nenkleid ohne jeden Schmuck trug, erinnerte sie Henry an eine
Feenfigur, die er einmal als Christbaumschmuck gesehen hatte.

»Ach, da bist du ja, Maud«, sagte der Bischof. »Mr. Tibbett.
Meine Nichte, Maud Manciple. Hier habe ich was für dich, Maud.
Fauler Bursche. Immer nur träge herumhängen, das ist der An-
fang vom Schnüffler. Ein Engländer braucht Hilfe.«

»Wie viele Buchstaben?« fragte Maud, ohne zu zögern.

»Drei.«

Sie legte ihre schmale Stirn in Falten. »Fauler Bursche. Faultier. Ai. Schnüffler, Detektiv, fängt mit D an. Engländer braucht
Hilfe, Aid. Englisch für ›Hilfe‹. Stimmt's?«

»Gut gemacht! Großartig!« jubilierte der Bischof. An Henry
gewandt, fügte er hinzu: »Dem Mädchen kann man nichts vormachen. Sie hat Köpfchen, eine echte Manciple. Mit Auszeichnung
bestanden in –«

»Also wirklich, Onkel Edwin«, protestierte Maud. »Gestattest
du?« Sie schenkte Henry ein bezauberndes Lächeln. »Wie geht es
Ihnen?« erkundigte sie sich. »Sie müssen John Adamsons Detektiv aus London sein.«

»Ja, der bin ich«, bestätigte Henry.

Der Bischof, der sich wieder seinem Kreuzworträtsel zuge-
wandt hatte, blickte auf. »Wo ist denn dein Freund geblieben,
Maud?«

»Wenn ich das wüßte«, antwortete Maud.

»Wahrscheinlich mit George unten am Schießstand.«

»Meine Güte. Dann gehe ich lieber und rette ihn. Ich bin sicher, eines schönen Tages wird Daddy noch jemanden umbringen –« Sie verstummte schlagartig, scharlachrot. Dann wandte sie
sich an Henry und sagte mit Nachdruck: »Das war ein Scherz. Der
Schießstand ist vollkommen sicher.«

»Freut mich zu hören«, entgegnete Henry. »Außerdem glaube
ich nicht, daß Ihr Vater dort ist. Ich bin ihm gerade eben noch im
Garten begegnet –«

Erneut öffnete sich die Tür, und Violet Manciple blickte herein. Sie hatte eine Servierschürze umgebunden, in der Hand hielt
sie einen Kochlöffel.

»Hat irgend jemand George gesehen?« fragte sie.

»Mr. Tibbett sagt, er ist im Garten«, antwortete Maud.

»Schoß er auf Tennisbälle?« wandte Mrs. Manciple sich an
Henry.

24

»Nein«, antwortete Henry, »er saß auf einem Baum.« Gerade erst zehn Minuten war er in Cregwell Grange, und schon kam ihm ein solcher Wortwechsel völlig normal vor.

»Oh, da bin ich aber froh. Macht wieder seine Experimente, nehme ich an. Ich werde ihn rufen.«

Mrs. Manciple verschwand. Maud betrachtete Henry mit höchst amüsierter Miene.

»Sie sind nicht zufällig Ire, Mr. Tibbett?«

»Nein, ich komme aus London. Ursprünglich stammt meine Familie, glaube ich, aus Cornwall.«

»Ah, keltisches Blut. Das erklärt alles.«

»Das erklärt was?«

»Die Tatsache, daß Sie zu verstehen scheinen, wovon wir reden.«

»Darauf würde ich mich nicht verlassen«, entgegnete Henry.

»Ja, wir sind schon ein seltsamer Haufen«, sagte Maud.

Bei diesen Worten blickte der Bischof von seiner Zeitung auf.

»Seltsam? Was meinst du mit seltsam?«

»Die Manciples«, sagte Maud, »sind allesamt verrückt.«

»Was für ein Blödsinn«, konterte der Bischof kampfeslustig. »Aber was diesen Mason angeht – der hatte tatsächlich nicht alle Tassen im Schrank. Hätte man einsperren sollen.«

»Tatsächlich?« Henrys Interesse war geweckt. »Warum meinen Sie das, Sir?«

»Das werde ich Ihnen sagen. Das erste Mal, daß ich diesem Burschen begegnet bin –«

Wiederum öffnete sich die Tür und unterbrach die Ausführungen des Bischofs. Der Mann, der nun eintrat, war jünger als der Major und der Bischof, aber sein längliches Gesicht und das kantige Kinn verrieten unmißverständlich den Manciple. Er trug einen Anzug aus grobem Tweed, der aussah wie handgewoben, und begleitet wurde er von einer Frau mittleren Alters, die gut diejenige sein mochte, die den Tweed gewoben hatte. Sie hatte das dunkle Haar und die dunkle Haut einer Zigeunerin, und sie trug eine bestickte Bluse und einen Dirndlrock.

»Aha«, rief der Mann. »Da seid ihr ja alle. Ramona und ich haben einen wunderbaren Spaziergang gemacht.«

»Sumpfdotterblume und stinkender Nieswurz«, verkündete Ramona mit tiefer, überaus angenehmer Stimme. »Zwei neue Prachtexemplare für meine Sammlung. Und wir konnten ein Pärchen schwarzschwänziger Pfuhlschnepfen beobachten.«

»Mit dem Fernglas natürlich«, fügte der Mann hinzu. »Einen Augenblick lang glaubte ich im Garten eine Langohreule zu sehen, aber dann stellte sich heraus, daß es nur George war.«

»Er sitzt auf einem Baum, wie ich höre«, sagte der Bischof.

»Ja. Auf dem großen Ahorn an der Auffahrt. Eine schwere Enttäuschung für mich. Man hat ja nicht oft Gelegenheit, eine Langohreule zu sehen.«

»Mr. Tibbett«, sagte Maud, »darf ich Ihnen meinen Onkel und meine Tante vorstellen – Sir Claud und Lady Manciple. Tante Ramona, Onkel Claud – das ist Mr. Tibbett von Scotland Yard.«

Henry betrachtete die Neuankömmlinge mit Interesse. Er hatte sich die Mühe gemacht herauszufinden, daß Sir Claud Manciple, der Direktor der nuklearen Forschungsanstalt in Bradwood, der jüngere Bruder des Majors war; doch selbst mit diesem Vorwissen ausgestattet, setzte ihn Sir Claud in Erstaunen. Er konnte nicht sagen, wie er sich einen der führenden Physiker des Landes vorgestellt hatte, aber gewiß nicht so.

»Freut mich sehr, daß Sie kommen konnten«, sagte Sir Claud höflich und schüttelte Henrys Hand. »Wir werden alle froh sein, wenn diese Sache mit Mason ausgestanden ist. Zwei Tage, länger werden Sie wohl nicht brauchen, oder?« Es klang, als habe man Henry kommen lassen, um die Holzwürmer im Gebälk zu beseitigen.

»Ich hoffe es«, antwortete Henry. »Ich habe ja noch gar nicht richtig angefangen.«

»Verstehe. Ich fürchte, George verschwendet nur Ihre Zeit – Essenseinladungen und dergleichen. Ich habe für solche Geselligkeiten keinen Sinn.«

»Achten Sie nicht auf Onkel Claud«, meinte Maud Manciple. »Er gibt viel darauf, den zerstreuten Professor zu mimen, aber in Wirklichkeit schwärmt er für die Dinge des Lebens.«

»Was für ein Unsinn«, widersprach Sir Claud und strahlte seine Nichte liebevoll an. »Willst du uns nicht etwas zu trinken holen, Maud, Liebes? Für mich einen Whisky-Soda. Wie steht es mit dir, Ramona?«

»Oh, für mich nur Tomatensaft oder einen Orangensaft, Maud. Die Durstlöscher der Natur. Und für Claud dasselbe.«

»Aber, meine Liebe –«

»Interessieren Sie sich für Naturkunde, Mr. Tibbett?« Lady Manciple kümmerte sich nicht um die Einwände ihres Gatten.

»Ich fürchte«, antwortete Henry, »ich verstehe kaum etwas davon.«

»Dann müssen wir Sie anlernen. Cregwell ist wie geschaffen für naturkundliche Studien. Wenn ich Ihnen einen Rat geben darf, Sie sollten ein Album mit gepreßten Wildblumen anlegen, während Sie hier sind. Eine ganz gewöhnliche Schulkladde genügt vollauf. Die können Sie bei Mrs. Rogers im Dorfladen kaufen.«

»Orangensaft, Tante Ramona«, sagte Maud und stellte ein großes Glas auf den Tisch. »Und hier ist dein Glas, Onkel Claud.« Eine gewisse verhaltene Heiterkeit in ihrer Stimme lenkte Henrys Aufmerksamkeit auf das Glas, das sie ihrem Onkel reichte. Kein Zweifel, der Inhalt war klar und von kräftiger Bernsteinfarbe, die nicht im mindesten nach Orangen- oder Tomatensaft aussah.

»Sehr freundlich von dir, Liebes«, sagte Sir Claud nachdrücklich.

Lady Manciple schien nichts zu bemerken. »Die Marschen dieser Gegend, Mr. Tibbett, sind ein Paradies für Wildvögel. Pfuhlschnepfe, Austernfischer, Seeschwalbe, Kiebitz. Dann und wann beehrt uns gar der Reiher mit einem Besuch – ein wahrhaft großartiger Anblick. Über die Felder sind es zu Fuß nur zwanzig Minuten bis zur Mündung des Cregwell River. Ach, was haben Claud und ich schon für glückliche Stunden im Watt verbracht, mit einem Fernglas und einer Thermosflasche! Vielleicht können wir Sie ja überreden, heute nachmittag mit uns dort hinauszukommen.«

»Ich wünschte, das könnten Sie, Lady Manciple«, erwiderte Henry. »Aber leider habe ich zu arbeiten.«

»Arbeiten? Am Samstag?«

»Ich bin hier, um den Tod von Raymond Mason zu untersuchen«, erinnerte sie Henry.

Lady Manciple tat das Thema leichtfertig ab. »Traurige Sache«, sagte sie, »kein Zweifel. Aber wir wären Heuchler, wenn wir so täten, als sei es ein großer Verlust. Ein durch und durch unangenehmer Mann. Ein Auge auf ein Mädchen zu werfen, das halb so alt ist wie er! Ich habe Violet deutlich gesagt, was ich davon halte. ›Du solltest dich schämen‹, habe ich gesagt, ›deine Tochter für ein paar *primulae auriculae* zu verschachern!‹«

»Wie bitte?« fragte Henry verdutzt.

Lady Manciple warf ihm einen unduldsamen Blick zu und erklärte dann, als sei er ein zurückgebliebenes Kind:

»Raymond Mason hat Maud den Hof gemacht. Violet drohte immer wieder, ihm das Haus zu verbieten – aber dann ist sie jedesmal wieder schwach geworden, wenn er ihr seltene Steingartenpflanzen aus seinem Garten mitbrachte. Violet hat eine *faiblesse* für Steingartenpflanzen, die sie offenbar nicht zu beherrschen vermag. Sehen Sie, mein eigenes Interesse an alpiner Flora ist beträchtlich, aber ich finde schon, daß für Violet ihre Tochter an erster Stelle kommen sollte, finden Sie nicht auch? Jetzt ist das natürlich etwas ganz anderes, nun da Maud sich endlich verlobt hat.«

»Sie hat sich verlobt? Tatsächlich?«

»Aber ja. Deswegen sind wir ja alle hier – um den jungen Mann kennenzulernen. Julian Irgendwas. Ich habe so ein schlechtes Gedächtnis für Namen. Vielleicht kann Maud sich noch erinnern. Maud, Liebes!«

»Ja, Tante Ramona?«

»Mr. Tibbett möchte zu gern den Namen deines Freundes wissen. Erinnerst du dich noch an ihn?«

Maud lächelte Henry an. »Mit Mühe und Not«, antwortete sie. »Julian Manning-Richards.«

»Manning-Richards? Bist du sicher?«

»Völlig sicher, Tante Ramona. Schließlich werde ich ihn ja heiraten.«

»Na, vielleicht hast du ja recht«, sinnierte Lady Manciple zweifelnd.

»Hast du ihn übrigens gesehen?« fragte Maud. »Er ist gleich nach dem Frühstück ausgegangen, und nun kommt er zu spät zum Essen.«

»Nein, wir haben ihn bestimmt nicht gesehen, Liebes. Wir waren unten in der Marsch.«

»Na, vermutlich wird er schon noch aufkreuzen«, meinte Maud philosophisch. »Niemand hat je gehört, daß er eine Mahlzeit verpaßt hätte.«

»Mr. Tibbett? Sie heißen doch Mr. Tibbett, nicht wahr?« Die Stimme ertönte hinter Henrys Rücken. Es war eine brüchige, schrille Frauenstimme, die an eine sehr alte und sehr schwerhörige Person denken ließ. Als er sich umwandte, sah Henry eine kleine, rundliche Frau in einem knöchellangen schwarzen Kleid. Ihr Gesicht war so rund, so faltig und so rosig wie ein Apfel, der lange gelegen hat.

28

Das konnte nur Tante Dora sein, die über neunzigjährige Schwester des legendären Rektors.

»Jawohl, mein Name ist Tibbett«, bestätigte er.

»Der meine ist Manciple. Dora Manciple. Nie geheiratet. Sie sind nicht Mauds Freund, oder?«

»Nein.«

»Dachte ich mir. Nicht Mauds Freund. Ein Jammer.«

»Warum sagen Sie das, Miss Manciple?«

Tante Dora schnaufte, ging aber nicht darauf ein. »Mein Gedächtnis ist auch nicht mehr das, was es mal war«, sagte sie. »Man sagte mir, daß Sie kommen, aber weswegen Sie hier sind, ist mir entfallen. Sind Sie einer von Clauds Wissenschaftlern?«

»Nein. Ich bin –«

»Ich hab's. Einer von Edwins Missionaren. Natürlich. Wie geht es denn in Bugolaland heutzutage? Bin seit Jahren nicht mehr dort gewesen. Entsetzliches Land.«

»Aber ich bin –«

»Ich war mit Edwin dort, um ihm den Haushalt zu führen, müssen Sie wissen. Vor seiner Heirat. Wir hatten einen Bungalow am Ufer des Bomamba... Sumpfland... ähnelt in manchem Fenshire, bis auf die Krokodile... die Menschen haben natürlich eine andere Hautfarbe... attraktiver, für meine Begriffe, finden Sie nicht auch? Auf welcher Missionsstation sind Sie?«

»Miss Manciple, ich –«

»Alimumba wahrscheinlich. Ja, das wird es wohl sein. Da werden Sie und Edwin sich eine Menge zu erzählen haben. Ah, George...«

Henry wandte sich um und sah, daß der Mann vom Baum sich der Gesellschaft angeschlossen hatte. Major Manciple, noch immer in seinen abgewetzten Khakishorts, strahlte eine irgendwie unpassende Bonhomie aus, wie er den Blick über die versammelte Verwandtschaft schweifen ließ.

»Wie fühlst du dich heute, Tante Dora? Alles bestens?« Er rieb sich dabei die Hände.

»Ich rühre das Zeug niemals an. Das solltest du doch wissen, George«, entgegnete Miss Manciple streng.

George Manciple seufzte. Mit erhobener Stimme fragte er: »Solltest du nicht lieber dein Hörgerät anlegen, Tante Dora?«

»Limonade ist genauso schlimm.«

»Dein Hörgerät!« brüllte der Major.

»Ich wollte dich gerade vorstellen, George. Kein Grund, laut zu werden. Das ist Mr. Tibbett, einer von Edwins Missionaren aus Alimumba. Mr. Tibbett, mein Neffe George.«

»Ich glaube, wir sind uns bereits begegnet«, sagte Henry. Er grinste zu Major Manciple hinüber, der finster den Kopf schüttelte.

»Wenn sie es trägt, dann pfeift es«, bemerkte der Major noch. Er sah sich im Zimmer um. »Haben Sie alle kennengelernt, Tibbett? Warten Sie – drüben am Fenster, das ist mein Bruder Edwin, der sich mit meiner Schwägerin Ramona unterhält. Der Bursche, der sich gerade einen Whisky eingießt, ist ihr Mann – mein Bruder Claud. Meine Tochter Maud – ah, da bist du ja, Liebes. Wir haben gerade von dir gesprochen. Sei ein braves Mädchen, und verkable Tante Dora fürs Mittagessen. Wo ist Julian?«

»Keine Ahnung«, entgegnete Maud, »das habe ich mich auch schon gefragt.«

»Ach, darüber würde ich mir keine Sorgen machen. Aber wir können mit dem Essen nicht auf ihn warten. Ich weiß nämlich, daß Vi etwas ganz Besonderes vorbereitet hat.«

Im selben Augenblick wurde jegliche weitere Konversation unmöglich. Aus der Halle ertönte das tiefe Dröhnen eines hohlen Messinggegenstandes, auf den offenbar ein umwickelter Schlegel traf.

Der Bischof ließ sein Kreuzworträtsel fallen und war in Nullkommanichts auf den Beinen.

»Das Mittagessen!« rief er begeistert.

»Das Mittagessen«, sprach Lady Manciple zu ihrem Gatten und nahm ihm vorsichtig das Glas aus der Hand.

»Das Mittagessen, Tante Dora!« schrie Maud der alten Dame ins Ohr.

»Das Mittagessen. Donnerwetter, das Mittagessen«, sagte Major Manciple zu Henry. Dann fügte er noch hinzu: »Hat mein Bruder aus Bugolaland mitgebracht.«

»Tatsächlich?«

»Im Dschungel hört man das zwanzig Kilometer weit, an einem klaren Tag. Bemerkenswert. Nun also, das Mittagessen . . .«

»Das Mittagessen ist fertig!« rief Violet Manciple zur Türe herein. »Wir warten nicht auf Julian.«

»Das Mittagessen, Edwin«, sagte Sir Claud zu seinem Bruder.

»Ich glaube, Mr. Tibbett«, sagte Tante Dora und machte dabei eine Miene, als habe sie wichtige Neuigkeiten zu verkünden, »das Mittagessen ist aufgetragen.«

»Ja«, sagte Henry. »Diesen Eindruck hatte ich auch.«

Kapitel 3

Das Eßzimmer war mit einem stattlichen Mahagonitisch und einer Garnitur eleganter Hepplewhite-Stühle ausgestattet, deren Sitzflächen dringend einen neuen Bezug nötighatten. Das schwere, wappengeschmückte Silberbesteck und einige einzelne Stücke aus Waterford-Kristall standen in seltsamem Kontrast zu den Platzdeckchen aus Plastik und den Papierservietten. Das Tafelgeschirr war exquisites – oder ehemals exquisites – Crown Derby mit handgemalten Blumenbouquets auf Goldrandtellern; doch es war kaum ein Stück dabei, das nicht einen Sprung hatte oder bei dem keine Ecke abgeschlagen war, und einiges, wie etwa die Gemüseschüsseln, war verlorengegangen und durch dickes, praktisches weißes Steingut ersetzt worden. Die Manciples schienen überhaupt nicht zu bemerken, wie wenig alles zueinander paßte.

Auf dem Sideboard umringten dampfende Schüsseln köstlicher Gemüse aus dem Garten der Grange wie die Nebendarsteller eines Musicals die Stars – zwei kleine Brathühnchen, die den Ehrenplatz auf einer elektrischen Wärmeplatte einnahmen. Als Major Manciple die Anrichte passierte, ging ein Leuchten über sein Gesicht, und er rieb sich die Hände.

»Alle Achtung, Vi. Hühnchen, was? Ein richtiges Festessen!«

»Ja.« Violet Manciple klang beinahe kleinlaut. »Das war sehr verschwenderisch von mir, fürchte ich. Sie sind aus der Tiefkühltruhe bei Rigley's in Kingsmarsh. Ich glaube, sie kommen aus Amerika.«

»Aus Amerika, Donnerwetter!« rief der Bischof höchst überrascht. »Geflügel aus dem fernen Amerika! Man stelle sich das einmal vor!«

»Ich hoffe, sie sind gut«, sagte Mrs. Manciple ängstlich. »Jedenfalls mal etwas anderes als Lachs. Denken Sie nur, Mr. Tibbett, letzte Woche haben Edwin und George nicht weniger als sechs ausgewachsene Lachse gefangen. Wir hatten Lachs zum Frühstück, Lachs zum Mittag- und Lachs zum Abendessen. Und wenn es einmal keinen Lachs gibt, dann gibt es Austern aus der Flußmündung. Hier auf dem Lande ist das Essen ziemlich eintönig, fürchte ich.«

Bevor Henry noch seine Gedanken zu einer Antwort zurechtlegen konnte, öffnete sich die Tür, und Tante Dora trat ein, wobei ihr ein schrilles Pfeifen vorauseilte. Um den Hals trug sie nun einen großen Kasten wie ein Transistorradio, von dem ein Gewirr von elektrischen Kabeln ausging. Maud folgte. Sie machte ein resigniertes Gesicht.

»Pfeift schon wieder«, sagte Major Manciple.

»Ich kann's nicht ändern, Vater«, sagte Maud. »Sie läßt es mich ja nicht in Ordnung bringen.«

»Dann schalte sie um Gottes willen ab«, sagte Sir Claud. »Wir können doch nicht bei diesem Krach zu Mittag essen.«

»Gut.« Maud beugte sich vor und drückte einen Schalter irgendwo hinter Tante Doras rechtem Ohr. Das Geräusch brach schlagartig ab.

»Danke, Liebes«, sagte Mrs. Manciple. »Also, Edwin. Wenn du nun –«

Jedes der Familienmitglieder hatte hinter seinem Stuhl Aufstellung genommen und andächtig das Haupt gesenkt. Henry beeilte sich, es ihnen gleichzutun. Der Bischof räusperte sich und sprach mit schallender Stimme ein langes lateinisches Gebet. Als er damit zu Ende war, herrschte für den Bruchteil einer Sekunde Schweigen, dann wurden Stühle gerückt und ein fröhliches Plaudern hob an, als die Manciple-Familie sich daranmachte, ihr Essen zu genießen.

Der Major ergriff ein gewaltiges, mit einem Horngriff versehenes Tranchiermesser und begann die zwergenhaften Tiefkühlhühnchen mit einem Gusto zu zerlegen, als hätte er eine Rinderkeule unter dem Messer.

»Hühnchen, wie ich sehe, Violet«, sagte Tante Dora. »Etwas ganz Besonderes.«

»Ein Glas Wasser, Tante Dora?« fragte Mrs. Manciple mit durchdringender Stimme. Ohne auf eine Antwort zu warten, goß sie Wasser in Tante Doras Glas, das ein wenig größer als die anderen und auffällig geschliffen war. »Das letzte der wunderbaren

Waterford-Gläser des Rektors«, erklärte sie Henry. »Das bekommt immer Tante Dora.«

»Ein klein wenig Wasser, meine Liebe, gern. Und du brauchst nicht so zu brüllen. Mein Hörgerät funktioniert ausgezeichnet.« Zufrieden tätschelte Tante Dora den toten Transistor an ihrer Brust.

Das Mittagessen ging seinen Gang, und Henry beschloß, das Thema Raymond Mason nicht zu forcieren. Doch wurde ihm die Entscheidung aus der Hand genommen, denn sein Tischnachbar, der Bischof, sagte unvermittelt: »Sie interessieren sich also für Mason, nicht wahr, Mr. Tibbett?«

»Allerdings, Sir.«

»Völlig übergeschnappt. Habe ich Ihnen ja schon vor dem Essen gesagt.«

»Also wirklich, Edwin«, wandte Mrs. Manciple ein. »Ich glaube, das ist nicht ganz fair.«

»Meine liebe Violet, wenn du behaupten willst, das sei das Betragen eines Mannes gewesen, der bei Verstand war –«

»Ich gebe zu, daß er sich an jenem Tag sehr merkwürdig betragen hat, Edwin. Aber ich bin sicher, das war nur eine vorübergehende Schwäche!«

Der Bischof wandte sich an Henry. »Es war folgendermaßen, Mr. Tibbett. Vor gut zwei Jahren war ich aus Bugolaland auf Urlaub hier. War zu Besuch bei George und Violet. Sie hatten mir erzählt, daß dieser Mason die Lodge gekauft habe, aber natürlich war ich ihm noch nicht begegnet. Nun, ich habe nichts weiter getan, als an seiner Haustür zu klingeln und ihn zu bitten, uns ein halbes Pfund Margarine zu leihen – und er brüllte mir irgendwelches unverständliches Zeug ins Gesicht und schlug mir die Tür vor der Nase zu!«

»Das mit der Margarine solltest du lieber erklären, Edwin«, sagte Violet Manciple. »Sie müssen nämlich wissen, Mr. Tibbett, es war Feiertag, und sämtliche Läden waren geschlossen –«

»Richtig«, übernahm der Bischof wieder. »Violet stellte fest, daß ihr die Margarine ausgegangen war. Nun, ich war im Begriff, durch die Felder hinunter zum Fluß zu gehen, um vor dem Essen noch rasch ein Bad zu nehmen. Ich erinnere mich, daß ich meinen Badeanzug bereits angezogen hatte, und ich war eben dabei, in die Gummistiefel zu steigen –«

34

»Gummistiefel?« Henry gab sich alle Mühe, sich die Überraschung nicht anmerken zu lassen.

»Natürlich. Man muß ein Stück Marschland durchqueren, um auf dem kürzesten Wege zum Fluß zu gelangen. Ich stieg eben in meine Stiefel, als Violet erschien und fragte, ob ich bei der Lodge vorbeigehen und Mr. Mason um etwas Margarine bitten könne. Ich war nicht gerade begeistert, das weiß ich noch. Ich erinnerte Violet daran, daß ich bereits den Sonnenschirm und meine Klarinette zu tragen hätte –«

»Sonnenschirm?«

»Edwin hat schon immer leicht einen Sonnenstich bekommen«, warf Violet ein. »Es war ein sehr heißer Augusttag, und er hatte seinen Tropenhelm dummerweise in London gelassen. Deshalb bestand ich darauf, daß er meinen kleinen japanischen Sonnenschirm mitnahm. Das Blumenmuster war natürlich ziemlich feminin für einen Bischof, aber wenn es um die Gesundheit geht, darf man nicht unvernünftig sein, nicht wahr?«

»Und die Klarinette?« Nichts konnte Henry mehr erschüttern.

»Oh, wußten Sie das nicht?« Der Bischof strahlte. »Das Klarinettenspiel ist meine große Leidenschaft. Leider bin ich kein allzu guter Spieler, und Violet hört es nicht gern, wenn ich im Hause übe. In Bugolaland ist das leicht, man kann sich zum Üben in den Dschungel zurückziehen, solange man den Büffeln aus dem Wege geht – hier ist es schon schwieriger, ein abgeschiedenes Plätzchen zu finden. Und da ich nun zum einsamen Flußufer hinunterging, habe ich natürlich –«

»Na jedenfalls«, unterbrach Violet, »ich habe ihm ein Einkaufsnetz für die Margarine mitgegeben.«

»Ich bin also zu diesem Burschen gegangen und habe geklingelt –«

»Einen Augenblick«, sagte Henry. »Nur damit ich nichts falsch verstehe. Sie trugen also eine Badehose –«

»Oh, meine Güte, nein. Ich bevorzuge den Badeanzug alten Stils, mit Beinen bis zum Knie und kurzen Ärmeln. Ich finde das meinem geistlichen Stande und meinem Alter angemessener. Natürlich würde ich in solchem Aufzug nicht über eine belebte Straße gehen –«

»Ein Badeanzug alten Stils«, faßte Henry zusammen, »und Gummistiefel. Sie trugen einen geblümten japanischen Sonnenschirm, eine Klarinette und ein Einkaufsnetz. Sie klingelten an Masons Tür. Er hatte keine Ahnung, wer Sie waren –«

»Aber ich habe mich ihm natürlich sofort vorgestellt. Er hatte kaum die Tür geöffnet, da sagte ich auch schon: ›Ich bin der Bischof von Bugolaland, und ich brauche ein halbes Pfund Margarine –‹«

»Und was«, erkundigte Henry sich matt, »entgegnete er darauf?«

»Darum geht es doch gerade, mein Lieber. Er betrachtete mich einen Moment lang mit einem ohne jeden Zweifel wahnsinnigen Blick, und dann machte er eine ganz unglaubliche Bemerkung. Ich werde sie niemals vergessen. ›Und ich bin ein weichgekochtes Ei‹, sagte er, ›und brauche eine Scheibe Toast.‹ Und mit diesen Worten schlug er mir die Tür vor der Nase zu, und ich hörte, wie der Schlüssel sich im Schloß drehte. Nun, und zufällig weiß ich«, schloß der Bischof triumphierend, »daß es ein untrügliches Zeichen geistiger Verwirrung ist, wenn jemand sich für ein weichgekochtes Ei hält. Stimmt das nicht, Claud?«

»Ich glaube, dergleichen ist den Experten bekannt«, bestätigte Sir Claud. »Ramona, würdest du mir bitte die Kartoffeln reichen?«

»Und das war noch nicht alles«, fuhr Edwin fort. »So seltsam das Benehmen dieses Mannes auch war, wollte ich doch nicht mit leeren Händen nach Hause gehen. Also begab ich mich zur Rückseite des Hauses und warf einen Blick durch das Fenster jenes Raumes, den er seine Bibliothek zu nennen beliebte. Dort stand er und trank, wie es schien, ein Glas puren Whiskys. Ich war natürlich durch mein Gepäck ein wenig behindert, doch ich klopfte mit dem Sonnenschirm gegen die Fensterscheibe und gab ihm Zeichen mit meiner Klarinette. Er sah mich, erschrak fürchterlich, ließ sein Glas zu Boden fallen und versuchte augenscheinlich, hinter das Sofa zu klettern. Ich habe niemanden sich dermaßen wahnwitzig aufführen sehen, seit einer meiner Küchenjungen 1935 in Alimumba Amok lief. In jenem Augenblick kam ich zu dem Schluß, daß es gefährlich sein könnte, sich mit einem solchen Wahnsinnigen abzugeben, und so machte ich mich denn auf den Rückweg – ohne Margarine, leider. Ich habe Violet geraten, die Polizei oder den Arzt zu verständigen, aber sie lehnte ab.«

»Was für eine unglaubliche Geschichte, Edwin«, kommentierte Lady Manciple und fixierte den Bischof mit ihren großen dunklen Augen. »Der Mann war ohne Zweifel nicht ganz normal.«

»Völlig übergeschnappt.«

»Und bei anderen Gelegenheiten ist dir das nie aufgefallen, Violet?« fragte Ramona.

»Nein, niemals«, antwortete Mrs. Manciple. »Deshalb bin ich ja, wie ich schon zu Edwin sagte, überzeugt, daß es nur eine vorübergehende Schwäche war.«

»Na, ich weiß ja nicht, was du unter ›niemals‹ verstehst, Violet«, wandte der Bischof ein. »Ebenso merkwürdig, um es vorsichtig auszudrücken, benahm er sich, als wir uns das nächste Mal begegneten. Das war einige Tage später, in diesem Hause. Mason und George nahmen einen Drink im Wohnzimmer, und ich kam hinzu. Und wieder erschrak er heftig und stieß beinahe sein Glas um. Und George sagte: ›Ah, Mason, kennen Sie eigentlich meinen Bruder, den Bischof von Bugolaland?‹ Oder etwas in dieser Art. Und Mason stierte mich wiederum auf diese irrsinnige Weise an und fragte dann – George, wohlgemerkt, nicht mich: ›Soll das heißen, er ist tatsächlich ein Bischof?‹ Und das, obwohl man ihm zweimal gesagt hatte, wer ich sei, einmal George und einmal ich selbst. Ich finde schon, daß du die Dinge beschönigst, Violet, wenn du behauptest, der Mann sei geistig normal gewesen.«

»Diesen Vorfall hatte ich völlig vergessen«, sagte Major Manciple. »Womöglich ist das die Erklärung für all seine Machenschaften – daß er schlicht und einfach übergeschnappt war.«

»Das erklärt nicht, wer ihn erschossen hat.« Tante Doras brüchiger Sopran ertönte im üblichen Fortissimo.

»Es war ein Unfall, Tante Dora«, sagte Sir Claud.

»Es war mit Sicherheit kein Unfall«, widersprach Tante Dora energisch. »Ich darf dich daran erinnern, Claud, daß ich dabei war und du nicht. Ist noch etwas von dem Hühnchen übrig, Violet?«

»Leider nein, Tante Dora«, erwiderte Mrs. Manciple verlegen.

»Na, dann werde ich abräumen. Maud, Liebes, würdest du mir wohl helfen? Alle anderen bleiben bitte sitzen.«

»Es war ausgezeichnet, Mrs. Manciple«, sagte Henry, als er ihr seinen Teller reichte.

»Na, jedenfalls mal etwas anderes als Lachs«, antwortete Violet Manciple mit Bestimmtheit und schob dabei den Stapel schmutziger Teller durch die Durchreiche. Es war eine Feststellung, die niemand anzweifeln konnte.

Das Mahl wurde mit Nachtisch und Käse fortgesetzt, und zum Kaffee begab sich die ganze Gesellschaft schließlich ins Wohnzimmer. Der Bischof widmete sich wieder seiner Zeitung, Mrs. Manciple und Maud zogen sich zum Abwasch zurück, und Sir Claud und seine Gattin begannen die Pläne für ihren vogelkundlichen Ausflug später am Nachmittag zu diskutieren. Henry nutzte die Gelegenheit zu einem Wort unter vier Augen mit Major Manciple.

»Natürlich, mein lieber Tibbett. Das wird mir ein Vergnügen sein – ich schlage vor, ich stelle Ihnen mein Arbeitszimmer zur Verfügung. Mit wem von uns möchten Sie zuerst sprechen? Oh, verstehe. Gut, wenn Sie mir nur noch eben gestatten wollen, etwas zu Ende zu tippen . . . in fünf Minuten bin ich wieder bei Ihnen . . . Sie werden den Schießstand sehen wollen und so weiter . . . Ich sage nur eben Violet Bescheid . . .«

Der Major eilte von dannen. Der Bischof schaute von seiner Zeitung auf und richtete das Wort an Henry. »Einsteins Theorie ist neuerdings in den Staaten wieder unter Beschuß«, sagte er.

Henry war entschlossen, sich nicht noch einmal zu blamieren. »Lassen Sie mich überlegen«, sagte er. »Einsteins Theorie – Relativität. Neuerdings – das ist kürzlich. Die Staaten – U.S.A. RE – K – U – Und wie viele?«

»Wie bitte, Mr. Tibbett?« Der Bischof betrachtete Henry über seinen Brillenrand.

»Wie viele?«

»Oh, nur zwei.«

»Nur zwei? Es müssen doch mehr als zwei sein?«

»In der heutigen *Times* nicht. Der eine stammt von einem Professor in irgendeiner Forschungsstätte in Alabama, der andere vom Herausgeber einer wissenschaftlichen Zeitschrift in New York. Beide ziehen Einsteins Schlußfolgerungen in Zweifel. Die alte Geschichte von den 1923er Mount-Palomar-Experimenten wieder aufgewärmt. Völliger Blödsinn, meinst du nicht auch, Claud?«

Binnen kurzem waren die beiden Brüder in einen Disput über Physik und Metaphysik vertieft, daß Henry der Kopf davon schwirrte; er war von Herzen dankbar, als der Major wieder auftauchte und verkündete, daß er bereit sei und dem Chefinspektor nun ganz zur Verfügung stehe, wenn dieser ihm bitte ins Arbeitszimmer folgen wolle . . .

Während er die Wohnzimmertüre hinter sich schloß, hörte Henry noch, wie der Bischof in einem allzu lauten Flüsterton zu

Claude sagte: »Erst Mason und nun Tibbett . . . ich erwähne lediglich diese beiden Leserbriefe in der *Times,* und er antwortet das unglaublichste . . .«

* * *

Major Manciples Arbeitszimmer war, sofern das überhaupt vorstellbar war, noch unordentlicher und verwohnter als der Rest des Hauses – aber es war auch bequem und gemütlich. Ringsum standen Regale, die mit ledergebundenen Bänden gefüllt waren, und jeden Rücken zierte in Golddruck eine Hand, die einen runden Gegenstand hielt und die Henry schon bei der Gravur des Tafelsilbers aufgefallen war.

George Manciple bemerkte, wie Henrys Blick zu den Büchern wanderte, und erklärte: »Die Bibliothek meines Vaters, oder was davon übrig ist. Der Rektor hatte eine großartige Sammlung, aber wir haben viel davon verkauft – die griechischen und lateinischen Klassiker hauptsächlich. Bedauerlicherweise ist ja keiner von uns in den alten Sprachen bewandert. Es war schon schmerzlich zu sehen, wie die Bücher fortkamen, aber wir brauchten den Platz und . . .« Er sagte nicht »und das Geld«, aber als verfolge er diesen Gedanken weiter, fügte er hinzu: »Das ist das Wappen der Manciples, eine Hand, die einen Beutel Gold hält. Eine Art witziger Darstellung des Namens, nehme ich an; *manciple* ist ein altes Wort für Lieferant oder Händler.«

Er lachte kurz. »Ein wenig ironisch heutzutage. Nun, Inspektor, nehmen Sie Platz, und sagen Sie mir, wie ich Ihnen behilflich sein kann.«

Sie setzten sich, jeder auf einer Seite eines schweren viktorianischen Mahagonischreibtischs, wo der Rektor sie aus einer kolorierten Fotografie mit strengem Blick beobachtete. Henry hatte eben den Mund geöffnet, um die Frage des Majors zu beantworten, als er begriff, daß sie rein rhetorischer Natur gewesen war. Nachdem er kurz einige Papiere auf seinem Tisch zurechtgelegt hatte, fuhr George Manciple fort: »Ich habe Ihnen schon ein wenig Knochenarbeit abgenommen. Ich habe Listen aller Personen zusammengestellt, die gestern hier waren, mit Anmerkungen über mögliche Motive, Gelegenheiten zur Tat und so weiter. So gehen Sie doch für gewöhnlich vor, nicht wahr?«

»Nun«, begann Henry, »meine übliche Arbeitsmethode –«

»Beginnen wir«, fuhr der Major unbeirrt fort, »mit der Liste sämtlicher Personen, die um sechs Uhr gestern nachmittag im Hause anwesend waren. Ich habe Ihnen einen Durchschlag gemacht –« Er schob Henry ein Blatt zu. »Ich selbst, meine Frau, Edwin, Claud, Ramona, Maud und Julian, das ist Mauds Freund, und Tante Dora. Hier habe ich eine zweite Aufstellung, die ich mit ›Motiv‹ überschrieben habe. Darin sind alle Personen aufgeführt, die ein Motiv hatten, Mason umzubringen. Wie Sie sehen, umfaßt sie mich, Violet, Maud, Julian und Mason junior.«

»Mason junior?« fragte Henry verblüfft.

»Der Sohn. Wußten Sie nicht, daß er einen Sohn hatte?«

»Doch«, beteuerte Henry, »das wußte ich. Detective-Inspektor Robinson hat mir heute morgen berichtet, daß er einen erwachsenen Sohn Masons aus einer schon vor vielen Jahren geschiedenen Ehe ausfindig gemacht habe. Aber ich habe auch erfahren, daß er seinen Vater niemals hier besucht hat und daß die meisten Leute am Ort nichts von seiner Existenz wußten.«

Letzteres sprach er in einem leise fragenden Tonfall, aber George Manciple reagierte nicht darauf. Er fuhr fort: »Na, ich habe ihn auf die Liste gesetzt, weil er ja vermutlich seinen Vater beerbt.«

»Und welche Motive hätten die anderen gehabt?«

»Dazu später«, erklärte Major Manciple kurz angebunden. »Zuerst möchte ich Sie bitten, sich die dritte Liste anzusehen. Ich habe sie mit ›Gelegenheit zur Tat‹ überschrieben. Sie sehen, daß ich selbst darauf stehe, außerdem Claud, Ramona und Tante Dora. Die übrigen haben ein unerschütterliches Alibi, wie Sie anhand der vierten Aufstellung ersehen können. Violet war im Haus, telefonierte gerade mit Rigley, dem Kaufmann; Edwin, im Haus, zusammen mit Violet; er hatte ein Nickerchen auf seinem Zimmer gehalten und kam eben die Treppe zur Halle herunter, wo Violet telefonierte, als Mason erschossen wurde; Maud und Julian gemeinsam unten am Fluß; Mason junior aller Wahrscheinlichkeit nach gar nicht in der Gegend. Nun, ich darf wohl annehmen, daß Ihnen beim Betrachten dieser Listen bereits etwas aufgefallen ist.«

»Ja«, antwortete Henry, »Mir fällt auf, daß nur ein Name auf den drei Listen auftaucht, der Ihre.«

Major Manciple strahlte anerkennend. »Vollkommen richtig. Offensichtlich bin ich der Hauptverdächtige, nicht wahr? Und dazu kommt natürlich noch die Sache mit der verschwundenen Pistole.«

»Die Pistole ist keineswegs verschwunden«, sagte Henry. »Sie wurde im Gebüsch gefunden.«

»Ich spreche nicht von dieser Waffe«, entgegnete der Major mit einer Spur Ungeduld. »Sergeant Duckett muß Ihnen doch gesagt haben, daß ich vor einigen Wochen Anzeige erstattet habe, weil ich eine Waffe vermißte.«

»Ja«, bestätigte Henry. »In der Tat.«

»Na also. Was Sie davon zu halten haben, werden Sie selbst am besten wissen.«

»Das werde ich«, versicherte Henry. »Sie hatte große Ähnlichkeit mit der Pistole, mit der Mason erschossen wurde, soviel ich weiß.«

»Sehr richtig. Ich besitze ein halbes Dutzend davon, für meine Schießübungen. Ich werde sie Ihnen später zeigen. Jetzt sind es nur noch fünf. Das heißt, vier. Diejenige, mit der Mason erschossen wurde, hat die Polizei natürlich sichergestellt.«

»Sergeant Duckett sagt, Sie seien vor zehn Tagen bei ihm gewesen, weil eine Ihrer Armeepistolen verschwunden sei.«

»Sehr richtig. Eines Morgens fiel mir auf, daß sie nicht mehr im Regal war.«

»Keinerlei Vorstellung, wer sie genommen haben könnte?«

»Nicht die geringste, mein Lieber. Am Nachmittag zuvor war John Adamson hier. Und Mason wollte zu Maud. Das war der Tag, an dem er und Julian... na, jedenfalls war er hier. Und Doktor Thompson kam, um nach Tante Dora zu sehen. Und der Pfarrer war kurz bei Violet, um etwas für das Pfarrfest zu besprechen. Völlig zwecklos, mich zu fragen, was aus der Pistole geworden ist. Mir fiel einfach auf, daß sie nicht mehr da war, und ich habe es gemeldet.«

Henry sagte nichts. »Bedenken Sie«, fuhr Major Manciple fort, »wenn ich der Täter wäre, könnte ich diese fehlende Pistole erfunden haben, um Sie zu verwirren, nicht wahr?«

»Das wäre denkbar.«

»Na«, sagte George Manciple freundlich, »von hier an lasse ich Sie selbst weitermachen.« Er lehnte sich in seinem Stuhl zurück. »Ich schlage vor, als ersten befragen Sie mich – aber denken Sie immer daran, meine Antworten könnten vielleicht nicht der Wahrheit entsprechen.«

Henry zwang sich zu einem strengen Tonfall. »Dies ist kein Spiel, Major Manciple«, sagte er. »Und es ist auch kein Kreuzworträtsel.«

Manciple schien schockiert. »Ein Kreuzworträtsel?« wiederholte er. »Mit so etwas gebe ich mich niemals ab. Ich weiß nicht, wie Sie auf die Idee kommen, ich hätte etwas übrig für Kreuzworträtsel.«

Henry seufzte. »Schon gut«, sagte er. »Erzählen Sie mir von Raymond Mason – warum glauben Sie ein so offenkundiges Motiv für seine Ermordung zu haben?«

»Ihnen mag es vielleicht nicht als ein so eindeutiges Motiv erscheinen, Inspektor«, erwiderte Manciple, »aber Tatsache ist – der Mann verfolgte mich. Versuchte mich aus meinem eigenen Haus zu vertreiben.«

»Sie zu vertreiben?«

»Das kann ich natürlich nicht beweisen, aber es war nicht zu übersehen. Es fing alles ganz harmlos damit an, daß er auf meine Anzeige für die Lodge antwortete. Er schien mir kein übler Bursche zu sein. Habe ihm geholfen, die Lodge herzurichten und so weiter. Dann, vor ungefähr einem Jahr, suchte er mich völlig unerwartet hier auf und eröffnete mir, er wolle dieses Haus kaufen. Genauer gesagt, er bot mir eine sehr beachtliche Summe. Als ich ablehnte, erhöhte er nur immer weiter. Ich erklärte ihm immer und immer wieder, daß ich nicht bereit sei zu verkaufen, zu keinem Preis. Am Ende wurde er gemein. Es kam zu einer sehr unerfreulichen Szene, wie ich leider gestehen muß.«

»Wenn Sie die Frage erlauben«, sagte Henry, »warum weigerten Sie sich so standhaft zu verkaufen?«

»Dieses Haus verkaufen? Dieses Haus verkaufen?« Major Manciple war empört. »Undenkbar. Wäre niemals auf die Idee gekommen. Eher würde ich verhungern – und Violet nicht minder.« Als er sah, daß Henry dies mit einiger Skepsis aufnahm, fuhr er fort: »Vielleicht sollte ich Ihnen das besser erklären. Dazu muß ich allerdings ein wenig weiter ausholen.«

Kapitel 4

George Manciple überlegte. »Weiß gar nicht, wo ich da anfangen soll. Am besten bei meinem Großvater – dem Vater des Rektors. Er war der erste Manciple, der aus der alten Heimat hier herüberkam. War in finanzielle Schwierigkeiten geraten, mußte den Stammsitz der Familie in Killarney verkaufen und kam nach England, um hier sein Glück zu versuchen. Und so seltsam das klingt, er hatte Erfolg. Mein Großvater starb als wohlhabender Mann, und mein Vater erbte ein beträchtliches Vermögen. Ich spreche natürlich von Geld. Kein Haus- oder Grundbesitz. Mein Vater hegte immer den Herzenswunsch, einen Familiensitz hier in England zu begründen, aber er hatte keinen vernünftigen Grund, das zu tun. Er war Junggeselle, und als er sein Erbe antrat, war er bereits Rektor der Kingsmarsh School, die ihm ein Haus zur Verfügung stellte.«

»Sie sagen, beim Tode seines Vaters war er unverheiratet?« fragte Henry.

»Allerdings. Und die meisten hielten ihn für einen eingefleischten Junggesellen. Und wie die meisten eingefleischten Junggesellen, die sich verlieben, verliebte er sich unsterblich. Er war schon Ende Vierzig, als er wie jedes Jahr in den Sommerferien nach Irland fuhr – und mit einer Braut zurückkehrte, die noch nicht einmal halb so alt war wie er; meiner Mutter.« Major Manciple hielt inne und zündete sich seine Pfeife an. Dann zog er eine Schublade auf und holte eine sepiabraune Fotografie hervor. Er schob sie mit dem verlegenen Stolz eines Vaters zu, der einen Schnappschuß seines Erstgeborenen zeigt.

Henry nahm die Fotografie. Sie zeigte eine junge Frau, die neben einer großen Aspidistra posierte. Sie hatte eine Wespentaille, das blonde Haar trug sie hoch aufgesteckt. Ihr prächtiges Seidenkleid hatte eine kleine Tournüre und einen tiefen Ausschnitt, der mit einem Schultertuch aus Spitze verhüllt war. Über diesem Tuch trug sie einen kunstvollen Halsschmuck in Gestalt eines Farnwedels, welche Form sich in den Ohrringen wiederholte. Sie war eine atemberaubende Schönheit, und sie zeigte ein offenes, beinahe verführerisches Lächeln. Was für ein Gegensatz, dachte Henry, zu Augustus Manciple und seiner stattlichen Strenge.

George Manciple schien Henrys Gedanken zu erraten. »In mancherlei Hinsicht ein seltsames Paar, gebe ich zu«, sagte er, »aber ein durch und durch glückliches. Ich muß sagen, der Rektor verwöhnte seine Frau auf verschwenderische Weise. Er überhäufte sie mit den luxuriösesten Geschenken – und was war auch Schlimmes daran, schließlich konnte er es sich leisten!«

Manciple warf Henry einen wütenden Blick zu, als habe dieser die Großzügigkeit seines Vaters kritisiert. »Nichts Schlimmes war daran, soweit ich sehe«, beteuerte Henry.

»Nichts. Nicht das geringste«, bestätigte Manciple, wieder beruhigt. »Nun also, als allererstes kaufte er dieses Haus für sie. Während des Semesters mußte der Rektor natürlich in der Schule leben, und Mutter verbrachte ihre Zeit teils hier, teils in Kingsmarsh. Es liegt nur ein paar Kilometer von hier, wie Sie wahrscheinlich wissen. Wir Kinder wohnten das ganze Jahr über in Cregwell Grange, mit einer langen Reihe von Kinderfrauen und Haushälterinnen. Mein Vater liebte dieses Haus. Abgesehen von seiner Familie bedeutete ihm dieses Haus mehr als irgend etwas sonst auf der Welt. Zwei Jahre nach der Heirat meiner Eltern wurde Edwin geboren. Ich kam als nächster, kaum achtzehn Monate später. Dann vergingen sechs Jahre, bis der kleine Claud sich einstellte. Meine Mutter hatte ihr Herz für Juwelen entdeckt, und für den Rektor war jedes Kind der Vorwand für ein geradezu verschwenderisches Geschenk. Die prächtigsten Stücke – das Diadem aus Rubinen und Diamanten, die dreireihige Perlenkette, die Farnwedel aus Diamanten, die Sie auf der Fotografie gesehen haben – waren sämtlich Geburtstagsgeschenke. Aus Anlaß unserer Geburt. Ich glaube, der Rektor muß mehr als zwanzigtausend Pfund für Juwelen ausgegeben haben. Vor sechzig Jahren war das eine Menge Geld.«

»Das ist es auch heute noch«, sagte Henry. Er hatte längst die Ohren gespitzt, um zu erfahren, was aus diesen Schätzen geworden war.

»Zwei Jahre nach Clauds Geburt«, fuhr Manciple fort, »ich war damals acht, Edwin beinahe zehn, gab es große Aufregung in der Familie. Ich kann mich noch gut daran erinnern. Wir Kinder wurden für sechs Wochen nach Bexhill zu Tante Dora geschickt. Wenn wir zurückkämen, so versprach man uns, würde ein neuer kleiner Bruder oder eine kleine Schwester auf uns warten.

Ich weiß nicht, was dann passierte. Der Rektor wollte niemals darüber sprechen. Ich weiß nur, daß das Kind zu früh kam, eine Totgeburt. Und meine Mutter starb dabei.

Mein Vater hat es niemals verwunden. Vor seiner Heirat war er ein sehr verschlossener Mensch gewesen, der nicht leicht Freundschaften schloß. In der Ehe blühte er auf, wurde gesellig, beinahe fröhlich. Als Mutter starb, zog er sich wieder in sein Schneckenhaus zurück. Schlimmer noch, er begann jedem außerhalb seines engsten Familienkreises zu mißtrauen. Es begann mit den Ärzten, die er für den Tod meiner Mutter verantwortlich machte. Dann dehnte es sich aus auf die Kollegen in der Schule aus, auf die Dienerschaft im Haus und am Ende auf seine Freunde und Nachbarn.

Natürlich war es ein allmählicher Prozeß, und wir Kinder waren damals noch zu jung, um das alles zu begreifen. Tante Dora verkaufte ihr Häuschen und zog zu uns, um den Haushalt zu führen. Ich kann mich kaum an meine Mutter erinnern und an unser Leben, als sie noch bei uns war. All das ist in meiner Erinnerung in einen goldenen Schleier gehüllt – wie ein wunderbarer, niemals endender Sommernachmittag. Und dann war mit einem Male alles anders.

Nicht daß wir unglücklich gewesen wären, das dürfen Sie nicht glauben. Tante Dora hätte nicht gütiger zu uns sein können, und was den Rektor anging – nun, wir vergötterten ihn, auch wenn ein klein wenig Furcht mit im Spiel war. Und er liebte uns von ganzem Herzen. Aber... er verlor den Kontakt zur Welt außerhalb dieses Hauses.

Er wurde immer mißtrauischer gegenüber Fremden. Er bildete sich ein, die Börsenmakler ruinierten ihn, die Kaufleute betrögen ihn, er würde von seinem Arzt belogen – Sie wissen ja, wie so etwas geht. Am Ende war der einzige Freund, der ihm geblieben war, sein Anwalt, der alte Arthur Pringle. Sie kannten sich schon seit ihrer Studentenzeit. Der einzige anständige Mann in England, so hat mein Vater Pringle immer genannt.«

»Und dann kamen beide beim selben Autounfall ums Leben«, sagte Henry.

»Oh, das wissen Sie?«

»Ihr Bruder hat es mir erzählt.«

»Ja ... der Rektor und der arme alte Pringle haben sich am Ende gegenseitig umgebracht. Das ist wahre Ironie. Ich war damals leider im Ausland – genauer gesagt waren wir das alle. Mein Regiment stand im Fernen Osten, Edwin war in Bugolaland und Claud in New York. Sobald die Nachricht mich erreicht hatte, nahm ich natürlich meinen Abschied und kam, so schnell ich konnte, nach Hause.«

»Sie nahmen Ihren Abschied?« hakte Henry nach.

»Oh ja. Darum ging es doch gerade.« Manciple hielt inne. »Das sollte ich Ihnen erklären. Was Sie dabei bedenken müssen, ist, daß schon in jungen Jahren offensichtlich war, daß Edwin und Claud den Verstand der Manciples geerbt hatten. Sie müssen wissen, der Rektor war einer der größten Altphilologen seiner Zeit. Zu seinem Bedauern trat niemand von uns in seine akademischen Fußstapfen. Edwin war noch nicht einmal zwanzig, da wußte er schon, daß er zum Missionar geboren war, und Claud hat schon im Kinderzimmer mit Chemiekästen gespielt. Ich kam in meinen geistigen Fähigkeiten eher auf meine Mutter – doch leider, ohne dabei auch ihr gutes Aussehen zu erben. Es gab für mich also im Grunde gar keine andere Möglichkeit, als zum Militär zu gehen.«

Manciple sprach nüchtern, ohne jede Scheu. Er teilte offenbar lediglich ein Faktum mit, das für die gesamte Familie seit langem als selbstverständlich galt. »Tatsache ist«, fuhr er fort, »daß dieses Arrangement genau den Wünschen des Rektors entsprach. Ihm kam es darauf an, daß einer von uns sich in Cregwell Grange niederlassen sollte. Edwin würde offensichtlich außerstande sein, dies zu tun, und Claud mußte bereit sein, dort zu leben, wohin seine Arbeit ihn führte. Ich machte mir nicht sonderlich viel aus der Army; sie gab mir Gelegenheit, ein wenig zu schießen und Polo zu spielen, aber ansonsten langweilte sie mich, ehrlich gesagt. Ich war also genau der Richtige.

Der Rektor erläuterte uns dreien all das einige Jahre vor seinem Tod. Er würde mir das Anwesen und den größten Teil seines Geldes hinterlassen und Mutters Juwelen dazu, unter der Bedingung, daß ich bei seinem Tod den Dienst quittieren und mich hier niederlassen würde. Die anderen waren sofort einverstanden.

Claud hatte es in seinem Beruf schon zu hohem Ansehen gebracht, und Edwin brauchte im Dschungel ohnehin kein Geld.

Nun, nach Vaters Tod wurde das Testament verlesen, und es war alles genau wie abgesprochen. Er erklärte Pringle zu seinem Bevollmächtigten und vermachte ihm etwas Geld – aber da Pringle ja vor dem Rektor gestorben war, wurde dieser Punkt hinfällig. Ansonsten sollte ein Viertel des Geldes zu gleichen Teilen zwischen Edwin und Claud aufgeteilt werden. Die übrigen drei Viertel gingen an mich, zusammen mit dem Haus und allem, was sich darin befand, und Mutters Juwelen, die in der Bank aufbewahrt wurden. All das unter zwei Bedingungen: Die eine war, daß ich Tante Dora für immer hier aufnehmen würde, und die zweite, daß ich das Haus bewohnen und es als Familiensitz weiterführen sollte, auf dem meine Brüder und ihre Familien jederzeit willkommen wären. Der letzte Satz des Testaments lautete: ›Ich verpflichte meinen Sohn George, das besagte Wohnhaus Cregwell Grange niemals zu veräußern und es an seine Kinder oder die Kinder seiner Brüder weiterzuvererben. Ich habe ihn reichlich mit Mitteln ausgestattet, das Anwesen zu erhalten.‹«

Der Major machte eine Pause. »Sie quittierten also den Dienst«, sagte Henry, »und ließen sich hier nieder.«

»So wie Sie das sagen, klingt es sehr einfach und unkompliziert«, antwortete George Manciple trocken. »Aber in Wirklichkeit war es das ganz und gar nicht. Nachdem das Testament bestätigt war, machten wir uns daran, die Angelegenheiten unseres Vaters zu ordnen. Es war ein Alptraum. Pringle war der einzige Mensch gewesen, dem er vertraut hatte, und offenbar hatte er ihn angewiesen, so wenig wie möglich schriftlich festzulegen. Mein Vater hatte sich schon seit langem geweigert, von irgend jemandem einen Rat anzunehmen, und sein Vermögen selbst verwaltet. Falls ›verwaltet‹ das richtige Wort dafür ist. Der langen Rede kurzer Sinn – und es war eine lange Rede, Tibbett, das kann ich Ihnen versichern –, wir fanden heraus, daß mein Vater den größten Teil seines Vermögens bei irrwitzigen Börsenspekulationen verloren hatte.

Der Makler, der die Geschäfte für ihn tätigte, hatte sich schon vor Jahren damit abgefunden, daß mein Vater, sobald er ihm riet, von einer guten Aktie mehr zu kaufen, sofort alle seine Anteile verkaufte, um das Geld in irgendwelche riskanten Unternehmen zu stecken, vor denen der Makler ihn ausdrücklich gewarnt hatte.

Das war einfach die Folge seiner Überzeugung, daß jeder es nur darauf abgesehen habe, ihn übers Ohr zu hauen. Er war vernünftig genug, ein paar solide Investitionen zu behalten, aber das war nur ein Bruchteil des Vermögens, auf das er uns Hoffnungen gemacht hatte.

Nun, wir verkauften die Aktien, Claud und Edwin bekamen ihre spärlichen Anteile, der Rest wurde, so gut es ging, neu angelegt. Die Rendite und meine kleine Army-Pension brachten gerade genug ein, um mit meiner Familie hier leben zu können, aber es reichte bei weitem nicht, um das Haus im gewohnten Stil fortzuführen. Offenbar hatte ich keine andere Wahl, als den Schmuck meiner Mutter zu verkaufen.«

Wiederum hielt Manciple inne. »Eine sehr vernünftige Idee, finde ich«, sagte Henry. »Das war Ihnen im Testament ja nicht verboten worden.«

»Das dachte ich auch. Ich ging also zur Bank, ließ mir die Schatulle geben und trug die Sachen zu einem großen Juwelier in London, um sie schätzen zu lassen. Sie können sich vorstellen, wie mir zumute war, als ich dort erfuhr, daß es allesamt Imitationen waren. Talmi und Glas.«

»Großer Gott!« Henry war erschüttert. Damit hatte er nun wirklich nicht gerechnet.

»Ich fuhr zurück zur Bank und befragte den Geschäftsführer. Ich erfuhr, daß der Rektor seit über zehn Jahren immer wieder gekommen war und die Schatulle mitgenommen hatte. Natürlich gestattete er niemandem zu sehen, was er aus der Schatulle herausnahm – oder in sie hineintat. Einmal war der Geschäftsführer so unvorsichtig gewesen zu fragen, ob der Inhalt derselbe geblieben sei – und hatte dafür tüchtig den Kopf gewaschen bekommen. Ich fand zwischen Vaters Papieren einige nicht näher bezeichnete Quittungen eines Londoner Juweliers. Ich suchte den Mann auf und erfuhr, daß der Rektor ihm im Laufe der Jahre die echten Schmuckstücke eins nach dem anderen gebracht und davon Imitationen hatte anfertigen lassen. Natürlich immer unter strengster Geheimhaltung. Dann muß er die echten Stücke gegen die falschen ausgetauscht und die echten verkauft haben.«

»Dann«, hob Henry an, »muß er ja gewußt haben, daß er Ihnen nichts als wertlosen –«

Manciple seufzte. »Oh ja, das wußte er schon. Ich nehme an, er hat es einfach nicht übers Herz gebracht, mir die Wahrheit zu sagen, der arme alte Mann. Natürlich nahm er an, er hätte noch viele Jahre zu leben, und ich könnte mir vorstellen, daß er immer damit rechnete, eines Tages mit einer seiner verrückten Spekulationen das große Los zu ziehen und alles wieder in Ordnung zu bringen. Bevor er im Krankenhaus starb, verlangte er sogar noch, mich zu sehen. Der Arzt teilte mir das in einem Brief mit. Sein Verstand war offenbar bereits getrübt, aber er wollte mir noch etwas sagen. Eine traurige Geschichte ist das.

Sie werden sagen, daß ich unter solchen Umständen nicht verpflichtet gewesen wäre, das Haus zu übernehmen, ganz gleich, was das Testament verfügte. Meine Anwälte wiesen mich sogar darauf hin, daß nichts mich daran hindern würde, es zu veräußern. Aber... nun, ich besprach die Angelegenheit mit Violet und meinen Brüdern, und wir waren uns alle einig, daß wir, solange es nur irgend möglich war, die Wünsche des Rektors respektieren sollten.

Es war nicht leicht, das kann ich Ihnen versichern. Ich habe einen Großteil der Ländereien verkaufen müssen und am Ende sogar die Lodge; von vielen der besseren Möbelstücke und Bilder mußten wir uns trennen. Ganz zu schweigen, wie gesagt, von der Bibliothek meines Vaters. Aber wissen Sie, wir kommen schon durch. Wir kommen durch.

Ich darf allerdings noch hinzufügen, daß ich meine Entscheidung hierzubleiben niemals bereut habe. Nicht einen Augenblick lang. Und nun sind wir über den Berg. Meine Tochter Maud – die glücklicherweise den Verstand geerbt hat, der mir verwehrt blieb – hat nun endlich ihre kostspielige Ausbildung abgeschlossen und eine gute Arbeit gefunden. Die Zukunft sieht also recht gut aus für uns.

Was mich angeht, so habe ich erreicht, was ich mir vorgenommen hatte. Maud ist hier großgeworden, und wenn ich einmal nicht mehr bin, werden sie und ihr Mann das Haus übernehmen und ihre eigenen Kinder hier aufziehen. Verstehen Sie nun, Mr. Tibbett, warum ich Masons Angebot abgelehnt habe?«

»Ja«, antwortete Henry nachdenklich. »Ja, Major Manciple, das verstehe ich. Aber was ich noch nicht verstehe – wieso war Raymond Mason so versessen darauf, dieses Haus zu erwerben?«

Manciple rutschte ein wenig unbehaglich auf seinem Stuhl hin und her. »Ich sage das nicht gern, Tibbett«, entgegnete er, »aber der Mann war ein Emporkömmling. Wie gesagt, ich fand ihn anfangs gar nicht so unsympathisch, aber Leute wie John Adamson wurden nie mit ihm warm. Verstehen Sie, er versuchte Eindruck zu schinden. John hat mir zum Beispiel erzählt, daß Mason, sobald er ihn den Weg zur Lodge heraufkommen sah, das billige Taschenbuch, das er gerade las, unter einem Kissen versteckte und irgendeinen gelehrt aussehenden Wälzer aus dem Regal riß, so daß er zu Johns Begrüßung sagen konnte: ›Ah, Sir John, ich gönne mir gerade ein paar Seiten Horaz‹ – oder irgendwelchen Unsinn dieser Art. Das waren genau die Dinge, die John verärgerten – allerdings ist er ein bißchen ein Snob, fürchte ich. Engländer natürlich. Da muß man manches nachsehen. Und dann die Leute im Dorf. Für die war Mason einfach nicht ... nicht ... na ja...« Manciple räusperte sich geräuschvoll. »Sie wissen ja, wie die Leute auf dem Dorf sind. Die größten Snobs von allen. Ich nehme an, Mason stellte sich vor, daß sie, wenn er erst einmal Besitzer von Cregwell Grange wäre, ihn einfach als Landedelmann akzeptieren müßten.«

»Aber er hätte sich doch überall in England ein großes Landhaus kaufen können«, wandte Henry ein.

Manciple lächelte und schüttelte den Kopf. »Oh nein. Lieber Himmel, nein. Damit hätte er sich nie zufriedengegeben. Sie haben Mason nicht gekannt, sonst wüßten Sie, wenn es etwas gab, das er nicht bereit war zu akzeptieren, dann war es eine Niederlage. Er hatte sich in den Kopf gesetzt, Cregwell zu erobern. Mir ist niemals ein Mensch begegnet, der von einer Idee mehr besessen war. Es war, als säße der Teufel selbst ihm im Genick.« Henry kam es vor, als würde der irische Akzent immer stärker. »Und was gibt es für Herrenhäuser in dieser Gegend? Nun, da wäre Kingsmarsh Hall, aber dort residieren seit dem sechzehnten Jahrhundert die Earls von Fenshire – das hätte Mason wohl kaum kaufen können. Dann Priorsfield House, doch dazu gehören mehrere hundert Morgen Ackerland, und Bauer wollte Mason ja nicht werden. Also bleiben noch Cregwell Manor, wo John Adamson lebt – und dieses Haus. Nun, John ist ein wohlhabender Mann und würde nicht im Traum daran denken zu verkaufen. Wohingegen – nun, ich würde sagen, bei mir standen die Wetten nicht schlecht.«

»Verstehe, was Sie meinen«, sagte Henry. Sie blickten sich an, und auf beiden Seiten wurde so etwas wie ein Zwinkern angedeutet.

»Also setzte sich Mr. Raymond Mason in den Kopf«, fuhr Manciple fort, »Cregwell Grange zu kaufen; und mußte feststellen, daß es nicht zu verkaufen war. Was tat er nun?«

»Er machte Ihrer Tochter einen Heiratsantrag«, antwortete Henry.

»Nein, nein, nein. Das kam erst später. Zunächst begann er mich mit einer Hetzkampagne zu verfolgen. Er versuchte mir das Leben dermaßen zur Hölle zu machen, daß ich aufgeben und das Haus aus freien Stücken verlassen würde.«

»Was für eine Art Hetze?«

»Alles, was man sich nur denken kann. Zuerst ging es um die winzige Garage, die ich von Harry Simmonds für Mauds kleinen Wagen habe bauen lassen. Mason wollte beweisen, daß es unrechtmäßig sei, weitere Gebäude auf dem Grundstück zu errichten. Dann fand er ein altes Wegerecht vom Dorf hinunter zum Fluß und beschuldigte mich, ihm den Durchgang zu verwehren. Zum Glück konnte ich beweisen, daß seit hundert Jahren kein Mensch mehr diesen Weg benutzt hatte, so daß das Recht längst verfallen war. Aber das war alles sehr unangenehm. Dann fing er an, mir wegen meines Schießstandes Scherereien zu machen. Er wußte, daß das Schießen meine große Leidenschaft ist – Tontaubenschießen. Na ja ... eigentlich keine Tontauben, die sind so höllisch teuer – ich habe da etwas Eigenes erfunden, werde es Ihnen später vorführen. Na, jedenfalls habe ich einen Schießstand im Garten. Meilenweit weg von Masons Haus, aber natürlich mußte er sich beschweren. Der Lärm störe ihn; es sei gefährlich. Brachte es vor den Gemeinderat. Da hatte er sich natürlich geschnitten. Ich brauchte nur John Adamson und Arthur Fenshire anzurufen, und die Beschwerde war vom Tisch. Aber trotzdem – es war einfach nicht schön.

Dann fing er an, mich bei Sergeant Duckett anzuzeigen, weil ich ohne Beleuchtung mit meinem Fahrrad gefahren war ... meine Schornsteine rußten ... mein Komposthaufen sei anstößerregend ... er behauptete, ich zahlte keine Hundesteuer für meinen Boxerwelpen, dabei war der gerade erst drei Monate alt. Ich kann Ihnen gar nicht sagen, wie ich unter diesem Mann zu leiden hatte, Tibbett. Deshalb habe ich auch auf der Stelle Duckett das Verschwinden der Pistole gemeldet. Ich hätte es Mason zugetraut, sie selbst genommen zu haben, nur um mich hinterher dranzukriegen, daß ich es nicht angezeigt hätte.«

»Ich dachte, in letzter Zeit hätte sich das Verhältnis gebessert?«
fragte Henry.

»Ich glaube, ›bessern‹ ist nicht das richtige Wort«, antwortete
Manciple düster. »Vom Regen in die Traufe. Als er merkte, daß
seine krummen Touren ihm nichts nützten, änderte er plötzlich
seine Taktik und wurde noch heimtückischer. Er gebärdete sich
freundlich und liebenswert . . . der gute Nachbar. Er umschmei-
chelte meine Frau, brachte ihr Pflanzen für ihren Steingarten und
so weiter. Und allmählich kamen wir dahinter, daß er es auf
Maud abgesehen hatte. Können Sie sich eine solche Dreistigkeit
vorstellen? Er hat ihr tatsächlich einen Heiratsantrag gemacht!«

»Sie ist eine sehr attraktive junge Frau«, gab Henry zu bedenken. »Jeder Mann könnte sich in sie verlieben –«

»Sich verlieben, Teufel noch mal!« Major Manciple geriet in
Rage. »Der Bursche hat sich einfach nur ausgerechnet, daß eine
passende Frau noch mehr hermachen würde als ein passendes
Haus. Und er wußte, daß Maud dieses Anwesen eines Tages erben würde. Natürlich hat Maud ihn ausgelacht. Hat ihm erklärt,
daß sie inoffiziell mit Julian verlobt sei. Julian haben Sie noch
nicht kennengelernt, oder?«

»Bisher nicht«, sagte Henry.

»Prachtvoller junger Mann. Einfach prachtvoll. Aber nicht einmal diese Neuigkeit konnte Mason abschrecken. Er belästigte
meine Tochter auch weiterhin.«

»Ich könnte mir vorstellen, daß sie durchaus in der Lage war,
mit ihm fertigzuwerden«, sagte Henry. »Miss Manciple scheint
mir eine sehr resolute Person zu sein.«

»Das ist ja das Seltsame«, sagte George Manciple. »Ich würde
Ihnen eigentlich zustimmen. Aber in den letzten Tagen wurde ich
das Gefühl nicht los, daß sie . . . nun, daß sie Angst vor Mason
hatte.«

»Angst?«

»Ja. Sie werden sie selbst danach fragen müssen. Ich wollte
nicht gern . . . sehen Sie, es war alles ein wenig peinlich. Vor zehn
Tagen hatte Julian diesen furchtbaren Streit mit Mason und
drohte ihm . . . das heißt . . .«

»Womit drohte er ihm, Major Manciple?«

»Ach, nichts. Nur so dahingesagt. Julian hat ihn nur ordentlich
zusammengestaucht und ihm gesagt, wenn er Maud noch einmal
belästigte, würde er ihn –« Wieder hielt Manciple inne.

Henry lächelte. »Ich kann mir den Wortwechsel ausmalen«, sagte er. »Zum Glück sind solche Drohungen nur selten ernstgemeint, sonst wäre die Mordrate wesentlich höher, als sie ist. Jedenfalls verstehe ich nun, warum Sie Maud und ihren Verlobten auf die Liste der Personen gesetzt haben, die ein Motiv hatten.«

»Tja«, sagte Manciple. »So war es. So standen die Dinge.«

»Mrs. Manciple erscheint ebenfalls auf Ihrer ›Motiv‹-Liste«, bemerkte Henry. »Warum?«

»Warum? Warum? Weil sie meine Frau ist, natürlich. Sie hätte die gleichen Gründe wie ich.«

»Verstehe«, sagte Henry. »Würden Sie mir nun bitte genau berichten, was gestern vorgefallen ist? Aus Ihrem Blickwinkel gesehen.«

»Da gibt es nicht viel zu berichten. Ich hatte die Familie für das Wochenende eingeladen, um sie mit Julian bekannt zu machen. Edwin kam am Donnerstag und hat fast den ganzen Freitag mit Angeln verbracht.«

»Und mit Klarinettenspiel?«

»Stimmt genau. Ein Wunder, daß Mason sich darüber nicht beschwert hat. Ich war gestern nachmittag im Garten und habe Unkraut gejätet, und gegen fünf sah ich, wie Edwin vom Fluß zurückkam. Er trug seine Klarinette, und er hatte eine schöne Lachsforelle gefangen. Ein Jammer, daß er die Klarinette in den Korb und den Fisch in die Schatulle gelegt hatte, aber Violet meint, sie kann sie retten. Er sagte, er wolle sich in seinem Zimmer ein wenig hinlegen – ›in die Matte hauen‹, wie man in Bugoleland zu sagen pflegt –, und ging ins Haus.

Claud und Ramona kamen mit dem 3.45er aus Bradwood an. Ein Taxi brachte sie von der Station Cregwell hierher. Als sie ausgepackt hatten – gegen halb fünf muß das gewesen sein –, gingen sie hinaus in den Garten; sie sagten, sie würden sich ein wenig umsehen. Ramona erzählte, sie wolle Freundschaft mit den Bäumen schließen, aber das habe ich nicht ganz verstanden. Deshalb habe ich sie auf die Liste ›Gelegenheit‹ gesetzt, verstehen Sie. Sie waren beide im Garten.

Nun, gegen halb sechs hörte ich das Röhren dieses schweren, häßlichen Wagens, den Mason fuhr, auf der Auffahrt. Ich hatte nicht die geringste Lust, dem Burschen zu begegnen, also holte ich mir eine Pistole aus dem Bad und sah zu, daß ich hinunter zum Schießstand kam. Ich begegnete Maud und Julian, die eben vom Fluß zurückkehrten. ›Ich würde an eurer Stelle noch nicht zurück zum Haus gehen‹, sagte ich. ›Ihr-wißt-schon-wer ist gerade in seinem Mercedes vorgefahren.‹

Maud, das arme Kind, wurde ganz bleich, aber Julian war furchtbar wütend. ›Ich gehe hin und jage ihn vom Grundstück‹, sagte er. ›Tu das nicht, Liebling‹, bat Maud. ›Sei vernünftig. Wir gehen wieder hinunter zum Fluß, bis er fort ist.‹ Nun, Julian hatte schon die Zähne gefletscht, aber Maud konnte ihn schließlich überreden, und sie gingen wieder zum Fluß.

Ich setzte meinen Weg zum Schießstand fort und habe ein paar Schießübungen gemacht. Ich hatte die Ohren gespitzt, um die Abfahrt des Wagens nicht zu verpassen; und tatsächlich, ungefähr eine Stunde später hörte ich, wie der Motor angelassen wurde. ›Schön‹, dachte ich. ›Wunderbar. Nun kann ich in mein Haus zurückgehen und mir in aller Ruhe eine Flasche Stout genehmigen.‹«

»Haben Sie gehört, wie Masons Motor wieder ausging?«

»Nein, nicht bewußt. Der Lärm hörte auf, aber ich ging davon aus, daß er abgefahren war. Dann hörte ich einen Schuß. Ich war höchst überrascht. Meine eigene Waffe trug ich bei mir, und außerhalb des Schießstandes ist es niemandem erlaubt zu feuern. Ich befürchtete einen Unfall, und so lief ich auf kürzestem Wege zurück zur Vorderseite des Hauses; das heißt durch das Gebüsch und hinaus auf die Auffahrt. Da sah ich den Wagen mit geöffneter Motorhaube stehen. Und Mason lag daneben auf dem Boden.«

»Sonst haben Sie niemanden gesehen?«

»Nur Tante Dora. Sie kam vom Haus her die Auffahrt hinuntergelaufen und wedelte mit ein paar von diesen gottverdammten – wenn Sie den Ausdruck verzeihen – Traktaten und rief: ›Mr. Mason!‹ Dann kamen Violet und Edwin aus dem Haus.

›Was ist passiert?‹ fragte Violet. ›Offenbar ist auf Mason geschossen worden‹, antwortete ich. ›Oh George, was hast du angestellt?‹ ›Rede keinen Unsinn, Vi‹, sagte ich. ›Ich habe überhaupt nichts angestellt. Geh, und rufe Dr. Thompson.‹ Und das tat sie dann auch.«

Henry hatte sich einige Notizen gemacht, während Manciple sprach. Nun beschrieb er schweigend die Seite zu Ende und zog einen energischen Strich darunter.

»Wieviel davon haben Sie mir geglaubt?« fragte Major Manciple. »Ich meine, klang es überzeugend?«

54

»Sie werden doch nicht allen Ernstes glauben, daß ich Ihnen das verrate?« antwortete Henry. Er sah auf die Uhr. »Es ist schon spät. Lassen Sie uns noch einen Blick auf diesen famosen Schießstand werfen.«

Kapitel 5

Auf dem Weg durch die Halle fragte Major Manciple: »Schießen Sie eigentlich auch?« Und bevor Henry antworten konnte, fügte er hinzu: »Aber natürlich tun Sie das. Dumme Frage. Gehört ja zu Ihrer Ausbildung. Wir nehmen zwei Pistolen mit.« Er verschwand hinter einer dicken Eichentür, und kurz darauf erschien er wieder mit den beiden Pistolen. Eine davon reichte er Henry.

»Ich freue mich schon darauf«, sagte George Manciple, »Ihnen meine kleine Erfindung vorzuführen. Ich finde sie geradezu genial. Ein glaubwürdiger Ersatz für einen fliegenden Vogel. Verstehen Sie, der hiesige Tennisclub ist sehr kooperativ.«

Henry, der kein Wort verstand, bemerkte statt dessen: »Ich nehme an, Sie haben hier in der Gegend eine Menge zu schießen?«

»Gewiß. Eine Stunde täglich werde ich wohl im Schnitt auf dem Schießstand zubringen.«

»Nein, ich meine Wild, Fasane und –«

»Wild?« Manciple schien zutiefst schockiert. »Aber nein. Ich bin ein überzeugter Gegner des Jagdsports – ausgenommen das Fischen, aber das zählt ja nicht. Ich kann Ihnen versichern, Sir, auf meinem Besitz wird auf kein Tier und keinen Vogel geschossen oder Jagd gemacht. Wenn Sie zu Ihrem Vergnügen lebendige Wesen umbringen oder schänden wollen, dann sind Sie an den Falschen geraten. Wenn Sie so etwas vorhaben, müssen Sie sich an einen Barbaren wie John Adamson halten.« Der Major war rot angelaufen und atmete schwer.

»Es tut mir sehr leid, Major Manciple«, sagte Henry. »Ich wollte Sie nicht verstimmen. Ehrlich gesagt, bin ich selbst ein Gegner des Jagdsports. Ich dachte nur, weil Sie ein so begeisterter Schütze sind –«

»Schon gut, Tibbett«, sagte der Major, nun wieder beschwichtigt. »Hier entlang. Die Treppe hinunter und zwischen den Büschen hindurch. Vielleicht sollte ich Ihnen das erklären. Während meiner Zeit in der Army habe ich einen schweren Gewissenskonflikt durchgemacht. Die einzige Disziplin, die mir damals wirklich Freude machte und in der ich zu den Besten gehörte, war die Ausbildung zum Scharfschützen. Dann, eines Nachmittags, machte ich mit einem Freund einige Schießübungen im Garten der Offiziersmesse, und plötzlich rief dieser Freund: ›Jetzt passen Sie mal auf, Manciple‹ – und er erschoß einen Affen. Haben Sie jemals einen Affen getötet, Tibbett?«

»Nein«, entgegnete Henry.

»Sie schreien, wie Babies. Sie –« Er räusperte sich. »Na, ist ja egal. Nur, von dem Augenblick an wußte ich, daß ich niemals die Waffe gegen ein lebendiges Wesen erheben würde. Deshalb war ich auch so froh, als ich den Dienst quittieren konnte.«

»Ich frage mich«, sagte Henry, »ob Sie mich davon überzeugen wollen, daß Sie Mason niemals erschossen hätten.«

Der Major warf ihm einen verstohlenen Blick zu, dann lachte er laut. »Vielleicht will ich das«, sagte er herzlich. »Vielleicht will ich das wirklich. So, da wären wir.«

Der Schießstand war ein ungemütlicher Ort; im Grunde nicht mehr als ein leicht abschüssiges Stück Ödland im Osten des Hauses. Am unteren Ende befand sich eine sechs Meter hohe Betonmauer, zerfurcht von den Spuren zahlloser Schüsse. Vor der Mauer stand eine Reihe von vier geheimnisvoll aussehenden Kisten, jeweils im Abstand von mehreren Fuß und miteinander durch etwas verbunden, das wie Bindfaden aussah.

»Wollen Sie Ihr Glück versuchen?« fragte der Major.

»Nein danke«, antwortete Henry. »Ich sehe lieber zu.«

»Ganz wie Sie wollen, wie Sie wollen. In diesem Fall halten Sie sich im Hintergrund, zur Hauswand hin. Nun denn . . .«

Major Manciple trat vor bis an die Kistenreihe und kniete neben der am weitesten links stehenden nieder. Zu seiner Verblüffung sah Henry, wie er ein Feuerzeug aus der Tasche holte und den Faden anzündete. Dann erhob er sich und kam wieder zu der Stelle zurückgeschlendert, an der Henry stand.

»Zündschnur«, erklärte er knapp. Dann bezog er Stellung, die Pistole schußbereit im Anschlag.

»Aber was –«

»Ruhe, bitte!«

Henry schwieg. Gespannt und fasziniert beobachtete er, wie die Flamme der Zündschnur näher und näher an die hölzerne Kiste herankam. Plötzlich, ohne jede Vorwarnung und ohne jedes Geräusch, fand eine Art lautloser Explosion statt. Die Kiste sprang auf, und wie ein Springteufel kam ein kleines, rundes Etwas im hohen Bogen daraus hervorgeschossen. Im selben Augenblick feuerte der Major, und mit dem Knall des Schusses schien das kleine Etwas im Fluge zu zerplatzen.

Henry blieb keine Zeit, etwas zu sagen, bevor mit der zweiten Kiste genau das gleiche geschah. Wieder knallte ein Schuß, aber diesmal setzte das Etwas unbeschädigt seinen Weg gen Himmel fort, schien einen Augenblick lang an seinem höchsten Punkt zu verharren und fiel dann zu Boden.

Dem Major blieb gerade genug Zeit, »Verdammt, daneben!« zu rufen, als auch schon der dritte und der vierte Springteufel geflogen kamen. Zwei rasch aufeinanderfolgende Schüsse machten ihnen den Garaus.

Der Major wandte sich Henry zu. »Drei von vieren«, sagte er. »Gar nicht so übel. Ich stelle neue auf.«

Henry folgte Manciple zur Mauer am anderen Ende des Schießstandes. Das eine Ding, das den tödlichen Pistolenschüssen entkommen war, lag in dem buschigen Gras wie eine graue Ratte. Henry näherte sich ihm mit einer gewissen Beklemmung – dann sah er, daß es ein alter Tennisball war.

Der Major hob ihn auf. »Wie gesagt, ich bekomme sie kostenlos vom hiesigen Tennisclub«, bemerkte er. »Zum Spielen nicht mehr zu gebrauchen, aber immer noch sehr stabil. Genau das Richtige für die Manciple-Schleuder.«

»Wie um alles in der Welt funktioniert das?« fragte Henry.

»Ganz einfach. Ich baue sie selbst. Stabile Holzkiste; Deckel mit Seil festgebunden; in der Kiste stark gespannte Sprungfeder mit Tennisball obendrauf; die Zündschnur brennt langsam bis zum Seil ab – verstehen Sie, damit ich Zeit genug habe, zur Schußposition zurückzukommen, wenn ich allein bin. Sobald die Zündschnur das Seil ansengt, springt die Kiste auf, und die Feder katapultiert den Ball in die Höhe. Die Zündschnur brennt inzwischen weiter zur zweiten Kiste. Wie finden Sie das, hm?«

»Das ist erstaunlich«, sagte Henry überwältigt. »Und da behaupten Sie, Sie hätten nichts vom Manciple-Verstand abbekommen.«

58

Der Major schien geschmeichelt, doch sagte er: »Verstand ist eine Sache, Einfallsreichtum eine andere. Claud zum Beispiel, der könnte so etwas niemals erfinden – zwei linke Hände. Aber geben Sie ihm ein paar Seiten mathematischer Formeln ... so ist das nun einmal. Ich finde, meine Schleudern sind genial. Sämtliche Vorzüge einer Tontaube zu einem Bruchteil der exorbitanten Kosten.« Geschäftig räumte er die vier gebrauchten Kisten beiseite und holte einen zweiten Satz aus einem windschiefen Schuppen am Ende der Mauer hervor.

»Damit haben Sie sich also die Zeit vertrieben, als Mason erschossen wurde«, sagte Henry.

»Nicht ganz«, antwortete Manciple. »Genaugenommen war ich gerade dabei, vier neue Kisten aufzustellen, als ich den Motor des Wagens hörte und beschloß, ins Haus zu gehen. Wenn Sie bitte zurücktreten wollen – diesmal will ich versuchen, alle viere für Sie zu erwischen.«

Tatsächlich zerplatzten diesmal alle vier Tennisbälle im Fluge; der Major lächelte zufrieden. »Tja, Übung macht den Meister«, sagte er und nahm damit eventuelle Komplimente vorweg.

»Dieser Schießstand.« Henry zögerte. »Ist der wirklich völlig sicher?«

»Sicher? Sicher? Natürlich ist er sicher.« Der Major verfärbte sich erneut. »Es sei denn, ein Verrückter würde statt auf das Ziel zum Haus hin feuern. Das war ja Masons ständige Rede, daß es Irrläufer geben könnte. Aber ich frage Sie, Sir, wenn man so argumentiert, ist dann überhaupt etwas sicher? Ein Auto ist gefährlich, wenn man damit über eine Klippe fährt. Ein Fenster ist gefährlich, wenn man hinausspringt. Ein Kissen ist gefährlich, wenn man darin erstickt. Und noch etwas will ich Ihnen sagen, Tibbett.« Der Major wies mit seinem knochigen Finger auf Henrys Nase. »Wer immer Raymond Mason umgebracht hat, hatte es darauf abgesehen, meinen Schießstand in Verruf zu bringen.«

»Wie meinen Sie das?«

»Ein linkischer Versuch«, fuhr Major Manciple fort, »den Anschein zu erwecken, der Mann sei versehentlich durch einen Schuß von diesem Schießstand ums Leben gekommen. Genauer gesagt, durch einen Schuß von mir.«

»Wüßten Sie denn irgend jemanden, der so etwas tun wollte?«

»Niemand. Außer Mason selbst natürlich.« Manciple stieß ein kurzes, ironisches Lachen aus.

»Trotzdem«, erkundigte sich Henry, »halten Sie es für möglich, daß der Schuß, der Mason tötete, von diesem Schießstand aus abgefeuert wurde?«

»Ja, das wäre denkbar.«

»Aber der Schütze müßte sich umgewandt und in der Ge-
genrichtung des Zieles gefeuert haben«, überlegte Henry weiter, »was sehr unwahrscheinlich ist. Ganz abgesehen davon,
daß die Waffe im Gebüsch neben der Haustür gefunden
wurde. Und jeder Schuß, der von hier abgefeuert würde,
ginge ja ins Blaue. Die Büsche stehen so dicht, daß man die
Auffahrt von hier aus gar nicht sieht.«

»Sie sind ein kluger Bursche«, kommentierte der Major,
»ganz gleich, was Edwin sagt. Ich bin froh, daß Sie verstehen,
was ich Ihnen sagen wollte.«

»Ja«, sagte Henry nachdenklich. »Ich glaube, das tue ich.
Danke, daß Sie mir den Schießstand gezeigt haben.«

»War mir ein Vergnügen. Na, wir gehen wohl besser wieder
ins Haus. Ich kann mir vorstellen, daß Sie ein paar Worte mit
Violet wechseln wollen.«

Henry blickte auf die Uhr. »Schon fast sechs«, sagte er.
»Ich glaube, ich werde bis morgen damit warten.«

Violet Manciple kam ihnen in der Halle ausgesprochen aufgeregt entgegen.

»Oh, da bist du ja. Ich habe überall nach dir gesucht,
George. Mr. Tibbett, ein Sergeant ist hier und will Sie sprechen.
Ich habe ihn in den kleinen Salon gebeten. Sie werden sicher mit
ihm reden wollen. Der Tee ist leider kalt; ich habe ihn schon vor
einer Weile gemacht, aber ich wollte nicht stören. Und der Hund
hat sich übergeben. Ich glaube, Ramona hat ihn wieder gefüttert,
obwohl ich sie gebeten hatte, es bleibenzulassen. Immer noch
keine Spur von Julian, George; Maud macht sich allmählich Sorgen. Ach je, nun auch noch das Telefon . . .«

Sie stürzte davon, und George Manciple meinte: »Daß Frauen
aber auch immer ein solches Aufhebens um alles machen müssen.«

»Das alles ist sicher eine Menge zusätzlicher Arbeit für Mrs.
Manciple«, gab Henry zu bedenken.

»Arbeit?« George Manciple klang, als ob er dieses Wort noch
niemals gehört habe. »Was meinen Sie mit Arbeit?«

»Nun – Kochen und Abwaschen und die Gäste im Haus –«

»Ach so, das Haus. Ja, damit hat Violet wahrscheinlich schon ein wenig mehr zu tun.«

»Sie macht alles allein, nicht wahr?«

»Ja, wenn ich es recht bedenke, tut sie das tatsächlich. Normalerweise geht ihr die alte Mrs. Rudge zwei Vormittage die Woche zur Hand, aber im Augenblick ist sie in Kingsmarsh und versorgt ihre kranke Tochter. Weiß der Himmel, wann wir sie wiedersehen.«

»Und wie viele Diener gab es früher hier im Haus?«

»Früher?« Ein Leuchten ging über Georges Gesicht, wie stets, wenn er seiner goldenen Jugendzeit gedachte. »Lassen Sie mich überlegen. Die Köchin natürlich, und Jimson, der Butler, ein Hausmädchen und ein Stubenmädchen. Für draußen hatte der Rektor zwei Gärtner fest angestellt und einen Gärtnerburschen. Und alle fühlten sie sich wohl hier.«

»Ihre Frau macht also die Arbeit von vier Personen.«

George Manciple schien überrascht und schwer gekränkt. »Ich weiß gar nicht, was Sie meinen«, sagte er. »Sie kümmert sich doch nur ums Haus. Violet serviert nicht bei Tisch und bringt morgens keine Krüge mit warmem Wasser auf die Zimmer, so wie das Hausmädchen das immer tat. Arbeit? Violet hat in ihrem Leben niemals arbeiten müssen. Sie ist meine Frau, und ich kann Ihnen versichern, Sir, daß sie es niemals nötig gehabt hat, ihre Hände zu rühren, um damit Geld zu verdienen – und das versteht man ja wohl unter Arbeit. Meine Güte, man könnte meinen, sie würde ausgebeutet wie eine viktorianische Fabrikarbeiterin.« Der Major hielt inne und schnaufte heftig, als ob er einen unangenehmen Gedanken aus seinem Kopf vertreiben wolle. Dann zeigte er auf eine Tür und sagte: »Das ist das Zimmer, wo Ihr Mann auf Sie wartet.«

Der Sergeant entschuldigte sich, daß er Henry störe, aber er habe angenommen, der Chefinspektor solle erfahren, daß Frank Mason, der Sohn des Toten, in Cregwell eingetroffen sei und Henry sofort zu sehen verlange. Genauer gesagt, gebe es ein wenig Ärger mit ihm, er erhebe die wildesten Anschuldigungen, und... nun... und außerdem, fuhr der Sergeant eilig und mit einiger Erleichterung fort, seien noch einige Laborergebnisse gekommen.

Zum Beispiel stamme die Kugel, mit der Mason getötet wurde, zweifelsfrei aus der Waffe, die im Gebüsch gefunden worden war.

Die eingehende Untersuchung des Mercedes habe keine brauchbaren Fingerabdrücke zutage gefördert, außer denjenigen von Mason selbst – besonders deutlich seien sie an dem Schalter, der die Benzinzufuhr unterbreche. Und ob Henry, wollte der Sergeant schließlich noch wissen, einen Stenotypisten brauche ... es sei doch richtig, daß der Chefinspektor auf Cregwell Grange Zeugen vernehme ...?

Henry lächelte. »Ich glaube, für heute habe ich hier genug getan«, sagte er. »Ich mache mir nur noch ein paar Notizen, dann fahre ich hinüber zur Cregwell Lodge und sehe mir den jungen Mr. Mason an.«

»Ich werde dafür sorgen, daß er auf Sie wartet«, bot sich der Sergeant an. Dann fügte er noch hinzu: »Ist ... alles in Ordnung hier, Sir?«

»Was meinen Sie mit ›alles in Ordnung‹?«

»Nun.« Es war dem Sergeant peinlich. »Ein paar von den Leuten hier sind ziemlich eigenartig. Nicht ganz richtig im Kopf, wenn Sie mich fragen.«

»Tatsächlich?« entgegnete Henry unschuldig.

»Also hören Sie, Sir. Ich warte hier drin, und ein großer hagerer alter Herr kommt herein. Sehr schlecht angezogen, aber mit Priesterkragen. ›Sind Sie Polizist?‹ fragt er. ›Ja, Sir‹, antworte ich. ›Dann dürfte das ja kein Problem für Sie sein‹, sagt er, und dann erzählt er mir irgendein Kauderwelsch über dreizehige Faultiere und Engländer, die Hilfe brauchen. Ich dachte, er will sich über irgendwas beschweren –«

»Fauler Bursche«, sagte Henry mit tadelnswertem Vergnügen. »Immer nur träge herumhängen, das ist der Anfang vom Schnüffler. Ein Engländer braucht Hilfe.«

Der Sergeant sah nun ernstlich besorgt aus. »Genau das hat er gesagt. Und ich antwortete –«

»Drei Buchstaben«, sagte Henry. »Fangen Sie mit dem dreizehigen Faultier an –«

Der Sergeant hatte sich erhoben und arbeitete sich in Richtung Tür vor.

»Ah ja ... nun, es wird aber wirklich Zeit, daß ich weiterkomme, Sir ...«

»Bleibt das D«, fuhr Henry unerbittlich fort. »D wie Detektiv. Schnüffler, das ist der Detektiv. Fängt mit D an. A–I–D. Aid. Der Engländer braucht Hilfe.«

In diesem Augenblick öffnete sich die Tür hinter dem Sergeant, und Ramona Manciple sprach mit ihrer tiefen Stimme: »Ah, Mr. Tibbett. Ich habe Ihnen Nieswurz und Leinkraut mitgebracht. Das macht Sixpence. Wußten Sie, daß George wieder auf seinem Baum sitzt?«

Mit einem leisen Stöhnen floh der Sergeant aus dem Raum. Henry nahm die Schulkladde mit der angemessenen Dankbarkeit entgegen. Auf das Titelblatt hatte Ramona in kalligraphischer Schrift geschrieben: »Henry Tibbetts Wildblumenbuch«, und darunter ein Swinburne-Zitat: ». . . Blüte um Blüte eilt der Frühling herbei.«

»Das ist wirklich ganz reizend von Ihnen, Lady Manciple.«

»Von wegen. Sie schulden mir Sixpence für die Kladde.«

Henry holte ein Sixpencestück hervor, und Lady Manciple ließ es in der Tasche ihres Dirndls verschwinden. »Wie ich höre, wollen Sie mit Violet sprechen?« fragte sie.

»Heute nicht mehr«, erwiderte er.

»Na jedenfalls – meiden Sie um Himmels willen das Thema Steingartenpflanzen. War das einer Ihrer Leute?«

»Der eben hier bei mir war? Ja.«

»Ein seltsamer junger Mann, so davonzulaufen. Sie sollten ihm Manieren beibringen.«

»Ich will's versuchen, Lady Manciple«, versprach Henry.

Ramona begleitete ihn zur Haustüre, und er stand eben auf der Treppe und verabschiedete sich von ihr, als er einen jungen Mann erblickte, der mit raschen Schritten die Auffahrt heraufkam. Als der Neuankömmling den Ahorn erreicht hatte, brüllte eine Stimme von oben: »Julian!«

Der junge Mann blieb wie angewurzelt stehen und schaute sich verwirrt nach allen Seiten um.

»Oben im Baum, Julian!« rief Ramona ihm zu. »Es ist George!« An Henry gewandt fügte sie hinzu: »Das ist Julian. Mauds Verlobter. Was bin ich froh, daß er wieder da ist!«

»Wo hast du denn gesteckt, Julian?« ließ sich Major Manciples Geisterstimme aus den Baumkronen vernehmen.

Der junge Mann zögerte. Dann antwortete er: »Ich hatte geschäftlich in London zu tun, Major Manciple.«

»London? London? An ein- und demselben Tag nach London und zurück? So etwas habe ich ja noch nie gehört. Warum hast du Maud nichts davon gesagt?«

»Ich... ich hatte meine Gründe, Sir. Und ich war ja nur ein paar Stunden fort –«

»Lang genug, um Hühnchen zum Mittagessen zu verpassen«, erscholl die Orakelstimme. Der Major schien andeuten zu wollen, daß dies allein schon eine angemessene Strafe für schlechtes Betragen sei, und die Stimme war schon freundlicher, als er hinzufügte: »Und einen Polizisten.«

»Zum Essen?«

»Aber ja. Jemand namens Tibbett. Kein schlechter Bursche, auch wenn Edwin meint, er sei nicht allzu helle.«

Henry hatte den Eindruck, daß der Augenblick gekommen war, das Gespräch zu unterbrechen, bevor es zu vertraulich wurde. Mit lauter Stimme sprach er: »Nun, Lady Manciple, soviel für heute. Auf Wiedersehen.« Eilig schritt er die Stufen hinunter und die wenigen Meter die Auffahrt entlang bis zum Ahornbaum. »Auf Wiedersehen, Major Manciple«, rief er hinauf in die belaubten Höhen. Dann wandte er sich an den jungen Mann: »Sie müssen Mr. Manning-Richards sein. Ich heiße Tibbett. Ich komme von Scotland Yard.«

»Sehr erfreut, Sie kennenzulernen, Sir«, sagte Julian Manning-Richards. Aus der Nähe konnte Henry erkennen, daß er dunkles Haar hatte, sonnengebräunte Haut, tiefblaue Augen und ein gewinnendes Lächeln. Er und Maud, dachte Henry, mußten ein außerordentlich stattliches Paar abgeben.

»Ich nehme an«, fuhr Julian fort, »Sie sind wegen dieser schrecklichen Sache mit Raymond Mason hier.«

»So ist es.«

»Nun...« Julian zögerte. »Ich ... würde gern mit Ihnen sprechen, Sir. Sie müssen wissen, ich...«

»Was war das? Was sagst du?« Major Manciple klang gereizt. »Kannst du nicht lauter sprechen, Junge?«

»Morgen früh bin ich wieder hier und werde alle befragen«, sagte Henry noch. Dann ging er raschen Schrittes die Auffahrt hinunter zu seinem Wagen.

* * *

»Natürlich«, sagte Isobel Thompson, »sind sie alle miteinander verrückt. Bezaubernde Leute, auf ihre Weise, aber völlig plemplem. Noch Tee, Emmy?«

64

»Danke«, nahm Emmy Tibbett an. Dann sagte sie lachend: »Henry hat ein Händchen dafür, sich mit den verrücktesten Gestalten einzulassen. Ich nehme an, er hat seinen Spaß dabei.«

Isobel, mit dem Eingießen des Tees beschäftigt, nahm diese Bemerkung nachdenklich auf. Dann sagte sie: »Die Manciples können sehr lustig sein, solange man nicht gezwungen ist, aus ihnen schlau zu werden.«

»Aber sie sind doch nicht wirklich verrückt, oder?« fragte Emmy. »Ich meine – wahnsinnig.«

»Du lieber Himmel, nein. Es sind Genies, die meisten von ihnen. Sir Claud leitet das Kernforschungsinstitut in Bradwood, und Maud könnte sich ihr Zimmer mit Universitätsdiplomen tapezieren. Und Edwin ist Bischof – oder war Bischof, bis er sich zur Ruhe setzte. George und Violet sind allerdings keine großen Lichter, das ist wahr, aber –«

»Das scheint ja eine riesige Familie zu sein. Wohnen sie alle hier in Cregwell Grange?«

»Oh, meine Güte, nein. Sie veranstalten ein Familientreffen, um Julian Manning-Richards abzuklopfen.«

»Um was zu tun?«

»Den jungen Mann in Augenschein zu nehmen und ihre Zustimmung zu erteilen, bevor er und Maud offiziell ihre Verlobung bekanntgeben. Eigentlich ist es ja noch ein Geheimnis«, fügte Isobel ein wenig selbstgefällig hinzu.

»Ich weiß nicht, ob mir das gefällt«, sagte Emmy.

»Die Manciples sind Exzentriker«, erklärte Isobel weiter. »Sie folgen einer anderen Logik als gewöhnliche Menschen. Das sagt jedenfalls mein Mann immer.«

»Und was für eine Logik ist das?«

»Na – zum Beispiel die verrückte Art, wie sie an dem Haus hängen. Das kommt natürlich von dem alten Herrn her. Der Rektor, wie sie ihn zu nennen pflegten.«

»Major Manciples Vater?«

»Genau. Er war Rektor in Kingsmarsh. Völlig überkandidelt. Nimm nur die Art, wie er ums Leben kam. Er bestand darauf, in der Mitte der Straße zu fahren, und der alte Pringle, sein Anwalt, ebenso. Eines Tages fuhren die beiden Wagen aufeinander zu. Keiner wollte dem anderen Platz machen, und da... Es wäre komisch, wenn es nicht so tragisch wäre. Sie kamen beide um. Alecs Vater war damals der hiesige Landarzt, und er war der letzte, der den alten Manciple lebend sah, im Krankenhaus. Offenbar hat er ununterbrochen von George und dem Haus gesprochen, und Alecs Vater schrieb alles auf, jedes Wort, und schickte es George Manciple per Brief. Und prompt quittierte George seinen Dienst bei der Army und zog hierher. Ich glaube, er und Violet würden lieber verhungern, als dieses riesige, häßliche Haus zu verkaufen. Ich persönlich wollte es ja nicht mal geschenkt haben.«

»Wie gut kanntest du Raymond Mason?« fragte Emmy.

»Meine Liebe ... so gut wie gar nicht. Er war ein unmöglicher Mensch. Eigentlich sollte man so etwas nicht sagen, nun, da der arme Mann tot ist, aber er war so ungehobelt und vulgär. Das wäre ja nicht so schlimm gewesen, wenn er nicht überall versucht hätte, sich in den Vordergrund zu spielen und das ganze Dorf für sich zu vereinnahmen. Wenn man das bedenkt, waren die Leute noch außerordentlich höflich zu ihm, sogar Sir John Adamson und die Fenshires haben ihn ein oder zweimal zum Essen eingeladen, obwohl ich wirklich nicht weiß, warum. Im Grunde war Violet Manciple die einzige, die eine gewisse Sympathie für ihn hegte, aber sie ist ein Engel, und sie ... naja, sie hat überhaupt keinen Sinn für gesellschaftliche Grenzen. Er hat sich immer beim Friseur die Hände maniküren lassen«, fügte Mrs. Thompson noch hinzu.

»Ist das denn so schlimm?« fragte Emmy und lächelte.

»Weißt du noch, Emmy«, sagte Isobel, »auf der Schule ist dir immer schlecht geworden, wenn du Bananen gegessen hast.«

»Was um alles in der Welt hat das hiermit zu tun?«

»›Ich mag Bananen, aber sie mögen mich nicht‹, hast du immer gesagt. Und genauso verhielt es sich mit Raymond Mason und Cregwell. Er mochte Cregwell, aber Cregwell mochte ihn nicht. Nur mit dem Unterschied, daß du so vernünftig warst, keine Bananen mehr zu essen, wohingegen Mason –«

»Du meinst, Cregwell hat ihn –«

»Ausgespuckt«, sagte Isobel. »Schlicht und ergreifend. Und ehrlich gesagt, wundert mich das nicht.«

»Du willst doch nicht...« Emmy wußte, was sie nun fragen mußte, und der Gedanke jagte ihr Angst ein. »Du willst doch nicht behaupten, du weißt, wer ihn umgebracht hat?«

»Nein«, entgegnete Isobel. »Das nicht. Wenn ich das wüßte, würde ich es dir sagen. Obwohl ich meine Zweifel habe, daß irgend jemand sonst in Cregwell es tun würde, ausgenommen Violet Manciple.«

»Sie kann es unmöglich wissen«, meinte Emmy, »sonst hätte sie es gestern der hiesigen Polizei gesagt. Henry wird zu einem solchen Fall immer erst hinzugezogen, wenn die Beamten am Ort zu dem Schluß kommen –«

»– daß sie damit nicht zurechtkommen?« Isobel klang amüsiert.

»So habe ich das nicht gemeint. Aber Scotland Yard hat so viele Möglichkeiten, die die lokalen Behörden nicht haben –«

»Meine liebe Emmy«, erklärte Isobel, »dein Mann ist zu diesem Fall hinzugezogen worden, weil unser Polizeichef weiß, daß hier im Ort alle viel zu sehr in diese Sache verwickelt sind, als daß man ohne Schwierigkeiten ermitteln könnte. Er und die Manciples sind Nachbarn und gut befreundet. Er selbst kannte Mason ebensogut wie alle anderen – und verabscheute ihn mehr als die meisten. Es hätte ihn in gewaltige Schwierigkeiten gebracht, wenn er die Untersuchung selbst geleitet hätte.«

»Ja«, sagte Emmy. »Das sehe ich ein.«

»Na jedenfalls trieft das Dorf geradezu vor Gerüchten und Klatschgeschichten«, fuhr Isobel fort, »das kannst du mir glauben.« Ihre Augen leuchteten vor unschuldiger Freude bei diesem Gedanken. »Deshalb wollte ich dir vorschlagen, daß ich meine Ohren offenhalte und dir alles berichte, was ich erfahre.«

»Tja...« Emmy zögerte. Im Gegensatz zu ihrer alten Schulfreundin hatte sie eine instinktive Abneigung gegen Klatsch. Andererseits war nicht von der Hand zu weisen, daß das, was Isobel sagte, sehr vernünftig war. Als Frau des hiesigen Arztes war sie wie geschaffen, sämtliche Gerüchte aufzuschnappen, die im Umlauf waren, und das konnte für Henry von großem Nutzen sein.

»Das wäre lieb von dir, Isobel«, sagte Emmy. »Vielen Dank.«

»Es wird mir eine Freude sein«, gestand Isobel ein. »Schau einfach vorbei, wenn du in der Nähe bist, und ich gebe dir einen Bericht über den Stand der Dinge. Heute morgen war die Meinung im Dorfladen einhellig, daß George Manciple den Finger am Abzug hatte, obwohl niemand im Traum daran dächte, das deinem Mann zu sagen. Ungefähr die Hälfte neigt zu der Ansicht, daß es ein Unfall war, verursacht durch den Schießstand, den sie seit jeher mit Mißtrauen betrachten. Die anderen fünfzig Prozent glauben, daß George Mason absichtlich erschossen habe, wegen all ihrer Streitereien in letzter Zeit. Wenn es ein Unfall gewesen wäre, sagen sie, wäre Scotland Yard nicht hier – was mir ein vernünftiges Argument zu sein scheint. Neun Zehntel dieser Leute, würde ich schätzen, stehen auf Georges Seite. Du kannst also deinem Henry sagen, wenn er auf die Idee kommt, Major Manciple zu verhaften, dann kann er froh sein, wenn er aus Cregwell herauskommt, ohne gelyncht zu werden.«

»Danke«, sagte Emmy. »Ich werde es ausrichten.«

Kapitel 6

Frank Mason war ein rothaariger Hitzkopf mit kantigem Kinn und einem ausgeprägten Cockney-Akzent. Er stand Henry am Schreibtisch seines Vaters in Cregwell Lodge gegenüber und funkelte ihn wütend an. »Kommen Sie mir ja nicht auf die kumpelhafte Tour«, fuhr er ihn an, »das verfängt bei mir nicht. Ich weiß, wer meinen Alten umgelegt hat, und ich verlange Gerechtigkeit.«

»Mr. Mason«, sagte Henry. »Ich –«

»Die Leute mit den schicken Doppelnamen«, knurrte Frank Mason. »Glauben, sie könnten mit einem Mord davonkommen. Einem kaltblütigen Mord. Na, die werden schon sehen.«

Henry verlor allmählich die Geduld. »Wenn Sie sich einfach hinsetzen würden, Mr. Mason, und mir sagten –«

»Ich sage verdammt noch mal, was ich will. Ich lasse mir von niemandem den Mund verbieten!«

»Hinsetzen!« sagte Henry. Er sagte es nicht allzu laut, aber aus seinem Tonfall sprach unmißverständlich Autorität. Mason hielt verdutzt inne. Dann setzte er sich.

»Schon besser«, meinte Henry. »Also.« Er holte sein Notizbuch hervor. »Sie heißen Frank Mason. Sie sind fünfundzwanzig Jahre alt und der Sohn des verstorbenen Raymond Mason.«

»Richtig.«

»Sein einziges Kind, glaube ich.«

»Soviel ich weiß.« Frank Mason schien sich ein wenig beruhigt zu haben. »Das einzig legitime jedenfalls. Meine Mutter ist vor zehn Jahren gestorben.«

»Und was sind Sie von Beruf, Mr. Mason?«

Zum ersten Mal lächelte Mason. »Von Beruf? Nichts. Ich bin ein wohlhabender Müßiggänger, Inspektor.«

»Sie meinen – Sie tun überhaupt nichts?«

»Das habe ich nicht gesagt. Ich studiere Philosophie und ar
beite an einem Buch. *Die philosophische Theorie des Xenophanes, neu gesehen im Licht des dialektischen Materialismus.* Das
ist nur der Arbeitstitel. Mir bleibt die lästige Notwendigkeit,
mir einen Lebensunterhalt zu verdienen, durch den Umstand
erspart, daß mir eine Hälfte der Firma Raymond Mason, Wettbüro gehört. Ich schaue sogar ein oder zweimal im Monat im
Büro vorbei und sehe begeistert zu, wie der Zaster geschaufelt
wird.«

»Um genau zu sein«, sagte Henry, »Ihnen ge hö rte eine
Hälfte dieses Geschäfts.«

»Was soll das heißen?« Frank Mason schien plötzlich völlig
durcheinander.

»Nur daß ich annehme«, entgegnete Henry, »daß Sie durch
den Tod Ihres Vaters Alleineigentümer geworden sind.«

Nun folgte eine lange Pause. Dann sagte Frank Mason, eher
zu sich selbst: »Daran habe ich überhaupt noch nicht gedacht.«

»Tatsächlich nicht?« Henry machte aus seinem Unglauben
keinen Hehl. So etwas übersah man nicht, nicht einmal im Augenblick des schmerzlichen Verlustes. »Ich nehme doch an, daß Sie
im Testament Ihres Vaters als Haupterbe eingesetzt sind?«

Mason wurde rot vor Zorn. »Was wollen Sie damit andeuten?«

»Ich will überhaupt nichts andeuten. Ich stelle Ihnen nur eine
Frage. Si nd Sie der Haupterbe?«

»Der Alleinerbe, soviel ich weiß – und Sie können davon halten, was Sie wollen.«

Henry machte sich eine Notiz. Dann sagte er: »Wenn Sie mir
jetzt freundlicherweise sagen wollen, was Sie gestern getan haben.«

»Das hat überhaupt nichts zu sagen. Ich bin hergekommen,
um Ihnen mitzuteilen –«

Mit einem Schlag klappte Henry sein Notizbuch zu. »Tut mir
leid, Mr. Mason, aber ich muß Sie bitten, mich auf die Polizeiwache zu begleiten.«

»Was soll das heißen?«

»Ich hatte gehofft«, sagte Henry, »daß wir uns ungezwungen
hier bei Ihnen unterhalten können. Aber bei der Einstellung,
die Sie an den Tag legen –«

70

»Ja, schon gut.« Mason sackte hinter dem Tisch zusammen. »Wenn ich Ihre blödsinnigen Fragen beantworte, hören Sie dann anschließend zu, was ich zu sagen haben?«

»Aber natürlich.«

»Also gut. Gestern morgen habe ich an meinem Buch gearbeitet, zu Hause. Ich wohne, wie Sie vermutlich wissen, in London. Ich habe ein Appartement in der Nähe von Victoria Station. Zum Mittagessen war ich in meiner Stammkneipe. Anschließend habe ich einen Abstecher ins Wettbüro gemacht, um mal nach dem Rechten zu sehen; ich blieb dort bis gegen halb vier, dann bin ich in den Lesesaal des Britischen Museums gegangen. Auf dem Heimweg habe ich noch mal in der Kneipe vorbeigeschaut, und gegen halb acht war ich wieder zu Hause. Da hat mich dann ein Polizist angerufen und mir mitgeteilt, was meinem Alten zugestoßen ist. Ich wollte mich sofort auf den Weg machen, aber die meinten, das hätte nicht viel Zweck. Also bin ich heute morgen aufgebrochen, und jetzt bin ich da. Zufrieden?«

»Ja«, sagte Henry. »Das klingt durchaus einleuchtend. Tja . . .« Er lehnte sich zurück und schaute Mason an. »Was meinen Sie damit, Sie wüßten, wer Ihren Vater umgebracht hat?«

»Das will ich Ihnen sagen. In zwei Worten. Julian Manning-Richards.«

»Sie erheben da eine äußerst schwerwiegende Anschuldigung, Mr. Mason.«

»Darauf können Sie Ihren Kopf verwetten.«

»Nun gut. Erzählen Sie.«

Mason runzelte die Stirn. Er nahm einen Brieföffner, eine Elfenbeinschnitzerei, vom Schreibtisch und spielte geistesabwesend damit, während er nach den richtigen Worten suchte. »Mein Vater und ich, wir standen uns nicht sonderlich nahe. Ich glaube, er war enttäuscht von mir, denn wenn es nach ihm gegangen wäre, hätte ich mich ganz dem Geschäft gewidmet. Er konnte einfach nicht verstehen, daß ich die Wissenschaft dem Geldverdienen vorzog. Ich brauche Ihnen wohl kaum zu sagen, daß wir auch politisch verschiedener Meinung waren. Eigentlich waren wir in nichts einer Meinung, außer, daß wir geteilter Meinung waren. Verstehen Sie?«

»Ja«, sagte Henry.

»Wir haben uns nicht oft gesehen. Im Grunde kam es zum mehr oder weniger endgültigen Bruch zwischen uns, als er hierher zog.

Einmal habe ich ihn hier besucht, und ich war reichlich angewidert, das kann ich Ihnen sagen. Es war ein erbärmliches Schauspiel. Der arme alte Dad machte sich wunders wie wichtig, spielte den Landedelmann; er scharwenzelte wie ein gottverdammter Speichellecker um unverbesserliche alte Faschisten wie diesen Adamson herum. Ich habe mir geschworen, nie wieder herzukommen, und daran habe ich mich auch gehalten, bis heute.« Er hielt inne.

»Dann hatten Sie Ihren Vater also längere Zeit nicht gesehen?« fragte Henry.

»Ja, doch, ich habe ihn gesehen. Es ist noch gar nicht so lange her. Wissen Sie, der eine Berührungspunkt, der uns blieb, war das Wettbüro. Die gute alte Firma. Vor rund zwei Wochen sind wir zufällig am gleichen Tag dort aufgekreuzt und dann zusammen essen gegangen. Wir kamen ganz gut miteinander aus, solange wir uns nicht allzu häufig sahen.« Mason unterbrach sich erneut und fuhr dann fort: »Ehrlich gesagt kam mir ziemlich schnell der Verdacht, daß Dad von dem Bürovorsteher erfahren hatte, wann mit meinem Erscheinen zu rechnen war, und daß er absichtlich ein Zusammentreffen arrangiert hatte, das wie zufällig wirken sollte. Während der Suppe und beim Fisch druckste er merkwürdig herum, aber erst bei Kaffee und Brandy nahm er all seinen Mut zusammen und legte die Karten auf den Tisch.«

»Welche Karten?«

»Daß er vorhatte, wieder zu heiraten. Zu heiraten! Ich bitte Sie. Und noch dazu irgendeine gräßliche Debütantin, die nur halb so alt war wie er. Die kleine Manciple. Ich war entsetzt, und das habe ich ihm auch gesagt. Es sei schlimm genug, daß ein Snob und Emporkömmling aus ihm geworden sei, da müsse er sich nicht auch noch obendrein wie ein alter Lüstling aufführen.«

»Darüber wird er sicher sehr erfreut gewesen sein«, meinte Henry trocken.

Frank Mason schlug mit der flachen Hand auf den Schreibtisch. »Und wissen Sie, was das Schlimmste war?« sagte er. »Das Schlimmste war, daß es in seinen Dickschädel einfach nicht hineinging, daß ich versuchte, ihn zu beleidigen.«

»Nein? Also ich hätte gedacht –«

»Er hat mich absichtlich mißverstanden. Verstehen Sie, er redete sich ein, daß ich nur aus einem einzigen Grund gegen die Heirat war, nämlich weil ich mein Erbe dahinschwinden sähe –

72

oder weil ich es jedenfalls nicht mit dem kleinen Frauchen und irgendwelchen unsäglichen Stiefbrüdern oder -schwestern, die womöglich noch auftauchen würden, teilen wollte. Er konnte sich einfach nicht vorstellen, daß ich mich für irgend etwas anderes als die finanzielle Seite interessieren könnte. Je mehr ich ihm klarzumachen versuchte, wie abstoßend die ganze Idee war, desto mehr versicherte er mir, ich würde besser dastehen, nicht schlechter. ›Ich habe Maud wirklich sehr gern‹, sagte er immer wieder, ›aber ich sehe auch, wo was zu holen ist. Auch für dich, mein Junge.‹ Es war zum Kotzen. Ich nehme an, die Familie dieses vermaledeiten Mädchens schwimmt nur so in dreckigem, ererbtem Geld.«

Henry enthielt sich dazu jeder Bemerkung. Im nächsten Moment fuhr Mason fort: »Wie dem auch sei, ich habe mit meiner Meinung nicht hinter dem Berg gehalten, und als wir uns trennten, standen die Zeichen auf Sturm. Dann, letzte Woche – es war am Dienstagabend – hat der alte Herr mich angerufen. Zum ersten Mal seit Jahren. ›Tja, Frank‹, hat er gesagt, ›ich habe einen Korb bekommen. Die Dame will nichts von mir wissen.‹ ›Na prima, gut so‹, antwortete ich. ›Nicht nur das‹, fuhr er fort, ›wie es scheint, ist sie bereits verlobt. Mit einem jungen Mann namens Manning-Richards.‹

Da ging mir sofort ein Licht auf. Ich kannte diese Pestbeule Manning-Richards von der Universität her. Er stammt aus Bugolaland, wie Sie vielleicht wissen, aus einer angesehenen alten Imperialistenfamilie, und er hielt sich zu irgendwelchen weiterführenden Studien in England auf. Wir sind ein paarmal kräftig aneinandergeraten, und ich dachte mir, wenn das Mädel blöd genug ist, eine Heirat mit so jemandem auch nur zu erwägen, dann verdient sie es nicht besser.

Dad klang sehr interessiert, als er erfuhr, daß ich Manning-Richards kenne. ›In diesem Falle, mein Sohn‹, sagte er, ›sollte ich dir wohl sagen, daß er gedroht hat, mir etwas anzutun. Er hat gesagt, wenn ich nicht die Finger von Maud lasse, dann sorgt er dafür, daß es ungemütlich für mich wird. Also vergiß das nicht, Frank, mein Junge. Wenn mir irgendwas zustößt, dann weißt du, wer dafür verantwortlich ist.‹« Am Höhepunkt seiner Erzählung angekommen, lehnte sich Frank Mason mit einem wütenden Schnauben zurück. »Was sagen Sie dazu, Inspektor?«

»Kam es Ihnen nicht seltsam vor, daß Ihr Vater Sie anrief, um Ihnen von Manning-Richards zu erzählen?«

Einen Augenblick lang zögerte Mason. Dann stieß er angriffs-lustig hervor: »Wie sich gezeigt hat, hat er ja wohl nie etwas Ver-nünftigeres getan.«

»Das wird sich erst noch herausstellen«, bemerkte Henry. »Zu-nächst vielen Dank, Mr. Mason. Und da ich nun schon hier bin, dürfte ich mich da wohl ein wenig im Haus umsehen?«

»Wollen Sie damit sagen, daß Sie Manning-Richards nicht ver-haften werden?«

»Im Augenblick nicht.«

Mason musterte Henry mit einem höhnischen Grinsen. »Wer hat Sie in der Hand, Inspektor? Wer bezahlt Sie dafür, daß Sie die Finger vom Establishment lassen?«

Henry erhob sich seufzend. »Dann komme ich eben mit einem Durchsuchungsbefehl wieder«, sagte er.

»Um Himmels willen, sehen Sie sich um, soviel Sie wollen. Ich mache inzwischen einen Spaziergang. Ich ersticke in diesem Haus.«

Henry sah dem verbohrten Mann in seinem abgeschabten Dufflecoat nach, wie er mit Riesenschritten in der Dämmerung des Septemberabends im Garten verschwand. Dann wandte er seine Aufmerksamkeit Cregwell Lodge zu.

Das Haus war ursprünglich als Pförtnerhaus für Cregwell Grange erbaut worden. Damals verlief die Hauptstraße östlich und nicht westlich vom Herrenhaus. Beim Bau der neuen Straße um die Jahrhundertwende war die heutige Zufahrt zur Cregwell Grange angelegt worden, und das Pförtnerhaus lag nun abseits. Die alte Zufahrt war ganz von Gras überwuchert und mündete in einen ausgefahrenen, baumgesäumten Feldweg. Dahinter er-streckten sich sumpfige Wiesen bis hinunter zum Fluß.

Die Lodge war klein, aber kompakt, zweckmäßig und architek-tonisch gelungener als das Herrenhaus. Raymond Mason hatte sie tadellos herrichten und neu ausstatten lassen.

Das Erdgeschoß bestand fast ausschließlich aus dem großen Wohnzimmer mit Bibliothek, durch dessen Erkerfenster Henry jetzt der sich entfernenden Gestalt Frank Masons nachblickte. Offensichtlich hatte man mehrere Zwischenwände entfernt, um diesen imposanten Raum zu schaffen. Die Einrichtung war be-wußt teuer und maskulin: tiefe Ledersessel, ein großer Kamin, in dessen gewaltigem Schlund junge Bäume bequem Platz gefunden hätten, ein tiefroter Teppich, ein wuchtiger Mahagonischreibtisch

74

mit klassischen Messinggriffen und einer Arbeitsplatte aus einge-
legtem rotem Leder mit Goldprägung. Die Wände beiderseits des
Kamins waren vom Boden bis zur Decke von Bücherregalen verdeckt, die sich unter der Last erlesener, ledergebundener Folian-
ten bogen. Viele von ihnen trugen, in Gold auf den wuchtigen
Rücken geprägt, die zupackende Hand aus dem Wappen der
Manciples. Henrys Blick glitt über die Buchtitel. Es waren fast
durchweg griechische und lateinische Werke, entweder im Original oder in Übersetzungen. Gibbons *Verfall und Untergang des
Römischen Reiches* war ebenso darunter wie gelehrte Kommen-
tare zu Homer, Sophokles und Vergil aus der Feder bedeutender
viktorianischer Koriphäen. Das waren die Bücher, die Mason zu
lesen vorgegeben hatte, um Sir John Adamson zu beeindrucken.
Aber ein kleines Regal mit Taschenbüchern der reißerischeren
Art legte ein beredteres Zeugnis von den wahren literarischen
Vorlieben des verblichenen Hausherrn ab.

Als nächstes widmete Henry sich dem Schreibtisch. Trotz seiner beachtlichen Größe war er offenbar kaum benutzt worden,
denn die meisten Schubladen waren leer. Eine enthielt Briefpa-
pier – große tiefblaue Bögen aus pergamentartigem Papier mit
Büttenrand, die Adresse in schwungvoller Schrift in der rechten
oberen Ecke eingeprägt. In einer anderen Schublade befand sich
ein Ordner mit Rechnungsbelegen örtlicher Kaufleute, aus denen
hervorging, daß Raymond Mason alle Rechnungen prompt und
ohne jedes Hin und Her beglichen hatte. Dieser Zug, der ihn den
Dorfbewohnern eigentlich hätte sympathisch machen müssen,
hatte, so überlegte Henry, vermutlich nur ihren Eindruck bestätigt, daß er »kein Gentleman« war. Ein Gentleman zahlt nicht bar
auf den Tisch.

Das einzige von Interesse war ein Terminkalender für das lau-
fende Jahr, den Henry erwartungsvoll aufschlug. Wie alles andere
im Zimmer zeugte auch er unübersehbar vom Wohlstand seines
Besitzers: Er war großformatig, in Leder gebunden, und auf der
Vorderseite prangten in goldenen Lettern die Initialen R.M.; für
jeden Tag des Jahres gab es eine ganze Doppelseite. Unglück-
licherweise hatte Raymond Mason diesen Überfluß an Raum nicht
zu nutzen gewußt. Die Eintragungen waren lakonisch und spärlich.

Einige – einige wenige – waren sorgsam in Schönschrift und
augenscheinlich voller Stolz eingetragen worden. »Essen mit Sir
John Adamson« hieß es am 16. Juli, und der Eintrag »Mittagessen

mit dem Rektor des Kingsmarsh College, Einrichtung einer Mason-Stiftung besprechen« hatte den 14. August zu einem Festtag gemacht. Fast konnte Henry den angehaltenen Atem spüren, mit dem Mason für den 25. August eingetragen hatte: »Cocktail in Kingsmarsh Hall mit Lord und Lady Fenshire.« Der jüngste Eintrag für einen solchen Feiertag fand sich am 12. September, und es wurde Henry ein wenig flau zumute, als ihm einfiel, daß der 12. September erst übermorgen war. Montag. Dort hieß es: »Tee mit Mrs. Manciple, Lady Fenshire und dem Reverend Dishworth, Festvorbereitungen besprechen.«

Die anderen Termine schienen Henry beinahe schamhaft hingekritzelt. »Treffen R.M. Ltd. Mit Dividende einverstanden.« »Zu Bellson, wegen Pfad. Rechtslage klären.« »Gemeinderat.«

Auf den ersten Seiten des Kalenders war dem Besitzer Gelegenheit gegeben, eine Reihe von Daten einzutragen, von den Telefonnummern der Freunde bis hin zur eigenen Hemdengröße. Überrascht stellte Henry fest, daß Raymond Mason diese persönlichen Angaben gewissenhaft eingetragen hatte.

Anschrift: Cregwell Lodge, Cregwell
Telefon: Cregwell 79
Paß-Nr.: 383714
Autokennzeichen: BD5 S83
Schuhgröße: 10
Kragengröße: 15½
Blutgruppe: A
Bei Unfall bitte informieren:
    Geschäftsführer
    Raymond Mason Ltd.
    14, Dell Street, W.1.

Auf den folgenden Seiten, wo Namen und Adressen von Freunden eingetragen werden sollten, fand Henry eine Liste der vornehmsten und wohlhabendsten Familien der Gegend, von Mason in Schönschrift aufgeschrieben. Einige waren auf eine etwas selbstgefällige Weise mit einem Häkchen versehen, und interessanterweise, fiel Henry auf, stimmten diese mit den sorgfältig vorgenommenen Termineinträgen überein.

Mit einem Seufzen legte Henry den Kalender zurück auf den Schreibtisch. Dann machte er sich an die weitere Durchsuchung des Hauses. Sie führte zu nichts. Im Erdgeschoß gab es nur noch eine kleine Küche und einen Waschraum. Das obere Stockwerk

76

bestand aus einem großen, luxuriös ausgestatteten Schlafzimmer
sowie einem kleineren – spärlich in jedem Sinne des Wortes –, in
dem Frank Mason nun sein Lager aufgeschlagen hatte. Im Badezimmer fiel vor allem eine lange Reihe teurer Flakons auf, die
Rasierwasser, Badesalz mit Fichtennadelextrakt und parfümier-
ten Talkumpuder enthielten, außerdem, wenn man dem Etikett
glauben wollte, die Essenz alter lederner Reitstiefel.

Wäre Henry weniger gewissenhaft gewesen, so hätte er es vielleicht dabei bewenden lassen. Doch war ihm in der Badezimmer-
decke eine Luke aufgefallen, und ihm ging auf, daß es noch einen
recht ansehnlichen Dachboden geben mußte. Ohne allzuviel En-
thusiasmus holte er sich also einen Stuhl, drückte die Luke auf
und hievte sich hinauf in die staubige Düsternis.

Auf den ersten Blick sah der Speicher aus wie jeder andere
Speicher, die üblichen verstaubten Koffer und Kisten, die leeren
Pappkartons, die alten Gummistiefel, der Küchenstuhl, dem ein
Bein fehlte. Und dann sah Henry die Pistole. Sie lag auf dem
Küchenstuhl, halb von einer alten Zeitung verdeckt, und blitz-
blank, wie sie war, nahm sie sich seltsam unpassend zwischen all
dem Gerümpel aus. Sie glich derjenigen, die Henry zuvor auf
Cregwell Grange gesehen hatte, wie ein Ei dem anderen – und am
Abzug war ein kräftiges Stück Kordel befestigt.

Henry holte ein sauberes Taschentuch hervor, wickelte es um
die Waffe und öffnete sie mit äußerster Vorsicht. Sie war nicht
geladen. Mit großer Sorgfalt legte er sie genau so zurück, wie er
sie gefunden hatte. Nun, da er wußte, wo Major Manciples verschwundene Pistole geblieben war, fand er, daß sie als Köder
bessere Dienste leisten würde denn als Beweisstück.

Unten war von Frank Mason nichts zu sehen. Henry zog die
Haustür hinter sich zu, hörte, wie das Sicherheitsschloß ein-
schnappte, und hoffte für Mason, daß dieser nicht ohne Schlüssel
gegangen war. Er fuhr zur Polizeiwache und anschließend zum
Viking Inn, zu Emmy und einem Glas Bier.

Das Viking war ein freundliches, behagliches kleines Gasthaus,
das mit den für diese Gegend typischen weißen Holzschindeln
verkleidet war. Henry fand Emmy am Frisiertisch in ihrem Zimmer, wo sie mit energischen Strichen ihr kurzes, dunkles Haar
bürstete. Als er eintrat, lächelte ihn ihr Spiegelbild an.

»Hallo, Liebling. Wie war's? Ist das Geheimnis gelöst?«

»Glaub' schon«, antwortete Henry.

Emmy drehte sich überrascht um. »Ehrlich? So schnell? Hast du schon jemanden festgenommen?«

»Nein, nein, nein«, entgegnete Henry.

»Aber was –?«

Henry setzte sich aufs Bett. »Entschuldige, mein Schatz«, sagte er. »Ich hätte das nicht sagen dürfen. Nichts ist bisher gelöst, und vor morgen werde ich auch nicht mehr wissen – aber ich habe da so eine Ahnung... Du weißt ja, beim gegenwärtigen Stand der Ermittlungen darf ich ohnehin nichts sagen.«

»Du bist ein Scheusal«, klagte Emmy. »Ich dachte, wenn man es seiner Frau erzählt, wäre das etwas anderes.«

»Das ist es nicht«, sagte Henry. »Und wie ist es dir ergangen?«

»Oh, gar nicht so schlecht. Ich war zum Tee bei Isobel Thompson. Der Frau des Arztes. Sie hat noch ganz ihre alte Figur«, fügte sie wehmütig hinzu.

Henry ging zu ihr hinüber und küßte ihr den Nacken. »Du weißt doch, ich schwärme für mollige Frauen«, sagte Henry. »Wahrscheinlich, weil ich im Alter von sechs Monaten unbewußt in unsere Köchin verliebt war, und die wog zwei Zentner.«

»Paß doch auf mein Haar auf, Dummkopf«, sagte Emmy. »Na, jedenfalls ist Isobel ganz versessen darauf, sämtliche Klatschge-schichten weiterzuerzählen – vielleicht nützt es dir ja. Aber da du den Fall schon gelöst hast –«

»Ich möchte trotzdem gern wissen, was im Dorf erzählt wird.«

Emmy berichtete ihm von Isobel Thompsons Analyse der Stim-mung in Cregwell.

»Hochinteressant«, sagte Henry. »Und deine Freundin ist also mit dem Sohn jenes Arztes verheiratet, der Augustus Manciple versorgte?«

»Ganz recht. Sie hat mir von dem alten Herrn erzählt. Stimmt es, daß die ganze Familie ein wenig verrückt ist?«

»Aber nein«, erwiderte Henry. »Ganz und gar nicht. Nicht im geringsten.« Er schwieg einen Moment lang, dann meinte er: »Ich glaube, jetzt gehen wir hinunter an die Bar und verschaffen uns selbst einen Eindruck von der hiesigen Stimmung. Vom hiesigen Bier ganz zu schweigen.«

* * *

Um halb neun am folgenden Vormittag zog Henry von neuem den schmiedeeisernen Glockenstrang an der Haustür von Cregwell Grange. Wie sich herausstellte, kam es sehr gelegen, daß er mit Violet Manciple und Tante Dora sprechen wollte, denn alle anderen Familienmitglieder hatten an diesem schönen, klaren Sonntagmorgen etwas anderes vor. Claud und Ramona, überzeugte Atheisten und Naturanbeter, die sie waren, waren bereits mit Feldstecher und Botanisiertrommel hinaus in die Marschen gezogen, und George, Edwin, Maud und Julian hatten vor, zum Gottesdienst in die Dorfkirche zu fahren. Tante Dora hatte, wenn auch widerstrebend, ihre Kirchenbesuche vor etlichen Jahren aufgegeben und begnügte sich nun mit den Gottesdienstübertragungen der B.B.C.

»Und was mich angeht«, erklärte Violet Henry mit ihrem bezaubernden Lächeln, »ich habe einfach zuviel Arbeit mit dem Mittagessen, um viel an Gott zu denken. Das heißt«, fügte sie rasch mit einem Erröten hinzu, »ich denke natürlich viel an ihn, aber fast immer nur beim Abwasch oder in der Badewanne. Ich weiß, daß Edwin ziemlich schockiert ist, daß ich nicht zur Kirche gehe. Auf seine Art ist er ein kleiner Paulus. Aber im Grunde meines Herzens bin ich überzeugt, daß Gott Verständnis für Hausarbeit hat.«

»Dessen bin ich mir sicher, Mrs. Manciple«, beteuerte Henry.

»Also, ich werde dann Maud bitten, daß sie Tante Dora für Ihren Besuch zurechtmacht . . . wenn Sie solange im Arbeitszimmer warten wollen . . .«

Henry hatte sich hinter Major Manciples Schreibtisch niedergelassen und seine Notizbücher und Bleistifte ordentlich vor sich ausgebreitet, als Violet Manciple, wie üblich halb im Laufschritt, hereinkam, wobei sie versuchte, gleichzeitig ihr Haar zu ordnen und die Schürze abzunehmen.

»Ach herrje, Mr. Tibbett«, sagte sie. »Da sitzen Sie aber nicht sehr bequem, fürchte ich.«

»Ich sitze ausgezeichnet, Mrs. Manciple«, sagte Henry. »Nun nehmen Sie Platz und –«

»Aber Sie müssen einen besseren Stuhl als diesen bekommen! Das ist Georges alter Stuhl, ich habe ihm schon letztes Jahr gesagt, er soll ihn wegwerfen –«

»Dieser Stuhl ist vollkommen in Ordnung«, entgegnete Henry, mit einer Spur Verzweiflung.

»Das ist er eben nicht«, rief Violet Manciple. Und im selben Moment, als er ein wenig damit rückte, vernahm Henry ein ominöses Krachen, und er sackte ein.

»Halten Sie sich mit beiden Händen am Tisch fest, sonst fallen Sie ganz durch«, kommandierte Mrs. Manciple, schneidend wie ein erfahrener Kommandant im Felde, der lebenswichtige Befehle erteilt. Henry gehorchte und klammerte sich fest, während das Flechtwerk des Stuhles unter seinem Gewicht nachgab. Er war froh, daß sein Sergeant nicht zugegen war.

Mrs. Manciple schnalzte entschuldigend mit der Zunge, löste mit einem kräftigen Ruck die Überreste des Stuhles von Henrys Hinterteil und brachte ihm statt dessen einen schlichten, aber stabilen Holzstuhl aus der Küche. Dann nahm sie zaghaft vor dem Tisch auf einem Drehstuhl Platz und fragte Henry, wie sie denn bei der entsetzlichen Sache mit dem armen Mr. Mason von Nutzen sein könne.

Zum Glück war Henry keiner von jenen Polizisten, die auf einen offiziellen Anstrich angewiesen waren, um würdevoll aufzutreten. Mit einem breiten, ansteckenden Grinsen dankte er Mrs. Manciple für ihre Hilfe und fragte sie dann, was sie über Raymond Mason wisse.

»Was ich über ihn weiß.« Mrs. Manciple schien regelrecht entsetzt. »Aber ich weiß überhaupt nichts, Mr. Tibbett. Er hat sich doch nichts zuschulden kommen lassen, oder?«

»Soviel ich weiß, nicht«, beruhigte Henry sie. »Was ich meinte, war einfach nur – wann haben Sie ihn kennengelernt und wie?«

»Ja, als er auf unsere Anzeige für die Lodge antwortete natürlich. Vor vier Jahren war das.«

»Vorher kannten Sie ihn nicht?«

»Aber nein. Wir hatten die Lodge im *Country Life* angeboten, und Mr. Mason hat ein Telegramm geschickt – nur ein paar Stunden, nachdem die Nummer erschienen war –, daß er interessiert sei. Er kam noch am selben Tag mit seinem Automobil hierher, warf einen einzigen Blick auf die Lodge und kaufte sie. Genau auf dem Stuhl, auf dem Sie jetzt sitzen, saß er – das heißt, nicht auf diesem Stuhl natürlich, auf demjenigen, der bedauerlicherweise vorhin zusammengebrochen ist. Meiner Meinung nach war es sogar Mr. Mason, unter dessen Gewicht er damals zerbrochen ist. Er war ein schwerer Mann, müssen Sie wissen. Noch neulich habe ich ihm eine kohlehydratarme Diät empfohlen...« Violet Manciple hielt inne und blickte verwundert drein. »Interessiert Mr. Masons Ernährung Sie wirklich, Mr. Tibbett?« erkundigte sie sich.

»Eigentlich nicht«, entgegnete Henry.

»Wovon rede ich dann überhaupt?«

»Von dem Tag, als Mason die Lodge kaufte.«

»Ah ja, richtig. Nun – mehr gibt es da nicht zu erzählen. Er schrieb den Scheck auf der Stelle aus, und George und ich waren heilfroh. Ehrlich gesagt, Mr. Tibbett, wir hatten das Geld bitter nötig. Ich weiß noch, daß John Adamson sehr ärgerlich war. Er hatte eine Bekannte, eine Lady So-und-so, die die Lodge gerne gehabt hätte. Sie hätte nicht so viel zahlen können, sagte er, aber sie wäre das gewesen, was John ›eine von uns‹ nannte. Ich habe nie richtig verstanden, was er damit meint, obwohl es einer seiner Lieblingsausdrücke ist. Verstehen Sie das, Mr. Tibbett?«

»Ich nehme an«, antwortete Henry so vorsichtig wie möglich, »daß Sir John eine Grenze ziehen wollte zwischen Menschen, die aus guter Familie sind, und solchen, die ... es nicht sind.«

»Aus guter Familie?« Einen Augenblick lang schien Violet Manciple verblüfft. Dann sagte sie: »Sie wollen doch nicht andeuten, daß John Adamson so vulgär ist, ein ... ein Snob zu sein, Mr. Tibbett?«

Henry bemerkte, daß er ein wenig gereizt war. »Um Himmels willen, Mrs. Manciple«, sagte er, »Sie müssen doch wissen, was ich meine. Man hört den Unterschied zum Beispiel an der Art, wie Leute sprechen. Ich nehme an, Mr. Mason hatte einen ... Akzent.«

»Einen reizenden Klang nach Londoner East End«, bestätigte Mrs. Manciple sofort. Und sie fügte hinzu: »Mein Akzent ist Süd-Dublin. In Georges Stimme kann ich noch eine Spur Killarney ausmachen, obwohl er hier geboren wurde, in Cregwell. Der Einfluß seines Vaters natürlich. Bei Tante Dora ist das etwas ganz anderes. Ursprünglich kam sie wie ihr Bruder aus Killarney, doch als junges Mädchen kehrte sie nach Cork zurück, und dort –«

»Könnten wir vielleicht auf Mr. Mason zurückkommen?«

»Aber natürlich, Mr. Tibbett. Tut mir leid. Ich glaube, ich neige dazu, auf Nebengleise abzukommen, falls das der richtige Ausdruck ist. Der Rektor hat immer peinlich auf korrekten Sprachgebrauch in der Familie geachtet, und natürlich, als ich George heiratete, wurde ich selbst eine Manciple ... ach je.« Violet errötete, was ihr gut stand. »Schon wieder. Also ... Mr. Mason. Nun, wie gesagt, er kaufte die Lodge. Er ließ das Haus von Grund auf renovieren und zog ein, sobald alles fertig war. Später sagte er uns dann, er bräuchte noch Möbel... und dergleichen. Er hat uns einen außerordentlich guten Preis gezahlt für einige Stücke, wo wir keine Verwendung mehr für hatten – für die wir keine Verwendung mehr hatten, meine ich. Der Rektor hat immer ausdrücklich darauf bestanden, daß die Präposition –«

»Mr. Mason, Mrs. Manciple.«

»Ah ja, natürlich. Nun ... Möbelstücke, wie gesagt, und eine ganze Reihe Bücher des Rektors. In Leder gebundene Bücher aus der alten Bibliothek. Wir dachten, da keiner von uns Griechisch oder Lateinisch lesen kann –«

Henry unterbrach ihren Redefluß. »Zu jener Zeit verstanden Sie sich noch gut mit Mr. Mason?«

»Oh ja, ausgezeichnet. Sie dürfen nicht denken, daß wir uns jemals gestritten haben, Mr. Tibbett. Die Zwistigkeiten zwischen George und Mr. Mason begannen erst vor einem Jahr, als Mr. Mason sein wirklich großzügiges Angebot für das Haus machte und George darüber so wütend wurde. In der Öffentlichkeit stehe ich natürlich immer zu George, aber unter uns, ich fand, daß er recht grob zu dem armen Mr. Mason war. Woher sollte er denn wissen, daß uns dieses Haus heilig ist? Er hat doch nur ein Angebot gemacht –«

»Das Ihr Gatte ausschlug?«

»Natürlich. Damit begannen ja die Meinungsverschiedenheiten. Mr. Mason glaubte, George wolle mehr Geld herausschlagen, und ging mit seinem Angebot immer höher. Je mehr er das tat, desto wütender wurde George, und desto schroffer lehnte er ab. Bis Mr. Mason schließlich begriffen hatte, daß wir zu keinem Preis bereit waren zu verkaufen, fletschten sie beide schon die Zähne. Mir kam das alles so unnötig vor. Dann begann Mr. Mason mit dem, was George seine Hetzkampagne nennt – ich nehme an, er hat Ihnen davon erzählt.«

»Ja«, bestätigte Henry. »Das hat er.«

»So etwas Kindisches. Aber während der ganzen Zeit hat Mr. Mason mich immer wieder besucht und mir Pflanzen für meinen Steingarten mitgebracht. Er war so freundlich, Mr. Tibbett, er brachte mir Ableger und Stecklinge mit, obwohl George ihm wegen dieser Sache mit dem Pfad mit Briefen vom Anwalt drohte.«

»Soviel ich weiß«, sagte Henry, »hat Mason Ihrer Tochter einen Heiratsantrag gemacht.«

»Oh, davon haben Sie gehört? Also, wenn Sie mich fragen, Mr. Tibbett, war das eine Mücke im Wasserglas; ein Elefant, meine ich. Genau das gleiche wie bei dem Haus. Er wollte das Haus kaufen, er machte ein gutes Angebot und wurde abgewiesen. Dann wollte er Maud heiraten, machte ein gutes, das heißt ein durch und durch ehrenhaftes Angebot und wurde wiederum abgewiesen. Was hatte er falsch gemacht?«

»Nichts, soweit ich sehe«, sagte Henry. »Aber kam es nicht ein wenig plötzlich? Daß er sich in Maud verliebte, meine ich.«

»Ja, das kann man wohl sagen, aber natürlich kannte er sie bis vor kurzem auch kaum. Zuerst ging sie zur Universität, und dann war sie für ein Jahr an der Sorbonne. Und erst als sie letztes Jahr die Arbeit in Bradwood annahm, kam sie regelmäßig am Wochenende nach Hause –«

»In Bradwood?«

»Ja. In der nuklearen Forschungsstätte.«

»Maud arbeitet also für ihren Onkel?«

»In gewisser Weise schon. Aber das hat nichts mit Vetternwirtschaft zu tun, das kann ich Ihnen versichern, Mr. Tibbett. Maud ist eine hervorragend qualifizierte Physikerin, sie hat sich um die Stelle beworben und sie bekommen, ohne daß Claud überhaupt davon wußte. Er traute seinen Augen kaum, so erzählte er uns, als er eine Notiz auf seinem Schreibtisch fand, daß sie einstimmig für diesen Posten ausgewählt worden sei.« Violet Manciple zögerte einen Augenblick, dann fügte sie hinzu: »Ganz glücklich bin ich mit Julian nicht. Natürlich würde ich mich niemals einmischen, und Maud ist alt genug zu wissen, was sie will. Finden Sie nicht auch, Mr. Tibbett, daß man junge Leute ermuntern sollte, Dinge auf eigene Verantwortung zu tun, sonst werden sie niemals –«

»Mrs. Manciple«, erinnerte Henry, »könnten wir bitte auf Mr. Mason zurückkommen?«

»Meine Güte, schon wieder. Selbstverständlich. Mr. Mason. Ja, was könnte ich Ihnen sonst noch erzählen? Maud hatte es dem armen Mann angetan, obwohl sie soviel jünger ist als er. Und er war so altmodisch, zuerst zu mir zu kommen und mich um mein Einverständnis zu bitten, bevor er seinen Antrag machte. Das fand ich wirklich bezaubernd. Natürlich habe ich ihm gesagt, daß das ganz allein Mauds Entscheidung ist. Ich glaube – ich sage das

83

nicht gern, aber es ist die Wahrheit – ich glaube, Maud war ziemlich unfreundlich zu ihm. Hat ihn ausgelacht. So was von ungezogen. Ich habe mich bemüht, ihr zu erklären, daß Mr. Mason ihr ein großes Kompliment gemacht habe. Aber für sie war die ganze Sache lächerlich und ein wenig abstoßend. Mr. Mason war schwer gekränkt, fürchte ich.«

»Und wütend?«

»Oh nein. Julian war außer sich. Das ist wohl verständlich, aber schließlich ist die Verlobung noch nicht offiziell, und man konnte nicht erwarten, daß Mr. Mason davon wußte. Das alles habe ich auch Maud gesagt, aber die jungen Leute –«

»Und nun«, sagte Henry mit Bestimmtheit, »kommen wir zum vorgestrigen Tag und Mr. Masons Besuch hier. Beschreiben Sie mir bitte ganz genau, was geschah.«

»Aber es geschah nichts, Mr. Tibbett.«

»Erwarteten Sie Mason?«

»Nein, er kam gegen halb sechs in seinem großen Wagen vorbei. Ich hörte ihn in der Küche ankommen und ging hinaus in die Halle, wo ich George sah, wie er sich eine Pistole aus dem Bad holte und dann zusah, daß er in Richtung Garten davonkam. Er tat alles mögliche, um dem armen Mr. Mason nicht zu begegnen. Claud und Ramona waren im Garten, und Maud und Julian waren spazierengegangen, so daß Tante Dora und ich allein im Haus waren – und Edwin, aber der hatte sich zu einem Nickerchen hingelegt.

Ich ging hinaus, um Mr. Mason zu begrüßen, und er sagte, er habe mir einige Stecklinge für meinen Steingarten mitgebracht. Wir haben sie gemeinsam ins Haus getragen und uns ein wenig über Steingartenpflanzen unterhalten.

Dann kam Tante Dora herunter und überreichte Mr. Mason einen großen Stapel von Traktaten einer spiritistischen Vereinigung, auf die sie große Stücke hält. Unter uns gesagt, ich glaube nicht, daß er sich wirklich dafür interessierte, aber er war wie immer sehr höflich. Aber ich bin nicht sicher, ob es wirklich ein Versehen war, daß er die Traktate liegenließ, als er aufbrach. Deshalb habe ich ihn auch nicht daran erinnert. Ich dachte, das sei taktvoller, zumal Tante Dora inzwischen wieder nach oben gegangen war.«

»Worüber haben Sie gesprochen, Mrs. Manciple? Können Sie sich noch erinnern?«

84

Violet Manciple legte die Stirn in Falten. »Eigentlich über nichts, Mr. Tibbett, nichts von Bedeutung jedenfalls. Mr. Mason fragte mich, ob George unten auf dem Schießstand sei, und ich sagte ja. Ob das denn nicht gefährlich sei, fragte Mr. Mason, und ich antwortete ihm nein, gewiß nicht, sonst ließe ich es gar nicht zu, und der Gemeinderat sei ja zu dem Urteil gekommen, daß es ungefährlich sei. Daraufhin wechselte er das Thema – ich glaube, es war ihm ein wenig peinlich, denn er war es ja gewesen, der die Beschwerde beim Gemeinderat eingelegt hatte – und erkundigte sich nach Maud. Dann kam Tante Dora herein, und wir unterhielten uns über die Frage, ob Tiere nach ihrem Tode in psychischer oder astraler Form weiterexistierten. Das war nicht einfach, wegen Tante Doras Pfeifen.«

Henry brauchte Sekundenbruchteile, um diese Bemerkung zu deuten. »Ihr Hörgerät, meinen Sie?«

»Genau. George sagt, die staatliche Gesundheitsfürsorge ist dafür verantwortlich, aber ich . . .«

»Dann ging Ihre Tante wieder nach oben, und Mr. Mason verabschiedete sich. Stimmt das?«

»Ja. Ich habe ihn noch zur Tür begleitet. Er stieg in seinen Wagen, ließ den Motor an und fuhr los, die Auffahrt hinunter. Als ich wieder in die Halle kam, kam Tante Dora eben mit den Traktaten aus dem Wohnzimmer. ›Mr. Mason hat sie vergessen‹, sagte sie, ›und dabei hat es ihn doch so interessiert. Ich muß ihn unbedingt aufhalten.‹ ›Er ist längst fort, Tante Dora‹, sagte ich, aber da war sie schon an der Tür und rief: ›Nein, meine Liebe, er ist noch da. Er hat angehalten.‹ Dann lief sie die Treppe hinunter und rief seinen Namen –«

Henry, der sich einige Notizen gemacht hatte, runzelte die Stirn. »Wie gut ist Ihre Tante auf den Beinen, Mrs. Manciple?« wollte er wissen.

Violet sah überrascht aus. »Na, Sie haben sie ja kennengelernt, Mr. Tibbett. Sie kommt wunderbar zurecht, für ihr Alter und bei ihrer Herzschwäche. Doktor Thompson hat sie gewarnt –«

»Was ich meine«, sagte Henry, »ist, daß sie sehr schnell nach oben gesaust und wieder heruntergekommen, ins Wohnzimmer gegangen sein und die Traktate gefunden haben muß, da Mr. Mason in der Zwischenzeit nicht weiter gekommen war als –«

Mrs. Manciple schien peinlich berührt. »Oh ja . . . es gab noch ein kleine Verzögerung . . . ein paar Minuten . . .«

»Was meinen Sie damit, Mrs. Manciple?«

Widerstrebend brachte Mrs. Manciple ein Thema zur Sprache, über das zu reden unschicklich war. »Mr. Mason fragte mich, ob er ... ähm ... sich noch die Hände waschen dürfe, bevor er ginge.«

Henry lächelte. »Verstehe«, sagte er. »Mr. Mason benutzte also den Waschraum im Erdgeschoß. Blieb er lange dort?«

»Also wirklich, Mr. Tibbett, ich habe nicht mit der Stoppuhr davor gestanden. Ehrlich gesagt, ich hatte tatsächlich den Eindruck, daß er ein wenig länger brauchte, als ... als üblich ist. Na, jedenfalls habe ich ihn danach zur Haustür begleitet, und ich war gerade zurück in die Halle gegangen, um Rigley anzurufen, als Tante Dora, wie gesagt, wieder herunterkam. Und Mr. Rigley hatte gerade abgenommen, da hörte ich den Schuß.«

»Und dann sind Sie gleich hinaus zur Auffahrt gelaufen?«

»Nicht sofort, fürchte ich. Ich dachte mir nichts bei dem Schuß – man gewöhnt sich in diesem Haus an das Geräusch von Pistolenschüssen, Mr. Tibbett. Nein, erst bei Tante Doras Schrei wurde ich aufmerksam. Ich legte sofort auf, und da kam auch schon Edwin die Treppe herunter; ich habe Ihnen ja bereits erzählt, er hatte ein Nickerchen auf seinem Zimmer gemacht – und meinte: ›Tante Dora macht ein Geschrei draußen, als ob der Jüngste Tag gekommen sei. Was ist los?‹ Ich sagte: ›Ich weiß nicht‹, und dann gingen wir beide hinaus.«

»Und was fanden Sie draußen?«

»Ach, es war entsetzlich. Der arme Mr. Mason lag vor seinem Wagen am Boden. Die Motorhaube stand noch offen – offenbar hatte er sie geöffnet, um zu sehen, warum der Wagen stehengeblieben war. Tante Dora war völlig fassungslos, die arme alte Frau. Sie sagte nur immer wieder, daß er mit den Armen gerudert und etwas gerufen habe. Binnen Sekunden stürzte George aus dem Gebüsch und hat natürlich alles in die Hand genommen. Maud und Julian kamen auch bald dazu, Claud und Ramona ebenfalls. Denen habe ich es dann überlassen, sich um den armen Mr. Mason zu kümmern, und habe Tante Dora ins Haus gebracht. Ramona wollte, daß ich ihr eine der Schlaftabletten gebe, die sie selber nimmt; aber ich erklärte ihr, daß Dr. Thompson ausdrücklich verboten habe, ihr dergleichen zu verabreichen, wegen ihres Herzens. Statt dessen habe ich ihr lieber eine gute Tasse Tee gemacht. Das ist eigentlich alles.«

»Ich danke Ihnen, Mrs. Manciple. Sie waren mir eine große Hilfe.«

»Tatsächlich?« Violet Manciple klang überrascht und beinahe gequält, so als ob sie sich nichts weniger gewünscht hätte.

»Vielleicht könnte ich nun noch, vor dem Mittagessen, einige Worte mit Ihrer Tante wechseln?«

»Aber natürlich. Ich habe Maud aufgetragen, sie soll im Wohnzimmer alles für Sie vorbereiten. Tante Dora wird begeistert sein, mit Ihnen zu sprechen. Wenn Sie möglichst nicht auf das Übersinnliche zu sprechen kommen, werden Sie sehen, daß sie bemerkenswert klar ist. Ganz erstaunlich für ihr Alter.«

Kapitel 7

Dora Manciple erwartete Henry bereits. Maud hatte dafür gesorgt, daß sie im Wohnzimmer bereitsaß, ihr eine Decke über die stämmigen Beine gelegt und ihr – obwohl sie dagegen protestierte – das Hörgerät so eingerichtet, daß es nicht pfiff. Es war nicht zu übersehen, daß sie von dem ganzen Vorgehen nichts hielt.

»Da sind Sie ja endlich, junger Mann«, hob sie an, bevor Henry noch die Tür hinter sich schließen konnte. »Warum müssen wir uns hier drin unterhalten, hm? Warum nicht im Arbeitszimmer, wo es warm ist?«

»Wenn Sie das Arbeitszimmer vorziehen, Miss Manciple«, begann Henry beschwichtigend, »läßt sich das sicher –«

»Violet hat bestimmt, daß wir hier miteinander reden, und natürlich ist dies jetzt Violets Haus. Nicht daß ich etwas gegen Violet hätte. Sie ist ein anständiges Mädchen, und sie ist George immer eine anständige Frau gewesen, und das ist mehr, als man von manchen anderen sagen kann. Aber trotzdem, mit früher ist das nicht zu vergleichen.«

»Das muß ja eine stattliche Anzahl von Jahren sein, die Sie nun schon in diesem Haus leben, Miss Manciple«, sagte Henry, der den Eindruck hatte, daß man Tante Dora zuerst die aufgeplusterten Federn glattstreichen müsse, bevor ihr etwas Vernünftiges zu entlocken wäre.

»Diesen Monat sind es zweiundfünfzig Jahre, daß ich hierher kam«, antwortete die alte Dame ohne Zögern. »Als Rose starb, ließ Augustus mich unverzüglich kommen. Rose war seine Frau. Ich glaube, Sie kannten sie nicht?«

»Nein«, gab Henry zu.

Tante Dora preßte die Lippen zu einem dünnen Strich zusammen. Ihr sonst so gutmütiges Gesicht nahm einen haßerfüllten Ausdruck an. »Ein kleines Flittchen«, zischte sie. »Ein verzogenes, habgieriges, nimmersattes Frauenzimmer. Sie hat meinen Bruder ruiniert.«

»In finanzieller Hinsicht, meinen Sie?«

»In jeder Hinsicht. Denken Sie doch nur an all die Juwelen, zu deren Kauf sie ihn verführt hat.«

»Ja, aber . . .« Henry zögerte. »Die konnte sie doch nicht mitnehmen, nicht wahr, Miss Manciple? Soviel ich weiß, war Ihr Bruder nach ihrem Tode zum Verkauf gezwungen –«

»Das macht man uns heute weis.« Tante Dora plusterte sich wieder auf wie ein empörtes Huhn, schüttelte sich und ließ sich dann wieder in ihren Sessel sinken. »Natürlich hatte sie Augustus den Kopf verdreht. Das war ja das Problem. Arthur Pringle hätte Ihnen etwas ganz anderes erzählen können, wenn er am Leben geblieben wäre. Merken Sie sich meine Worte.«

Henry versuchte gar nicht erst, hinter den Sinn dieser Bemerkung zu kommen. Statt dessen sagte er nur: »Tja, das liegt ja nun alles schon viele Jahre zurück, nicht wahr, Miss Manciple? Eigentlich geht es mir eher um die Ereignisse der letzten Tage.«

»Sie meinen den armen Mr. Mason. Ich habe mich schon gefragt, wie lange Sie wohl noch darum herumreden würden«, entgegnete Miss Manciple mit einem tadelnden Unterton in ihrer Stimme.

»Wenn Sie mir einfach erzählen würden, was am Freitag vorgefallen ist –«

»Aber gern. Ich hatte mich nach dem Mittagessen hingelegt, und ich muß wohl eingenickt sein, was bei mir nur sehr selten vorkommt. Ich halte nichts davon, am Tage zu schlafen. Das schwächt die Widerstandskräfte. Jedenfalls muß es gegen halb sechs gewesen sein, daß ich das Geräusch des Automobils vernahm.«

»Trugen Sie denn Ihr Hörgerät, Miss Manciple?«

»Aber nein. Natürlich nicht. Dieses lästige Ding.«

»Wie haben Sie dann den Wagen hören können?«

Tante Dora warf Henry einen mitleidigen Blick zu. »Sie, der Sie selbst nicht schwerhörig sind«, sagte sie, »verstehen das natürlich nicht. Bestimmte Geräusche, Motorenlärm zum Bei-

89

spiel, hört man vollkommen klar. Der Doktor sagt, es ist eine Frage der Schwingungen. Ich spreche hier natürlich von physikalischen Schwingungen, nicht denjenigen der Psyche.«

»Selbstverständlich«, sagte Henry. »Sie hörten also den Wagen –«

»Ganz recht. Ich erhob mich und sah zum Fenster hinaus, gerade noch rechtzeitig, um Mr. Mason und Violet ins Haus gehen zu sehen. Also, Mr. . . . ich fürchte, ich habe Ihren Namen nicht verstanden . . .«

»Tibbett, Miss Manciple.«

»Tibbett, Tibbett, nimmt jeden Dieb mit«, bemerkte Tante Dora.

Trotz aller Selbstbeherrschung zuckte Henry zusammen. »Wie bitte?«

»Ein Merkvers«, erklärte Tante Dora. »Eine Idee meines Bruders. Er bestand darauf, daß ein erfolgreicher Mann – und ebenso eine Frau – niemals einen Namen vergessen dürfe, und so kam er auf diesen Trick mit den Reimpaaren. Ich kann Ihnen versichern, Mr. Tibbett, daß ich Ihren Namen nie wieder vergessen werde. Leider habe ich ein sehr schlechtes Gedächtnis für Gesichter, und es ist gut möglich, daß ich Sie irgendwann nicht wiedererkenne. Doch Ihr Name ist von nun an unauslöschlich in mein Gehirn eingebrannt. Wovon sprach ich?«

»Sie sahen«, sagte Henry, »wie Mr. Mason ins Haus ging.«

»Ah ja. wie ich schon sagte, Sie, Mr. Tibbett, haben kein Interesse an psychischen Schwingungen. Das weiß ich. Ihre Aura verfärbte sich auf eine ausgesprochen feindselige Weise, als ich vorhin darauf zu sprechen kam.«

»Tatsächlich?« sagte Henry. »Das tut mir leid.«

»Sie können nichts dagegen tun«, erwiderte Miss Manciple großmütig. »Bei Mr. Mason war das etwas anderes. Er interessierte sich sehr für das Übernatürliche. Ich hatte versprochen, ihm einige Schriften zu leihen – *Astrale Manifestationen niederer Lebensformen* – über Hunde, Katzen und so weiter. Er hatte mir erzählt, daß ein Freund von ihm einmal den Astralleib eines Elefanten gesehen habe. Merkwürdigerweise mitten in London – in Bugolaland wäre das ja nicht weiter verwunderlich gewesen. Es geschah in den frühen Morgenstunden, als Mr. Masons Freund auf dem Rückweg von einer Art Feier war.«

»Doch nicht etwa ein rosa Elefant?« fragte Henry.

»Wie merkwürdig, daß Sie darauf kommen. Ja, offenbar hatte dieses Tier tatsächlich eine ausgeprägt rosenfarbene Aura, was natürlich eher von einem irdischen als von einem astralen spirituellen Zustand zeugt, aber das ist ja auch bei einem Elefanten nicht anders zu erwarten. Aber womöglich langweile ich Sie?«

»Ganz und gar nicht«, versicherte Henry ihr. »Erzählen Sie bitte weiter.«

»Nun, sobald ich sah, daß Mr. Mason ins Haus kam, stand ich auf, machte etwas notdürftig Toilette, nahm die Traktate und begab mich nach unten. Ich fand Mr. Mason mit Violet hier in diesem Zimmer vor, und wir unterhielten uns eine Zeitlang recht angeregt. Ich spürte jedoch, daß Violet es gar nicht abwarten konnte, wieder auf ihre Pflanzen zu sprechen zu kommen. Mr. Mason hatte ihr nämlich einige Stücke für ihren Steingarten mitgebracht. Also verabschiedete ich mich von Mr. Mason und kehrte auf mein Zimmer zurück. Ungefähr eine Viertelstunde später muß es wohl gewesen sein, da hörte ich, wie der Wagen angelassen wurde, und ich dachte, nun könne ich wieder hinuntergehen, ohne Violet und ihren Besuch zu stören. Da sah ich die Traktate. Ich konnte mir ausmalen, welche Enttäuschung es für Mr. Mason sein würde, wenn er feststellte, daß er sie vergessen hatte, und so lief ich ihm nach. Violet war, glaube ich, in der Halle und telefonierte.

Wie Sie wahrscheinlich wissen, war der Wagen nur ein paar Meter gefahren. Er stand mit geöffneter Motorhaube in der Auffahrt, und Mr. Mason spähte in den Motorraum. Ich rief ihn beim Namen und winkte mit den Broschüren, um seine Aufmerksamkeit zu erregen. Dabei eilte ich die Treppe hinunter in Richtung Wagen. Mr. Mason blickte auf, sah mich, kam hinter dem Wagen hervor und fuchtelte wie wild mit den Armen.«

»Hat er irgend etwas gerufen?« fragte Henry.

»Ich fürchte, das kann ich Ihnen nicht sagen. Das verdammte Hörgerät hatte sich irgendwie verstellt. Aber einer Sache bin ich mir sicher: Mr. Mason hatte etwas gesehen, das ihm einen gewaltigen Schrecken einjagte. Und im nächsten Augenblick war er schon neben dem Wagen zu Boden gestürzt.«

»Haben Sie den Schuß gehört?«

»Wie gesagt, Mr. Tibbett, ich hörte nichts außer einem merkwürdigen Pfeifton, etwas wie ... ah ... hören Sie!« Miss Manciple hatte an dem schwarzen Kasten, den sie um den Hals hängen hatte, hantiert. Der gab nun einen ohrenbetäubenden Ton von sich, wie wenn Kreide auf einer Tafel quietscht. »Hören Sie das?«

»Ja, allerdings«, rief Henry.

»Nicht? Ich glaube, ich kann es noch lauter drehen.« Sie konnte.

»Ich höre es!« brüllte Henry.

»Das hier muß der Knopf für die Lautstärke sein, glaube ich...«

Voller Verzweiflung schrie Henry aus vollem Halse: »Bitte, Miss Manciple, schalten Sie das ab!«

Dann geschahen zwei Dinge gleichzeitig. Tante Dora schaltete das Hörgerät ab, und eine paradiesische Ruhe kehrte ein, und die Tür öffnete sich und ließ Violet Manciples erbleichtes Gesicht erscheinen.

»Oh... Mr. Tibbett ... alles in Ordnung? Ich dachte, ich hätte jemanden schreien hören...«

»Das haben Sie auch, Mrs. Manciple«, erwiderte Henry.

»Ach je... Tante Dora hat sich doch nicht zu sehr aufgeregt, oder? Wir müssen vorsichtig sein, mit ihrem Herzen...«

»Ich habe Mr. Tibbett mein Hörgerät vorgeführt, Violet«, sagte Tante Dora. »Aber er hat nichts gehört.« Sie klang ein wenig selbstgefällig.

»Tja...« Violet Manciple blickte unentschlossen von Henry zu Dora. »Wenn du sicher bist, daß es dich nicht zu sehr ermüdet...«

»Mache dir um mich keine Sorgen, Violet«, entgegnete Miss Manciple und fügte dann noch hinzu – und nichts hätte zutreffender sein können: »Ich glaube allerdings, Mr. Tibbett ist ein wenig erschöpft.«

»Also dann... dann gehe ich wieder zurück in die Küche«, sagte Violet und verschwand.

Henry und Tante Dora musterten sich einen Moment lang schweigend. Dann sagte sie: »Natürlich wäre da immer noch Mauds Freund.«

»Was ist mit ihm?«

»Ich kann mich gar nicht recht an ihn erinnern. Das Gesicht ist mir nicht vertraut. Manning-Richards, bei dem zwitschert's. Kein großer Wurf, fürchte ich, aber es reicht. Haben Sie Mauds Freund kennengelernt?«

»Ich habe ihn einmal gesehen«, sagte Henry. »Nur einen Augenblick lang.«

»Ich kannte einmal einen Humphrey Manning-Richards«, sagte Miss Manciple. Sie sagte es langsam, mit nachdenklicher Stimme, so als hätte sie eben eine bedeutende Entdeckung gemacht. Henry blickte auf und sah zu seiner Überraschung, wie sich in einem ihrer strahlendbraunen Augen eine Träne aus dem Augenwinkel stahl. Tante Dora war offenbar nicht minder überrascht. Ärgerlich wischte sie die Träne fort und fügte dann grimmig hinzu: »Über diese Dinge sollten Sie lieber mit Edwin sprechen.« Und dann sagte sie: »Ich bin ein wenig müde, Mr. Tibbett. Viola hat vollkommen recht. Mein Herz ist nicht mehr das beste. Vielleicht...«

»Aber gewiß, Miss Manciple.« Noch im selben Augenblick war Henry auf den Beinen.

»Wenn Sie mir vielleicht nur eben noch aufhelfen könnten ... diese verfluchte Decke ... oh, ich bitte um Entschuldigung, Mr. Tibbett – damals im Dschungel waren wir gewohnt, kein Blatt vor den Mund zu nehmen ... nein, nein, das geht schon ... ich komme zurecht ... wenn Sie mir jetzt noch die Tür öffnen würden.«

»Miss Manciple«, sagte Henry noch, während er ihr die Tür aufhielt, »wenn ich noch einmal auf Mr. Manning-Richards –«

»Es war mir ein Vergnügen, Mr. Henry«, entgegnete Miss Maniple mit Bestimmtheit. Und damit schaltete sie ihr Hörgerät ein und verließ unter schrillem Pfeifen den Raum.

Ein oder zwei Minuten später trat wiederum Violet Manciple ein. Henry erklärte ihr, daß Miss Manciple sich ein wenig erschöpft gefühlt habe und auf ihr Zimmer gegangen sei.

»Ich habe es gehört«, sagte Violet und warf Henry einen merkwürdigen Blick zu. »Ach übrigens, Mr. Tibbett, Julian möchte Sie dringend sprechen, wenn er aus der Kirche zurück ist.«

»Aber gewiß, ich werde mich gern heute nachmittag mit ihm unterhalten. Und mit dem Bischof, wenn es möglich ist.«

»Edwin? Ich kann mir nicht vorstellen, daß Edwin in der Lage sein wird, Ihnen zu helfen, Mr. Tibbett.«

»Das weiß man nie«, entgegnete Henry.

»Nur sehr selten, fürchte ich«, pflichtete Violet Manciple ihm mit ernster Miene bei. »Sie bleiben doch zum Essen, nicht wahr?« fragte sie noch.

»Das ist sehr freundlich von Ihnen, Mrs. Manciple, aber ich glaube nicht. Ich bin gegen halb drei wieder hier, wenn es Ihnen recht ist.«

* * *

Um halb drei betrat der Bischof das Arbeitszimmer, in aufge-räumter Stimmung. Er hatte seine Klarinette dabei, aber sonst sah er bemerkenswert episkopal aus in dem dunklen Anzug, den er am Vormittag zum Kirchgang getragen hatte. Er schien über-rascht, als Henry auf Julian Manning-Richards zu sprechen kam.

»Julian? Was ist mit Julian? Prächtiger Bursche. Sohn alter Freunde von uns aus Bugolaland. Enkel von Tante Doras Vereh-rer. Wieso interessieren Sie sich so sehr für Julian?«

»Ich glaube, er verstand sich nicht gut mit Raymond Mason.«

Der Bischof schnaufte ein wenig. »Der Mann war nicht zurech-nungsfähig«, erklärte er. »Die Reiferen unter uns konnten den Verirrungen dieses Mannes mit christlicher Nächstenliebe begeg-nen, aber wenn ein junger Hitzkopf wie Julian hört, daß seine Verlobte von einem Mann belästigt wird, der sich für ein weichge-kochtes Ei hält ... dazu noch doppelt so alt wie sie ...«

Mit einiger Mühe gelang es Henry, das Gespräch auf die Fami-lie Manning-Richards zurückzubringen. Bald darauf war Edwin in wohlige Erinnerungen vertieft.

»Humphrey Manning-Richards«, erläuterte er, »war District Commissioner in Bugolaland, als ich als junger Mann zum ersten Mal dort hinauskam. Gestatten Sie, daß ich rauche?« Henry nickte zum Einverständnis, und der Bischof zog einen abgewetz-ten Tabaksbeutel aus Segeltuch hervor und begann in aller Ruhe und gutgelaunt seine Pfeife zu stopfen. »Ja, das war ein Bursche. Großwildjäger, stattliche Erscheinung, Cricketmeister – Oxford natürlich –, ein furchtloser Mann und trotzdem erfreulich beschei-den. Er war mit einer bezaubernden Frau verheiratet, und sie hat-ten einen Sohn.«

»Julian?«

»Oh nein. Tony. Julians Vater. Um die fünfzehn war Tony, als ich das erste Mal nach Bugolaland kam. Etwa zwei Jahre später geschah dann das Unglück. Mrs. Manning-Richards erkrankte am Fieber. In ein paar Tagen war sie tot. Inzwischen war Tante Dora herausgekommen und führte mir den Haushalt, und natürlich sorgte sie nach Kräften für den armen Humphrey und seinen Jungen. Ja, unter uns gesagt, es schien, als ginge es nur mehr darum, eine geziemende Frist nach dem Tode seiner Frau verstreichen zu lassen, bevor... sie paßten wunderbar zueinander, in jeglicher Hinsicht. Beide waren Ende Vierzig, da war der halb verwaiste Knabe, für den es zu sorgen galt, ich hatte mich inzwischen mit meiner zukünftigen Frau verlobt, und, um ehrlich zu sein, ich machte mir ein wenig Sorgen, was aus Tante Dora werden sollte. Aber...« Edwin seufzte. »Es sollte nicht sein.«

»Ein weiteres Unglück?« tastete Henry sich vor.

»Wenn Sie so wollen«, erwiderte der Bischof. »Humphrey Manning-Richards ging auf Heimaturlaub. Ich persönlich bin überzeugt, daß er Dora am Tag vor seiner Abreise einen Antrag gemacht haben würde, hätte nicht in jenem Jahr die Regenzeit früher als üblich begonnen und damit das Abschiedspicknick vereitelt, das ich für ihn vorbereitet hatte. Wie dem auch sei, Manning-Richards fuhr, ohne ... ähm ... mit Dora gesprochen zu haben. Und das nächste, was wir von ihm hörten, war, daß er ein junges Mädchen geheiratet hatte, eine Tänzerin aus einer Varietétruppe, die damals in London auftrat. Eine Ausländerin noch dazu. Serbokroatisch oder jugoslawisch« – der Bischof sprach es »schlawisch« aus – »oder aus einem anderen dieser Balkanländer, die zu dieser Zeit dauernd ihre Namen änderten. Ihr Name war Magda.«

Wiederum hielt Edwin inne und schnaufte. »Magda Manning-Richards. Er brachte sie mit zurück nach Bugolaland, aber ich fürchte, sie wurde kühl aufgenommen. Oh, sie war ein hübsches kleines Ding, das muß ich sagen, aber eben zwanzig Jahre jünger als er, kaum älter als sein Sohn. Niemand mochte Magda Manning-Richards, und nur die wenigsten machten sich die Mühe, das zu verbergen. Wir waren damals nur eine kleine europäische Kolonie in Alimumba, und Tante Dora war überall beliebt. Es gab viel böses Blut, und die Manning-Richards' wurden gesellschaftlich mehr oder weniger geschnitten. Das bedeutete einiges damals.

Nun, um es kurz zu machen, Humphrey hatte bald begriffen, wie die Dinge standen, und tat das einzig Vernünftige. Er ließ sich nach Ost-Bugolaland versetzen, Hunderte von Meilen weit fort. Er und seine Frau und der kleine Tony. Das heißt, so klein war er ja da schon nicht mehr.

Wir verloren dann den Kontakt zu der Familie. Erst zehn Jahre später habe ich wieder etwas von ihnen gehört – daß Humphrey an einem Herzanfall gestorben sei. Einige Zeit später schrieb Violet mir, Tonys Heirat sei in der *Times* angezeigt worden. Er war in Bugolaland geblieben und hatte ein Mädchen aus einer Siedlerfamilie geheiratet. Ich habe dann nicht mehr an sie gedacht, bis ich eines Tages las, daß Tony und seine Frau bei einem Autounfall irgendwo oben in den östlichen Bergen ums Leben gekommen seien. Er war so vernünftig gewesen, im Osten zu bleiben. Das Klima dort ist viel angenehmer – beinahe kalt im Winter. Nun, das war eine traurige Geschichte, aber ich hatte Tony nicht mehr gesehen, seit er ein Schuljunge war, und seine Frau kannte ich überhaupt nicht. Damit schien die Sache erledigt. Sie können sich vorstellen, wie überrascht ich war, als Violet mir erzählte, Maud habe in Paris an der Sorbonne einen jungen Mann namens Manning-Richards kennengelernt. ›Donnerwetter‹, sagte ich, ›der wird doch nicht mit der Familie verwandt sein, die wir in Bugolaland kannten?‹ Natürlich war er das. Tonys Sohn. Er war erst sechs gewesen, als er bei jenem Autounfall seine Eltern verlor; seine Stiefgroßmutter hatte ihn in Bugolaland großgezogen und war erst vor kurzem gestorben. Er war nach Europa gekommen, um seine Studien abzuschließen, und hatte Maud kennengelernt – seltsamer Zufall.« Edwin sog an seiner Pfeife. »Mehr fällt mir dazu nicht ein. War es das, was Sie wissen wollten?«

Henry lächelte. »Ja und nein«, antwortete er. »Alles ganz unkompliziert. Ich hatte so eine Idee, daß möglicherweise ... aber da lag ich wohl falsch.«

»Falsch, falsch ... alles abgestanden, ohne das F«, meinte der Bischof und klopfte dabei seine Pfeife in dem großen Aschenbecher aus Messing aus.

Henry überlegte rasch. »Fünf Buchstaben?« fragte er dann.

»Selbstverständlich.«

»Lasch. Abgestanden. Anagramm von falsch, ohne das F.«

Der Bischof strahlte. »Ich habe mich in Ihnen getäuscht, Tibbett«, sagte er wohlwollend. »Na, ich will nicht noch mehr von Ihrer Zeit in Anspruch nehmen. Ich vermute, Sie werden mit Julian sprechen wollen.«

Maud und Julian betraten das Arbeitszimmer gemeinsam, Hand in Hand, wie Kinder.

»Also«, fragte Henry, »was kann ich für Sie tun?«

96

»Julian wollte nicht, daß ich mitkomme«, erklärte Maud, »aber ich habe mich nicht abhalten lassen –«

»Verstehen Sie, Sir, sie dachte, wenn wir zusammen kommen, würden Sie uns vielleicht eher Glauben schenken«, sagte Julian. »Ich meine, ich weiß schon, daß es ziemlich an den Haaren herbeigezogen klingt –«

»Langsam«, sagte Henry, »eins nach dem anderen. Warum setzen Sie sich nicht erst einmal?«

Widerstrebend gab Julian Mauds Hand preis und führte sie wie etwas äußerst Zerbrechliches zu einem Stuhl. Dann setzte er sich ebenfalls und sagte: »Es geht um Frank Mason.«

»Das dachte ich mir schon«, entgegnete Henry.

»Soll das heißen – Sie wissen davon?«

»Ich habe den jungen Mr. Mason kennengelernt«, sagte Henry.

»Ich ... ich bin ihm ein paarmal an der Londoner Universität begegnet.«

»So hatte ich ihn verstanden«, bestätigte Henry. »Was ich ebenfalls seinen Bemerkungen entnahm, war, daß Sie einander nicht gerade freundschaftlich verbunden waren.«

»Das ist noch milde ausgedrückt«, sagte Julian. »Er war ein durch und durch unangenehmer Mensch. Ich habe ja nichts gegen den Sozialismus als solchen, wohl aber gegen den Mangel an geistiger Disziplin, die es bei nebulösen Theorien vom Wolkenkuckucksheim bewenden läßt, ohne jemals die Kosten zu bedenken.«

Wahrscheinlich, dachte Henry, kann er nichts dafür, daß er sich so aufgeblasen anhört. Schließlich ist er noch jung. Laut sagte er: »Ich weiß nicht, was das alles mit –«

»Ich werde es erklären«, sagte Julian. »Zunächst einmal, zu den Dingen, die mich am meisten an Mason störten, gehörte seine Einstellung zu seinem Vater. Mit der einen Hand raffte er so viel von seinem Geld, wie er nur konnte, mit der anderen versetzte er ihm einen Tritt. Tut mir leid, das war nicht gut formuliert, aber Sie verstehen, was ich damit sagen will. Sobald Mason ein paar Gläser getrunken hatte, begann er auf die abscheulichste, heuchlerischste Weise über seinen alten Herrn und alles, wofür er stand, herzuziehen.« Allein der Gedanke daran schien Julian zu würgen, als ob seine Stimmbänder sich verknotet hätten. »Eines Tages konnte ich es nicht mehr länger aushalten und habe ihn gefragt, ins Gesicht gefragt, wie er es wagen könne, von dem Gewinn zu leben, den die Firma seines Vaters abwerfe, und gleichzeitig derartige politische und gesellschaftliche Ideale zu verkünden. Ich will Ihnen verraten, was er darauf geantwortet hat. Er sagte, die einzige Rechtfertigung für einen Mann wie seinen Vater sei, daß sein zusammengestohlenes Vermögen am Ende jemandem zufiele, der es nutzen würde, um die Weltrevolution voranzutreiben. ›Was bedeutet‹, sagte ich, ›daß Sie den Tod Ihres Vaters gar nicht erwarten können, nicht wahr?‹ Und ob Sie es nun glauben oder nicht, er antwortete: ›Aber klar doch, alter Junge. Ich würde ihn morgen schon um die Ecke bringen, wenn ich das Gefühl hätte, ich käme damit durch.«

»Das ist ja hochinteressant«, sagte Henry.

»Es ist die Wahrheit«, platzte Maud heraus, »ich kann das bestätigen. Julian hat mir davon geschrieben.«

»Oh, ich glaube Ihnen schon«, beteuerte Henry lächelnd. »Ich kann den jungen Mr. Mason beinahe hören, wie er das sagt. Sie meinen also, e r hat seinen Vater ermordet.«

Julian wirkte ein wenig bestürzt. »Das habe ich damit eigentlich nicht sagen wollen«, meinte er.

Es trat eine kleine Pause ein, dann sagte Maud: »Erzähl nur weiter, Schatz. Erzähl ihm alles.«

Julian zögerte noch immer. »Ich weiß nicht, ob ich –«

»Wenn du es nicht tust, dann tue ich es«, sagte Maud. Sie hatte ihr kleines Kinn trotzig vorgereckt, und Henry fühlte sich lebhaft an das Porträt des Rektors erinnert, das in der Halle hing. »Mr. Tibbett, dieser schreckliche Mensch Mason wird wahrscheinlich Julian beschuldigen, er habe seinen Vater umgebracht.«

»Tatsächlich?« Henry, der an sein Gespräch mit Frank Mason vom Vorabend dachte, spitzte die Ohren. »Wie kommen Sie denn darauf?«

»Nun ja, wissen Sie – als Maud ihn abgewiesen hatte ... ich nehme an, Sie haben gehört, daß der alte Mason die Frechheit besessen hat, ihr einen Heiratsantrag zu machen?«

»Das habe ich«, sagte Henry.

»Natürlich wies Maud ihn ab, aber er hörte nicht auf, sie zu belästigen. Und deshalb habe ich ... nun, ich habe mich mit ihm gestritten.«

»Was genau meinen Sie mit ›belästigen‹?« fragte Henry. Eine spannungsvolle Stille trat ein.

»Nun ...«, sagte Julian, »er kam in dieses Haus und suchte sie auf ...«

»Miss Manciple«, sagte Henry, »Sie sind eine ausgesprochen moderne junge Frau mit einer starken Persönlichkeit, wenn ich mir erlauben darf, das zu sagen. Brauchten Sie denn wirklich diese Art von viktorianischer Ritterlichkeit?«

»Sie machen sich über mich lustig!« entgegnete Maud aufgebracht.

»Jawohl«, sagte Henry, »und ich werde es weiter tun, bis Sie mir sagen, womit Raymond Mason Sie in Wirklichkeit quälte.«

Der Blick, den die beiden jungen Leute tauschten, war vielsagend wie eine ganze Seite Protokoll. Dann sagte Maud: »Also gut. Es ging um Julian.«

»In welcher Hinsicht?«

»Ja, nicht eigentlich um Julian. Um Onkel Claud.«

»Könnten Sie ein klein wenig deutlicher werden, Miss Manciple?« fragte Henry höflich.

»Ich habe mich auf eine Stelle in Bradwood beworben, als Sir Clauds persönlicher Assistent«, sagte Julian laut. Es klang beinahe trotzig. »Ist vielleicht irgend etwas falsch daran?«

Henry erinnerte sich an etwas, das Violet Manciple gesagt hatte. »Sie meinen, Mason warf Ihnen Vetternwirtschaft vor?« Es herrschte Totenstille. Henry führte den Gedanken weiter: »Heirate die Nichte, dann wirst du den Posten beim Onkel schon bekommen. Etwas in dieser Art?« Weiterhin Schweigen. »Wie gut sind denn Ihre Qualifikationen, Mr. Manning-Richards?«

Das provozierte Maud zu einer wütenden Antwort. »Er hat alle Qualifikationen, die er braucht. Es ist ja schließlich nur ein Verwaltungsposten. Die Stelle ist nicht für einen Physiker ausgeschrieben, es wird einfach nur jemand mit Organisationstalent gesucht und mit guten Kenntnissen in Physik und den Naturwissenschaften, und genau das hat Julian. Ich sehe nicht ein, daß alle auf uns herumhacken, nur weil Onkel Claud zufällig Generaldirektor in Bradwood ist!«

»Bei Ihnen hat doch niemand solche Anschuldigungen erhoben«, fragte Henry, »oder etwa doch, Miss Manciple? Wie ich höre, haben Sie die Stelle ausschließlich auf Grund Ihrer Qualifikationen bekommen, und Sir Claud erfuhr erst, daß Sie sich überhaupt beworben hatten, als –«

»Dieser Fall liegt völlig anders, Sir«, meldete sich Julian in seiner steifen Art zu Wort. »Diese spezielle Position, die ich zu erlangen hoffe, fällt in Sir Clauds persönliche Kompetenz. Er nimmt den Burschen, der ihm paßt«, fügte er noch hinzu, in die Umgangssprache verfallend.

»Verstehe«, sagte Henry. »Und Raymond Mason ärgerte sich darüber.«

»Er ärgerte sich überhaupt nicht«, antwortete Julian. »Er genoß es. Er machte es sich zunutze, um Maud die gehässige Idee einzureden, ich heiratete sie nur, weil . . . na, Sie können es sich ja vorstellen. Deswegen habe ich mich mit ihm gestritten.«

»Und gedroht, ihn umzubringen?«

»Ich habe nichts dergleichen getan. Ich habe nur . . . nun, ich habe ihm einfach zu verstehen gegeben, daß es gesünder für ihn wäre, wenn er in Zukunft Cregwell Grange fernbliebe.«

»Ach, wissen Sie«, sagte Henry, »darum würde ich mir nicht zu viele Gedanken –«

»Es geht noch weiter«, kündigte Maud düster an. »Erzähl es ihm, Schatz.«

»Gestern morgen«, fuhr Julian fort, »hatte ich in London zu tun, wie Sie, glaube ich, wissen. Als ich am Nachmittag zurückkehrte, schaute ich in der Lodge vorbei.«

»Warum das?« fragte Henry.

Es war Julian ein wenig peinlich. »Ich . . . nun, ich nahm die Abkürzung vom Bahnhof, der Weg führt an der Lodge vorbei, und ich sah Frank Masons Wagen dort stehen. Mir war die ganze Geschichte unangenehm . . . ich meine, da Mason nun tot war, und ich hatte mich mit ihm gestritten und so weiter. Und da dachte ich, ich gehe hinein und söhne mich mit Frank aus, sozusagen.«

»Verstehe. Und – taten Sie es?«

»Ich hatte keine Gelegenheit dazu. Kaum hatte er mich erblickt, begann Frank mich zu beschimpfen. Offenbar hatte sein Vater ihn angerufen und ihm alles von unserer Auseinandersetzung erzählt, und er kündigte an . . .« Julian schluckte. » . . . er kündigte an, er werde mich bei Ihnen des Mordes an Raymond Mason bezichtigen.«

»Was eine unverschämte Lüge ist!« brach es aus Maud hervor. »Wie hätte Julian ihn umbringen sollen? Er war mit mir unten am Fluß, als es geschah . . .«

»Ich glaube«, sagte Henry, »Sie regen sich beide vollkommen grundlos auf. Genaugenommen käme Julian zwar durchaus als Raymond Masons Mörder in Frage, aber ich bin mir ziemlich si-

100

cher, daß er es nicht war. Eigentlich glaube ich überhaupt nicht, daß...« Henry biß sich auf die Zunge. »Ich glaube«, begann er von neuem, »mehr gibt es hier heute nachmittag für mich nicht zu tun. Ich bin Ihnen sehr dankbar, daß Sie mir alles erzählt haben – das waren die letzten Teile in meinem Puzzle. Übrigens, Mr. Manning-Richards, weswegen sind Sie eigentlich am Samstag nach London gefahren?«

Das brachte Julian augenscheinlich in Verlegenheit. Er wurde puterrot und fragte Henry, ob er darauf bestehe, daß er diese Frage beantworte. Er könne ihn nicht zur Antwort zwingen, entgegnete Henry, aber er rate ihm dringend dazu. Widerwillig gab Julian dann sein großes Geheimnis preis. Er sei beim Juwelier gewesen, erklärte er, um den Verlobungsring für Maud zu kaufen. Es habe eine Überraschung sein sollen, doch nun... und verlegen holte er aus seiner Tasche eine kleine Schachtel hervor, auf der das Markenzeichen eines der angesehensten Juweliere Londons prangte. Darin befand sich ein wunderschöner und dabei doch bescheiden wirkender Diamantring mit einem einzelnen Stein. Woraufhin Maud Julian um den Hals fiel und Henry nicht die geringste Mühe hatte, sich unbemerkt aus dem Arbeitszimmer zurückzuziehen.

In der Halle begegnete er Violet Manciple. »Ah, Mr. Tibbett? Alles in Ordnung? Haben Sie alle gesprochen, die Sie sprechen wollten? Meine Güte, ich sehe gerade, es ist ja schon fünf Uhr. Wollen Sie nicht zu einem Glas Sherry ins Wohnzimmer kommen? George ist noch unten auf dem Schießstand, aber er wird bald hier sein. Das war sehr freundlich von Ihnen, daß Sie sich so viel Mühe mit Tante Dora gegeben haben. Sie weiß das zu schätzen. Wie sie mir erzählt, sind Sie sehr interessiert an Fragen des Übernatürlichen, auch wenn Sie sich äußerlich dagegen sträuben. Irgend etwas mit Ihrer Aura. Sie sollten sich geschmeichelt fühlen. Nicht jeder, sagt Tante Dora, verfügt über eine Aura. Und nun kommen Sie, trinken Sie ein –«

»Wirklich, Mrs. Manciple«, unterbrach Henry, »das ist sehr aufmerksam von Ihnen, aber ich muß zurück. Meine Frau wird im Viking schon auf mich warten.«

»Ihre Frau? Meine Güte, Mr. Tibbett, ich wußte ja überhaupt nicht, daß Sie eine Frau haben. Jedenfalls nicht, daß sie auch in Cregwell ist. Morgen müssen Sie sie aber zum Essen mitbringen. Sie müssen mich ja für furchtbar unhöflich halten, daß ich sie nicht schon längst –«

»Meine Frau ist rein privat hier, Mrs. Manciple«, sagte Henry. »Im Gegensatz zu mir, leider.«

»Für heute haben Sie aber genug gearbeitet«, sagte Mrs. Manciple mit Nachdruck. »Und der Sonntag ist ja ohnehin kein Arbeitstag, nicht wahr? Natürlich habe ich Verständnis, daß Sie nun zu Ihrer Frau zurück müssen, aber morgen bestehe ich darauf ... ich fürchte allerdings, es wird nur Lachs geben. Immerhin kommt er frisch aus dem Fluß. Edwin ist gerade unten und fischt...«

Henry dankte Mrs. Manciple noch einmal und nahm die Einladung für sich und Emmy an. Dann fügte er hinzu: »Ob ich mir wohl... die Hände waschen könnte, bevor ich gehe?«

Violet Manciple errötete. »Aber natürlich. Wie unaufmerksam von mir ... das hätte ich Ihnen schon längst ... ich hoffe nur, Sie haben sich nicht ... ähm ... hier entlang...«

Das Bad war groß wie ein städtisches Schwimmbad und mit Kacheln in Blumenmuster ausgestattet. Im Vorraum waren neben Waschbecken und Handtüchern die Materialien untergebracht, aus denen George Manciple seine genialen Tontauben bastelte. Überall lagen Schachteln voller alter Tennisbälle, Holzkisten, Sprungfedern und Bindfadenknäuel. Außerdem gab es, in einiger Höhe angebracht, ein Regal, das die Pistolen barg. Es bot Platz für sechs Waffen, drei der Fächer waren jetzt leer.

Henry blickte sich interessiert um, dann ging er weiter in den Toilettenraum. Auch dieser war groß, und an einem Ende stand ein prachtvoller Thron auf einer erhöhten Plattform. Nur wenig Tageslicht drang durch das pseudogotische Schießschartenfenster herein. Henry spähte hinaus. Der schmale, vertikale Schlitz stand offen, und Henry stellte fest, daß man durch das Gebüsch hindurch bis zur Auffahrt blicken konnte.

Als er wieder in die Halle kam, sah Henry, daß Violet Manciple an der Haustür wartete, um sich von ihm zu verabschieden. Sie machte einen sehr verdatterten Eindruck, als er sagte: »Verzeihen Sie, wenn ich das frage, Mrs. Manciple, aber haben Sie in letzter Zeit die untere Toilette geputzt?«

»Ob ich...?« Mrs. Manciple wurde scharlachrot. »Sie wollen doch nicht sagen –? Oh, Mr. Tibbett, das tut mir furchtbar leid...«

102

»Sie war makellos sauber«, versicherte Henry ihr. »Ich wollte lediglich wissen, wann dort zuletzt geputzt wurde.«

»Gestern morgen. Ich mache dort jeden Tag sauber, außer am Sonntag. Ich habe furchtbare Mühe mit diesem Waschraum, weil George unbedingt seine Utensilien für den Schießstand dort unterbringen muß. Alles steht immer voller Schnüre und Kisten, und ich bringe ihn einfach nicht dazu, sie ordentlich einzuräumen. Erst gestern... warum muß er denn auch Kordel und Zündschnüre auf der Toilette aufbewahren? Ich habe ihn immer und immer wieder gebeten, aber Männer sind so unaufmerksam, finden Sie nicht auch?«

»Ja, ich fürchte, das sind wir wohl manchmal«, erwiderte Henry.

»Oh, ich bitte um Verzeihung, Mr. Tibbett. Ich sage leider manchmal dumme Sachen. George sagt, ich bin schlimmer als Tante Dora. Und nun, bei all den Sorgen wegen Mr. Mason –«

»Ich glaube, wegen Mason brauchen Sie sich keine Sorgen mehr zu machen, Mrs. Manciple«, sagte Henry. Er hatte eigentlich nicht so viel sagen wollen, aber Mrs. Manciple mit ihrer aufrichtigen Sorge rührte ihn.

»Mir keine Sorgen mehr machen? Aber wie sollte das möglich sein, Mr. Tibbett? Ganz abgesehen von allem anderen... oh ja, ich wußte doch, daß ich Sie noch etwas fragen wollte. Was wird denn nur aus dem Fest?«

»Dem Fest?«

»Unser jährliches Pfarrfest mit Trödelmarkt. Am kommenden Samstag; George und ich stellen immer den Garten dafür zur Verfügung. Kann ich mit den Vorbereitungen weitermachen? Ich habe morgen eine Besprechung beim Tee mit einigen der Organisatoren. Wir müssen schon Anfang der Woche mit dem Aufbau der Stände beginnen. Wenn dieser schreckliche Mordfall bis dahin nicht aufgeklärt ist –«

Henry lächelte beruhigend. »Ich glaube, Sie können getrost mit Ihren Festvorbereitungen fortfahren, Mrs. Manciple. Ich bin ziemlich sicher, das Geheimnis wird schon morgen gelüftet werden. Genau genommen glaube ich nicht einmal, daß es überhaupt ein Geheimnis gab.«

Violet Manciple sah ihn verdutzt an: »Was meinen Sie denn nun damit schon wieder, Mr. Tibbett?«

»Nur, daß die Dinge nicht immer so sind, wie sie scheinen«, antwortete Henry vergnügt.

103

»Ich hoffe es«, sagte Mrs. Manciple zweifelnd. »Ich hoffe es wirklich. Aber ich werde das Gefühl nicht los, daß es doch ein Geheimnis gibt.«

Und damit hatte Violet Manciple recht – und Henry Tibbett, so paradox das war, nicht minder.

Kapitel 8

Emmy erwartete Henry bereits, als er wieder im Viking eintraf. Sie hatte den Nachmittag in Kingsmarsh verbracht, und als die Bar um sechs öffnete, fand sie, daß sie sich ein Bier mehr als verdient hatte.

»Außerdem«, fügte sie hinzu, »können wir vielleicht hören, was die Dorfbewohner zu dem Fall zu sagen haben.«

Die Bar war noch beinahe leer. Eine gelangweilte Platinblonde polierte hinter dem Tresen lethargisch die Gläser, ein uralter Bauer in Ledergamaschen saß versunken in einer Ecke und genehmigte sich ein Gläschen, und zwei Männer mittleren Alters in Tweedanzügen debattierten über Fußstellungen und Handhaltungen beim Golf. Henry und Emmy setzten sich in die von einer hohen Lehne geschützte Nische am Kamin.

»Hier werden wir nicht viel Dorfklatsch zu hören bekommen, so wie's aussieht«, meinte Emmy.

»Nur Geduld«, sagte Henry. »Die kommen schon noch.«

Im selben Augenblick öffnete sich die Außentür der Bar, und zwei Leute kamen herein. Henry, in der Kaminnische versteckt, fragte: »Neuankömmlinge?«

»Ja.« Emmy reckte den Hals. »Ein zierliches blondes Mädchen – sehr hübsch –, ein sympathisch aussehender junger Mann und ein Boxerwelpe.«

»Klingt nach Maud Manciple und Julian Manning-Richards«, sagte Henry.

»Maud. Das ist diejenige, die sich ihr Zimmer mit Universitätsdiplomen tapezieren kann, sagt Isobel. Sieht nicht gerade wie ein Blaustrumpf aus, das muß ich schon sagen. Gehst du hin und begrüßt sie?«

»Ich glaube nicht«, sagte Henry. »Sie haben mich nicht gesehen. Laß uns einfach stillsitzen und abwarten, was geschieht.«

105

Nichts allzu Spektakuläres geschah. Julian ging an die Bar und scherzte mit der Platinblonden, die er Mabel nannte. Mabel kicherte und schenkte ihm ein Glas Bier und einen Gin Tonic ein. Er und Maud nahmen auf der Bank Platz, die Rücken an Rücken an Henrys und Emmys Nische stieß.

»Ich habe überall nach dir gesucht«, sagte Julian. »Wie bist du denn nur auf die Idee gekommen, allein zum Fluß hinunterzugehen?«

»Tinker brauchte doch Auslauf.« Maud hörte sich ein wenig unbehaglich an. »Es war wirklich nicht nötig, mir nachzulaufen, als ob ich . . . als ob ich nicht selbst auf mich aufpassen könnte.«

»Es kam mir so vor, als ob du vorhin nicht sonderlich erfreut warst, mich zu sehen«, sagte Julian. Und dann setzte er zärtlich hinzu: »Versteh doch, Schatz, ich will einfach nicht, daß du allein in der Gegend herumspazierst, nach allem, was geschehen ist. Und es ist mir gleich, ob du mich deswegen auslachst. Du bist nur eine schwache Frau, körperlich meine ich – das kannst du nicht leugnen. Du brauchst jemanden, der dich beschützt.«

»Ach, es tut mir leid, Schatz.« Maud klang zerknirscht. »Es war lieb von dir, nach mir zu suchen, und ich bin froh, daß du mich gefunden hast.« Nach einer kleinen Pause sagte Maud plötzlich: »Ich frage mich, ob Tibbett dir geglaubt hat.«

»Der scheint doch ein recht vernünftiger Bursche zu sein«, meinte Julian. »Besser, als von einem Polizisten zu erwarten war.«

»Was die Leute reden, ist so furchtbar unfair«, sagte Maud. »Warum sollst du denn nicht die Stelle in Bradwood bekommen?«

»Keine Ahnung«, meinte Julian. »Trotzdem wünschte ich wirklich, Sir Claud wäre nicht dein Onkel. Das muß ja Leuten – Leuten, die mich nicht mögen, Zündstoff liefern. Und nun kommt auch noch die Geschichte mit Mason hinzu. Ich muß zwar zugeben, ich bin überglücklich, daß er uns nicht mehr in die Quere kommen kann –«

»Julian! So etwas darfst du nicht sagen!«

»Du weißt, daß es stimmt. Warum sollte man sich deswegen verstellen?«

»Ja schon, aber . . . wenn dich jemand hört . . .«

»Höchst verdächtig, das muß ich zugeben. Zum Glück scheint Tibbett ja vernünftiger zu sein, als man nach seinem Aussehen denken könnte. Deine Mutter hat mir vorhin noch gesagt, er habe ihr grünes Licht für das Fest am Samstag gegeben. Offenbar hat er ihr zu verstehen gegeben, daß der Fall so gut wie gelöst sei.«

»Ich wünschte, ich könnte das glauben«, sagte Maud.

»Ich frage mich«, meinte Julian nachdenklich, »was die anderen ihm erzählt haben.«

»Welche anderen?«

»Das ganze Sortiment von Spinnern in Cregwell Grange. Tante Dora, Onkel Edwin und Konsorten.«

»Ich weiß nicht, ob ich es mag, wenn du meine Familie als Spinner bezeichnest«, protestierte Maud.

Julian lachte. »Jetzt mach aber mal einen Punkt, mein Schatz. Du sagst doch selbst immer, daß es am Stammbaum deiner Familie nicht einen einzigen normalen Sproß gibt.«

Maud seufzte leise, und Henry konnte an ihrer Stimme erkennen, daß sie lächelte. »Entschuldige, Liebling. Wahrscheinlich ist es dumm von mir, aber wenn ein Familienmitglied das sagt, ist es etwas anderes als –«

»Ich bin also kein Familienmitglied?«

»Doch, Liebling. Doch. Natürlich.«

»Maud . . .« Julian senkte seine Stimme, und der Rest des Satzes war nicht mehr zu verstehen. Emmy, die sich in ihrer Position als unfreiwillige Lauscherin zunehmend unbehaglicher fühlte, war mehr als erleichtert, als sich kurz darauf ein Zwischenfall ereignete.

Die Tür zur Bar wurde aufgestoßen, und ein rothaariger junger Mann kam, begleitet von einem heftigen Schwall kalter Luft, mit großen Schritten hereingestürmt. Er näherte sich der Bar wie ein Wirbelsturm, rieb sich die Hände und verlangte lauthals ein Bier. Ein unglückseliger Zufall wollte es, daß er ausgerechnet in jenem Augenblick die Theke erreichte, als Julian Manning-Richards die zweite Runde bestellen wollte. Die Spannung knisterte, als die beiden jungen Männer sich schweigend gegenüberstanden.

Dann sagte Frank Mason zu der Bedienung: »Ich habe es mir anders überlegt, meine Beste. So durstig bin ich nicht, daß ich in jeder Gesellschaft trinken müßte.«

»Kommen Sie mit nach draußen, und sagen Sie das noch einmal, Mason«, rief Julian. Henry hatte den Eindruck, daß diese Worte eigentlich in einer Sprechblase über seinem Kopf erscheinen sollten.

Frank Mason wandte sich gelassen um und heftete den Blick auf Julian Manning-Richards. »Wie bitte?« fragte er.

»Kommen Sie nach draußen, und wiederholen Sie das«, sagte Julian. Er war totenbleich.

»Ich glaube nicht«, sagte Mason, und er empfand diese Formulierung offenbar als humoristische Quintessenz des gesamten Manning-Richards-Manciple-Komplexes, »daß wir einander vorgestellt wurden.«

Julian knallte den leeren Bierkrug auf den Tisch.

»Verdammter Feigling«, zischte er. Und bevor Mason etwas entgegnen konnte, wandte er sich von ihm ab und sagte: »Maud, Liebes, ich fürchte, du mußt auf dein Bier warten, bis wir zu Hause sind. Wir gehen.«

Maud erhob sich, zog mit der einen Hand die Lederjacke fester um sich, mit der anderen hielt sie die Hundeleine. Manning-Richards nahm ihren Arm. Dann wandte er sich noch einmal Mason zu und schleuderte ihm – es gab kein anderes Wort dafür – seine letzte Schmähung entgegen: »Sie haben Angst, Mason! Angst vor jedem, der nicht kleiner ist als Sie!«

Nachdem er dergestalt ein Maximum an Klischees in ein Minimum an Worten gepackt hatte, führte er Maud und Tinker aus dem Lokal, und die Tür schlug hinter ihnen zu.

In der Ecke sagte einer der Männer in Tweed: »Den linken Arm müssen Sie gerade halten, alter Junge. Sie müssen ihn halten, als bestünde er ganz aus einem Stück.«

Der Bauer mit den Ledergamaschen erhob sich mühsam und schlurfte hinüber an den Tresen. »Dasselbe noch mal, Mabel«, sagte er.

»Ich glaube«, sagte Henry zu Emmy, »wir könnten auch dasselbe noch mal vertragen, findest du nicht auch?«

Er stand vom Kaminplatz auf und ging hinüber zur Bar. Frank Mason stand dort und machte einen benommenen Eindruck. Er sah aus, als sei er soeben von dem sprichwörtlichen stumpfen Gegenstand getroffen worden.

»Bitter«, sagte Henry. »Zwei Halbe bitte.«

»Tibbett.« Mason schien allmählich wieder zu sich zu kommen, als Henry in sein Blickfeld trat.

»Stimmt«, sagte Henry.

Mason faßte ihn mit eisernem Griff am Arm. »Wer war das?« fragte er.

108

»Wer war wer?«

»Das Mädchen. Das Manning-Richards bei sich hatte.«

»Maud Manciple natürlich. Das hätten Sie sich doch denken können.«

»Nein, das war nie und nimmer Maud Manciple.«

»Ich versichere Ihnen, daß sie es war. Kennen Sie sie?«

»Nein, selbstverständlich nicht. Das heißt, schon. Seit einer halben Stunde. Ich ging unten am Fluß spazieren, und sie kam mir mit ihrem Hund entgegen und –«

»Und was?«

»Nichts, verdammt noch mal. Überhaupt nichts.«

»Zwei halbe Bitter«, sagte Mabel und tauchte von ihren Zapfhähnen auf wie die schaumgeborene Venus aus den Wellen. Sie bedachte Henry mit einem reizenden Lächeln, dann wandte sie sich in einem anderen Ton an Frank Mason: »Wollen Sie nun was trinken oder nicht?«

»Nein. Ich will nichts trinken. Ich will überhaupt nichts in dieser verfluchten Kaschemme.« Mason machte auf dem Absatz kehrt und stürmte aus der Bar.

»Charmanter Bursche«, sagte Mabel. »Kennen Sie ihn, Mr. Tibbett?«

»Nur ganz flüchtig«, erwiderte Henry.

Mabel seufzte. »Das macht zwei Shilling vier Pence«, sagte sie. »Schrecklich, die Sache mit dem armen Mr. Mason, nicht wahr?«

»Schrecklich«, stimmte Henry zu.

»Der arme Major Manciple. Wer hätte gedacht, daß eine von seinen Pistolen einfach so losgehen würde. Er muß doch nicht ins Gefängnis, oder?«

»Ich habe wirklich keine Ahnung«, erwiderte Henry. Er nahm sein Wechselgeld und die zwei Bierkrüge von der Theke und machte sich auf den Weg zurück zu Emmy. In diesem Augenblick klingelte irgendwo in den Tiefen des Gasthauses ein Telefon, und Mabel verschwand.

Als sie zurückkehrte, näherte sie sich Henry mit einem gewissen Respekt.

»Sie werden am Telefon verlangt, Mr. Tibbett.«

»Oh, vielen Dank, Mabel.«

»Es ist Sir John Adamson«, sagte Mabel beinahe ehrfurchtsvoll. »Sir John möchte Sie sprechen.«

109

Der Polizeichef räusperte sich mehrmals, so daß es in der Telefonleitung bedrohlich zu knistern begann. Schließlich sagte er: »Nun, Tibbett, wie kommen Sie denn so zurecht?«

»Ich habe zwei höchst aufschlußreiche Tage hinter mir, Sir John«, antwortete Henry.

»Ich habe mich gefragt... das heißt, ich dachte, Sie würden sich schon eher einmal bei mir melden.«

»Ich war leider sehr beschäftigt«, sagte Henry.

»Ja, ja, ja. Selbstverständlich. Und sind Sie zu irgendwelchen... ähm ... irgendwelchen Schlüssen gekommen?«

»Ja, allerdings.«

»Ach wirklich?« Sir John klang hörbar beunruhigt. »Sie haben doch wohl nicht vor... sofort... ich meine... sofortige Maßnahmen zu ergreifen?«

»Nein, nein. Es gibt da noch ein paar lose Enden, die miteinander verknüpft werden müssen. In ein oder zwei Tagen werde ich wohl so weit sein, daß ich –«

»Eine Verhaftung?«

»Das wollte ich eigentlich nicht sagen, Sir – daß ich einen umfassenden Bericht vorlegen kann.«

»Oh. Oh, verstehe. Keine Verhaftung?«

»Ich glaube nicht«, sagte Henry vorsichtig, »daß das nötig sein wird.«

»Aber wenn Sie wissen, wer Mason getötet hat... Sie wissen doch, wer es war, oder?«

»Oh ja. Aber ich weiß nicht, warum.«

»Das tut doch nun wirklich nichts zur Sache.«

»Ich hoffe, Sir John«, sagte Henry bestimmt, »es wird nicht nötig sein, jemanden zu verhaften. Mehr kann ich im Augenblick nicht sagen. Das ist hier ein öffentliches Telefon. Ich werde Ihnen umgehend Bericht erstatten – morgen, wenn alles gutgeht.«

Es folgte ein ratloses Schweigen. Dann sagte Sir John: »Aha. Sehr interessant. Ja. Nun gut. Sie halten mich auf dem laufenden, nicht wahr?«

»Selbstverständlich, Sir John.«

* * *

Am nächsten Morgen stand Henry zeitig auf und fuhr nach London. Er traf so früh in der Dell Street in Mayfair ein, daß er noch einen Platz an einer Parkuhr in akzeptabler Nähe zur Firma Raymond Mason Ltd., Wettbüro, fand.

Die Firma hatte ihren Sitz in einem hübschen Regency-Haus nicht weit von Hyde Park Corner. Außer einem diskreten Messingschild, das am weiß gestrichenen, säulenverzierten Eingang prangte, wies nichts auf seine Bewohner hin. Im Inneren fand ein mit Teppichboden belegter Flur ein abruptes Ende an einem geschäftsmäßigen Schalter, der mit einer Milchglasscheibe versehen war und die Aufschrift »Auskunft« trug. Er war geschlossen. Es war allerdings eine Glocke vorhanden, und Henry klingelte.

Irgend etwas regte sich hinter dem Milchglas, und man hörte ein Kichern, dann öffnete sich der Schalter, und eine hübsche Blondine von etwa siebzehn Jahren erschien. Ihr Gesicht war gerötet, so sehr mußte sie sich anstrengen, eine ernsthafte Miene zu bewahren. Hinter ihr saßen in einem großen Büro weitere Teenager beiderlei Geschlechts und gaben vor, mit ihren Schreib- und Rechenmaschinen beschäftigt zu sein. Die Blondine machte ein enttäuschtes Gesicht, als sie Henry erblickte.

»Ach«, sagte sie. »Sie kommen allein?«

»Erwarten Sie denn noch jemanden?« fragte Henry.

Die Mädchen fingen allesamt an zu kichern, dann sagte die Blondine: »Ich dachte, Sie kämen mit Fotografen und so. Sie sind doch der Herr vom *Daily Scoop*, nicht wahr?«

»Nein, bin ich nicht.«

»Oh. Dann kommen Sie wohl vom *Planet*?«

»Tut mir leid, aber ich bin überhaupt kein Reporter«, antwortete Henry.

»Oh. Na ja, die werden schon noch kommen.« Selbstgefällig fuhr die Blondine sich über ihre kunstvolle Frisur.

»Tatsächlich?« fragte Henry. Das interessierte ihn. Die Polizei hatte nur eine sehr kurz gefaßte Notiz über Raymond Masons Tod veröffentlicht, und er war überrascht, daß die Regenbogenpresse so darauf ansprach. »Na, da ist es ja ein Glück, daß ich vor ihnen hier bin. Ich hätte gern den Geschäftsführer gesprochen.«

»Mr. Mumford ist noch nicht da«, sagte das Mädchen. »Wenn Sie wollen, können Sie auf ihn warten.« Es war offensichtlich, daß sie inzwischen jegliches Interesse an Henry verloren hatte.

»Ja bitte«, sagte Henry.

»Wenn Sie mir dann bitte folgen wollen«, sagte die Blondine. »Wie war doch gleich der Name?«

111

»Tibbett.«

Das Mädchen führte Henry durch das geräumige äußere Büro in ein kleineres Gemach, dessen Einrichtung aus einem Webteppich, diversen Aktenschränken, einem gewaltigen Mahagonischreibtisch und einer Vielzahl von Schaubildern an den Wänden bestand. Nur etwa eine Minute später trat ein kleiner, ordentlich gekleideter Mann mit schwarzem Schnurrbart geschäftig durch die Tür. Er sah genau so aus, wie man sich den Bürovorsteher einer angesehenen Firma in der City vorstellt: korrekt, ein bißchen penibel, gewissenhaft, die Zuverlässigkeit in Person und, vor allen Dingen, durch und durch konventionell. Ganz und gar nicht, schoß es Henry durch den Kopf, ganz und gar nicht die Art von Person, an die man bei dem aufregenden, etwas anrüchigen Geschäft der Buchmacherei denken würde. Doch dann erinnerte er sich, daß Raymond Mason selbst ja das Aushängeschild dieses Unternehmens gewesen war. Mr. Mumford war nicht mehr und nicht weniger als ein erfahrener Buchhalter, der dieses Geschäft mit der gleichen humorlosen Effizienz führte, mit der er sich einer Statistik über Ein- und Ausfuhren oder der Berechnung von Einkommensteuerschulden gewidmet hätte.

Indem er sein Büro betrat, sagte er, nach rückwärts gewandt: »Ich untersage es strengstens. Haben wir uns verstanden, Miss Jenkins? Wenn sie kommen, falls sie kommen, werden sie hinausgewiesen. Sofort.« Ruckartig wandte er den Kopf und erblickte Henry. »Wer sind Sie und was wollen Sie?« fuhr er ihn an.

»Ich bin Chefinspektor Tibbett von Scotland Yard«, antwortete Henry und zeigte ihm seinen Dienstausweis. Nur mit harten Zahlen und Fakten war bei Mr. Mumford etwas auszurichten. »Ich untersuche den Tod von Mr. Raymond Mason.«

Mumfords Haltung wandelte sich schlagartig. »Oh, ich verstehe. Ja, das muß wohl sein, nehme ich an. Bitte nehmen Sie Platz. Vielleicht können Sie etwas gegen diese unerträglichen Belästigungen unternehmen, Inspektor?«

»Belästigungen?«

»Die Presse. Sie haben doch tatsächlich heute morgen bei mir zu Hause angerufen. Meine Frau war entsetzt. Diese Menschen haben absolut kein Recht, in das Privatleben von Individuen einzudringen.«

»Aber sie tun doch nur ihre Arbeit, Mr. Mumford«, wandte Henry ein.

112

»Das nennen Sie eine Arbeit? Leichenfledderer sind das, Inspektor. Ich habe ihnen gehörig die Meinung gesagt, das können Sie mir glauben. Aber nun höre ich, daß sie auch hier im Büro angerufen haben, und diese jungen Dinger mit ihren Spatzenhirnen wie Miss Jenkins und Miss Cooper... ich wage mir nicht auszumalen, was geschieht, wenn sie erst einmal hier eingedrungen sind. Sie müssen mir helfen, Inspektor.«

»Ich fürchte, da kann ich nichts tun, Mr. Mumford, es sei denn, sie würden tatsächlich Hausfriedensbruch begehen oder Gewalt anwenden –«

»Gewalt! Ich hätte nicht übel Lust, selbst Gewalt anzuwenden!« Mißmutig ließ Mumford sich auf seinem Bürostuhl nieder. »Letzten Endes sind Sie ja wohl dafür verantwortlich. Sie haben irgendwelche Geschichten über den armen Mr. Mason an die Presse gegeben, woher sollten sie denn sonst Bescheid wissen?«

»Das wüßte ich selbst gern«, erwiderte Henry. »Ich kann Ihnen versichern, daß sie von uns nichts außer einer sehr knappen Nachricht über die Fakten erhalten haben.«

Mumford betrachtete Henry ungläubig. »Ich muß an das Ansehen der Firma denken«, sagte er. »Sie müssen wissen, es handelt sich um ein Unternehmen von großer Reputation, Inspektor. Einige der angesehensten und bekanntesten Persönlichkeiten des Landes zählen zu unseren Klienten. Ich kann nicht zulassen, daß ihnen Unannehmlichkeiten gemacht werden.«

»Ein plötzlicher Todesfall ist stets mit Unannehmlichkeiten verbunden, Mr. Mumford«, sagte Henry. Er hatte überlegt, ob er das Klischee meiden sollte, aber dann beschlossen, daß es das einfachste Mittel sein würde, sich Mumford verständlich zu machen. »Es wird am besten für Sie sein, wenn wir die ganze Angelegenheit so schnell wie möglich aufklären.«

»Da stimme ich Ihnen zu«, sagte Mr. Mumford. »Natürlich werde ich Ihnen behilflich sein, soweit es in meiner Macht steht.«

»Das ist sehr freundlich von Ihnen«, sagte Henry.

»Keine Ursache, Chefinspektor«, erwiderte Mumford überschwenglich. »Wie ich sehe, verstehen wir uns, Sie und ich. Wir sprechen die gleiche Sprache.«

Henry zuckte zusammen, obwohl er sich ja bemüht hatte, genau diesen Eindruck zu erwecken. Laut sagte er: »Zu allererst würde es mich interessieren, auf welchem Wege Sie von Mr. Masons Tod erfahren haben.«

113

»Ja, natürlich von Mr. Frank. Er hat mich am Freitagabend zu Hause angerufen. Es war ein fürchterlicher Schock.«

»Das glaube ich. Wie spät war es, als Mr. Frank Mason Sie anrief?«

»Warten Sie. Es muß kurz vor acht gewesen sein. Wir saßen bei Tisch. Es hat mir völlig den Appetit verdorben.«

»Und was sagte er?«

»Nun . . . zuerst fragte er: ›Sind Sie es, Mumford?‹ Es ist seine Art, mich nur mit dem Nachnamen anzureden, was ich nicht ganz . . . also, Mr. Raymond Mason war immer so höflich, mich Mr. Mumford zu nennen. Ich bin sicher, Sie verstehen, was ich meine, Inspektor – ähm Chefinspektor. Ein Name ist nun einmal ein Name.«

»Ja gewiß«, sagte Henry. Aus unerfindlichen Gründen ging ihm ununterbrochen Tante Doras Merkvers durch den Kopf. Tibbett, Tibbett, nimmt jeden Dieb mit . . . Er bemerkte, daß Mumford wieder zu sprechen begonnen hatte.

»Mr. Frank sagte: ›Mumford, mein Vater ist ermordet worden.‹ Und ich entgegnete –«

Henry war wieder ganz bei der Sache. »Sind Sie sicher, daß er das Wort ›Mord‹ gebrauchte?«

»Vollkommen sicher, Chefinspektor. Ich traute meinen Ohren nicht. ›Ich traue meinen Ohren nicht, Mr. Frank‹, sagte ich. Um ehrlich zu sein, anfangs glaubte ich, er habe . . . ähm . . . einen über den Durst getrunken, wie man zu sagen pflegt. Es kam mir so unglaublich vor. ›Sind Sie sicher, Mr. Frank?‹ fragte ich. ›Natürlich bin ich sicher‹, antwortete er. ›Die Polizei aus Cregwell hat mich eben angerufen.‹ ›Also!‹ rief ich. ›Das ist ja entsetzlich!‹ Und das war es doch auch, nicht wahr, Chefinspektor?«

»Das war es allerdings«, bestätigte Henry.

»›Was soll ich denn nun tun?‹ fragte ich Mr. Frank. ›Machen Sie einfach weiter, Mumford‹, sagte er. ›Einfach weiter. Sie führen das Geschäft doch ohnehin allein, nicht wahr? Da gibt es doch keine Probleme, hoffe ich?‹ ›Ich weiß nicht, was Sie unter Problemen verstehen, Mr. Frank‹, entgegnete ich. Er ist immer . . . nun . . . ein wenig schwierig gewesen, Chefinspektor. Nicht mit seinem Vater zu vergleichen. In keinerlei Hinsicht. Dann sagte er etwas sehr Merkwürdiges. ›Es werden Köpfe rollen, Mumford‹, sagte er. Genau das waren seine Worte. ›Köpfe werden rollen, aber Sie lassen sich nicht davon beirren. Sie machen einfach weiter.‹ ›Das

114

habe ich gewißlich vor, Mr. Frank‹, sagte ich. Ich darf wohl sagen, daß ich mich nicht kompromittierte. Dann legte er auf.« Mr. Mumford machte eine Pause und putzte seine Brille. Dann fuhr er fort:»Kurze Zeit später rief mich Sergeant Duckett von der Polizeiwache in Cregwell an. Er sagte mir, daß Mr. Mason bei einem Unfall ums Leben gekommen sei. Das fand ich anständig.«

»Was meinen Sie mit anständig?«

»Nun . . .« Mumford hüstelte. »Mr. Frank hatte, wie Sie selbst hervorhoben, von Mord gesprochen. Und aus Ihrer Anwesenheit, Chefinspektor, kann ich nur schließen, daß Mr. Masons Tod kein Unfall war. Aber ich begriff sofort, daß die Polizei in Cregwell« – Mumford betonte das Wort deutlich genug, um den Kontrast zwischen der dortigen Dienststelle und Scotland Yard zugunsten der ersten hervorzuheben –, »daß die Polizei in Cregwell dafür sorgte, daß die Öffentlichkeit nichts von den sensationelleren Aspekten des Vorfalls erfuhr. Schließlich kann jeder durch einen zufälligen Schuß umkommen, besonders auf dem Lande.« Mumford sagte das, als liege Fenshire jenseits der zivilisierten Welt, in der tiefsten Wildnis. »Deshalb war ich ja so entsetzt – und ich wähle dieses Wort nicht leichtfertig, Chefinspektor –, so entsetzt, als Miss Jenkins mir heute morgen eröffnete –«

»Erzählen Sie mir etwas über Mr. Mason«, sagte Henry.

Überrascht hielt Mr. Mumford mitten im Satz inne. »Über ihn, Chefinspektor? Was soll ich Ihnen über ihn erzählen?«

»Was für ein Mensch war er?«

»Aber . . .« Mumford war schockiert über Henrys Ahnungslosigkeit. »Aber . . . Sie brauchen sich doch nur hier im Büro umzusehen. Mr. Mason war ein außerordentlich erfolgreicher Mann.«

»Ja, schon, aber was für ein Mensch war er?«

»Er war ein wohlhabender Mensch, Chefinspektor.« In Mumfords Stimme schwang etwas wie Tadel mit. Raymond Mason war ein wohlhabender, erfolgreicher Mann gewesen, außerdem Mumfords Arbeitgeber. Mehr war dazu nicht zu sagen.

Henry versuchte es mit einem anderen Ansatz. »Wann haben Sie Mr. Mason zuletzt gesehen?« fragte er.

»Lassen Sie mich überlegen . . . das muß vor ungefähr einer Woche gewesen sein. Er schaute fast jede Woche einmal herein. Hielt gern ein Auge auf alles.«

»Wirkte er da vollkommen normal?«

115

»Oh, vollkommen, Chefinspektor. Vollkommen. Sie müssen bedenken, Mr. Mason war ein... nun, ein Original, wenn Sie verstehen, was ich meine. Scherzte immer mit den Mädels im Büro ... wunderbar ungezwungen ... naja, auch ... eben unkonventionell.«

Mr. Mumford räusperte sich. Offenbar wurde ein Benehmen, das ihn bei jedem gewöhnlichen Sterblichen empört hätte, bei seinem Arbeitgeber zur bezaubernden Exzentrik. »Selbstverständlich«, beeilte Mr. Mumford sich hinzuzufügen, »verkehrte er in dem, was ich nur die höheren Kreise zu nennen vermag. Er war mit einer ganzen Anzahl von Personen von Stande befreundet. Sie würden staunen, Chefinspektor.«

»Das kann ich mir vorstellen«, entgegnete Henry. »Das letzte Mal, daß er ins Büro kam, das war, als er seinen Sohn hier traf, nicht wahr?«

»Oh nein. Das war zu einem früheren Zeitpunkt. Er bat mich ausdrücklich, es ihn wissen zu lassen, wann Mr. Frank zu erwarten sei. Das war natürlich eine heikle Sache. Ich weiß niemals, wann Mr. Frank vorbeischaut. Doch ich hatte Glück, und Mr. Frank rief mich einen Tag zuvor an, so daß ich Mr. Mason benachrichtigen konnte. Ehrlich gesagt, ich war ein wenig überrascht.«

»Tatsächlich? Warum?«

»Ach... einfach so.« Mr. Mumford hantierte mit seinem Füllfederhalter und errötete ein wenig.

»Sie brauchen keine Angst zu haben, daß Sie Geheimnisse ausplaudern, Mr. Mumford«, sagte Henry sanft. »Nicht bei Scotland Yard. Es ist Ihre Bürgerpflicht, uns alles zu sagen, was Sie wissen.«

»Also bitte, lesen Sie nichts Schlimmes in meine Bemerkung hinein, Inspektor. Es war nur, weil... nun... in der Regel taten Mr. Mason und Mr. Frank alles, um sich aus dem Weg zu gehen. Mr. Frank hat sehr moderne politische Ansichten, wissen Sie.«

»Ja«, sagte Henry. »Ich weiß. Tja – soviel dazu. Wenn Sie mir nun Ihre Geschäftspapiere zeigen würden?«

»Die Papiere? Sie meinen, Sie wollen unsere Buchhaltung überprüfen?«

»Im Augenblick nicht«, antwortete Henry. »Ich bin kein Buchprüfer. In dieser Hinsicht genügt mir Ihr Wort. Das Geschäft florierte, nehme ich an?«

116

»Oh ja. Es geht von Tag zu Tag besser.« Mr. Mumford entspannte sich und lehnte sich in seinem Stuhl zurück, um die folgenden Auskünfte zu genießen. »In den letzten zehn Jahren haben unsere Jahresabschlüsse eine höchst befriedigende Zuwachsrate gezeigt. Dank wissenschaftlich fundierter Investitionen –«

»Ich fürchte, das ist alles ein wenig zu hoch für mich«, sagte Henry. »Einigen wir uns einfach darauf, daß die Geschäfte gut gehen und der Kontostand bei der Bank ausgezeichnet ist.«

»Ah«, sagte Mr. Mumford, »ich fürchte, das ist etwas, worüber ich Ihnen keine Auskunft geben kann.«

»Aber Sie haben doch gerade gesagt –«

»Die Geschäfte gehen gut«, bestätigte Mr. Mumford, »und der Kontostand sollte ausgezeichnet sein. Und ich habe keinerlei Anlaß zu der Annahme, daß er es nicht ist. Aber...« Er zögerte. »Ich habe Ihnen ja gesagt, Mr. Mason war ein unkonventioneller Mensch. Es war der Bank ausdrücklich untersagt, irgend jemandem außer Mr. Mason persönlich Auskünfte über den genauen Kontostand der Firma zu erteilen. Ich hatte Vollmacht, bestimmte Beträge für die Tagesgeschäfte abzuheben und Gewinne auszuzahlen, und ich brauche wohl nicht zu sagen, daß die Bank sich niemals geweigert hat, unsere Schecks einzulösen, aber...«

»Aber Mr. Mason wollte nicht einmal Ihnen anvertrauen, was er privat aus der Geschäftskasse nahm«, sagte Henry.

»So würde ich das nicht ausdrücken wollen«, entgegnete Mumford steif.

»Nein, ganz bestimmt nicht«, meinte Henry. »Wenn Sie mir nun die Papiere zeigen würden.«

»Wie gesagt, Chefinspektor –«

»Ich meine«, fuhr Henry unbeirrt fort, »die Akten, die Sie zweifellos über Ihre Klienten führen. Ich möchte wissen, wer bei Ihnen gewettet hat, ob jemand Schulden bei Ihnen hatte, ob –«

»Unsere Klienten!« Mr. Mumford sprach das aus, als hätte Henry eine krasse Obszönität geäußert. »Chefinspektor, ich würde niemals, unter keinen Umständen, den Namen eines unserer Kunden preisgeben, geschweige denn seinen Kontostand in unseren Büchern. Das wäre ganz und gar –«

Henry brauchte eine gute halbe Stunde und die ganze Autorität seines Amtes, bis Mr. Mumford sich überzeugen ließ; und auch dann war dieser nur mit dem äußersten Widerwillen bereit, einen großen grünen Aktenschrank aufzuschließen und Henry Zugang

117

zu den Aufzeichnungen über die Einsätze von Raymond Masons Kunden zu gewähren. Wie sich herausstellte, waren sie von keinerlei Interesse. Wie Mr. Mumford schon angedeutet hatte, fand sich eine ganze Reihe illustrer Namen in diesen Akten. Es gab eine schwarze Liste von säumigen Schuldnern, von denen keine Wetten mehr angenommen wurden, doch keiner dieser Namen schien irgend etwas mit dem Fall zu tun zu haben. Ein paar unglückliche Individuen schienen bei Raymond Mason tief in der Kreide zu stehen, doch sagte Henry keiner der Namen etwas. Außerdem, überlegte er, würde es einem Schuldner nichts nützen, Raymond Mason aus dem Weg zu räumen. Die Firma und Mr. Mumford würden unbeugsam bleiben.

»Danke, Mr. Mumford«, sagte er, indem er die letzte Akte schloß. »Das waren alle, nicht wahr?«

»Jawohl, Chefinspektor. Außer Mr. Masons privaten Aufzeichnungen natürlich.«

»Seinen was?«

»Seinen privaten Aufzeichnungen. Mr. Mason hatte eine kleine Zahl ausgesuchter Klienten, mit denen er Geschäfte auf strikt persönlicher Basis tätigte.«

»Und wo befinden sich diese Aufzeichnungen?« erkundigte sich Henry.

»In Mr. Masons persönlichem Aktenschrank.« Mr. Mumford wies auf einen kleineren grünen Schrank in einer Ecke des Raumes. »Und es ist sinnlos, mich darum zu bitten, ihn zu öffnen, Chefinspektor, denn ich besitze keinen Schlüssel dafür. Mr. Mason hatte ihn immer bei sich.«

»Wenn das so ist«, sagte Henry, »dann habe ich ihn wahrscheinlich hier. Ich habe Mr. Masons Schlüsselbund – er hatte ihn in der Tasche, als er erschossen wurde.«

Mr. Mumford fiel vor Entsetzen die Kinnlade herunter, als Henry hinüber zum Allerheiligsten spazierte und sich mit den verschiedenen Schlüsseln daran zu schaffen machte. Als er endlich den passenden gefunden hatte und den Schrank öffnete, hatte Henry den Eindruck, daß Mr. Mumford die Augen von diesem Sakrileg sittsam abwandte.

Wie sich dann herausstellte, war der Inhalt des Schränkchens nicht allzu spektakulär. Zwei relativ große Pappschachteln und ein schmaler Stapel Akten. Henry nahm die erste Schachtel aus dem Schrank.

118

»Was ist da drin?« fragte er.

»Ich glaube«, druckste Mumford, »Mr. Mason hatte immer gern ein wenig Kleingeld –«

Henry hob den Deckel der Schachtel. Sie war randvoll mit gebündelten Pfundnoten.

Die zweite Schachtel war schwerer. Er warf Mumford einen fragenden Blick zu, woraufhin dieser ein wenig Farbe bekam, was ihm gut zu Gesicht stand.

»Mr. Mason . . . fühlte sich verpflichtet, wichtigen Klienten bisweilen etwas anzubieten . . .«

So war es keine Überraschung für Henry, als er eine halbvolle Flasche Whisky und eine Flasche Gin fand. Darunter lag ein Buch mit einem schreienden, anzüglichen Umschlag. Henry erkannte einen Titel, dessen Verkauf in England verboten war, den aber »jeder« gelesen hatte oder zumindest gelesen zu haben behauptete.

Er schloß die beiden Schachteln, stellte sie zurück in den Schrank und widmete sich dann den Akten. Es handelte sich durchweg um Personen von hohem gesellschaftlichem Rang, viele davon aus der Gegend von Cregwell. Ja, die Namen waren beinahe identisch mit denen, die Mason so akribisch in seinen Terminkalender eingetragen hatte. Jede Wette war in Masons Handschrift genau verzeichnet, ebenso der Kontostand des Klienten.

»Eine Menge dieser Leute schuldet der Firma offenbar Geld«, wandte Henry sich an Mumford. »Was werden Sie in dieser Sache unternehmen?«

»Überhaupt nichts«, erwiderte Mr. Mumford, ohne zu zögern. »Dieser Aktenschrank war Mr. Masons Privatsache und geht niemanden etwas an. Er hat die fälligen Zahlungen seiner privaten Klienten stets persönlich entgegengenommen. In manchen Fällen beschloß er, sie zu stornieren und die Verluste als Geschäftsausgaben zu verbuchen. So etwas ist durchaus legal«, fügte Mumford vorsorglich hinzu.

«Und nun, da Mr. Mason tot ist –?«

»Ich habe mir meine Gedanken zu dieser Frage gemacht«, gab Mumford zu, »doch ich habe beschlossen, das einzig Anständige zu tun. Jeder Privatklient, dem wir Geld schulden, wird natürlich in vollem Umfang ausbezahlt. Bei den Privatklienten, die mit ihren Zahlungen im Rückstand sind – nun, da werden die

119

Schulden einfach abgeschrieben. Als Betriebsausgaben. So hätte Mr. Mason es gewünscht.«

»Verstehe«, sagte Henry. »Glauben Sie, Mr. Frank wird damit einverstanden sein?«

»Mr. Frank«, antwortete Mumford eisig, »wird nicht konsultiert werden.«

Im selben Augenblick brach draußen im Büro die Hölle los. Henry und Mumford warfen sich gequälte Blicke zu, als Kichern, lautes Lachen und, wie es schien, das Verrücken von Möbelstücken von der Ankunft der Presse kündeten.

»Oh je«, sagte Mr. Mumford. »Oh je.«

»Ich bin im Augenblick selbst nicht eben versessen darauf, mich der Presse zu stellen«, sagte Henry. »Wenn Sie –«

»Um Himmels willen!« rief Mumford. »Sie werden mit Sicherheit wissen, wer Sie sind, und wenn sie erst einmal Wind davon bekommen, daß Scotland Yard hier war ... oh je ...«

»Wenn es also eine Hintertüre gibt –«

»Aber ja doch. Hier hinaus, und dann die Treppe hinunter, unten ist eine Tür, die hinaus auf die Gasse führt ...«

* * *

Nachdenklich spazierte Henry durch das Gäßchen zurück zu seinem Wagen. Er war ein wenig ratlos. Er war sich so gut wie sicher, daß er das Geheimnis von Raymond Masons Tod aufgeklärt hatte, und es lag ihm fern, sich in Dinge einzumischen, die damit nichts zu tun hatten und die unabsehbare Folgen haben konnten. Andererseits ... hatten sie wirklich nichts damit zu tun? War es denkbar, daß sie nichts damit zu tun hatten? Die Tatsache zum Beispiel, daß Sir John Adamson einer von Masons Privatklienten gewesen war und daß er der Firma nicht weniger als dreitausend Pfund schuldete?

Henry war in Gedanken noch immer mit diesem Problem beschäftigt, während er seinen zweiten Besuch absolvierte: eine Routineüberprüfung bei dem angesehenen Juwelier, von dem Mauds Verlobungsring stammte. Er hatte Glück und konnte binnen kurzem den Angestellten ausfindig machen, der den Ring verkauft hatte. Mr. Manning-Richards sei am Samstag kurz nach Mittag in den Laden gekommen, habe den Ring gekauft und mit einem Scheck bezahlt. Als Henry fragte, ob es nicht riskant gewe-

120

sen sei, am Samstagnachmittag für ein teures Stück einen Scheck anzunehmen, entgegnete der Verkäufer mit einem Lächeln, Mr. Manning-Richards sei der Firma wohlbekannt. Henry dankte ihm, ging zurück zu seinem Wagen und machte sich auf den Rückweg nach Cregwell.

Kapitel 9

Henry kam gerade noch rechtzeitig in Cregwell an, um Emmy im Viking abzuholen und es bis ein Uhr zur Grange zu schaffen. Es beunruhigte ihn ein wenig, Sir John Adamsons Daimler in der Auffahrt geparkt zu sehen.

Violet Manciple begrüßte Henry mit ihrer üblichen gehetzten Freundlichkeit, und Emmy wurde sogleich den versammelten Manciples vorgestellt. Gleich darauf entführten Maud und Julian sie, um sie mit Ramona bekannt zu machen, und Violet wandte sich an Henry: »Übrigens, Tante Dora fragt schon den ganzen Vormittag nach Ihnen. Ich habe so eine Ahnung, daß sie Ihnen einige Traktate geben will.«

»Würde mich überhaupt nicht wundern«, meinte Henry grinsend.

»Ihre Aura hat sie schwer beeindruckt«, fügte Violet ernsthaft hinzu. »Wenn Sie mich nun entschuldigen wollen . . .« Sie eilte in Richtung Küche davon, und Henry sah sich Sir Claud gegenüber, der, wie er fand, ein gutes Stück munterer aussah als am vorangegangenen Tag.

»Nach dem Essen geht es zurück nach Bradwood«, erklärte er. »Die Pflicht ruft, fürchte ich. Aber ich höre von Violet, Sie haben diese Geschichte mit Masons Tod aufgeklärt. Gute Arbeit.« Er nahm einen großen Schluck Whisky und nickte anerkennend. »Genau was ich immer meinen Leuten predige. Beherrscht eure Fakten, zieht eure Schlüsse, fällt eure Entscheidungen.«

»Es ist noch ein wenig zu früh, um bereits zu sagen, daß alles aufgeklärt sei«, sagte Henry. »Denken Sie daran, die Welt ist voller Überraschungen.«

»Das sollte sie aber nicht«, entgegnete Sir Claud streng. »Nicht für den Experten. Selbst bei Forschungsarbeiten sollte man relativ unanfällig gegen Überraschungen sein, wenn man seine Arbeit systematisch macht.«

»Mein Forschungsbereich ist wohl leider nicht so exakt wie der Ihre«, gab Henry zu bedenken. »Ich habe es mit menschlichem Verhalten zu tun, und das ist furchtbar unberechenbar.«

»Unsinn«, widersprach Sir Claud. »Wenn man sich dem Phänomen mit vernünftigen wissenschaftlichen Methoden näherte, würde sich herausstellen, daß es sich gemäß bestimmten Regeln verhält, genau wie jede andere physikalische Erscheinung.«

Henry betrachtete ihn einen Moment lang, dann sagte er: »Das ist eine hochinteressante Ansicht, Sir Claud.«

»Was meinen Sie mit Ansicht? Das sind Fakten, weiter nichts. Wenn ich im Gespräch mit Ihnen erwähnte, daß morgen früh die Sonne aufginge, würden Sie das auch eine hochinteressante Ansicht nennen? Natürlich nicht. Unablässig bin ich damit beschäftigt, meinen Leuten klares, rationales Denken beizubringen. Sie wären überrascht, wenn Sie wüßten, was für ein Durcheinander in den meisten Köpfen herrscht.«

»Wie ich höre«, sagte Henry, »wird Julian Manning-Richards demnächst auch zu Ihrem Mitarbeiterstab gehören?«

»Ich hoffe es. Ich hoffe es sehr. Ein patenter Bursche.«

»Aber kein Physiker, oder?«

»Nein, das nicht. Nicht erforderlich für die Position, für die ich ihn vorgesehen habe. Mein persönlicher Assistent. Was ich brauche, ist ein junger Mann mit solider akademischer Ausbildung, auf den ich mich hundertprozentig verlassen kann und der intelligent genug ist zu verstehen, was ich ihm sage – und genau so jemand ist Julian.«

»Kennen Sie ihn denn gut?«

Sir Claud schien überrascht. »Aber natürlich«, erwiderte er. »Er ist doch mit meiner Nichte verlobt.«

Im selben Augenblick trat Lady Manciple hinzu. »Und wie steht es mit Ihrer Sammlung, Mr. Tibbett?« fragte sie.

»Meiner Sammlung?«

»Von Wildblumen. Ich darf doch wohl annehmen, daß Sie an diesem schönen Vormittag draußen in der Natur waren.«

»Leider nein. Ich hatte zu arbeiten.«

»Was für ein Jammer. Gott schenkt nämlich den Menschen den Sonnenschein, damit sie sich daran erfreuen können.«

123

Sir Claud warf seiner Frau einen strengen Blick zu, wollte offenbar etwas sagen und überlegte es sich dann anders.

»Ich meine«, beeilte Ramona sich zu korrigieren, »der Sonnenschein ist dazu da, daß man sich daran erfreut.«

»Und Arbeit ist dazu da, daß man sie erledigt«, konterte Henry.

»Aber ich höre von Violet, daß... wie nennen Sie das... die Ermittlungen abgeschlossen sind?«

»Ich fürchte«, antwortete Henry, »Mrs. Manciple hat da ein wenig voreilige Schlußfolgerungen gezogen. Ich habe lediglich gesagt, sie könne ohne Bedenken mit ihren Vorbereitungen für das Fest am Samstag –«

Lady Manciples Züge versteinerten. »Sie wollen sagen, der Fall ist noch nicht erledigt?« fragte sie in offensichtlicher Bestürzung. »Aber... John Adamson hat doch gerade eben noch gesagt...«

»Was hat Sir John gesagt?« fragte Henry mit einiger Schärfe.

»Ach... nichts Bestimmtes... ich meine, das konnte er ja auch gar nicht, nicht wahr, bei seiner Stellung? Aber er gab uns eindeutig zu verstehen, daß wir uns keine großen Sorgen mehr zu machen bräuchten.« Mit traurigen Augen und einer irritierenden Ernsthaftigkeit versuchte Ramona Manciple in Henrys Gesicht zu lesen. »Für Sie ist ein gewaltsamer Tod natürlich etwas Alltägliches, Inspektor, und vielleicht ist Ihnen gar nicht bewußt, wie sehr gewöhnliche Menschen wie wir darunter zu leiden haben.«

Henry lächelte. »Da mögen Sie recht haben«, sagte er. »Allerdings kann ich Ihnen nicht zustimmen, wenn Sie sagen, daß die Manciples gewöhnliche Menschen sind.«

»Sie wollen doch nicht andeuten, wir seien ungewöhnlich, hoffe ich?« Lady Manciple klang sehr pikiert.

»Aber nein«, versicherte Henry. »Aber ich würde schon sagen, daß Sie als Familie recht außergewöhnlich sind.«

»Ah ja, wenn Sie den Manciple-Verstand meinen, muß ich Ihnen zustimmen. Vom Rektor ererbt, natürlich. Bloß ein Jammer um George.«

»Übrigens, Lady Manciple«, fügte Henry hinzu und sah sich im Zimmer um. »Wissen Sie zufällig, wo Sir John sich im Augenblick aufhält?«

»Er ist vor ein paar Minuten mit George hinunter zum Schießstand gegangen«, antwortete Ramona prompt. »Eine Unterredung unter vier Augen. Zum Essen sind sie wieder zurück. Und nun werde ich Ihre bezaubernde Frau von Edwin loseisen.«

Für den Augenblick sich selbst überlassen, ging Henry zu der offenen Terrassentür hinüber. Emmy, Ramona und der Bischof waren in ein Gespräch über die örtliche Flora und Fauna vertieft, Sir Claud und Julian lachten über irgendeinen hochgelehrten Witz, Maud war nach oben gegangen, um Tante Doras Hörgerät zu präparieren, und Violet war in der Küche. Niemand schien es zu bemerken, als Henry in aller Stille hinaus in den Garten ging.

Langsam und in Gedanken versunken, wanderte er zwischen Ligusterhecken in Richtung Schießstand. Er zweifelte nicht daran, daß er wußte, wie und durch welches Mittel Raymond Mason umgekommen war, und nach allgemeinem Ermessen sollte seine Aufgabe damit beendet sein. Und doch... und doch... irgend etwas stimmte nicht.

Henrys Kollegen bei Scotland Yard war dieser intuitive Zug an ihm, den er selbst stets als seinen »Riecher« bezeichnete, vertraut. Schon oft hatte er alle vorgefaßten Ideen zu einem Fall über Bord geworfen und mit seinen Überlegungen noch einmal ganz von vorn begonnen. Die Folge war häufig gewesen, daß ein scheinbar ganz alltäglich anmutender Fall sorgfältig untersucht wurde und etwas weitaus Finstereres unter der Oberfläche zum Vorschein gekommen war. Und nun lief die Maschine auf vollen Touren und bedeutete ihm unmißverständlich, daß das eigentliche Geheimnis Cregwells und der Manciples erst noch zu lösen sei, daß er die ganze Sache nicht einfach zu den Akten legen solle, nur weil er überzeugt war, daß Raymond Mason durch nichts weiter umgekommen war als...

Die Stimme war überraschend, beinahe schockierend laut. Sie kam von der anderen Seite der Ligusterhecke: »Aber warum, John? Warum?« Der irische Tonfall ließ keinen Zweifel daran, daß es George Manciple war, der da sprach.

Henry vernahm ein leises Rascheln im Laub, als ob jemand unruhig mit den Füßen scharre. Dann antwortete Sir John Adamson barsch: »Ich gebe nur weiter, was Tibbett gesagt hat, George. Ich behaupte nicht, ich wüßte es zu deuten.«

»Es ist einfach, rein praktisch, nicht möglich, daß Mason sich selbst erschossen hat«, beharrte Manciple. »Tante Doras Aussage –«

»Das nehmen Sie doch wohl nicht ernst, George?«

125

»Und ob ich das tue. Tante Dora ist klarer im Kopf als manch anderer, das kann ich Ihnen versichern. Und wenn er sich selbst erschossen hat, wie kam dann Ihrer Meinung nach die Waffe ins Gebüsch?«

»Hören Sie, George.« Sir John klang erschöpft. »Ich habe Ihnen das erzählt, weil ich dachte, Sie sind erleichtert. Tibbett hat unmißverständlich gesagt, es werde keine Verhaftung geben, was nur heißen kann, daß es entweder ein Unfall oder ein Selbstmord war, und ich wüßte nicht, wie ein Unfall möglich gewesen sein sollte. Sie brauchen sich also um die ganze Angelegenheit keine Gedanken mehr zu machen.«

»Der Mann war unter meinem Dach«, beharrte George Manciple. »Na, jedenfalls auf meiner Auffahrt. Es gehört sich einfach, daß ich der Sache auf den Grund gehe.«

Nur mit Mühe schien Sir John noch die Beherrschung zu wahren. »Sie waren es, George«, sagte er, »der mich am Freitag abend anrief und mich aufforderte, Scotland Yard einzuschalten. Das habe ich getan. Ihr Fall ist von niemand Geringerem untersucht worden als von Chefinspektor Henry Tibbett. Ich verstehe einfach nicht, was Sie noch wollen. Schließlich ist der Mann ja nicht gerade Ihr Freund gewesen.«

»Ganz genau.« George Manciple triumphierte, als habe er die entscheidende Runde gewonnen. »Darum geht es ja gerade. Genau deswegen fühle ich mich verpflichtet.« Nach einer kurzen Pause fügte er hinzu: »Ich nehme an, Sie wissen, was man sich im Dorf erzählt?«

»Ich habe keine Ahnung, was man sich im Dorf erzählt. Es interessiert mich auch nicht.«

»Aber mich interessiert es«, rief George brüsk. »Die Leute sagen, ich hätte Mason aus Versehen hier vom Schießstand aus erschossen. Und das ist noch die freundlichere Version. Das mindeste, was ich zu gewärtigen habe, ist, daß die Leute Druck auf den Gemeinderat ausüben werden, mir diesen Schießstand zu verbieten, und nicht einmal Arthur Fenshire wird das verhindern können. Nein, John, es geht nicht an, daß Tibbett sagt, niemand wird verhaftet, und sich dann einfach verabschiedet und alles im dunkeln läßt.«

»Ich verstehe sie einfach nicht, George.« Sir John schien völlig erledigt. »Ich hätte gedacht, Sie wären überglücklich zu erfahren, daß niemand verhaftet werden wird.«

126

»Und ich verstehe Sie nicht, John«, erwiderte George energisch. »Warum sind Sie so versessen darauf, alles zu vertuschen, hm?«

Sir John stieß einen ungeduldigen Seufzer aus. »Dieses Gespräch führt zu nichts, George«, sagte er. »Es tut mir leid, daß ich überhaupt mit dem Thema angefangen habe. Bevor ich nicht Tibbetts ausführlichen Bericht habe, kann ich unmöglich etwas dazu sagen.«

»Nun kommen Sie mir nicht auf die offizielle Tour, John. Ich kenne Sie lang genug, um zu wissen, wann Sie etwas im Schilde führen. Aus irgendeinem Grund, den ich nicht kenne, sind Sie froh, daß diese Untersuchung durch Scotland Yard im Sande verläuft, ohne Aufsehen, ohne Skandal und ohne einen vernünftigen Abschluß. Nun, ich kann nur sagen, mich befriedigt das nicht, und ich werde Tibbett darüber zur Rede stellen.«

»Sie haben kein Recht, irgend etwas in dieser Hinsicht zu unternehmen, George. Tibbett ist nur seinen Vorgesetzten beim Yard Rechenschaft schuldig, und mir.«

»Das werden wir ja sehen«, sagte George Manciple.

»Nur weil Sie Angst haben, Ihren kostbaren Schießplatz zu verlieren –«

Die weiteren Worte Sir Johns gingen im tiefen Dröhnen des Gongs unter, der zum Mittagessen rief. Klammheimlich begab Henry sich zurück zum Haus.

Das Essen verlief nach dem gleichen Muster wie am Samstag. Nach dem lateinischen Tischgebet des Bischofs verteilte Violet Manciple große Portionen erstklassiger frischgefangener Lachsforelle und Gemüse aus dem Garten, wobei sie sich immer wieder dafür entschuldigte, nichts Besseres anbieten zu können. Maud und Julian schenkten selbstgemachte Limonade aus, die besorgniserregend aussah, jedoch ausgezeichnet schmeckte. Zum Nachtisch gab es eine große Schüssel Dosenpfirsiche, die offenbar von der ganzen Familie als ganz besonderer Leckerbissen empfunden wurden. Sie verursachten einige Aufregung.

»In Bugolaland«, vertraute Edwin Henry an, »haben wir immer am Weihnachtstag eine große Dose Pfirsiche aufgemacht. Zu heiß für den Weihnachtspudding. Ich habe mir lieber meine Dose Pfirsiche meilenweit durch den Dschungel tragen lassen, als beim Weihnachtsessen darauf zu verzichten. Wissen Sie noch, wie das war, Julian?« fragte er plötzlich mit durchdringender Baßstimme.

127

»Ob ich was noch weiß, Sir?« Julian, der höflich den Ausführungen Ramonas gelauscht hatte, fand sich plötzlich beiderseits von Manciples unter Beschuß genommen.

»Pfirsiche zum Weihnachtsessen«, brüllte Edwin.

»Jakobskraut unten auf der Wiese«, sagte Lady Manciple.

Julian blickte von einem zum anderen. Dann sagte er mit großem Nachdruck zu Ramona: »Jawohl, Lady Manciple, es ist mir aufgefallen.« Er verbeugte sich leicht, um ihr höflich zu bedeuten, daß das Gespräch beendet sei. Dann wandte er sich lächelnd an den Bischof und fragte: »In Bugolaland, meinen Sie, Sir?«

»Natürlich«, sagte Edwin. »Wo ißt man denn sonst Pfirsiche zu Weihnachten?«

»Heute ist das anders, Sir«, entgegnete Julian durchaus respektvoll. »Ich erinnere mich an die Tradition der Pfirsiche zu Weihnachten noch aus meiner Kinderzeit, aber heute essen die Leute Eiskrem aus der Kühltruhe.«

»Im Landesinneren«, belehrte ihn der Bischof. Er klang sehr verärgert, so als sei mit dieser Bemerkung seine Autorität angezweifelt worden. »Im Landesinneren gibt es keine Kühltruhen.«

Julian schien sich ein wenig unwohl zu fühlen. »Da haben Sie wohl recht –«

»Natürlich habe ich recht.« Edwin warf dem jungen Mann einen abschätzigen Blick zu – die Art von Blick, die er einem Hilfspfarrer zugeworfen hätte, der die Responsorien falsch singt. Dann wandte er seine Aufmerksamkeit ganz dem Teller mit Dosenpfirsichen zu.

Violet Manciple richtete das Wort an Emmy. »Ich höre, Sie sind mit Isobel Thompson befreundet, Mrs. Tibbett.«

»Ja«, bestätigte Emmy. »Das heißt, wir sind zusammen zur Schule gegangen.«

»Eine bezaubernde Frau«, sagte Violet. »So viel Interesse an allem, was im Dorf vorgeht.«

»Eine Klatschtante, die sich in alles einmischt«, sagte Tante Dora laut. Es folgte eine etwas peinliche Pause. Dann, als fürchte sie, man habe sie nicht verstanden, wiederholte Tante Dora: »Isobel Thompson ist eine Klatschtante, die sich in alles einmischt.«

Violet Manciple war puterrot geworden. »Nehmen Sie doch noch ein paar Pfirsiche, Mrs. Tibbett«, sagte sie.

Emmy, die noch einen ganzen Teller voll davon hatte, lehnte dankend ab. Edwin wandte sich in einem viel zu lauten Flüsterton an Henry: »Sie dürfen nicht so ernst nehmen, was Tante Dora sagt. Das Alter. Aber immer noch in bester Form, wenn man bedenkt, daß sie dreiundneunzig ist.«

Ungerührt wandte Tante Dora sich Sir John Adamson zu. »Sie wissen doch, was ich meine, nicht wahr, Adamson? Wenn überhaupt jemand, dann Sie.« Sie hielt inne, nahm einen Schluck aus ihrem Glas und sagte dann: »Dieser Wein ist ausgezeichnet, Violet. Ich glaube, ich nehme noch ein wenig.«

»Das ist kein Wein, Tante Dora«, sagte Violet, offensichtlich erleichtert über den Themenwechsel. »Es ist Limonade.«

»Ich trinke immer gern einen guten Sauternes zum Dessert.« Tante Dora blieb eisern.

»Lassen Sie mich Ihnen nachschenken, Miss Manciple.« Sir John sprang mit einer etwas übertriebenen Galanterie von seinem Platz auf. Er nahm Tante Doras leeres Glas und begab sich zur Anrichte, wo die Limonade stand, kühl und grün, in einem eleganten Waterford-Glaskrug, von dem allerdings eine Ecke abgeschlagen war.

»Danke, John«, sagte Tante Dora. Dann fügte sie, an Sir Claud gewandt, hinzu: »Wie ich höre, ist Mr. Masons Sohn in Cregwell.«

»Ich glaube, ja«, antwortete Sir Claud. »Ich kenne ihn nicht.«

»Soviel ich weiß, ein sehr unangenehmer junger Mann«, fügte Lady Manciple hinzu. Wiederum war Henry verzaubert von der Schönheit ihrer tiefen Stimme. »Er sorgt überall für Aufruhr. Ich glaube, er ist Bolschewist.«

»Der junge Mann wird nicht gerade freundlich aufgenommen«, sagte Sir John, der mit dem gefüllten Glas für Tante Dora an den Tisch zurückgekehrt war. »Immerhin hat er ein Recht auf eine eigene politische Meinung, und er hat seinen Vater verloren –«

»Als ob dem das etwas ausmachen würde«, sagte Julian.

»Der ist froh, daß der alte Mason tot ist«, bestätigte Maud. »Er hat seinen Vater gehaßt – und er erbt die Firma.«

»Hm ja. Ähm-hmm.« Sir John räusperte sich vernehmlich, während er sich wieder setzte. »Es ist so üblich, daß das einzige Kind erbt. Kein Grund anzunehmen, daß er deswegen den Tod seines Vaters herbeigewünscht hätte. Meine Güte«, fuhr er fort, fast schon ein wenig wütend, »ebensogut könnte man behaupten, Sie und Maud warteten nur auf eine Gelegenheit, den armen alten George um die Ecke zu bringen, damit Sie dieses

Haus erben könnten. Was würden Sie dazu sagen, hm, junger Mann?«

Julian sagte nichts. Er war sehr bleich geworden, wohingegen Maud errötet war; eher aus Wut, dachte Henry, denn aus Verlegenheit. George Manciple blickte von seinen Pfirsichen auf und fragte:»Mich um die Ecke bringen? Um die Ecke bringen? Wer will mich um die Ecke bringen?«

»Niemand, George.« Violet klang verärgert. »Wirklich, John . . . wie kann man so etwas sagen? Maud, Liebes, würdest du wohl den Käse aus der Speisekammer holen? Und in der Dose unter der Treppe sind ein paar Kräcker.«

Erst als sie nach Abschluß des Mahles das Speisezimmer verlassen hatten, schien Tante Dora Henry zu bemerken. »Ah«, sagte sie höchst zufrieden. »Da sind Sie ja, Tibbett. Nimmt jeden Dieb mit. Ich habe schon auf Sie gewartet.«

»Das hörte ich bereits von Mrs. Manciple.«

»Ich muß dringend mit Ihnen sprechen, Mr. Tibbett.« Tante Dora klang geradezu verschwörerisch. »Ich habe einige Papiere, von denen ich mir vorstellen könnte, daß sie Sie interessieren werden. Zum Thema unseres gestrigen Gespräches.«

»Die . . . astrale Erscheinung von Tieren, meinen Sie?«

»Das Auftreten von Astralleibern«, korrigierte Tante Dora. »Astrale Erscheinungen gibt es nicht. Jetzt bin ich ein wenig müde, Mr. Tibbett. Das muß wohl das zweite Glas Sauternes gewesen sein. Ich glaube, ich werde ein Weilchen die Füße hochlegen.«

Bevor Henry etwas erwidern konnte, drückte Tante Dora den Schalter an ihrem Hörgerät. Ein Schutzschild aus schrillem Pfeifen machte sie *incommunicado* auf ihrem mühsamen Weg die Treppe hinauf.

Henry hatte gehofft, als nächstes mit Sir John Adamson sprechen zu können, doch dieser machte seine Hoffnungen zunichte, indem er seine Kaffeetasse mit den Worten absetzte:»Ich muß Sie dringend sprechen, Tibbett, aber jetzt habe ich eilige Geschäfte in Danford zu erledigen. Kommen Sie um fünf zu mir heraus, ja?«

Henry mußte sich damit zufriedengeben. Wenige Augenblicke darauf verabschiedete Sir John sich, und der Daimler rollte gemächlich die Auffahrt hinunter. Sir Claud und Lady Manciple waren bereit für die Rückfahrt nach Bradwood, und Julian erbot sich, sie zum Bahnhof zu fahren. George Manciple war, wie die

130

aus der Ferne vernehmlichen Pistolenschüsse bezeugten, bereits unten am Schießstand. Der durchdringende Klang einer wenig kenntnisreich gespielten Klarinette ließ keinen Zweifel daran, wo der Bischof sich befand und womit er beschäftigt war. Violet hatte ihre Schürze umgebunden und wartete offenbar nur darauf, mit dem Abwasch beginnen zu können. Es gab keinen Grund für Henry und Emmy zu bleiben.

Als sie in die Hauptstraße einbogen, sagte Emmy: »Was für wunderbare Leute. Nach dem, was Isobel erzählt hatte, dachte ich, Sie wären furchtbar irisch und würden einem damit auf die Nerven gehen. Aber das stimmt nicht. Sie sind echt.«

Henry zögerte. Dann fragte er: »Allesamt?«

Emmy machte ein überraschtes Gesicht. »Natürlich. Ich meine, eine solche Familie ist doch ganz aus einem Guß, oder?«

»Du darfst nicht vergessen, daß nicht alle Manciples sind«, wandte Henry ein. »Violet und Julian und Ramona gehören nicht dazu.«

»Ja, ich weiß«, sagte Emmy. »Aber... das ist wie bei Hauttransplantationen...«

»Was zum Teufel soll das denn heißen?«

»Das habe ich neulich irgendwo gelesen: Das Gewebe muß vom Körper des Patienten stammen oder von einem nahen Verwandten. Wenn das neue Gewebe fremd ist, stößt der Körper es einfach ab.«

»Du meinst, genauso würden die Manciples einen Fremden abstoßen?«

»Da bin ich mir sicher. Ich will nicht sagen, daß sie Inzucht treiben, nur daß ein Fremder, der nicht zu ihnen paßt, es nicht lange bei ihnen aushielte. Die Verlobung würde gelöst, oder die Ehe ginge in die Brüche. Natürlich«, ging ihr plötzlich auf, »das war es auch, was Isobel mit Julian gemeint hat.«

»Was war mit ihm?«

»Nun, sie meinte, die Familie sei dieses Wochenende zusammengekommen, um den jungen Mann ›abzuklopfen‹. Ich fand das fürchterlich. Aber nun verstehe ich es. Es ist keine Prüfung im üblichen Sinne. Das voraussichtliche neue Mitglied wird einfach nur der geballten Ladung der Familie ausgesetzt, um zu sehen, ob das Gewebe angenommen wird oder nicht. Du zum Beispiel«, Emmy sagte es mit einem Lachen, »du bist

131

doch vom ersten Moment an angewachsen. Ein Jammer, daß Maud zu jung für dich ist!«

»Rede keinen Unsinn«, sagte Henry, aber er spürte eine merkwürdige Befriedigung. »Und was meinst du, wie Julian sich geschlagen hat?«

»Oh, prächtig. Keine allzu starke Persönlichkeit, aber ungeheuer anpassungsfähig. In einem Jahr oder so wird er ein echterer Manciple als irgendein Manciple sein. Ich finde, er und Maud sind ein wunderschönes Paar.« Henry sagte nichts. Emmy studierte seine Züge und fragte dann: »Du magst Julian nicht, nicht wahr?«

»Wie kommst du denn darauf?«

»Ich weiß nicht. Ich fühle es einfach.«

»Na, dein Gefühl trügt«, erwiderte Henry. »Aber ich gebe zu, ich . . . ich bin ein wenig besorgt, was ihn angeht.«

»Besorgt? Wieso denn das?«

Mit ernster Miene antwortete Henry: »Ich wäre um jeden besorgt, der mit Maud Manciple verlobt ist.« Doch als Emmy Widerspruch einlegen wollte, verschloß er sich wie eine Auster und weigerte sich, ihr seine Bemerkung zu erklären. So fuhren sie denn schweigend weiter, bis Henry in der Mitte der Dorfstraße nach links abbog.

»Oh«, sagte Emmy, »fahren wir nicht zurück ins Gasthaus?«

»Ich dachte mir«, sagte Henry, »vielleicht könnten wir bei den Thompsons vorbeischauen. Ich bin ohnehin um vier Uhr mit Dr. Thompson verabredet, und ich würde gern Tante Doras Klatschtante kennenlernen, die sich immer in alles einmischt.«

Emmy lachte. »Ganz so schlimm ist sie nicht«, sagte sie.

»Na, ich weiß nicht«, entgegnete Henry. »Ich habe großen Respekt vor Tante Doras Urteil.«

Isobel Thompson begrüßte Emmy überschwenglich, erschrak aber ein wenig, als sie Henry sah.

»Oh – Inspektor Tibbett. Wie schön, daß wir uns endlich kennenlernen, aber ich fürchte, Alec ist noch unterwegs und macht Hausbesuche. Er sagte, vor vier wären Sie nicht zu erwarten.«

»Das ist vollkommen richtig«, erwiderte Henry. »Ich bin zu früh. Ich dachte, vielleicht würden Sie mir erlauben, auf ihn zu warten.«

»Aber . . . aber ja, natürlich.« Mrs. Thompson wirkte merkwürdig enttäuscht. »Kann ich Ihnen eine Tasse Tee anbieten?«

132

»Also, ich würde viel lieber die neuesten Klatschgeschichten aus dem Dorf hören«, sagte Emmy.

Isobel warf einen zweifelnden Blick auf Henry. »Ich glaube, ich sollte wohl lieber nicht –« begann sie.

Emmy lachte laut. »Mir kannst du nichts vormachen, Isobel«, sagte sie. »Du platzt doch fast vor irgendeiner hübschen Skandalgeschichte, die du mir erzählen willst. Nun komm schon, raus damit. Henry wird nichts dagegen haben. Er ist ja selbst neugierig.«

»Ja, wenn du meinst...«, entgegnete Isobel, außerstande, die Erregung in ihrer Stimme zu zügeln.

»Natürlich meine ich das«, ermunterte Emmy sie. »Was denkst du denn, weswegen wir gekommen sind?«

»Also...« Isobel wandte sich Emmy zu und strahlte beim Gedanken an die Neuigkeiten, die sie zu verkünden hatte. »Es geht um Frank Mason. Den Sohn. Ich nehme an, du weißt, daß er in Cregwell ist und in der Lodge wohnt.«

»Ja«, sagte Emmy. »Ich habe ihn im Viking gesehen. Kennst du ihn gut?«

»Gut? Meine Liebe, bis zu diesem Wochenende wußte niemand in Cregwell überhaupt, daß es ihn gibt. Raymond Mason hat jedenfalls niemanden etwas wissen lassen, und in Anbetracht der Umstände kann ich es ihm auch nicht verdenken.«

»Welcher Umstände?«

»Also, los ging es am Samstag, als der junge Mason sich überall im Dorf wichtig machte, im Viking, auf der Polizeiwache, in den Läden, überall, wo er jemanden finden konnte, der ihm zuhörte. Er hat eine ganz schöne Menge Leute in Rage gebracht.«

»In Rage? Wieso das?«

Isobel lachte. »Cregwell ist so ziemlich der letzte Ort auf Erden«, sagte sie, »wo irgend jemand militante kommunistische Ideen verbreiten könnte. Es fing beim Mittagessen im Viking an, wo er Alfred, dem Kellner, erklärte, er sei ein überlebtes Relikt einer Feudalgesellschaft. Alfred war wütend, besonders als Mason ihm sagte, es sei unter seiner Würde, Trinkgelder entgegenzunehmen. Dann hat er dieses etwas schwachsinnige Mädchen zu fassen bekommen, das bei Mrs. Rogers im Dorfladen aushilft. Betty heißt sie. Er wollte wissen, warum sie nicht in der Gewerkschaft sei, wie viele Stunden sie arbeite und ob ihr die Überstunden bezahlt würden. Im Handumdrehen hatte er sie soweit, daß sie in Tränen ausbrach, und Mrs. Rogers sagt, sie habe ihn regelrecht aus dem Laden werfen müssen; die arme Betty war so durcheinander, daß sie sich hinlegen mußte.

Und das war nicht einmal das Schlimmste. Gestern ist er dem Pfarrer über den Weg gelaufen, der gerade zur Kirche wollte, und hat ihm erklärt, er sei ein kapitalistischer Lakai, der Dummköpfe zum Aberglauben verführe. Und beim Mittagessen im Viking verkündete er, Maud Manciple sei eine degenerierte Debütantin, die seinen Vater umgarnt habe, und Julian Manning-Richards ein noch degenerierterer Playboy, der Raymond Mason aus Eifersucht erschossen habe. Und er beschuldigte Sir John Adamson, er verhindere, daß Manning-Richards seiner gerechten Strafe zugeführt würde, weil er ein alter Kumpel sei.«

»Was für ein Jammer, daß wir das alles verpaßt haben«, sagte Emmy wehmütig. »Wir haben im Viking zu Mittag gegessen, aber wir waren nicht in der Bar. Ich nehme an, die Einheimischen waren davon nicht gerade angetan, nicht wahr?«

»Ganz und gar nicht!« rief Isobel begeistert aus. Sie schien Henry völlig vergessen zu haben, der die Augen geschlossen und sich in seinem Sessel zurückgelehnt hatte. »Die Manciples sind sehr beliebt hier, und alle vergöttern Maud – die meisten im Dorf kennen sie, seit sie ein kleines Mädchen war. Und Julian – über den weiß man natürlich noch nicht viel, aber er sieht sympathisch aus, und jeder sieht, wie verliebt Maud in ihn ist – und das ist für Cregwell mehr als genug, ihn ins Herz zu schließen. Na, und die Adamsons leben schon seit Generationen in dieser Gegend, und Sir John ist überall hoch angesehen. Wenn ich mir überlege, was da alles zusammenkommt, dann habe ich das Gefühl, Frank Mason konnte froh sein, daß er lebendig wieder aus Cregwell herausgekommen ist, so wie er sich gestern aufgeführt hat.«

»Du erzählst das«, sagte Emmy, »als ob alles vorbei sei, als ob nun alles anders sei–«

»Aber das ist es!« Isobel sprudelte vor Begeisterung. »Das ist ja die große Neuigkeit! Ich habe es von Miss Whitehead im Bäckerladen erfahren. Offenbar war Tom Harris, ihr junger Neffe, gestern nachmittag zum Fischen, und abends, auf dem Heimweg, sah er Frank Mason, der vom Fluß her durch die Wiesen kam. Und was meinst du, wen er bei sich hatte? Maud Manciple! Maud Manciple und ihr Boxerhündchen! Und Tom sagte, Mason sei sehr galant gewesen – offenbar tief beeindruckt von ihr. Und

134

kurz darauf gab es im Viking einen furchtbaren Streit zwischen Frank und Julian. Mabel hat mir davon erzählt.«

»Einen furchtbaren Streit würde ich das nicht gerade nennen«, sagte Emmy. »Sie haben sich ein wenig die Meinung gesagt, aber –«

»Soll das heißen, du warst dabei?«

»Nur ganz am Rande«, sagte Emmy rasch.

»Na jedenfalls«, fuhr Isobel fort, »weiß jetzt das ganze Dorf, daß Frank Mason sich unsterblich in Maud verliebt hat und daß er wild entschlossen ist, Julian aus dem Weg zu räumen, koste es, was es wolle. Mrs. Penfold hat heute morgen noch auf der Post gesagt, es würde sie gar nicht wundern, wenn Frank versuchen würde, Julian umzubringen. Mrs. Rudge hingegen meint, es sei wahrscheinlicher, daß am Ende Julian Frank angreifen wird. ›Wird ihm eine ordentliche Abreibung verpassen‹, sagte sie, ›und das geschieht ihm ganz recht.‹ Und noch etwas. Mrs. Penfold und Miss Whitehead waren beide der Ansicht, daß es doch sehr seltsam sei, daß zu Raymond Masons Lebzeiten niemand etwas von Frank gehört hätte. Da muß doch irgend etwas nicht gestimmt haben, sagen sie, und Frank erbt auch noch alles. Das gibt einem doch zu denken. Peggy Harris aus dem Milchladen hat sogar offen gesagt, Sir John sollte Frank Mason festnehmen.«

»Vor zwei Tagen«, bemerkte Emmy, »haben noch alle geglaubt, George Manciple habe Mason erschossen –«

»Das ist es ja gerade«, rief Isobel. »Plötzlich ist alles anders. Ich habe den ganzen Tag über niemanden von George reden hören. Alles dreht sich nur noch um den Kampf zwischen Frank und Julian. Man könnte denken, es ginge um die Schwergewichts-Meisterschaft. Und –«

In diesem Augenblick öffnete sich die Tür, und ein großer, dünner Mann trat ein mit den Worten: »Tut mir furchtbar leid, daß Sie warten mußten, Inspektor Tibbett. Mußte raus zur Fairfield Farm. Eins der Kinder – nichts Ernstes.«

»Alec, Schatz«, sagte Isobel, »wenn du auch nur einmal Luft holtest, würde ich dir Mrs. Tibbett vorstellen.«

»Freut mich, Sie kennenzulernen«, sagte Dr. Thompson und warf kaum einen Blick auf Emmy. »Kommen Sie, Tibbett, wir gehen ins Sprechzimmer, da können wir uns in Ruhe unterhalten. Ich habe leider nur ein paar Minuten, dann muß ich weiter –«

»Ich kann mir vorstellen, wie beschäftigt Sie sind«, sagte Henry. »Ich werde Sie nicht lange aufhalten –«

135

»Da bin ich froh«, sagte Dr. Thompson, offenbar ohne jede Absicht, ihn zu kränken. »Hier entlang.«

Während er dem Doktor ins Sprechzimmer folgte, hörte Henry noch, wie Isobel sagte: »Und das Interessante daran ist ja, daß Sir John es niemals wagen würde –«

Thompson nahm an seinem Schreibtisch Platz, deutete auf einen Stuhl für Henry und sagte dabei: »Ich weiß wirklich nicht, was ich dem Obduktionsbericht noch hinzufügen könnte, den ich für Sergeant Duckett geschrieben habe. Der Mann wurde aus ziemlich großer Entfernung erschossen. Die Kugel drang in die rechte Schläfe ein. Sofort tot. Muß ein guter Schütze gewesen sein – wer immer es war. Es sei denn natürlich, es wäre einfach ein unglücklicher Zufall gewesen. Jemand am Schießstand, der Mason gar nicht sehen konnte, der nicht einmal wußte, daß er da war ... Ist natürlich auch nicht meine Sache. Nun, was wollten Sie von mir wissen?«

»Es geht um Ihren Vater«, sagte Henry.

»Meinen Vater?« Alec Thompson hatte sich kerzengerade in seinem Stuhl aufgerichtet und starrte Henry an, als überlege er, in welche psychiatrische Abteilung er ihn einweisen solle. »Meinen Vater?«

Henry lächelte. »Jawohl«, sagte er. »Es geht um Ihren Vater und um George Manciples Vater.«

»Aber –« Dr. Thompson machte eine ungeduldige Handbewegung. Offenbar gab er sich Mühe, höflich zu bleiben, und es fiel ihm nicht leicht. »Mein lieber Tibbett, was um Himmels willen wollen Sie denn über die beiden wissen?«

»Das weiß ich nicht recht«, gab Henry zu. »Alles, was Sie mir sagen können.«

Einen Augenblick lang schien es, als würde Dr. Thompson explodieren. Dann entschied er sich offenbar, den Launen des Wahnsinnigen nachzugeben, und antwortete: »Nun ... mein Vater war viele Jahre lang der Hausarzt des Rektors. Ihr Verhältnis war nie allzu freundschaftlich. Genaugenommen mißtraute der Rektor am Ende auch Vater. Goß seine Medizin in den Ausguß, weil er glaubte, sie sei vergiftet, spuckte seine Pillen aus, weigerte sich, sich untersuchen zu lassen. Sie wissen ja, wie das im Alter geht. Wäre Miss Dora nicht gewesen ... sie hat dem Rektor die Medizin immer in den Kakao getan, wenn er nicht hinsah. Der einzige Mensch, dem er vertraute, abgesehen von seiner Familie,

136

war Arthur Pringle, sein Anwalt, der ihn am Ende dann ironischerweise ums Leben brachte. Ich weiß nicht, was ich Ihnen sonst noch erzählen könnte.«

»War der alte Herr wirklich nicht ganz richtig im Kopf?«

Thompson zögerte. »Nicht so, daß man ihn ins Irrenhaus hätte stecken müssen«, sagte er schließlich. »Er konnte vollkommen normal wirken; ich meine, so normal, wie es bei einem Manciple möglich ist. In akademischen Dingen war sein Verstand bis zur letzten Minute messerscharf. Worunter er litt, war lediglich ein Verfolgungswahn, was bei alten Menschen nichts Seltenes ist. In seinem Fall war der Auslöser, soviel ich weiß, der Schock, den er beim Tod seiner Frau erlitt, und von da an wurde es ständig schlimmer, bis er am Ende jedem mißtraute – Ärzten ganz besonders.«

»Und doch«, sagte Henry, »hat er sich, soviel ich weiß, auf dem Sterbebett Ihrem Vater anvertraut.«

Der Doktor zuckte die Schultern. »*Faute de mieux*«, sagte er.

»Außerdem ist ›anvertrauen‹, glaube ich, zuviel gesagt. Offenbar war der alte Herr ganz versessen darauf, noch Kontakt mit George aufzunehmen, um ihm etwas mitzuteilen – daß er das Haus nicht verkaufen dürfe und so weiter. Mein Vater erzählte, es sei sehr rührend gewesen. Der Rektor war ja ein ziemliches Original.«

»Das habe ich gehört«, bestätigte Henry.

»Und nun, Tibbett, wenn ich Ihnen sonst nichts mehr –«

»Pringle«, erinnerte ihn Henry. »Der Anwalt.«

»Da kann ich Ihnen nicht helfen«, sagte Thompson. »Die Firma hat bald nach dem Tode des alten Pringle zugemacht.«

»Keine Hinterbliebenen?«

»Junggeselle.« Alec Thompson lächelte ein wenig bitter. »Alle Geheimnisse, die Arthur Pringle vielleicht kannte, starben mit ihm.« Er blickte auf seine Uhr. »Es tut mir wirklich leid, Tibbett, aber –«

Das Klingeln des Telefons unterbrach ihn. Mit einer raschen, ungeduldigen Handbewegung nahm er den Hörer ab. »Dr. Thompson am Apparat... Wer? ... Ja ... Ja, natürlich, Mrs. Manciple ... Gut, ich komme, sobald ich kann... Ich bin heute nachmittag etwas aufgehalten worden...« Er bedachte Henry mit einem Blick, den man nur als unfreundlich bezeichnen konnte. »Ich muß noch zwei oder drei dringende Hausbesuche

137

erledigen, und dann ... ja, ja, das haben Sie mir ja bereits gesagt, aber sie hat diese Anfälle doch häufiger, oder? ... Ja ... nur die üblichen Pillen ... kein Grund zur Besorgnis ... ich schaue später vorbei ... auf Wiederhören, Mrs. Manciple.« Er legte auf und erhob sich. »Nun, ich hoffe, meine Auskünfte waren Ihnen von Nutzen, Tibbett.«

»War das –?« setzte Henry an. Er wußte zwar, daß die ärztliche Schweigepflicht Dr. Thompson verbot, ihm etwas über diesen Anruf zu sagen, doch er war sehr besorgt.

Dr. Thompson wußte offenbar sehr genau, was die ärztliche Schweigepflicht verlangte. »Auf Wiedersehen, Inspektor Tibbett«, sagte er mit Nachdruck. »Es war mir eine Freude, Sie kennenzulernen.« Dann öffnete er die Tür und rief hinaus: »Ich bin weg, Isobel. Zum Abendessen zurück!« Worauf er sich einen alten Schal umband, hastig in den Mantel schlüpfte und hinaus zu seinem Wagen lief. Henry sammelte Emmy im Wohnzimmer ein und brachte sie zurück ins Viking. Es war Zeit für ihn, nach Cregwell Manor zu fahren, um mit Sir John Adamson zu sprechen.

Kapitel 10

Cregwell Manor war alles, was Cregwell Grange nicht war. Zunächst einmal war es zu Zeiten der Königin Anne erbaut worden, als die Architekten noch Sinn für Proportion und für schlichte Schönheit hatten. Zudem waren die Gärten von Cregwell Manor sorgfältig gepflegt, mit kurzgeschnittenem Rasen und blitzsauberen Blumenbeeten. Und nachdem das ältliche Hausmädchen in weißer Schürze auf Henrys Klingeln die Türe geöffnet hatte, trat er in ein kühles, aufgeräumtes Haus, wo es nach Lavendel und Möbelpolitur roch. Und doch war dieses Haus nach der starken Persönlichkeit von Cregwell Grange so seelenlos wie ein Puppenhaus.

Sir John erwartete ihn im Arbeitszimmer, von Ledermöbeln und Bücherwänden umgeben. Er wirkte entspannt und heiter und bestand darauf, daß Henry ein Glas Whisky mit ihm trinken müsse.

Als er eingegossen hatte, sagte er: »Tja, Tibbett, es war nett, Sie hier bei uns gehabt zu haben. Hat uns alle sehr gefreut, und Sie werden uns fehlen. Andererseits kann auch niemandem daran gelegen sein, eine solche Angelegenheit unnötig in die Länge zu ziehen. Ihnen gebührt höchste Anerkennung für die rasche Aufklärung des Falles, und wir sind Ihnen alle sehr verbunden.« Er erhob sein Glas. »Auf Ihr Wohl. Und darauf, daß Sie bei Ihrem nächsten Besuch länger bleiben können – und nicht in offizieller Mission kommen.«

Henry lächelte. »Sie sind sehr freundlich, Sir John«, sagte er. »Freundlicher, als ich es verdiene, fürchte ich.«

»Keineswegs. Außerordentlich gute Arbeit –«

»Was ich sagen will«, wandte Henry ein, »ist, daß ich Cregwell noch nicht zu verlassen gedenke.«

Sir Johns Bestürzung wirkte beinahe komisch. »Nicht...«, hob er an. Dann riß er sich zusammen. »Ah, verstehe. Sie machen noch ein paar Tage Urlaub.«

»Mit Urlaub hat das nichts zu tun, Sir John. Meine Nachforschungen sind noch nicht abgeschlossen.«

Diesmal hatte Sir John sich in der Gewalt. Trotzdem klang er nicht erfreut. »Höchst ungewöhnlich, Tibbett«, sagte er. »Sie haben mir doch am Telefon eindeutig gesagt, Sie hätten das Rätsel um Masons Tod gelöst, und es werde keine Verhaftung geben.«

»Völlig richtig.«

»Ja, dann –«

»Sir John«, fragte Henry, »sind Sie eigentlich ein passionierter Wetter?«

Die Frage warf Sir John vollends aus dem Gleichgewicht.

»Ja zum Teufel!« brauste er auf. »Das ist doch wirklich eine unverschämte –«

Henry sagte: »Ich versichere Ihnen, daß ich diese Frage nicht stellen würde, wenn sie nicht von Bedeutung wäre.«

»Ich gebe nicht vor zu wissen, worauf Sie hinauswollen, Tibbett, aber wenn Sie darauf bestehen: Also, ich setze gelegentlich ein paar Pfund beim Derby oder beim National und so weiter. Wie fast jeder das tut. Aber ich würde mich wahrhaftig nicht als passionierten Wetter bezeichnen.«

»Sie haben nicht, zum Beispiel, Wetten bei Raymond Mason abgeschlossen?«

Sir John zögerte sichtlich, dann sagte er: »Wie gesagt – gelegentlich habe ich einen kleinen Betrag gewettet, und das habe ich in der Regel über Mason getan. Wozu hat man schließlich einen Buchmacher zum Nachbarn –«

»Und bevor er nach Cregwell kam, hatten Sie nie etwas mit ihm zu tun?«

Sir John schien ehrlich entrüstet. »Aber wo denken Sie hin«, sagte er. Nach einer kurzen Pause fuhr er fort: »Als der Bursche hierher zog, ist er an eine ganze Reihe von Leuten herangetreten... an die Manciples zum Beispiel und an mich... und hat uns vorgeschlagen, bei ihm ein Konto zu eröffnen. Er sagte, es wäre einfach und bequem für uns, da wir persönlich mit ihm befreundet seien. Zufällig weiß ich, daß George Manciple ihn schlichtweg ausgelacht hat; ich kann mir nicht vorstellen, daß er oder Violet je im Leben auch nur einen Sixpence verwettet ha-

140

ben. Aber was mich betraf, nun, ich dachte, es könnte nicht schaden . . .«

»Sie haben also bei der Firma Raymond Mason ein Konto eröffnet?«

Wiederum zögerte Sir John ein wenig. Dann sagte er: »Nein, nein, nein. Nichts so Offizielles. Ich habe einfach Mason Bescheid gesagt, wann immer ich eine Kleinigkeit setzen wollte. Ehrlich, Tibbett, ich weiß nicht, worauf Sie hinauswollen.«

»Ich habe heute morgen Masons Büro in London aufgesucht«, erklärte Henry, »und mir die Geschäftspapiere zeigen lassen.«

»Dann müssen Sie ja wissen, daß ich kein Konto bei der Firma hatte«, entgegnete Sir John, nun wieder energischer. »Warum fragen Sie mich dann, hm?«

»Sie hatten also kein Konto bei der Firma Raymond Mason«, fuhr Henry fort.

»Das sagte ich bereits.«

»Aber Sie hatten das, was Mason ein Privatkonto nannte – bei ihm persönlich.«

Sir John schien bestürzt, wehrte sich aber mannhaft. »Habe ich Ihnen das denn nicht gerade gesagt?«

»Sir John«, sagte Henry, »ich muß Ihnen mitteilen, daß ich Einblick in Ihre Akte genommen habe.«

Das brachte Sir John unübersehbar in Wut. »Was für eine unglaubliche Unverfrorenheit!« brüllte er. »Da hat Ihnen wohl dieser Tunichtgut von einem Sohn –«

»Frank Mason hat nichts damit zu tun«, beteuerte Henry.

»Und wer hat dann –«

Henry grinste. »Ich hatte das Vergnügen mit einem gewissen Mr. Mumford«, sagte er.

»Ein Mr. Wer?«

»Mumford. Der Geschäftsführer.«

»Der Geschäftsführer hätte doch gar nicht gewußt –« begann Sir John, unterbrach sich aber dann.

»Er wußte es auch nicht«, sagte Henry. »Er wußte zwar, daß es Privatkonten gibt, aber er hatte keinen Zugang zu dem Aktenschrank. Es traf ihn schwer, als ich höchstpersönlich das Allerheiligste öffnete. Es war nicht schwer, man mußte nur an Masons Schlüsselbund den richtigen Schlüssel finden.«

Zu Henrys Überraschung lachte Sir John. »Da wäre die große Peinlichkeit also heraus«, sagte er. »Ich war natürlich nicht ge-

141

rade versessen darauf, im ganzen Dorf herumzuposaunen, daß ich Geschäfte mit Mason machte.«

»Und ich kann mir vorstellen«, fügte Henry hinzu, »daß Sie ebensowenig im Dorf herumposaunen wollten, daß Sie ihm dreitausend Pfund schuldeten.«

»Dreitausend...« Aus Sir Johns Miene sprach maßloses Erstaunen. »Was zum Teufel wollen Sie damit sagen?«

Allmählich begann Henry sich zu langweilen. »Sie wissen ganz genau, was ich damit sagen will, Sir John. Ich habe heute morgen Ihren Kontostand gesehen. Sie hatten bei Raymond Mason Wettschulden in Höhe von dreitausend Pfund.«

»Das ist ja lächerlich. Ich schuldete ihm gar nichts.«

»Sie können es nachlesen, schwarz auf weiß.«

»Mein lieber Tibbett«, erwiderte Sir John erregt, »ich weiß ganz genau, wieviel ich gesetzt habe und welches meiner Pferde gewonnen oder verloren hat. Ich habe vielleicht mehr Wetten abgeschlossen, als ich Ihnen gegenüber bislang zugegeben habe, aber...« Ein neuer Gedanke schien ihm in den Sinn zu kommen. »Eine Fälschung, natürlich«, stieß er hervor. »Gefälschte Unterlagen. Mason glaubte vielleicht, er könnte mich auf diese Weise... und was jetzt? Was geschieht, wenn sein gräßlicher Sohn das Geld von mir fordert?«

»Niemand wird irgend etwas von Ihnen fordern, Sir John«, beschwichtigte Henry. »Mr. Mumford hat mir sein Wort gegeben, daß alle Schulden auf den persönlichen Konten abgeschrieben werden.«

Sir John ließ sich in einen Sessel fallen. »Tatsächlich?« fragte er.

»Jawohl.«

»Das bringt mich in eine noch unangenehmere Lage.«

»Was wollen Sie damit sagen, Sir?«

»Ich bin kein Dummkopf, junger Mann«, erwiderte Sir John bissig. »Oberflächlich betrachtet, und so betrachten Sie es ja, wäre dieses verfluchte Privatkonto tatsächlich ein geeignetes Motiv für mich, Mason aus dem Weg zu räumen.«

Das schrille Läuten des Telefons unterbrach ihn. Er griff eilig nach dem Hörer, als sei er froh, einen Vorwand zu finden, die peinliche Unterhaltung zu beenden. »Ja, hier Adamson... wer? Oh, ja, George... was ist es denn diesmal? Nicht schon wieder eine Leiche, hoffe ich...« Vom anderen Ende der Leitung ließ

142

sich ein schier endloser Wortschwall vernehmen, während dessen Verlauf Sir John puterrot anlief. Endlich begann der Redeschwall am anderen Ende zu versiegen, bis er nur noch leise dahinplätscherte und Sir John Gelegenheit bekam, selbst ein paar Worte einzuflechten.

»Das tut mir wirklich sehr leid, George... wenn ich irgend etwas tun kann... ja, ja, die arme Violet... nein, nicht völlig unerwartet, sicher, aber... ja, so muß man es wohl sehen, aber es ist immer ein Schock... Tibbett? Ja, der ist gerade hier bei mir... sicher sage ich es ihm... ja... ja... also geben Sie mir Bescheid, wenn ich irgend etwas... auf Wiedersehen, George...«

Er legte den Hörer auf, zog ein großes Taschentuch hervor und schneuzte sich geräuschvoll die Nase.

»Das war George Manciple.«

»Ich hatte es vermutet«, bemerkte Henry.

»Er rief an, um mir zu sagen... Tante Dora ist tot.«

»Tante Dora«, wiederholte Henry. Er war tief betroffen, wenngleich nicht allzu überrascht.

»Oh, kein Fall für Sie.« Sir John, der offensichtlich tief gerührt war, rang sich ein kleines Lächeln ab. »Schließlich war sie dreiundneunzig... da muß man mit so etwas rechnen. Kann ja nicht ewig leben. Offenbar ging sie nach dem Mittagessen auf ihr Zimmer, um ihr übliches Nickerchen zu halten. Violet hatte am Nachmittag irgendein Komitee zu Gast in der Grange und bekam Tante Dora nicht zu Gesicht, bis sie um halb fünf hinaufging, um zu fragen, ob die alte Dame Tee wolle. Sie fand sie im Koma liegen und rief sofort bei Thompson an, aber der tat es leichtfertig ab... hielt es für einen ihrer üblichen Anfälle und sagte, er habe noch zu tun und komme später vorbei. Vor ein paar Minuten traf er ein, aber da war es zu spät. Die arme, liebe alte Frau war bereits tot.«

»Das tut mir sehr leid«, sagte Henry. Etwas Besseres fiel ihm nicht ein.

»Wir werden sie sehr vermissen«, sagte Sir John. »Sehr.«

»Da bin ich mir sicher.«

»Übrigens... George sagt, Tante Dora habe Sie heute nachmittag erwartet, es ging um irgendwelche Traktate. Er hat mich gebeten, Ihnen Bescheid zu sagen. Wäre nun natürlich sinnlos, noch hinzufahren.«

»Ich weiß«, sagte Henry. Er war betrübt, und man sah es ihm an. »Trotzdem... ich finde, ich sollte hinüberfahren zur Grange.«

* * *

Violet Manciple öffnete Henry die Tür. Ihre Augen waren rot vom Weinen, aber sie rang sich ein Lächeln ab und sagte: »Oh, Mr. Tibbett. Ich dachte, Sir John hätte Ihnen...«

»Das hat er auch, Mrs. Manciple«, sagte Henry. »Ich möchte, daß Sie wissen, wie leid es mir tut.«

»Schön, daß Sie trotzdem gekommen sind«, sagte Violet. Sie öffnete die Tür weiter und bat Henry einzutreten. »Sie hat sich so auf das Gespräch mit Ihnen gefreut.«

»Es tut mir leid, daß ich Sie zu einem solchen Zeitpunkt belästigen muß –«

Violet Manciple unterbrach ihn. »Aber nein, nein. Sie belästigen uns doch nicht, Mr. Tibbett. In dieser Familie halten wir ohnehin nichts vom Trauern.«

»Sie halten nichts –?«

»Der Rektor fand es nicht richtig. Natürlich kann Edwin in seiner Stellung... aber im Grunde seines Herzens ist er unserer Meinung. Sogar als Georges Mutter starb, weigerte sich der Rektor, die Vorhänge zuziehen zu lassen oder einen einzigen Termin abzusagen. Am nächsten Morgen stand er an seinem Pult in Kingsmarsh, als wäre nichts geschehen.«

Henry konnte sich des Gedankens nicht erwehren, daß es für Augustus Manciple in Anbetracht seines späteren Verhaltens wohl besser gewesen wäre, er hätte von dem Sicherheitsventil einer öffentlichen Trauer Gebrauch gemacht. Doch das ging ihn nichts an. »Kann ich sie sehen?« fragte er. »Tante Dora. Ich möchte ihr gern die letzte Ehre...«

»Aber gewiß, Mr. Tibbett. Sie ist in der Kapelle bei Parkins aufgebahrt, dem Beerdigungsunternehmer in Kingsmarsh. Sie können jederzeit zu ihr, von jetzt an bis zur Beerdigung.«

Henry war verblüfft. »Sie meinen... man hat sie schon –?«

»Oh ja, die arbeiten schnell und effizient, wissen Sie. Kurz nach fünf stellte Dr. Thompson den Totenschein aus, dann habe ich Parkins sofort benachrichtigt.«

Henry war ratlos. Ihm fiel beim besten Willen kein Vorwand ein, unter dem er in Tante Doras Zimmer hätte gelangen können.

144

Er blickte sich auf der Suche nach Inspirationen um, und ganz zufällig fiel sein Blick auf die offene Küchentür. Im Inneren herrschte ein bemerkenswertes Durcheinander.

Violet Manciple errötete. »Oh, bitte sehen Sie nicht in die Küche, Mr. Tibbett. Ich hatte nach dem Mittagessen keine Zeit, den Abwasch zu erledigen, weil wir diese schreckliche Komiteesitzung hatten. Und ich hatte ja noch nicht einmal Tee gemacht, als ich zu Tante Dora hinaufging, und dann...« Der Satz verlief sich in unglücklichem Schweigen. Dann, energischer, sagte sie: »Aber natürlich, Sie wollen Ihre Traktate.«

»Traktate?«

»Die Tante Dora Ihnen geben wollte. Deswegen sind Sie doch hergekommen, nicht wahr? Wenn Sie einfach hier warten wollen, ich gehe sofort nach oben und hole sie. Sie hatte sie schon auf ihrem Nachttisch für Sie bereitgelegt. Einen Augenblick.«

Violet Manciple eilte die Treppe hinauf. Rasch begab sich Henry in die Küche. Es bereitete ihm keine Schwierigkeiten, Tante Doras spezielles Glas ausfindig zu machen. Es war leer, wies aber Spuren von eingetrockneter Limonade auf. Der Limonadenkrug selbst war ebenfalls da, noch halbvoll. Henry blickte sich um. Auf einem Regal stand ein leeres Medizinfläschchen mit einem Korkverschluß. Er hatte keine Ahnung, ob es sauber war oder nicht, aber es fehlte ihm die Zeit, sich darum zu kümmern. Er füllte etwas Limonade in das Fläschchen, verschloß es mit dem Korken und ließ es in seine Manteltasche gleiten. Tante Doras Glas verschwand in der anderen Tasche.

Er beeilte sich, wieder in die Halle zu gelangen, bevor Violet zurückkehrte – und bemerkte zu seinem Entsetzen, daß George Manciple in der Tür zum Arbeitszimmer stand und ihn fragend ansah.

Henry murmelte einige Worte der Anteilnahme, die George ignorierte. Statt dessen sagte er unvermittelt: »Ich habe nicht die Absicht, Sie zu fragen, was Sie in der Küche zu schaffen hatten. Das ist Ihre Angelegenheit. Ich bitte Sie nur, Violet nicht mehr zu beunruhigen als unbedingt nötig. Es ist alles nicht leicht für sie, und zu allem noch das Pfarrfest am Samstag.«

»Aber das lassen Sie doch sicher ausfallen?«

145

»Auf gar keinen Fall. Hat Vi es Ihnen nicht gesagt? Der Rektor hielt nichts vom Trauern. Es wird alles seinen gewohnten Gang gehen. Ah, da kommt Vi.« George Manciple zog sich in sein Arbeitszimmer zurück, als seine Frau auf dem Treppenabsatz erschien.

»Ich hoffe, ich habe alles gefunden, Mr. Tibbett«, sagte sie. Sie trug ein dickes Bündel Druckschriften unter dem Arm.

Henry nahm es ihr rasch ab und stopfte es in seine Aktentasche. »Bestimmt, Mrs. Manciple... überaus freundlich von Ihnen... nein, nein, bitte machen Sie sich keine Umstände... ich finde schon selbst hinaus.« In Henrys Manteltasche schlug Tante Doras Glas klirrend gegen seine Pfeife, doch zum Glück schien Violet Manciple es nicht zu bemerken. So schnell er konnte, ohne sich verdächtig zu machen, verließ Henry das Haus und bestieg seinen Wagen.

Als erstes fuhr er zum Haus von Dr. Thompson, wo er – wie nicht anders zu erwarten – alles andere als willkommen war. Ein junges Mädchen in einer weißen Kittelschürze, das Henry noch nicht gesehen hatte, teilte ihm mit, daß der Doktor und Mrs. Thompson zu Tisch seien und nicht gestört werden wollten. Im Notfall sollte er sich an Dr. Brent in Lower Cregwell wenden.

Es dauerte einige Zeit, bis Henry diesen Zerberus davon überzeugt hatte, daß es sich bei ihm zwar um einen Notfall handelte, daß aber Dr. Brent in seinem Falle Dr. Thompson nicht zu ersetzen vermochte. Tatsächlich blickte das Mädchen noch immer überaus skeptisch drein, als eine Tür aufging – vermutlich die Eßzimmertür – und Isobel Thompson mit säuerlicher Miene herauskam.

»Was ist denn los, Mary?« verlangte sie zu wissen. »Ich habe schon dreimal geläutet und –« In diesem Augenblick erblickte sie Henry. »Oh«, sagte sie wenig begeistert. »Sie sind es.«

»Ja, Mrs. Thompson. Tut mir leid, wenn ich Sie störe, aber ich muß kurz mit Ihrem Mann sprechen.«

»Also wirklich. Kann man uns nicht für einen Moment in Frieden lassen?«

»Es tut mir wirklich leid, aber es ist wichtig.«

»Was zum Teufel geht da draußen vor, Isobel?« Dr. Thompson trat, die Serviette noch in der Hand, hinzu.

Henry sagte: »Sie haben heute einen Totenschein für Miss Dora Manciple ausgestellt.«

146

»So ist es. Haben Sie irgendwelche Einwände?«

»Ich wüßte nur gern die Todesursache.«

Alec Thompson lächelte. »Mein lieber Mr. Tibbett«, sagte er, »sie war dreiundneunzig.«

»Das ist mir klar, aber auch in diesem Alter stirbt man nicht ganz ohne Ursache.«

»Gewiß. Die Todesursache war Herzversagen. Sie litt schon seit geraumer Zeit an einer Herzschwäche.«

»Haben Sie sie untersucht?«

Alec Thompson wurde allmählich ungeduldig. »Also hören Sie, Tibbett. Sie waren doch in meiner Praxis, als Violet Manciple anrief. Tante Dora hatte einen ihrer Anfälle. Sie haben selbst gehört, wie ich sagte, sie solle ihr die Pillen geben, die ich verschrieben –«

»Wenn es ein ganz gewöhnlicher Anfall war, wieso hat Mrs. Manciple Sie dann angerufen?«

Dr. Thompson machte eine ungeduldige Geste mit der Serviette. »Er war ein wenig heftiger als üblich, nehme ich an. Etwas andere Symptome offenbar. Ich fuhr hin, sobald ich konnte; mußte zuerst zu einem dringenderen Fall. Aber die alte Dame war schon tot. Ganz offensichtlich Herzversagen.«

»Verstehe«, sagte Henry. »Gut, das wäre alles. Danke.«

Vom Haus des Doktors fuhr Henry zur Polizeiwache. Sergeant Duckett begrüßte ihn freundlich, bot ihm eine Tasse lauwarmen Tee an und hörte mit unverhohlener Neugier zu, als Henry mit Inspektor Robinson in Kingsmarsh telefonierte. Dieser erklärte sich mit professioneller Sachlichkeit bereit, einen Wagen nach Cregwell zu schicken, der ein Trinkglas und ein Fläschchen mit einer Flüssigkeitsprobe zur Laboruntersuchung abholen solle.

Als Henry aufgelegt hatte, fragte Sergeant Duckett bewußt lässig: »Ist wohl ein Glas aus Cregwell Lodge, Sir? Gehörte dem verstorbenen Mr. Mason.«

»Nein«, sagte Henry. »Nicht aus Cregwell Lodge.« Er holte Glas und Medizinflasche aus seinen Taschen hervor und stellte sie auf den Tisch. »Vielleicht können Sie das sorgfältig einpakken, Sergeant, und dem Fahrer aus Kingsmarsh geben, wenn er kommt.«

»Gewiß, Sir.« Duckett betrachtete die beiden Gegenstände mit beinahe rührendem Eifer. Dann huschte das Leuchten eines

147

Mannes, der einen zündenden Einfall hat, über sein Gesicht, und er fragte: »Ich sollte sie wohl besser beschriften, nicht wahr, Sir?«

»Ja«, sagte Henry. »Das wäre besser.«

Der Sergeant leckte sich die Lippen, nahm einen Stift und schlug ein Heft mit Klebeetiketten auf. Hoffnungsvoll blickte er zu Henry hinüber.

»Schreiben Sie einfach: ›Zur chemischen Analyse. Chefinspektor Tibbett.‹«

Ducketts Enttäuschung war herzzerreißend. »Sonst nichts, Sir?«

»Sonst nichts«, sagte Henry streng. Er erhob sich. »Ich bin wieder drüben im Viking, Sergeant. Rufen Sie mich dort an, wenn Sie die Ergebnisse haben.«

Ein helles Bier vor sich, erwartete Emmy ihn bereits in der Bar und beschwerte sich, daß sie großen Hunger habe. »Mußtest du denn so lange bei Sir John bleiben?« fragte sie vorwurfsvoll.

»Ich war nicht bei Sir John«, entgegnete Henry. »Dort bin ich schon vor sechs aufgebrochen. Ich war in der Grange. Tante Dora ist gestorben.«

Emmys Stimmung wandelte sich schlagartig. »Gestorben? Oh, Henry, das ist ja furchtbar. Beim Essen ging es ihr doch noch so gut.«

»Ich weiß«, sagte Henry düster.

»Ach, tut mir das leid«, klagte Emmy. »Die arme Mrs. Manciple. Erst Raymond Mason und jetzt das. Aber man mußte wohl mit so etwas rechnen.«

»Wie kommst du darauf?«

»Nun, sie war immerhin über neunzig.«

Henry nickte geistesabwesend. »Ich weiß«, sagte er. Und nach einer Pause fügte er hinzu: »Das werden alle sagen.«

»Henry.« Emmy setzte ihr Glas ab. »Du glaubst doch nicht etwa –?«

»Ich weiß es nicht«, sagte Henry. Plötzlich fühlte er sich sehr müde. »Ich weiß es wirklich nicht.« Er lächelte Emmy an. »Es ist nur wieder mein verdammter Riecher.«

»Aber –« Emmy sah sich rasch in der Bar um. Abgesehen von zwei Männern in Tweedanzügen, die sich am anderen Ende des Raums lautstark über Schweinezucht unterhielten, waren sie allein. Trotzdem senkte sie ihre Stimme, als sie sagte: »Wenn

Tante Dora... wenn sie keines natürlichen Todes gestorben ist... dann heißt das, es muß bei Raymond Mason genauso gewesen sein.«

»Das wissen wir bereits, Liebling. Er wurde erschossen.«

»Ja, aber du dachtest doch, es sei ein Unfall gewesen. Ich weiß, daß du das geglaubt hast. Und jetzt glaubst du es nicht mehr. Du denkst, es war Mord, und du denkst, Tante Dora wurde ebenfalls ermordet, weil sie zuviel wußte.«

Nach einer langen Pause sagte Henry: »Ich fürchte fast, du hast recht. Zum Teil zumindest. Ich kann nur hoffen, daß ich mich irre. Aber jetzt komm, wir überreden das überlebte Relikt einer Feudalgesellschaft, uns etwas zu essen zu geben.«

Zwei Stunden später, als die Tibbetts gegessen und ein letztes Glas an der Bar getrunken hatten und die ausgetretenen Stufen zu ihrem Zimmer emporgestiegen waren, öffnete Henry seine Aktentasche und zog das Bündel Papiere hervor, das Mrs. Manciple ihm gegeben hatte. Er breitete sie auf dem Frisiertisch aus, zog sich einen Stuhl heran und begann sie sorgfältig zu studieren.

»Was um alles in der Welt hast du denn da?« Auf dem Weg zum Badezimmer hielt Emmy, in einen weißen Frottee-Morgenrock gehüllt, inne und schaute ihm über die Schulter.

»Die Traktate von Tante Dora«, antwortete Henry.

»*Übersinnliche Erscheinungen im Tierreich*«, las Emmy. »*Aura und Emanation, Von der Seele eines Blindenhundes* – glaubst du etwa, daß du irgendwelche Anhaltspunkte darin findest?«

»Ich weiß nicht, was ich finden werde«, sagte Henry, »aber ich weiß, daß ich danach suchen muß. Nimm du nur ein Bad.«

Tante Dora hatte ein sonderbares Sortiment von Schriften für Henry zusammengestellt. Emmy war längst zu Bett gegangen und eingeschlafen, als Henry sich noch immer pflichtschuldig durch die Weisheiten eines indianischen Schamanen (wie er sie einer Dame in Ealing eingegeben hatte) kämpfte, die Reinkarnation menschlicher Geister in Tieren und *vice versa* betreffend. Er vermerkte mit Interesse, daß Tante Dora diverse Passagen mit violetter Tinte unterstrichen hatte. »Die Handlungen der Menschen sind stets erklärbar, jedoch nur, wenn sämtliche Umstände bekannt sind. Deshalb ist es aberwitzig, ein Leben auch nur zu leben, geschweige denn es deuten zu wollen, ohne den Beistand der spirituellen Welt.« Henry fand darin eine merkwürdige Parallele zu Sir Clauds Auffassung menschlichen Verhaltens.

In anderen unterstrichenen Passagen ging es um eine rot-schwarz gefleckte Katze namens Minette, die ihren Besitzern nach ihrem Tode noch zweimal erschienen war, offenbar beide Male bei dem Versuch, etwas aus der Speisekammer zu stibitzen, und um einen braunen Fuchswallach, der sich standhaft weigerte, jene Stelle zu passieren, an der seine Mutter bei einem Jagdunfall ums Leben gekommen war.

Die Traktate waren jedoch nicht alles, was Violet Manciple auf Tante Doras Nachttisch gefunden hatte. Es fanden sich auch mehrere vergilbte Nummern der *Bugolaland Times,* die älteste war zwei Jahrzehnte alt, die jüngste die letzte Ausgabe des Vorjahres mit der riesigen Schlagzeile: UNABHÄNGIG! Tante Dora hatte danebengeschrieben: »Die Ärmsten. Möge Gott ihnen beistehen!«

Ein Bericht, der in einer ein Jahr alten Nummer angestrichen war, vermeldete, daß seine Hochwürden, Bischof Edwin Manciple, von Herzen geliebt von allen Bewohnern Bugolalands, gleich welcher Hautfarbe und welchen Glaubens, sich aus Gesundheitsgründen zur Ruhe gesetzt habe. Der zwanzig Jahre alten Nummer schien auf den ersten Blick eine *raison d'être* in dieser Sammlung zu fehlen, bis Henry eine kleine, nicht von Tante Dora markierte Meldung auffiel, die vom tragischen Tod Mr. Anthony Manning-Richards' und seiner Familie berichtete, deren Wagen bei der Fahrt über den berüchtigten Okwabepaß in Ost-Bugola-land in einen Abgrund gestürzt sei.

Henry konnte nicht glauben, daß Tante Dora diese alten Schnipsel tatsächlich zu seiner Lektüre bestimmt hatte. Ihm fiel die traurige Geschichte wieder ein, die Edwin erzählt hatte, und es kam ihm wahrscheinlicher vor, daß die alte Dame die Zeitung als Erinnerung an ihre unglückliche Liebe aufgehoben hatte. Das allerletzte Schriftstück des Bündels hingegen interessierte ihn ungeheuer, und er hätte manches darum gegeben zu wissen, ob es sich dabei um Tante Doras übliche Bettlektüre gehandelt oder ob sie es speziell für ihn herausgesucht hatte.

Es handelte sich um mehrere Briefbögen, die von einer rostigen Büroklammer zusammengehalten wurden. Sie waren in Tante Doras unverwechselbarer Handschrift beschrieben, doch war die violette Tinte im Laufe der Zeit verblaßt. Es war die Schrift einer energischen Frau in mittleren Jahren. Der Text war folgendermaßen überschrieben: »Dies ist eine Abschrift des Briefes, den Dr.

Walter Thompson aus Cregwell an meinen Neffen George Manciple anläßlich des Todes seines Vaters, meines Bruders Augustus Manciple, M.A., sandte.« Darunter hatte Tante Dora später mit zittriger Hand hinzugefügt: »Für den Fall meines Todes bestimme ich, daß dieses Schreiben meiner Großnichte Maud Manciple ausgehändigt wird, damit sie über den letzten Willen ihres Großvaters nicht im unklaren ist.«

Hocherregt wandte sich Henry dem eigentlichen Dokument zu. Im Briefkopf las er die Adresse des Hauses in Cregwell, in dem jetzt Dr. Alec Thompson wohnte. Der Brief selbst lautete:

Mein lieber Manciple!

Sie werden die tragische Nachricht vom Unfall und Tod Ihres Vaters inzwischen erhalten haben. Mir bleibt nur noch, Ihnen und Mrs. Manciple mein tiefstes Mitgefühl auszusprechen.

Wie Sie vielleicht wissen, fiel mir die traurige Aufgabe zu, Ihrem Vater in den letzten Stunden seines Lebens zur Seite zu stehen, und ohne Zweifel lag ihm sehr viel daran, Ihnen bestimmte Dinge mitzuteilen. Da er sich nur sehr unklar auszudrücken vermochte, schreibe ich diesen Bericht nieder, solange ich die Ereignisse noch frisch in Erinnerung habe, damit Sie so weit wie möglich in die Lage versetzt werden, sich ein Bild vom letzten Willen des ›Rektors‹ zu machen.

Er war bewußtlos, als man ihn gegen Mittag ins Krankenhaus einlieferte, kam aber kurz nach drei Uhr am Nachmittag in meiner Gegenwart noch einmal zu sich. Bezeichnenderweise galt sein erster Gedanke seinem alten Freund Arthur Pringle. Er wiederholte mehrmals mit wachsendem Nachdruck das Wort »Unfall« und fragte schließlich: »Was ist mit Pringle?«

Arthur Pringle war bereits tot, er war auf der Stelle tot gewesen, doch dachte ich, es wäre nicht gut, Ihrem Vater diese traurige Tatsache mitzuteilen, und so machte ich Ausflüchte und gab an, er sei schwer verletzt. Daraufhin fragte Mr. Manciple scharf: »Wird er durchkommen?«, und als ich mit meiner Antwort zögerte, sagte er: »Versuchen Sie nicht, mich an der Nase herumzuführen, Thompson. Er ist tot, nicht wahr?« Ich sah mich gezwungen, ihm die Wahrheit zu sagen.

Die Nachricht brachte Mr. Manciple sichtlich aus der Fassung. Er wiederholte die Worte »tot« und »Pringle« einige Male, während er mit geschlossenen Augen dalag. Ich hatte den Eindruck, daß er sich konzentrierte; den gleichen Gesichtsausdruck habe ich an ihm bemerkt, wenn er mit einem Kreuzworträtsel beschäftigt war. Seine Kräfte schwanden zusehends, vielleicht rascher, als ihm bewußt war. Dann schlug er die Augen auf, blickte mich an und sagte: »Thompson.«

»Ja, Mr. Manciple?« antwortete ich. »Schicken Sie die vielen Leute weg«, sagte er. »Habe mit Ihnen zu reden.« Es war niemand im Zimmer außer der Krankenschwester, aber ich forderte sie auf, draußen zu warten. Dann sagte Mr. Manciple: »George. George muß wissen... Sehr wichtig. George muß wissen...«

So behutsam wie möglich erinnerte ich ihn daran, daß er Sie nicht sprechen könne, da Sie sich am anderen Ende der Welt befänden. Das schien ihn zu verärgern, und er sagte: »Weiß ich. Weiß ich. George muß wissen...« Er schien erschöpft von der Aufregung, denn er schwieg geraume Zeit. Endlich fuhr er deutlich geschwächt fort: »George muß wissen... Thompson, George... wissen... im Haus... verk... verk...«

»Was ist mit dem Haus?«

»Niemals das Haus verkaufen«, sagte er energisch. »Niemals... Haus... George muß wissen... mein... verk...« Er war schon sehr geschwächt, und es folgte eine weitere lange Pause. Er atmete schwer und murmelte: »... Kolik... ach...«, und das mehrmals.

So aufmunternd, wie ich nur konnte, erwiderte ich: »Aber nein, Sir, keine Angst, das ist keine Kolik. Gewiß, Sie sind schwach, Mr. Manciple, aber Sie werden sehen, im Handumdrehen sind wir wieder auf den Beinen.« Bei diesen Worten schlug er die Augen weit auf und sah mich an. Mit lauter, klarer Stimme sagte er: »Sie sind schon immer ein vollkommener Idiot gewesen, Thompson.« Dann, als sei diese Anstrengung zuviel für ihn gewesen, fiel er ins Koma; er erlangte das Bewußtsein nicht wieder und starb nachmittags um 4.37 Uhr. Ich brauche Ihnen wohl nicht zu sagen, daß mich der ganze Vorfall zutiefst erschüttert hat, nicht zuletzt seine letzten Worte.

Mit aufrichtigem Mitgefühl,
Ihr ergebener Walter Thompson.

Henry las dieses Schriftstück mehrere Male. Vom Bett her hörte er Emmys schlaftrunkene Stimme: »Willst du denn überhaupt nicht schlafen gehen?«

Henry erhob sich. »Ich habe da eine ganz verrückte Idee«, sagte er. »Aber es könnte tatsächlich hinkommen.«

Kapitel 11

Der Anruf aus Kingsmarsh kam um acht Uhr am folgenden Morgen, als Henry gerade sein eingeseiftes Gesicht im Spiegel betrachtete. In aller Eile spülte er den Schaum ab und lief hinunter zum Telefon.

Mit einer Stimme, die sich sorgfältig jeglichen Interesses enthielt, verlas Sergeant Duckett die Ergebnisse der Laboranalyse. Der Inhalt der Medizinflasche und die angetrockneten Rückstände in Tante Doras Glas waren identisch. Beide bestanden aus Zitronensaft, Zucker und Wasser – und einer kleinen Menge Barbitursäure, wie man sie gewöhnlich in Schlafmitteln findet. Henry dankte dem Sergeant und legte auf.

Wieder oben angelangt, seifte er sich mit ungewöhnlichem Elan neu ein.

»Heute in Eile?« erkundigte sich Emmy.

»Ja. Ich glaube, ich bin da einer Sache auf der Spur. Ich hoffe nur, es ist noch nicht zu spät.«

»Zu spät für was?« fragte Emmy, aber er war schon fort.

Als erstes suchte er Dr. Thompson auf, der Henrys Frage beantwortete und sich bereiterklärte, gewisse Schritte zu unternehmen. Henry dankte ihm und machte sich auf den Weg zu seiner nächsten Anlaufstelle.

Cregwell Lodge wirkte abweisend. Die Vorhänge waren zugezogen und die Türen verschlossen. Doch nachdem Henry eine Weile Sturm geläutet hatte, erschien Frank Mason schließlich doch, unrasiert und schlaftrunken und offensichtlich schwer erkältet.

»Was wollen Sie?« fragte er unfreundlich und fuhr dann mit seinem Husten fort.

»Mich in der Lodge umsehen.«

154

»Durchsuchungsbefehl?«

»Nein. Aber ich kann mir einen besorgen.«

»Ich dachte, Sie hätten hier schon alles durchgekämmt«, knurrte Frank, führte ihn jedoch ins Arbeitszimmer. »Wollen Sie 'ne Tasse Kaffee?«

»Danke, furchtbar gern«, antwortete Henry.

»Gleich wieder da«, sagte Mason. Er schneuzte sich heftig und schlurfte in Richtung Küche.

Auf den ersten Blick wirkte das Arbeitszimmer noch genau wie bei Henrys erster Besichtigung zwei Tage zuvor, aber als er sich genauer umsah, bemerkte er rasch, daß es sich doch verändert hatte. Jemand hatte das Zimmer gründlich durchsucht.

Als erstes widmete Henry seine Aufmerksamkeit den Bücherregalen. Offensichtlich waren die Bände herausgenommen worden, denn sie standen unsortiert, einige sogar auf dem Kopf.

Auch der Schreibtisch zeigte Spuren einer eiligen Durchsuchung, und der kleine Kalender, den Henry bei seinem letzten Besuch so aufschlußreich gefunden hatte, war nirgends mehr zu entdecken. Auf den Raum selbst verschwendete Henry keine Zeit mehr und ließ sich statt dessen in einem Sessel nieder. Seine Pfeife brannte, als Frank Mason mit zwei Kaffeetassen auf einem Tablett zurückkehrte.

»Na«, fragte Henry, »haben Sie es gefunden?«

Frank Mason nahm sich Zucker und einen Keks, hustete zum Erbarmen, setzte sich Henry gegenüber und trank einen Schluck Kaffee. Dann sagte er: »Was soll ich gefunden haben?«

Nur mit einem Anheben der Augenbrauen wies Henry zu dem Tisch und den Bücherregalen hinüber. »Das, wonach Sie gesucht haben.«

»Ich habe nichts gesucht.«

»Nicht? Wer war es dann?«

»Ich verstehe nicht.«

»Ach, tun Sie doch nicht so scheinheilig«, sagte Henry. »Jemand hat dieses Zimmer durchsucht. Sie wollen mir doch nicht erzählen, daß Sie das nicht bemerkt haben.«

»Was bemerkt?«

»Na, die Bücher zum Beispiel«, sagte Henry. Er nahm einen Schluck Kaffee. »Jemand hat die meisten davon aus dem Regal genommen.«

»Warum sollte jemand das tun?«

155

Henry blickte Mason fragend in das so unschuldig anmutende junge Gesicht. »Wissen Sie das nicht?«

Ob mit Absicht oder nicht, jedenfalls wich Mason der Frage aus. Statt dessen nahm er wieder seinen üblichen wutverzerrten Gesichtsausdruck an und sagte: »Es gibt nur einen Menschen, der einen Grund hätte, hierherzukommen und hier herumzustöbern, und das ist derjenige, der meinen Vater ermordet hat!«

»Könnte man denken«, räumte Henry ein. »Und wie steht es mit der Pistole?«

Die Zornesröte schoß Frank Mason ins Gesicht. »Was für eine Pistole?«

»Die Pistole auf dem Dachboden«, sagte Henry geduldig. »Major Manciples Pistole. Ist sie noch da?«

Einen Moment lang schwieg Mason ratlos. Dann sagte er: »Das ist, als ob man einen Mann fragt, ob er seine Frau immer noch schlägt. Jede mögliche Antwort ist falsch.«

»Sie wußten natürlich, daß sie da war?«

Mason schwieg.

»Sie haben sie wahrscheinlich gefunden, als Sie nach etwas anderem suchten«, sagte Henry entgegenkommend. »Rein zufällig.«

In der Stille, die nun folgte, konnte Henry beinahe die Rädchen in Frank Masons Hirn rattern hören, wie er sich die passende Antwort zurechtzulegen versuchte. Endlich sagte er: »Also gut, ich habe sie gefunden, gestern. Durch Zufall, ganz wie Sie sagen. Ich wußte, sie konnte nichts mit dem Tod meines Vaters zu tun haben, weil die Polizei mir gesagt hatte, daß die Tatwaffe sichergestellt sei.«

»Was haben Sie damit gemacht?«

Mason schneuzte sich. Er schien sich wieder gefangen zu haben, als er antwortete: »Sie ist hier in der Schreibtischschublade. Ich wollte sie Major Manciple zurückbringen. Sie gehört ihm ja schließlich.«

»Verstehe. Wann wollten Sie sie zurückbringen?«

»Nun . . . ich spielte mit dem Gedanken, heute dorthin zu gehen. Ich dachte, vielleicht . . .« Wieder schwieg er.

Henry grinste. »Sie dachten, vielleicht ist Miss Maud Manciple zu Hause?«

Von neuem schoß ihm die Röte ins Gesicht. »Lassen Sie sie aus dem Spiel!«

»Schon gut«, sagte Henry. »Aber Sie müssen sich einen anderen Vorwand für Ihren Besuch einfallen lassen. Ich werde die Waffe mitnehmen.«

»Ganz wie Sie wünschen, Inspektor. Bitte schön. Sie –« Frank öffnete schwungvoll die Schreibtischschublade. Es handelte sich um die Schublade, in der Henry beim letzten Mal den Kalender gefunden hatte, und sie war – wie er wußte – vollkommen leer.

Diesmal wirkte Masons Erstaunen noch überzeugender. »Aber . . . ich habe sie doch gestern selbst hier . . .«

Henry stand auf. »Und jetzt ist sie weg«, sagte er. »Und ich darf wohl vermuten, daß der Vergil auch nicht mehr da ist.«

»Der Vergil?«

»So ist es. *Bucolica*, Buch acht.«

»Ich habe nicht die leiseste Ahnung, wovon Sie reden.«

»Das freut mich zu hören«, meinte Henry. »Trotzdem wird es nicht leicht sein, diesen Band ausfindig zu machen. Vielleicht sind Sie mir bei der Suche behilflich.«

Augustus Manciples elegant gebundene Vergil-Ausgabe umfaßte sechs Bände. Sie trugen alle das Familienwappen der Manciples auf dem prächtig geprägten Lederrücken, waren in cremefarbenes Kalbsleder gebunden und reich mit Gold verziert. Der erste und zweite Band enthielten den lateinischen Text der *Aeneis*, mit wissenschaftlichen Anmerkungen versehen, während sich im dritten und vierten eine englische Übersetzung des Werkes befand. Die beiden übrigen Bände enthielten die *Bucolica* und *Georgica*, auf Latein und in englischer Fassung. Aber so sehr Henry auch suchte, es waren nur fünf der sechs Bände auffindbar. Bei dem fehlenden Buch handelte es sich offenbar um den Band (Band V der Gesamtausgabe) mit dem lateinischen Text der Gedichte, denn in Band VI fanden sich nur die Übersetzungen.

»Und Sie haben keine Ahnung, wo er sein könnte?« fragte Henry schließlich.

Frank Mason fuhr sich mit der Hand durch den roten Schopf, so daß er noch widerborstiger aussah als gewöhnlich. »Wenn ich es Ihnen doch sage. Ich weiß überhaupt nicht, wonach Sie suchen. Ich kann weder Griechisch noch Latein. Ich hatte keine Ahnung, daß mein Vater all diese Bücher besaß. Vermutlich hat er sie meterweise gekauft, um damit Eindruck zu schinden. Wenn Sie mir sagen wollen, daß eines davon so wertvoll war, daß jemand ihn umgebracht hat, um es in die Finger zu bekommen –«

»So würde ich es nicht ausdrücken«, erwiderte Henry, »aber eines davon war sehr wertvoll. Und nun ist es eben nicht mehr da.«

»Woher wollen Sie wissen, daß das Buch nicht mehr da ist? Woher wollen Sie wissen, ob er es überhaupt je besessen hat? Er hätte es nie bemerkt, wenn ein Band der Ausgabe gefehlt hätte. Warum zum Teufel gehen Sie nicht hinüber zur Grange und sehen nach, ob es vielleicht dort ist?« Mason schwieg einen Augenblick, dann fuhr er fort: »Ich nehme an, Sie wissen, daß Manning-Richards Altphilologe ist?«

»Tatsächlich? Nein, das wußte ich nicht.«

Frank lachte grimmig. »Wenn ich ›Altphilologe‹ sage«, setzte er hinzu, »dann meine ich, daß er sich ein wenig mit Griechisch und Latein beschäftigt hat, so wie er sich mit allem ein wenig beschäftigt hat. Er schien zu glauben...« Mason suchte nach der vernichtendsten Formulierung. Schließlich sagte er: »Er schien zu glauben, Bildung sei zum Vergnügen da.«

Henry konnte sich ein Lächeln nicht verkneifen. »Der Ärmste«, sagte er. »Er muß einer der letzten sein, die diese Anschauung vertreten.«

»Zu meiner Freude kann ich sagen«, schnappte Mason zurück, »daß wir die privilegierte Klasse praktisch ausgemerzt haben, die es sich leisten konnte, ihre Studien zum Privatvergnügen zu treiben.«

»Ganz meine Meinung«, sagte Henry.

»Oh, ich weiß schon, daß die Manciples und die Manning-Richards' Sie in der Tasche haben«, entgegnete Mason. »Sie sind ein erbärmlicher kleiner Bourgeois, der sich eine Hand abhacken würde, wenn er dadurch zum echten Gentleman, wie Sie das nennen, werden könnte.«

Henry sah ihn einen Moment lang streng an. Dann sagte er: »Wenn Sie mit dem Gedanken spielen, Maud Manciple einen Besuch abzustatten, sollte ich Sie darüber in Kenntnis setzen, daß ihre Großtante gestern abend gestorben ist.«

»Die Neunzigjährige? Na, da war es wohl auch an der Zeit, oder?«

»Wie ich höre«, fuhr Henry fort, »tragen sie keine Trauer. Die Manciples halten nichts davon. Trotzdem wäre ich ein wenig taktvoll, an Ihrer Stelle. Und vorsichtig.«

»Vorsichtig?«

»Jemand«, erinnerte Henry ihn, »hat diese Waffe. Sofern Sie nicht selbst...« Er ließ den Satz im Raume stehen und fuhr fort: »Haben Sie viele Besucher hier gehabt?«

»Besucher? Oh, ich weiß, worauf Sie hinauswollen. Derjenige, der...« Frank lachte, ein Lachen ohne jede Freude und Heiterkeit, das er als Waffe gegen das Establishment zu benutzen schien, so wie ein kleiner Junge den Älteren die Zunge herausstrecken mochte. »Sie erwarten wohl kaum, daß ganz Cregwell sich hier die Klinke in die Hand gegeben hat? Es ist nicht sehr wahrscheinlich, daß mich jemand besucht hat.«

»Nicht einmal der Postbote oder der Milchmann?«

»Ja, doch – schon. Die waren beide gestern hier. Aber die zählen nicht.«

»Darauf wollte ich hinaus«, sagte Henry. »War sonst noch jemand hier, der für Sie nicht zählt?«

»Ihr famoser Sergeant Duckett, der Hexenmeister der Fenshire-Polizei, war am Sonntag da«, sagte Frank mit dick aufgetragenem Sarkasmus. »Irgendeine Aussage, die er überprüfen wollte. Und ich kann sogar noch mehr bieten. Am Sonntagabend beehrte mich der große Sir John Adamson höchstpersönlich.«

»Tatsächlich?« Henry sagte das so gleichgültig, wie er nur konnte. »Im Zusammenhang mit dem Fall, nehme ich an.«

»Um mir mitzuteilen, daß die gerichtliche Untersuchung für den kommenden Freitag angesetzt ist«, sagte Mason. »Sehr zuvorkommend von ihm. Er hätte sich ja auch mit dem Dienstweg begnügen können. Ich habe gestern eine offizielle Benachrichtigung vom Gericht erhalten – daher der Briefträger.«

»Ich nehme an, Sir John war der Ansicht, es sei Ihnen lieber –«

»Er wollte mich in aller Ruhe in Augenschein nehmen«, sagte Frank. »Ist ja auch nur zu verständlich. Aber natürlich kann die Aristokratie niemals zugeben, daß sie von gewöhnlicher, primitiver Neugierde geplagt wird.«

»Wenn Sie es so sehen wollen.« Henry zuckte mit den Schultern. »Sie haben sich offenbar eine böse Erkältung geholt«, fügte er hinzu.

»Das ist auch nicht anders zu erwarten, in diesem gottverlassenen Loch. Aber was hat das mit –?«

»Ich frage mich, ob Sie vielleicht den Arzt gerufen haben?«

159

Mason blickte ihn mißmutig an. »Stimmt, er war gestern hier«, entgegnete er. »Ich habe ihn angerufen, um mich nach der Sprechstunde zu erkundigen. Er sagte, er müsse ohnehin einen Hausbesuch in dieser Gegend machen und würde kurz vorbeischauen. Er gab mir ein Rezept für einen Hustensaft und für Aspirin. Ist daran irgendetwas Verdächtiges?«

»Ich habe keine Ahnung«, sagte Henry. »Wann war das?«

»Gestern vormittag, gegen elf, glaube ich.«

»War irgendeiner Ihrer Besucher für längere Zeit allein im Zimmer?«

Mason runzelte nachdenklich die Stirn und begann wieder zu husten. Dann sagte er: »Ja. Alle.«

»Tatsächlich?«

»Tja also, das Telefon klingelte draußen auf dem Flur, als Dukkett hier war, und ich mußte hinaus, um das Gespräch anzunehmen. Da muß er drei oder vier Minuten allein hier drin gewesen sein. Und dann gab mir der allmächtige Sir John Adamson so unmißverständlich zu verstehen, daß er erwartete, einen Drink angeboten zu bekommen, daß ich schließlich nicht mehr anders konnte. Ich ging hinaus in die Küche, um Eis zu holen; das muß ein paar Minuten gedauert haben. Und was den alten Thompson angeht, der kam auf die Idee, nach meinem Krankenversicherungsausweis zu fragen. Zufällig weiß ich, daß es nicht erforderlich ist, bei einer solchen Kleinigkeit den Ausweis vorzulegen, aber er machte ein Riesenaufhebens, und deshalb mußte ich wenigstens so tun, als ob ich den Ausweis suchen ging. Verdammte Bürokratie. In einer vernünftig organisierten Gesellschaft –«

Glücklicherweise unterbrach ein neuerlicher Hustenanfall seinen Redefluß, denn obgleich Henry ihn nur zu gern gefragt hätte, wie Mason, den er für alles andere als dumm hielt, eine kommunistische Gesellschaftsordnung mit der Abschaffung der Bürokratie unter einen Hut bringen wollte, hatte er im Augenblick wirklich keine Zeit dazu. Er wartete, bis der Husten nachgelassen hatte, dann fragte er: »Sonst noch irgendwelche Besucher?«

»Nicht daß ich wüßte, aber das heißt nicht, daß nicht irgend jemand sich hier herumgetrieben haben könnte.«

»Hätten Sie das nicht bemerkt?«

»Nicht, wenn ich unterwegs war.«

»Aber Sie würden es bemerkt haben, wenn jemand sich an den Türen oder Fenstern zu schaffen gemacht hätte –«

»Ich schließe niemals ab«, sagte Frank Mason. »Ich vertraue meinen werktätigen Genossen.«

»Trotzdem scheint es eine Menge Leute zu geben, denen Sie nicht trauen«, gab Henry zu bedenken.

Plötzlich lächelte Frank Mason, und es war entwaffnend. Henry war verblüfft, wie sehr ein aufrichtiges Lächeln, im Unterschied zu dem üblichen höhnischen Grinsen, Franks Gesicht beleben konnte und wie interessant dies dann wirkte. »Die Menschen, denen ich mißtraue«, erklärte Frank Mason, »sind die Besitzenden. Und hier im Haus gibt es nichts, was man vor denen verschließen müßte.«

Henry lächelte nun seinerseits, wenn auch ein wenig bitter. »Ich glaube, da irren Sie sich«, sagte er. »Oder haben sich zumindest geirrt. Es gab etwas in diesem Haus, was den Diebstahl wert war, doch nun ist es verschwunden. Jetzt brauchen Sie sich also die Mühe des Abschließens nicht mehr zu machen. Sie kennen ja das alte Sprichwort vom Kind und dem Brunnen. Na, ich will zusehen, daß ich weiterkomme. Und übrigens«, er zögerte, »wenn es fertig ist, würde ich gern Ihr Buch lesen.«

»Sie wollen ... was? Wollen Sie mir daraus auch noch einen Strick drehen?«

»Aber nein. Ich habe mich schon immer für Xenophanes interessiert. Kein Zweifel, er hat viel vom radikalen Denken unserer Tage vorweggenommen, und ich bin gespannt, wie Sie ihn im Verhältnis zu Marx sehen werden.«

»Was wissen Sie denn darüber?« fragte Frank Mason mißtrauisch.

»Nun, denken Sie nur, wie er die Bilder, die Menschen sich von Gott machen, ins Lächerliche zieht.«

»Sie überraschen mich«, sagte Mason. »Bei Ihrer Einstellung zum Establishment hätte ich gedacht, daß Sie eher zu Heraklit neigen würden.«

Trotz seines spöttischen Tons war er ganz offensichtlich beeindruckt.

Henry lachte. »So reaktionär, wie Sie denken, bin ich gar nicht«, sagte er. »Schließlich – *panta rhei* –«

»Alles fließt«, nahm Mason den Faden auf. »Das ist eine sehr kluge –« Dann hielt er inne.

»Sie können also doch Griechisch, nicht wahr?« sagte Henry vergnügt.

161

Mason wurde rot vor Zorn. »Sie wollten mich also bloß reinlegen? Jeder weiß, was *panta rhei* bedeutet. Da braucht man kein Altphilologe –«

»Ich hatte nicht vor, Sie hinters Licht zu führen«, beteuerte Henry. »Das war gar nicht notwendig.«

»Was soll das nun wieder heißen?«

»Nur daß ein so intelligenter und gewissenhafter Mensch wie Sie niemals ein solches Buch in Angriff nehmen würde, wenn er seine Quellen nicht im Original lesen könnte.« Mason sagte nichts. Und Henry fügte hinzu: »Es war wirklich nicht nötig, mich zu belügen.«

In Cregwell Grange schien alles seinen gewohnten Gang zu gehen, trotz Tante Doras Tod. Als Henry aus dem Wagen stieg, hörte er auf dem Schießstand die Schüsse knallen. In einem anderen Teil des Gartens erklangen die durchdringenden, wenn auch schiefen Töne einer dilettantisch gespielten Klarinette. Die Eingangstür stand sperrangelweit offen, und aus dem Hausinneren drang das Surren eines Staubsaugers wie ein monotones Obligato zu den Solisten im Garten. Und trotzdem war es Henry, als könne er die bedrückende Atmosphäre eines Trauerhauses spüren.

Das Echo der Türglocke war noch nicht verklungen, da hörte er schon das Klappern von Schritten auf der Treppe. Der Staubsauger wurde ausgeschaltet, und im gleichen Moment erklang von oben Mauds Stimme: »Ich gehe schon, Mutter! Wahrscheinlich ist es –« Im selben Moment erschien sie auf dem Treppenabsatz, erblickte Henry in der offenen Tür und rief, offensichtlich überrascht: »Ach! Sie sind es!«

»Ich fürchte, ja«, sagte Henry. »Es tut mir leid, wenn ich Sie zu einem solchen Zeitpunkt belästigen –«

»Sie brauchen sich nicht zu entschuldigen«, unterbrach Maud ihn. Doch ihre Stimme klang ein wenig angespannt. »Mutter hat Ihnen ja sicher gesagt, daß wir es ablehnen zu trauern.«

»Ja«, erwiderte Henry. »Das hat sie.« Trotzdem fiel ihm auf, daß Maud ein weißes Kleid trug, und er wußte, daß Weiß in manchen Ländern die Farbe der Trauer war. Sie wirkte darin noch zerbrechlicher als sonst.

»Also, kommen Sie herein. Was haben Sie auf dem Herzen?«

Henry betrat die Halle. Sofort fiel ihm der angenehme, strenge Geruch von Chrysanthemen auf. Das Haus war voll davon: große

162

Vasen mit zottigen Blüten, viele von ihnen weiß. Natürlich, es war September, und die Chrysanthemen standen in Blüte, aber Henry hatte nur wenige im Garten von Cregwell Grange gesehen, und mit Sicherheit keine solchen Prachtexemplare, die mit ihren gewaltigen Blüten die Attraktionen im Schaufenster eines teuren Blumenladens gewesen sein mußten. Henry wußte, daß Chrysanthemen auf dem Kontinent als Totenblumen weit verbreitet waren. Er hatte den Eindruck, als ob irgend jemand in Cregwell Grange sich über die Anordnung des Rektors hinwegsetzte und um Tante Dora trauerte.

»Es tut mir leid, aber ich muß mit dem Major und Mrs. Manciple sprechen«, sagte er.

Maud sah ihn böse an. »Können Sie sie denn nicht wenigstens für einen Augenblick in Frieden lassen?« sagte sie. »Raymond Mason ist tot. Da können Ihre Nachforschungen oder wie Sie das nennen, ja wohl warten bis nach Tante Doras Beerdigung.«

»Was ich Ihren Eltern mitzuteilen habe, hat nichts mit Raymond Mason zu tun, Miss Manciple.«

»Was wollen Sie denn damit schon wieder sagen?«

»Es heißt, daß ich mit dem Major und Mrs. Manciple sprechen muß.«

Maud warf Henry einen Blick zu, als könne sie ihn nicht ausstehen, und er dachte nicht zum ersten Mal, wie zäh sie war, trotz all ihrer puppenhaften Zerbrechlichkeit. Und es ging ihm durch den Kopf, was für eine gefährliche Feindin sie wäre, mit ihrer Schönheit, ihrer Intelligenz und ihrer unerschütterlichen Willenskraft – und was für eine großartige Komplizin. Er fragte sich, wie George und Violet Manciple eine solche Tochter zustandegebracht hatten, und beantwortete seine Frage sogleich selbst. Maud kam unmittelbar auf ihre Großeltern. Er dachte an die Fotografie, die George Manciple ihm gezeigt hatte, und er wunderte sich, daß ihm die große Ähnlichkeit zwischen Maud und der lange verstorbenen Rose Manciple nicht schon längst aufgefallen war. Unwillkürlich wandte er seine Augen zum Porträt des Rektors, das die Halle beherrschte. Maud folgte seinem Blick und sagte, ohne zu zögern: »Ja, ich bin ihm sehr ähnlich.«

»Sie können wohl Gedanken lesen«, sagte Henry. Er lächelte ihr zu, und sie lächelte zurück und verwandelte sich auf wunderbare Weise von der todbringenden Erynnie in ein zartes, verletzliches Mädchen im weißen Baumwollkleid.

163

Maud öffnete ihm die Tür zum Wohnzimmer und sagte: »Warten Sie hier, ich hole Vater.«

Auch das Wohnzimmer war mit zwei großen Vasen mit Chrysanthemen geschmückt. Henry betrachtete Maud vom Fenster aus, wie sie durch den Garten hinunter zum Schießplatz ging. Im selben Augenblick, in dem sie hinter der Ligusterhecke verschwand, kam Edwin Manciple aus der entgegengesetzten Richtung hinauf zum Haus. Er sah Henry am Fenster stehen und winkte ihm zur Begrüßung mit seiner Klarinette zu, bevor er an der Hausecke in Richtung Vordertür verschwand.

Im nächsten Moment traten Maud und ihr Vater aus dem Schatten der Hecke und kamen hinauf zum Haus. Maud blieb auf dem Rasen vor dem Wohnzimmerfenster stehen, sagte etwas zu George und begab sich dann wieder in den Garten. George Manciple seufzte, klemmte sich seine Pistole unter den Arm und betrat das Wohnzimmer durch die Terrassentür.

»Maud sagt, Sie wollten mich sprechen, Tibbett«, sagte er zur Begrüßung.

»Es tut mir leid, ja«, bestätigte Henry. »Sie und Mrs. Manciple.«

»Zusammen?«

»Das überlasse ich Ihnen«, sagte Henry.

»Mir? Was soll das heißen?«

»Es geht um Miss Manciple.«

»Um Maud?« Der Major war sichtlich erschrocken.

»Aber nein. Miss Dora Manciple.«

»Die arme Tante Dora. Sie wird doch wohl in Frieden ruhen können, nun, da sie tot ist?«

»Ich fürchte, das kann sie nicht«, sagte Henry. »Ich weiß, daß es Ihnen sehr nahegehen wird, aber ich muß es Ihnen sagen. Ich habe meine Zweifel, was ihre Todesursache angeht, und ich bin der Meinung, daß eine Autopsie vorgenommen werden sollte.«

Einen Moment lang starrte George Manciple Henry mit offenem Munde an. Dann legte er los. Henry, sagte er, und sein irischer Tonfall wurde immer deutlicher, sei gerufen worden, um den Tod Raymond Masons aufzuklären. Das habe er nicht getan. Er habe Sir John Adamson zu verstehen gegeben, daß Mason Selbstmord begangen habe, was vollkommener Blödsinn sei. Er (Henry) habe dann noch weiter in Cregwell herumgelungert, ohne etwas zu tun. Nun setze er mit seinen unverschämten An-

164

deutungen über die arme Tante Dora all dem noch die Krone auf. Dabei habe sie nichts weiter getan, als friedlich in ihrem Bett an Herzschwäche zu sterben, möge Gott ihr gnädig sein, und wenn sie kein Recht dazu habe, mit ihren dreiundneunzig Jahren, dann wolle er (George) wissen, wer es dann habe.

An diesem Punkt machte er eine Pause, um den dringend erforderlichen Atem zu schöpfen, doch Henry hatte lediglich Zeit zu sagen: »Major Manciple, ich –«, bevor die Flut wieder über ihn hereinbrach.

Eine Autopsie also? Und weswegen, wenn ihm (George) die Frage gestattet sei? Ob Henry etwa andeuten wolle, daß Tante Dora ermordet worden sei? Wohingegen Raymond Mason Selbstmord begangen habe, auf eine Distanz von hundert Metern oder mehr. Das war es doch, was er sagen wollte. Wirklich, er (George) glaube allmählich, daß sein Bruder Edwin vollkommen recht gehabt habe, als er Zweifel an Henrys Geisteszustand äußerte. Gütiger Himmel, wenn jemand ermordet worden sei, dann doch wohl Mason, oder? Er (George) wisse, daß man ihn nicht für besonders intelligent halte, aber er habe doch zumindest Augen und Ohren im Kopf. Henry könne sich darauf verlassen, daß die Familie niemals, unter gar keinen Umständen, ihre Zustimmung zu einer Autopsie geben werde. Thompson habe schließlich den Totenschein ausgestellt, oder etwa nicht? Es sei alles schon schwer genug für Violet. Er werde keinesfalls zulassen, daß man sie mit dergleichen Unfug beunruhige, und außerdem –

Er wurde gestört, als Violet eintrat, abgehetzt wie stets, und sich bei Henry entschuldigte, daß die Hausarbeit sie aufgehalten habe. Erst als sie bereits im Zimmer stand, schien sie zu bemerken, daß sie Georges Schimpfkanonade unterbrochen hatte. Da wandte sie ihre Aufmerksamkeit Major Manciple zu und fragte: »Was hast du, George?«

»Was soll ich haben? Nichts. Gar nichts, mein Liebes.«

»Natürlich hast du etwas«, beharrte Mrs. Manciple. Sie sprach nicht heftig, aber mit einer Autorität, die keinen Zweifel daran ließ, daß sie die Lage durchschaute. »Du bist ja ganz außer dir, George. So habe ich dich nicht mehr gesehen, seit Mr. Mason sich beim Gemeinderat über deinen Schießstand beschwerte.« Sie wandte sich an Henry: »Wollen Sie es mir vielleicht sagen, Mr. Tibbett? Was ist geschehen?«

165

»Sie sagen kein Wort, Tibbett!« schnappte der Major.

»Ich habe Ihrem Mann gerade eröffnet«, sagte Henry, »daß ich meine Zweifel daran habe, daß Miss Dora Manciple eines natürlichen Todes gestorben ist.«

Zu seinem Erstaunen stieß Violet Manciple erleichtert hervor: »Oh, da bin ich aber froh, daß Sie das sagen, Mr. Tibbett. Ich bin völlig Ihrer Meinung.«

»Violet –« begann der Major in höchster Erregung.

Seine Frau jedoch ließ sich nicht beirren. Sie wandte sich Henry zu und sagte: »Sie müssen wissen, sie hatte häufiger solche Anfälle, aber diesmal war es anders. Wenn ich nur nicht diese unselige Besprechung wegen des Festes gehabt hätte, dann wäre ich vielleicht... aber als ich schließlich zu ihr kam, war es schon zu spät. Und ich konnte dem Doktor nicht begreiflich machen, daß es diesmal mehr als ein gewöhnlicher Anfall war. Um die Wahrheit zu sagen, Mr. Tibbett, ich versuche schon die ganze Zeit, meinen Mut zusammenzunehmen und Sie zu fragen, ob es nicht besser wäre, eine Obduktion vorzunehmen. Sie... es hatte fast den Anschein, als hätte ihr jemand ein Schlafmittel eingeflößt, verstehen Sie.«

Henry nickte. »Ich bin ziemlich sicher, daß es genau so war«, sagte er. »Sie hat niemals Schlaftabletten genommen, nicht wahr?«

»Schlaftabletten? Oh nein, ganz gewiß nicht. Der Doktor hat mir eingeschärft, daß sie unter gar keinen Umständen jemals auch nur das mildeste Barbiturat nehmen dürfe. Er sagte, bei der Verfassung, in der ihr Herz sei –«

»War das den anderen Familienmitgliedern ebenfalls bekannt, Mrs. Manciple?«

»Aber selbstverständlich«, antwortete Violet prompt. »Alle wußten Bescheid; schließlich kann es leicht einmal vorkommen, daß Arzneimittel verwechselt werden, und wir mußten besonders auf der Hut sein. Sehen Sie, Ramona nimmt Schlaftabletten – und George natürlich auch.«

»Stimmt das, Major Manciple?« fragte Henry.

Major Manciple war mittlerweile so rot wie eine vollreife Tomate.

»Na und wenn?« schnaubte er. »Thompson hat sie mir vor ein paar Monaten verschrieben, als ich mich wegen der Sache mit Mason so aufgeregt hatte.«

166

»Ich nehme an«, sagte Henry, »jeder hätte sich Zugang zu Ihren Tabletten verschaffen können? Oder zu denen von Lady Manciple?«

»Wahrscheinlich schon. Meine stehen im Badezimmerschrank. Weiß der Himmel, wo Ramona ihre aufbewahrt. Aber wenn Sie damit andeuten wollen, Tante Dora hätte absichtlich Schlaftabletten genommen –«

»Das war es leider nicht, was ich andeuten wollte«, erwiderte Henry. »Ob Sie wohl einen Blick auf Ihr Pillenfläschchen werfen könnten, Major Manciple, um zu sehen, ob noch alle da sind?«

»Aber guter Mann, ich zähle sie doch nicht. Es ist ja schließlich kein Gift.«

»Sie müßten doch wenigstens noch wissen, ob die Flasche voll war oder halbvoll oder –«

»Jetzt, da Sie davon sprechen«, gab Manciple mißmutig nach, »fällt mir ein, daß die Flasche eigentlich noch voll sein müßte. Die Tabletten sind mir letzte Woche ausgegangen, und Thompson schrieb mir ein neues Rezept. Maud und Julian haben die neue Flasche gestern aus der Apotheke geholt. Da müßte doch...«

Ohne den Satz zu beenden, begab er sich hinaus.

Violet Manciple wandte sich an Henry. »Können Sie mit Sicherheit sagen, daß Tante Dora –?«

»Gewißheit haben wir erst nach der Obduktion«, erwiderte Henry. Violet nickte ernst. »Aber ich kann Ihnen sagen, daß wir Spuren von Barbituraten in dem Glas gefunden haben, aus dem Miss Manciple gestern beim Essen getrunken hat.«

Mrs. Manciple war überrascht. »Wissen Sie eigentlich, wo dieses Glas ist, Mr. Tibbett? Als ich gestern abend endlich zum Abwasch kam, habe ich es nirgends finden können.«

Henry war die Sache ein wenig peinlich. »Ich fürchte, das ist meine Schuld, Mrs. Manciple. Ich habe das Glas aus der Küche geholt, während Sie oben waren. Verstehen Sie, ich wollte es ins Labor bringen.«

»Sie hatten also einen Verdacht«, sagte Violet. »Schon gestern.«

Die Tür öffnete sich, und Major Manciple trat wieder ein. Er schien guter Dinge und hatte ein kleines Päckchen in der Hand. »Das hätten wir!« rief er triumphierend. »Sehen Sie? Noch so, wie es in der Apotheke eingewickelt wurde. Nicht einmal der Klebestreifen ist gelöst. Zufrieden?«

167

»Lassen Sie es uns trotzdem auspacken«, sagte Henry.

»Was für eine alberne Idee!« rief George Manciple übermütig. »Aber wenn wir Sie damit glücklich machen.« Er löste den Klebestreifen und entfernte das Papier. »Hier!« Er hielt Henry ein Fläschchen unter die Nase, der erkannte, daß es von der gleichen Art war wie dasjenige, das er am Tag zuvor vom Küchenregal genommen hatte. Der Verschluß des Fläschchens steckte noch in der Plastikumhüllung. Es war voll mit kleinen weißen Pillen.

»Ich muß diese Pillen leider mitnehmen, zur Analyse«, sagte Henry, »aber es sieht nicht so aus, als ob –«

Das Telefon schnitt ihm das Wort ab. Violet eilte hinaus und ließ die Tür offen.

»Hallo ... ja ... ja, Ramona ... lieb, daß du anrufst ... ja, am Freitag ... soviel ich weiß, jedenfalls ... ja, Freitag um halb drei in der Pfarrkirche, und anschließend im Krematorium ... ja, natürlich könnt ihr bei uns übernachten ... was? ... Oh ...«

Ihr stockte der Atem, als hätte ihr irgend etwas einen gewaltigen Schrecken versetzt, und die beiden Männer im Wohnzimmer warfen sich Blicke zu. Dann faßte sich Violet und fuhr fort: »Ja, ich ... selbstverständlich sehe ich nach ... wo hast du sie denn zuletzt gesehen? Verstehe ... nein, nein, es macht keine Umstände ... ich meine, vielleicht ist es wich – das heißt, du brauchst sie doch sicher ... ich sehe nach ... ja ... bis dann, Ramona ...«

Sie legte auf und kehrte in den Salon zurück. »Das war Ramona«, sagte sie.

»Das haben wir mitbekommen«, meinte George.

»Sie hat angerufen wegen ... wegen der Beerdigung und solcher Sachen.« Sie sah Henry fragend an. »Die Beerdigung kann doch wie geplant stattfinden, Mr. Tibbett?«

»Soweit ich es beurteilen kann«, erwiderte Henry, »besteht im Augenblick keinerlei Grund, daran etwas zu ändern.«

»Und was wollte Ramona sonst noch?« fragte George Manciple ungeduldig.

»Ja, dann sagte sie noch, als ob es ihr eben einfiele, ob wir ihre Schlaftabletten gesehen hätten.« Major Manciple machte einen Schritt auf seine Frau zu. Sie redete weiter. »Sie sagte, sie hätte eine fast volle Flasche gehabt, und sie müsse auf ihrem Nachttisch stehen. Beim Packen hätte sie nichts bemerkt, aber später in Bradwood habe sie festgestellt, daß sie sie nicht mehr hatte. Sie glaubt, sie hätte sie vergessen und sie stünden noch auf ihrem

168

Nachttisch. Aber...« – Violet warf Henry einen verzweifelten, flehenden Blick zu – »...aber ich habe das Zimmer vorhin saubergemacht, und da war nichts. Absolut nichts.«

Kapitel 12

Ich verstehe das nicht, Tibbett«, sagte Sir John Adamson. »Ich dachte, die ganze Angelegenheit sei erledigt.«

»Das dachte ich auch«, entgegnete Henry. Es war gerade erst Teezeit, aber er fühlte sich schon sehr müde. »Doch es ist eine Tatsache. In beiden Limonadeproben, die ich eingesandt habe, fanden sich Spuren von Barbituraten. Zugegeben, die Limonade aus dem Krug habe ich in ein Fläschchen gegossen, in dem vorher Major Manciples Schlaftabletten waren, aber die Barbiturate in Tante Doras Glas können unmöglich ein Zufall sein. Lady Manciples Schlaftabletten sind verschwunden, und niemand auf Cregwell Grange will sie gesehen oder angerührt haben, obwohl alle von der Existenz des Fläschchens wußten. Am Ende war Major Manciple bereit, sich mit einer Obduktion einverstanden zu erklären, und hier haben wir das Ergebnis.« Henry tippte mit dem Finger auf die Akte auf Sir Johns Schreibtisch. »Miss Manciple starb an Herzversagen, hervorgerufen durch die Einnahme eines Schlafmittels, in einer Dosis, die einem gesunden Körper keinen Schaden zugefügt hätte. Es war in der Limonade, kein Zweifel.«

»Aber warum, Tibbett? Ich verstehe das einfach nicht. Warum?«

»Ich kann nur vermuten«, antwortete Henry, »daß der Anlaß Miss Manciples Ankündigung war, sich später am Tag mit mir zu unterhalten.«

»Über die Geistererscheinungen von Papageien! Pah!« sagte Sir John heftig.

Henry seufzte. »Ich weiß, Sir. Es klingt albern, wenn man es so formuliert.«

Sir John nahm ein metallenes Lineal und klopfte damit einen Marschrhythmus auf seiner ledernen Schreibunterlage. »Mason«, sagte er. »Lassen Sie uns aufhören mit diesem Versteckspiel. Sagen Sie mir klipp und klar, was mit Mason passiert ist.«

Henry zögerte. Dann sagte er: »Ich bin der Überzeugung, daß Raymond Mason bei einem Unfall ums Leben kam.«

»Sie meinen, jemand hat ihn aus Versehen erschossen?«

»Nein. Ich meine, er hat sich aus Versehen selbst erschossen.«

Einen Augenblick lang sah es so aus, als würde Sir John explodieren. Nur mit Mühe konnte er sich so weit beherrschen zu sagen: »Ich glaube, das werden Sie mir genauer erklären müssen, Tibbett.«

Henry lächelte. »Gewiß«, sagte er. »Ich fange ganz von vorne an. Raymond Mason wollte Cregwell Grange kaufen.«

»Das war jedem bekannt.«

»Er verfolgte diese Absichten mit aller Verbissenheit. Aus irgendeinem Grund war Cregwell Grange eine Art fixer Idee für Raymond Mason geworden.«

»Er glaubte, er könne sich damit zum Landedelmann machen«, sagte Sir John. Er lachte kurz auf. »Da hätte er lange warten können!«

Henry betrachtete ihn. »Allerdings«, bemerkte er. »Nun, als erstes machte er ein großzügiges Angebot für das Haus, und als das abgelehnt wurde, erhöhte er sein Angebot immer weiter. Es dauerte offenbar eine ganze Weile, bis Mason begriff, daß George Manciple einfach nicht bereit war zu verkaufen, zu keinem Preis.

Seine nächste Strategie bestand darin, daß er versuchte, George Manciple das Leben so zur Hölle zu machen, daß dieser glücklich wäre, das Haus um des lieben Friedens willen zu verkaufen. Die größte Aussicht auf Erfolg hatte Mason, wenn es ihm gelang, den Schießplatz verbieten zu lassen, denn er war klug genug zu erkennen, daß dieser die größte Freude in Major Manciples Leben war und daß er ohne ihn vielleicht in Versuchung käme... jedenfalls hatte Mason keinen Erfolg damit. Major Manciple hatte zu viele einflußreiche Freunde.«

Sir John räusperte sich geräuschvoll und sagte dann: »Hochinteressante Theorie. Erzählen Sie weiter.«

»Masons nächster Schritt«, fuhr Henry fort, »war der Heiratsantrag an Miss Maud Manciple. Zu seinem Pech war sie bereits insgeheim verlobt. Er wurde nicht allein abgewiesen und auf sehr verletzende Weise brüskiert, sondern darüber hinaus von ihrem

171

Verlobten beleidigt und sogar bedroht. Ich glaube, nun war er wirklich verzweifelt. Er war fest entschlossen, es der Familie Manciple heimzuzahlen und sie aus dem Haus zu bekommen, koste es, was es wolle.«

»Schön und gut«, sagte Sir John, »aber wie wollte er das Ihrer Meinung nach anstellen?«

»Konsequenterweise«, sagte Henry, »kam er auf die Idee mit dem Schießplatz zurück. Er überlegte, was wohl geschähe, wenn es dort zu einem Unfall käme, einem Unfall, der tödlich hätte ausgehen können. Nicht alle einflußreichen Freunde Major Manciples würden dann noch in der Lage sein, ihm beizustehen. Natürlich wußte Mason alles über Manciples raffinierte Tennisball-Apparate. Es machte ihm auch keine Mühe, eine von Major Manciples Pistolen zu entwenden, um einige Experimente damit anzustellen.«

»Woher zum Teufel wissen Sie das alles?«

»Vor einigen Wochen hat Major Manciple Anzeige erstattet, da ihm eine seiner Pistolen abhanden gekommen war, und ich habe sie in Masons Haus gefunden. Am Abzug war ein Stück Schnur befestigt. Mason hatte versucht, sie mit einem Selbstauslöser abzufeuern.«

Sir Johns Interesse begann nun zu erwachen. »Tatsächlich? Donnerwetter! Und funktionierte es?«

»Ich glaube schon«, sagte Henry. »Man braucht ja keinen großen Druck am Abzug, um den Schuß auszulösen – nur ein kurzes, heftiges Rucken. Wenn ich Masons Absichten recht verstehe, wollte er einen Unfall vortäuschen, bei dem er selbst das Opfer spielen wollte, das nur durch einen glücklichen Zufall mit dem Leben davongekommen war.«

»War das nicht ziemlich riskant?«

»Oh nein. Er hatte alles genau geplant. Er hatte vor, zu einem Zeitpunkt, an dem er Manciple auf seinem Schießstand wußte, einen Schuß losgehen zu lassen, der jemanden in der Auffahrt hätte treffen können. Tatsächlich aber sollte dieser Irrläufer aus dem unteren Toilettenfenster abgefeuert werden, dem kleinen gotischen Schlitz neben der Haustür, der auf das Gebüsch hinausgeht. Mason selbst sollte von der offenen Motorhaube seines Wagens geschützt werden, die er geöffnet haben würde, um nach der Ursache einer Panne zu suchen, einer Panne, die er natürlich selbst fingiert hatte. Mit anderthalb Tonnen Mercedes-Benz zwi-

172

schen sich und der Waffe wäre er vollkommen sicher gewesen. Aber die Kugel wäre in den Wagen eingeschlagen und hätte genau das Beweisstück geliefert, das Mason brauchte. Major Manciples Schießplatz hätte einen solchen Vorfall niemals überstanden.«

»Wer sollte den Schuß denn abgeben? Hatte er einen Komplizen?«

»Aber nein. Wie ich schon sagte, experimentierte er mit Selbstauslösern. Und bevor er an jenem Tag die Grange verließ, verbrachte er eine ganze Weile im unteren Waschraum, wesentlich länger, als es für die üblichen Verrichtungen nötig gewesen wäre. In Wirklichkeit präparierte Mason seine Waffe. Er befestigte sie am Fenster, den Abzug mit einer von Manciples Sprungfederkisten verbunden.

Wie er die Waffe in ihre Position brachte, werden wir wohl nie erfahren, denn Mrs. Manciple hatte den Waschraum saubergemacht und alles wieder an seinen Platz gestellt, bevor mir die Bedeutung dieses Raumes aufging. Eines ist jedenfalls klar. Diese Vorrichtungen werden mit einer Zündschnur ausgelöst. Mason zündete die Schnur an, ehe er den Waschraum verließ. Er wußte genau, wieviel Zeit ihm blieb, bis die Klappe aufsprang und der Schuß ausgelöst wurde. Ich nehme an, die Waffe sollte nach hinten in den Raum zurückfallen. Er hätte leicht einen Vorwand finden können, später dort noch einmal hineinzugehen, um alles fortzuräumen. Aber es muß sich wohl als erforderlich erwiesen haben, die Waffe mit irgend etwas abzustützen – einer weiteren Kiste oder einem Buch vielleicht. Und als der Rückschlag sie nach hinten beförderte, schlug sie gegen diesen Gegenstand und fiel statt dessen nach vorn und zum Fenster hinaus. Damit hatte Mason nicht gerechnet.«

»Er hatte auch nicht damit gerechnet, sich umzubringen«, meinte Sir John. »Was ging schief?«

»Tante Dora«, antwortete Henry.

»Tante Dora?«

»Ich glaube«, sagte Henry, »Mason hatte die alte Dame wirklich gern. Jedenfalls sah sein Plan nicht vor, daß jemand verletzt wurde, geschweige denn getötet. Er hatte die Motorhaube geöffnet, sich dahinter in Sicherheit gebracht und wartete in aller Ruhe, daß der Schuß losging. Da erschien Tante Dora in der Haustür. Sie kam die Treppe hinunter und winkte ihm mit ihren

173

Traktaten zu. Mason muß entsetzt gewesen sein. Sie würde direkt in die Schußlinie laufen, nur ein paar Meter von der Waffe entfernt. Mason wußte, daß sie schwerhörig war und nicht auf Rufe reagieren würde. Nur mit Zeichen konnte er ihr Einhalt gebieten, und das bedeutete, daß er selbst seine Deckung verlassen mußte. Sie sagte mir, als er sie habe kommen sehen, sei er hinter dem Wagen hervorgekommen, offenbar erschrocken und mit den Armen rudernd. Er wollte ihr Zeichen geben, daß sie zurückgehen solle. Zum Glück blieb sie tatsächlich stehen, doch er selbst hatte keine Zeit mehr, sich wieder in Sicherheit zu bringen, bevor der Schuß losging. Und so wurde er getroffen. Ein Unfall.«

Es herrschte Schweigen, dann fragte Sir John: »Sind Sie sicher, Tibbett?«

»So sicher, wie ich nur sein kann. Ich habe die Spuren von Masons Apparatur trotz Mrs. Manciples Putzaktion im Waschraum gefunden. Der Schuß wurde ohne jeden Zweifel durch dieses Fenster abgegeben, und niemand war dort drin – niemand kann dort drin gewesen sein. Mrs. Manciple stand in der Halle und telefonierte mit ihrem Kaufmann und hatte dabei die Badezimmertür vor Augen. Der Bischof war in der oberen Etage und kam, unmittelbar nachdem der Schuß gefallen war, herunter.«

»Violet selbst wäre also die einzige, die den Schuß abgegeben haben könnte?« fragte Sir John.

»Das wäre theoretisch denkbar«, entgegnete Henry, »ist aber sehr unwahrscheinlich. Ich habe mit Mr. Rigley, dem Kaufmann, gesprochen, und er bestätigt, daß sie mit ihm telefoniert und plötzlich gesagt habe, sie müsse auflegen, ihre Tante riefe nach ihr; und außerdem hatte sie ja noch den Hörer in der Hand, als der Bischof die Treppe herunterkam.«

»Das wäre es also.« Sir John stieß einen tiefen Seufzer der Erleichterung aus. »Ein dummer Trick, der danebenging. Im wahrsten Sinne des Wortes. Nichts Geheimnisvolles daran.«

»Im Gegenteil«, sagte Henry.

»Wie meinen Sie das?«

»Zwei Geheimnisse gibt es«, erklärte Henry. »Das erste Rätsel lautet: Warum war Raymond Mason so versessen darauf, Cregwell Grange zu kaufen? Das zweite: Wer hat Dora Manciple umgebracht, und weswegen?«

Sir John machte eine knappe, ungeduldige Handbewegung. »Das habe ich Ihnen doch bereits gesagt. Mason wollte sich in den hiesigen Landadel hineindrängen. Der Mann war ein Emporkömmling, ein *nouveau-riche* –«

»Mich würde bloß interessieren«, meinte Henry, »wie reich er eigentlich war.«

»Wie reich?« Sir John lachte kurz auf. »Er schwamm im Geld.«

Nach einer kurzen Pause fragte Henry: »Haben Sie jemals Wettschulden an ihn gezahlt, Sir John?«

»Ich habe einfach Glück gehabt bei meinen paar kleinen Wetten.«

»Und doch schuldeten Sie Mason dreitausend Pfund.«

»Das haben Sie schon einmal behauptet, und ich bleibe dabei, das ist eine unverschämte Lüge. Ich habe niemals auch nur im Traum daran gedacht, solche Summen zu setzen. Und außerdem, wenn ich Mason etwas schuldete, warum hat er es dann niemals zurückgefordert?«

»Das wüßte ich auch gern«, sagte Henry. Er beugte sich vor. »Hören Sie, Sir John, Sie sagen, Sie sind kein passionierter Wetter, aber Sie werden doch wenigstens soviel Interesse haben, daß Sie wissen, wieviel Geld Sie gesetzt haben, ob Ihr Pferd gewonnen hat oder nicht und mit welcher Quote. Sie müssen wissen, wie Sie in Masons Büchern stehen, zumindest ungefähr. Es sei denn, die Akten, die er führte, sind reine Fiktion gewesen.«

Es folgte ein langes Schweigen. Sir John zündete seine Pfeife an, wobei er jeder kleinen Handbewegung ein übertriebenes Maß an Aufmerksamkeit widmete. Schließlich begann er: »Nun, Tibbbett, es war so: Mason war jemand, der Zugang zu den besten Insider-Informationen hatte, den heißen Tips von Trainern und Besitzern und dergleichen. Oft noch in letzter Minute. Dann und wann kam es natürlich vor, daß ich für ein Pferd eine Schwäche hatte, und ich setzte ein paar Pfund, ganz gleich, wie die Chancen standen. Aber meistens war es so, daß Mason mich anrief und sagte, er habe da einen guten Tip für ein bestimmtes Rennen an jenem Tag. ›Sagen Sie mir einfach, wie hoch ich gehen darf‹, pflegte er dann zu sagen. ›Zehn, zwanzig, fünfzig Pfund? Ich kann natürlich nichts garantieren, aber ich darf wohl sagen, Sie werden kaum verlieren.‹«

»Und das taten Sie auch nicht?«

»Ein oder zweimal habe ich ein paar Pfund eingebüßt, aber häufiger schlug er sehr gute Gewinne für mich heraus. Er kam dann immer am nächsten Tag vorbei und übergab mir den Gewinn in bar; alle möglichen Beträge, manchmal ein paar hundert Pfund. Er sagte mir immer genau, auf welche Pferde er für mich gesetzt hatte, wie die Wetten gestanden hatten und so weiter.«

»Verstehe«, sagte Henry. »Und was bekam er dafür von Ihnen?«

»Von mir? Ich weiß nicht, was Sie meinen, Tibbett. Nichts.«

»Außer natürlich, daß Sie sich verpflichtet fühlten, ihn einmal zum Abendessen einzuladen, ihn bekannt zu machen mit –«

»Er war ein Nachbar«, sagte Sir John, verärgert in seiner Verlegenheit. »Da kann man doch nicht unhöflich sein.«

»Trotzdem darf ich wohl annehmen, daß Sie ihm unter anderen Umständen kaum gestattet hätten, auch nur einen Fuß über Ihre Schwelle zu setzen. Haben Sie eigentlich Buch geführt über diese Transaktionen – auf welche Pferde er für Sie gewettet hat?«

»Lieber Himmel, nein. Warum sollte ich auch? Es war alles ganz unkompliziert und unschuldig.«

Henry seufzte. »Gewiß, von Ihrem Standpunkt aus war alles ganz unkompliziert und unschuldig, Sir John«, sagte er. »Daran zweifle ich nicht. Aber das heißt nicht, daß Mason ein unkomplizierter und unschuldiger Mensch war. Er hat Ihnen eine Geschichte erzählt, und er hat Ihnen Geld gegeben. Andererseits bewahrte er in seinem Büro eine Akte, die ein völlig anderes Bild ergab – daß Sie große Verluste gemacht hätten und ihm eine beträchtliche Summe schuldeten. Wenn es jemals zu einer Auseinandersetzung gekommen wäre, wären Sie in eine sehr ungünstige Lage geraten. Ihr Wort, das sich durch nichts belegen ließe, gegen Masons Aufzeichnungen schwarz auf weiß.«

»Sie wollen damit doch nicht sagen, daß er mich erpressen wollte?« Sir John war empört.

»Das hätte er sicher getan, wenn es zu seinem Vorteil gewesen wäre«, sagte Henry gleichmütig. »Aber im Grunde bezweifle ich, daß er jemals diese Art von Druck ausübte. Ich persönlich denke, daß seine sämtlichen ›Privatkunden‹ wunderbar mitgespielt haben. Er war bereit, es sich etwas kosten zu lassen, daß er in den richtigen Häusern tafelte und in den richtigen Ausschüssen saß. Aber er muß ein Vermögen dafür ausgegeben haben.«

»Wie meinen Sie das, ausgegeben? Das waren Wettgewinne, die er auszahlte.«

»Das hat er Ihnen gesagt. Wenn das Rennen gelaufen ist, ist es leicht zu wissen, welches Pferd gewonnen hat, und zu behaupten,

176

man habe auf es gesetzt. Ich vermute, er hat das Geld einfach vom Konto der Firma genommen und es dann als ›Betriebsausgaben‹ abgeschrieben. Kein Wunder, daß er so versessen darauf war, Cregwell Grange zu kaufen.«

»Das hätte ihn wohl kaum reicher gemacht. Meine Güte, Tibbett, er hat George Manciple einen lächerlichen Preis dafür geboten, viel mehr, als es wert ist. Für meine Begriffe ist Cregwell Grange eher eine Belastung als ein Gewinn.«

»Oh«, sagte Henry, »da irren Sie sich. Cregwell Grange ist ein äußerst wertvoller Besitz.«

»Wertvoll?«

»Wenn man weiß, wo man zu suchen hat.«

»Und wo ist das?«

»Ich weiß es nicht«, gab Henry zu. »Übrigens, Sir John, haben Sie sich jemals Bücher von Mason ausgeliehen?«

»Bücher?« Sir John schien schockiert. »B ü c h e r ? Wohl kaum. Was sollte ich wohl mit dem pornographischen Schund wollen, den ein Mann wie Mason vermutlich hat?«

»Er besaß eine Menge Bücher der Manciples, größtenteils Klassiker.«

»Wenn Sie sich ausmalen, Tibbett, daß ich mich nach einem harten Arbeitstag hinsetze, um griechische und lateinische Klassiker im Original zu lesen, dann sind Sie auf dem Holzweg«, protestierte Sir John mit schwerfälliger Ironie.

»Na«, meinte Henry, »irgendwo muß es ja stecken.«

»Was muß irgendwo stecken?«

»Vergil, Band V, *Bucolica.*«

Sir John warf Henry einen tadelnden Blick zu. Dann sagte er: »Ich an Ihrer Stelle, Tibbett, ich würde jetzt zurück in den Viking fahren und meine Füße hochlegen.«

Er räusperte sich. »Ihre Rekonstruktion der Umstände, die zu Masons Tod führten, ist für meine Begriffe meisterhaft. Wirklich meisterhaft. Aber was die anderen Dinge angeht... ich denke mir, nach einer ruhigen Nacht wird es Ihnen leichter fallen, sie ins richtige Licht zu rücken. Es kann jedem einmal passieren, daß er ein Fläschchen Schlaftabletten verlegt. Ich würde wetten, morgen früh hat Lady Manciple sie bereits wiedergefunden.«

»Vergessen Sie nicht, daß auch eine Pistole vermißt wird«, erinnerte Henry ihn.

»Eine nicht geladene Pistole, wie Sie selbst gesagt haben«, erwiderte Sir John. »Ich nehme an, der junge Mason wußte einfach nicht mehr, wo er sie hingesteckt hatte. Morgen wird sie wieder in Manciples Waffenkammer auftauchen, warten Sie's ab.« Er erhob sich und streckte ihm die Hand entgegen. »Also dann, auf Wiedersehen. Ich hoffe, Sie werden uns einmal unter glücklicheren Umständen besuchen kommen.«

»Auf Wiedersehen, Sir John«, sagte Henry. Er schüttelte ihm die Hand und ging dann hinaus zu seinem Wagen, und dabei rieb er sich mit einer Hand den Nacken, eine Geste, die bei ihm immer bedeutete, daß ihm irgend etwas Kopfzerbrechen bereitete. In diesem Falle war es der Umstand, daß er einen Durchsuchungsbefehl für das Haus des Polizeichefs würde beantragen müssen.

»Na«, sagte er zu sich selbst auf dem Rückweg zum Viking, »vielleicht muß es ja gar nicht sein. Vielleicht finde ich das, wonach ich suche, anderswo.«

Im Gasthaus wurde Henry von Mabel, der Frau an der Bar, begrüßt. Ob Mr. Tibbett seine Rechnung jetzt gleich haben wolle, fragte sie, oder erst am Morgen?

»Meine Rechnung?« fragte Henry verwundert.

»Na, Sie reisen doch morgen ab, nicht wahr?«

»Wie kommen Sie denn darauf?«

Mabel errötete ein wenig und druckste herum. Henry erriet jedoch schnell, daß die Klatschtanten des Dorfes der Meinung waren, der Fall Raymond Mason sei abgeschlossen, und der Herr von Scotland Yard würde nun abreisen.

Henry grinste. »Tut mir leid, Mabel«, sagte er, »aber ich muß Sie enttäuschen. Wir bleiben noch.«

»Sie bleiben?«

»Noch mindestens ein paar Tage. Bis zum Wochenende.«

Allmählich zeigte sich Verständnis auf Mables rundem Gesicht. »Ah, ich nehme an, Sie bleiben noch zu Tante Doras Beerdigung hier. Am Freitag.«

»Stimmt genau.«

»Und das Fest am Samstag werden Sie nicht verpassen wollen.«

»Um nichts in der Welt«, sagte Henry.

* * *

Am nächsten Morgen – Mittwoch morgen – beschloß Henry, sich mit mehr Nachdruck der Suche nach den fehlenden Gegenständen zu widmen, die ihn so sehr beschäftigten: den Schlaftabletten, der Pistole und, ein seltsamer Dritter im Bunde, Vergils *Bucolica* im lateinischen Original, Band V der Gesamtausgabe.

Auf Cregwell Grange wartete die ganze Familie nur darauf, ihm behilflich zu sein. Alle waren bedrückt und unglücklich über Tante Doras Tod und dessen geheimnisvolle Umstände.

Edwin und George verliehen wiederholt der Meinung Ausdruck, daß Tante Dora gut in der Lage gewesen wäre, die Pillen selbst zu nehmen, indem sie sie mit etwas anderem verwechselte. Allerdings vermochten sie nicht zu sagen, womit sie sie verwechselt haben könnte und was aus der Flasche geworden sei. Maud und Julian boten an, ihm bei der Durchsuchung des Hauses behilflich zu sein, ein Angebot, das er leider gezwungen war auszuschlagen. George und Violet versicherten nachdrücklich, daß, wenn die Bände I, II, III, IV und VI der Vergil-Ausgabe des Rektors an Mason verkauft worden seien, Band V mit Sicherheit auch darunter gewesen sei. Er habe immer nur vollständige Ausgaben gekauft. Kein Mitglied der Familie hatte auch nur die geringsten Einwände gegen eine Durchsuchung des Hauses.

So verbrachten Henry und Sergeant Duckett einen mühsamen und nutzlosen Vormittag bis zum Halse in dem Krimskrams versinkend, der sich in einem großen Haus anzusammeln pflegt. Sie fanden nichts.

Am Nachmittag verlagerten Henry und der Sergeant ihre Aufmerksamkeit auf das Haus des Arztes. Weder Dr. Thompson noch seine Gattin brachten Henry dafür das geringste Verständnis entgegen, und er hatte das sichere Gefühl, daß nicht einmal die Erinnerung an gemeinsam verbrachte Schultage Emmys Freundschaft mit Isobel noch würde retten können, was ein Jammer war, denn sie fanden in Thompsons Haus nichts, was irgendwie von Interesse gewesen wäre.

Wieder mußte Henry der unangenehmen Aussicht auf eine Haussuchung in Cregwell Manor ins Auge blicken, und er glaubte kaum, daß er dabei auf die gutwillige Kooperation Sir John Adamsons hoffen konnte. Schließlich rechnet ein Polizeichef, der von seinem Privileg Gebrauch macht, Scotland Yard zu einer Untersuchung hinzuzuziehen, in der Regel nicht damit, am Ende selbst der Gegenstand dieser Ermittlungen zu sein.

Doch so leicht ließ sich Henry nicht einschüchtern, so milde er auch wirkte; und nicht aus Feigheit, sondern nach scharfem Nachdenken beschloß er, den Besuch auf Cregwell Manor für den Augenblick noch zu verschieben und den folgenden Tag, den Donnerstag, weiteren Gesprächen mit einigen Mitgliedern der Familie Manciple zu widmen. So fuhr Henry also um Viertel nach neun am Donnerstagmorgen die gewundene Auffahrt zur Grange hinauf, alles andere als erfreut, als er mehrere Wagen in der Auffahrt geparkt fand, darunter den Dr. Thompsons. Henry wurde unruhig. War jemandem etwas zugestoßen?

Er parkte den Wagen in aller Eile und stieg aus. Die Haustür stand offen, der Doktor kam eben herausgestürmt.

»Was –?« setzte Henry an.

»Tut mir leid. Keine Zeit. Zuviel zu tun.« Der Doktor öffnete die Tür seines Wagens und holte etwas heraus, das wie ein alter Kissenbezug aussah, in den irgend etwas Sperriges eingeschlagen war. Er trug es mit beiden Armen, es schien schwer zu sein, und eilte wieder ins Haus. Henry folgte ihm, nur um in der Tür mit einer stämmigen Dame zusammenzustoßen, in der er Mrs. Rodgers erkannte, die Eigentümerin des Dorfladens.

»Pardon«, sagte Mrs. Rodgers. »Habe Sie nicht gesehen. Kommen Sie wegen der Limonade?«

»In gewisser Hinsicht schon«, antwortete Henry.

»Das reine Gift«, sagte Mrs. Rodgers streng. »So etwas wollen wir nicht noch einmal haben.«

»Da bin ich ganz Ihrer Ansicht«, sagte Henry.

»Na, ich hoffe, Sie kümmern sich darum. Letztes Mal ist einer ganzen Reihe von Leuten übel geworden.« Mrs. Rodgers eilte hinaus und stieg in einen der Wagen. Irgendwo in den Tiefen des Hauses rief Violet Manciple: »Für den Basar ins Arbeitszimmer!«

Jemand trat von draußen heran, und ein Schatten fiel auf Henry. Er drehte sich um und sah den Umriß von Sir John Adamson, der sich im Sonnenlicht abzeichnete. Er trug eine große Kiste, und fragend rief er: »Marmeladen und Konfitüren?«

Wie ein Springteufel kam Maud aus dem Waschraum geschossen. »Eingemachtes ins Eßzimmer, Marmeladen und Konfitüren ins Wohnzimmer, alles für den Basar ins Arbeitszimmer«, rief sie, und fragte dann, an Henry gewandt: »Was suchen Sie denn hier?«

Bevor Henry noch antworten konnte, war sie schon wieder fort, und an ihre Stelle trat Edwin Manciple, der mit den Worten

180

aus dem Wohnzimmer kam: »Harry Penfold will wissen, was er mit der Glückstonne machen soll.«

»Entschuldigen Sie, Tibbett«, sagte Sir John und drängte sich an Henry vorbei. »Habe noch sechs Kisten davon im Wagen.« Er verschwand im Wohnzimmer.

Violet Manciple erschien an der Küchentür. »Glückstonne in die Garage, Ringewerfen im kleinen Salon«, sagte sie energisch und verschwand dann wieder in der Küche.

Dr. Thompson kam aus dem Arbeitszimmer, nun ohne sein Bündel. »Jetzt nur noch eins«, rief er fröhlich auf dem Weg zu seinem Wagen.

Hinter Henry betrat Julian Manning-Richards die Halle, einen großen, prallgefüllten Sack über der Schulter. »Glückstonne?« fragte er.

»In der Garage«, antwortete Henry.

»Danke«, sagte Julian und verschwand durch die Hintertür.

Mabel und Alfred aus dem Viking trafen zusammen ein, jeder von ihnen schwer beladen. »Selbstgemachte Marmelade?« fragte Mabel.

»Wohnzimmer«, sagte Henry.

»Danke.«

»Basar?« erkundigte sich Alfred.

»Im Arbeitszimmer.« Henry kam sich allmählich wie ein Verkehrspolizist vor.

»Nicht getrödelt, Alfred!« rief der Doktor. Er schleppte einen weiteren vollgestopften Kissenbezug herein. »Das ist mein letztes Bündel.« Und an Henry gewandt: »Sagen Sie Violet, daß Isobel das Eingemachte später vorbeibringt.«

Hinter Henrys Rücken räusperte sich jemand laut, und Frank Mason sagte: »Ich habe hier ein paar Sachen für den Basar. Wissen Sie, wo –?«

Maud kam die Treppe herunter. »Basar im Arbeitszimmer«, sagte sie.

»Oh . . . Miss Manciple . . . ich dachte . . .«

»Im Arbeitszimmer«, beharrte Maud herzlos. »Hat jemand den Pfarrer gesehen?«

»Er hat angerufen«, rief Violet aus der Küche. »Sein Auto springt nicht an.«

»Soll ich hinüberfahren und ihn abholen?« erbot sich Frank Mason unverzüglich.

181

»Haben Sie einen Wagen?« Zum ersten Mal zeigte Maud eine Spur von Interesse.

»Aber natürlich. Draußen in der Auffahrt.«

»Na, stellen Sie Ihre Sachen für den Basar im Arbeitszimmer ab, und dann können Sie mich hinüber zum Pfarrhaus fahren.«

»Sehr gern, Miss Manciple.«

»Liebe Güte, warum nennen Sie mich nicht einfach Maud? Das tun doch alle hier.«

»Also, ich –«

Maud zwinkerte Henry zu. Zu Frank sagte sie: »Königin Viktoria ist tot, wissen Sie. Und Karl Marx auch. Das Leben geht weiter.«

»*Panta rhei*«, bestätigte Henry. Es war nicht gerade freundlich von ihm, aber er konnte es sich nicht verkneifen.

»Aber er hat mir versprochen, daß wir die Kleie für die Tonne von ihm bekommen.« Violet Manciple kam mit Julian aus der Küche. »Und die Ringe für das Ringewerfen.«

»Er sagt, seine Frau fühlt sich nicht wohl«, sagte Julian.

»Das ist zu ärgerlich. Wo ist George?«

Wie zur Antwort hörte man vom Schießstand her eine Folge von Schüssen.

»Also wirklich«, sagte Violet Manciple. »Ausgerechnet jetzt... ach, ich wünschte, Claud und Ramona wären hier –«

»Sir Claud meinte, sie würden gegen Mittag eintreffen«, sagte Julian.

»Als ob das eine Hilfe wäre«, entgegnete Violet. Sie klang so verstimmt, wie Henry sich das eben nur vorstellen konnte bei einer so außerordentlich gutherzigen Person. »Noch zwei Mäuler mehr zu stopfen, und die meiste Arbeit ist bis dahin getan. Und nun, Julian, mein Lieber, würdest du bitte nachsehen, wo Maud ist, und ihr sagen, ich bräuchte die Liste der einzelnen Stände und ihrer Belegschaft. Ich bin in der Küche.«

»In Ordnung, Mrs. Manciple.«

»Ich glaube«, mischte Henry sich ein, »Miss Manciple ist beim Pfarrer.«

»Oh nein, das kann nicht sein«, sagte Julian munter. »Es ist zu weit zum Gehen, und ihr Wagen steht in der Garage. Ich habe ihn eben ausgeladen.«

Na, dachte Henry, mich geht das ja nichts an. Laut sagte er: »Frank Mason hat sie hinübergefahren.«

Einen Augenblick lang sah es so aus, als würde Julian einen Wutanfall bekommen, oder besser gesagt, als würde er seine Wut zeigen, denn Henry hatte keinen Zweifel daran, was für ein Feuer in seinen blauen Augen loderte. Doch der gefährliche Augenblick ging vorüber. Nur Sekundenbruchteile, und Julian hatte sich wieder in der Gewalt, und mit einem ungezwungen wirkenden Lächeln sagte er: »Na, sie wird wohl nicht lange bleiben. Ich gehe und helfe dem Bischof bei der Glückstonne.«

»Danke, Julian«, sagte Violet. »Und erinnere Harry Penfold daran, daß uns das Faß ohne die Kleie nichts nützt.«

»Ich werde es ausrichten«, sagte Julian und ging zur Hintertüre hinaus.

Violet Manciple betrachtete Henry einen Moment lang nachdenklich, dann sagte sie: »Bitte verzeihen Sie mir, Mr. Tibbett, aber im Augenblick kann ich mich nicht mehr erinnern, weswegen ich Sie heute morgen hergebeten habe.«

»Das haben Sie nicht«, entgegnete Henry.

»Das würde es natürlich erklären. Aber ja, natürlich habe ich das!«

»Wirklich nicht, Mrs. Manciple. Ich bin selbst –«

»Ihre bezaubernde Frau«, sagte Violet Manciple mit Bestimmtheit. Es war etwas in ihrem Tonfall, das Henry kannte und fürchtete, der Ton eines Organisationstalentes, das dabei ist zu organisieren. »Das Gewichteraten. Das Gewicht des Pfarrers.«

»Wie bitte?«

»Das Gewicht des Pfarrers. Jeder Einsatz kostet einen Sixpence, und als Preis gibt es einen von Mrs. Whiteheads selbstgebackenen Kuchen.«

»Aber –«

Violet Manciple ergriff Henrys Arm. »Ich war vollkommen aufgeschmissen«, erklärte sie, »als Harry Penfold mir heute morgen eröffnete, daß Elizabeth mit Grippe im Bett liegt. Mir fiel einfach niemand ein, der sich um das Gewicht des Pfarrers kümmern könnte. Und dann, plötzlich, sagte ich mir – Mrs. Tibbett!«

»Sie meinen, sie soll –«

»Ich weiß, daß sie es nicht ablehnen wird«, sagte Mrs. Manciple mit honigsüßer Stimme. »Es ist ganz einfach. Sie muß nur jeweils die Sixpence einkassieren und den Namen des Betreffenden und seinen Tip aufschreiben. Na, so was!« Violet Manciple klang ehrlich überrascht. »Hier ist ja meine Liste! Und ich habe Julian ge-

183

schickt, um Maud zu bitten... und dann liegt sie hier auf dem Tisch in der Halle. Lassen Sie mich sehen... Gewicht des Pfarrers... ich streiche Mrs. Penfold einfach aus und setze Mrs. Tibbett dafür ein.«

»Ich muß sie erst fragen«, sagte Henry unsicher.

»Natürlich müssen Sie das«, beteuerte Mrs. Manciple siegesgewiß. »Aber ich weiß, sie wird nicht nein sagen.«

»In der Zwischenzeit«, fuhr Henry beharrlich fort, »gibt es noch ein paar Dinge, über die ich mit Ihnen sprechen möchte, mit Ihnen und Major Manciple –«

»Für den Basar?« ließ sich eine fröhliche Stimme vernehmen.

»Im Arbeitszimmer«, antwortete Henry automatisch.

Die Tür öffnete sich, und ein rotgesichtiger Mann im Tweedanzug schaute herein. »Die Sache mit der Kleie, Mrs. M.«, sagte er.

»Ja, Harry, was ist damit? Sie haben versprochen –«

»Also, es ist so. Wenn Sie jemanden haben, der hinauf zur großen Scheune bei Tom Rodd fahren kann –«

Violet Manciple wandte sich an Henry. »Sie sehen ja, wie es hier zugeht, Mr. Tibbett«, sagte sie. »Ich kann einfach nicht – kommen Sie doch zum Tee wieder, bis dahin hat sich die Lage beruhigt. Und Claud und Ramona sind da«, fügte sie hinzu, als sei das eine ganz besondere Attraktion.

Henry zögerte, und noch während er zögerte, tauchten vier verschiedene Leute auf, alle mit Problemen, die nur Mrs. Manciple zu lösen vermochte.

Henry gab nach. »Ich sehe es ein, Mrs. Manciple«, sagte er. »Ich werde Emmy fragen, wegen des Gewichts des Pfarrers.«

Violet Manciple hörte ihn nicht einmal.

Kapitel 13

Bei der Rückkehr zum Viking machte Henry als erstes Emmy mit dem Ansinnen Mrs. Manciples vertraut, daß sie den Platz der erkrankten Mrs. Penfold einnehmen und sich um das Gewicht des Pfarrers kümmern solle. Emmy antwortete, man müsse alles im Leben einmal ausprobiert haben.

»Na, dann rufst du lieber Mrs. Manciple an und sagst ihr Bescheid«, sagte Henry. »Es geht dort wie in einem Tollhaus zu, aber ich denke, du kannst die Nachricht irgendwie weitergeben lassen.«

»Meinst du nicht, ich sollte hinfahren?«

»Liebe Güte, nein. Ich sage doch, es ist wie Piccadilly Circus während der Hauptverkehrszeit. Rufe einfach nur an.«

Emmy entfernte sich den Flur hinunter zu der kleinen dunklen Zelle unter der Treppe, in der sich das Telefon des Viking befand, und Henry machte sich daran, seinen offiziellen Bericht über das Ableben von Raymond Mason zu verfassen. Ein paar Minuten später war Emmy wieder zurück.

»Hast du sie erreicht?« fragte Henry.

Emmy lachte. »Ja, am Ende schon«, sagte sie. »Du hast recht, ›Tollhaus‹ ist das richtige Wort. Aber ich habe mit ihr gesprochen, und dann kam noch Major Manciple an den Apparat und wollte dich sprechen. Er wartet.«

»Oh, verdammt«, sagte Henry. »Hat er gesagt, worum es geht?«

»Nein, er wollte es mir nicht sagen!«

»Na gut, dann will ich mal hören, was er will.«

»Tibbett?« George Manciples Stimme war ein Baßsolo zur Begleitung schriller Töne, die durch die Leitung von der Grange herüberdrangen.

185

»Am Apparat«, sagte Henry.

Im Hintergrund hörte er eine Frauenstimme: »Wo ist Frank Mason? Er hat versprochen –«

»Sie waren doch gestern hier«, fuhr Manciple fort, »und haben das Haus auf den Kopf gestellt. Nach bestimmten Dingen gesucht.«

»Das ist richtig«, bestätigte Henry.

»Für den Basar ins Arbeitszimmer«, ließ Violet Manciples Geisterstimme sich aus der Ferne vernehmen.

»Und eins der Dinge, nach denen Sie gesucht haben, war meine Pistole. Diejenige, die ich als vermißt gemeldet habe.«

»Wiederum richtig.«

»Tja, ich dachte, es wird Sie interessieren zu hören, daß sie wieder aufgetaucht ist.«

Irgendwo im Hintergrund hörte man etwas krachen, und Mauds Stimme sagte: »Alles, was in die Glückstonne kommt, muß eingepackt sein...«

»Wo ist sie aufgetaucht?« fragte Henry.

»Na, an Ort und Stelle. Im Regal im Waschraum, neben den anderen.«

»Oh, verdammt«, sagte Henry.

»Was soll das nun wieder heißen? Ich dachte, Sie wären froh darüber.«

»Nein, das bin ich keineswegs. Ganz Cregwell ist heute morgen durch Ihr Haus gepoltert, und jeder einzelne könnte die Waffe unbemerkt zurückgelegt haben. Das macht mich nicht gerade glücklich.«

»Na, da kann ich Ihnen auch nicht helfen, Tibbett.« George klang pikiert, daß seine gute Nachricht nicht freudiger aufgenommen wurde. »Na jedenfalls, ich habe sie als vermißt gemeldet, jetzt melde ich, daß sie wieder da ist.«

»Vielleicht helfen uns die Fingerabdrücke weiter. Also, Major, hören Sie genau zu. Ich möchte, daß Sie die Waffe einwickeln –«

»Zu spät, fürchte ich«, sagte George.

»Wie meinen Sie das, zu spät?«

»Na, ich hätte ja gar nicht gemerkt, daß das Ding wieder da ist, wenn Edwin nicht gewesen wäre.«

»Was hat der Bischof damit zu tun?«

»Er hilft mir am Samstag auf dem Schießplatz, müssen Sie wissen. Er ist gar kein schlechter Schütze, für einen Klarinettisten.«

»Bitte, Major Manciple, wenn Sie mir einfach nur die Fakten mitteilen würden.« Henry hatte wieder die inzwischen bereits vertraute Empfindung, durch Watte zu waten.

»Sie müssen wissen, ich stelle den Schießplatz jedes Jahr zur Verfügung«, holte der Major, der offenbar nicht in Eile war, aus. »Natürlich nicht die Wurfapparate. Zu schwierig für Amateure und zu mühsam vorzubereiten. Nein, wir stellen ganz gewöhnliche Zielscheiben auf und verlangen eine halbe Krone für sechs Schuß. Der beste Schütze bekommt am Ende des Nachmittags einen kleinen Preis.«

Wiederum schwebte Violets Stimme im Hintergrund vorüber. »Nun, wenn Julian mit Mauds Wagen unterwegs ist, und Frank ist nicht mehr da, dann müssen Sie sehen, ob Mrs. Thompson vielleicht . . .«

»Könnten wir auf die vermißte Pistole zurückkommen?« fragte Henry.

»Oh ja, natürlich. Gewiß doch. Wie gesagt, Edwin hilft mir am Samstag auf dem Schießplatz, und deshalb bat ich ihn heute, die Pistolen dafür durchzusehen. Reinigen, ölen, laden. Und gerade eben kam er zu mir und sagte: ›Alles erledigt, George, alle fünfe.‹ ›Alle fünfe?‹ fragte ich. ›Aber wir haben doch nur vier. Die eine, mit der der arme Mason erschossen wurde, ist immer noch bei der Polizei, und eine ist verschwunden.‹ ›So wahr ich hier stehe, es sind fünf‹, entgegnete er. Also ging ich in den Waschraum, und da waren sie –«

»Alle vom Bischof fein säuberlich poliert«, sagte Henry bitter.

»Ja, er hat es sehr ordentlich gemacht, das muß man ihm lassen. Er ist sicher, daß fünf Stück im Regal waren, als er vor etwa einer Stunde mit der Arbeit begann. Und ich bin sicher, daß es heute morgen nur vier waren. Es muß also –«

»Ja«, meinte Henry. »Das kann ich mir selbst zusammenreimen.«

»Tja, das wär's. Das wollte ich Ihnen nur sagen. Bis später dann, Tibbett.«

Henry kehrte mit gemischten Gefühlen auf sein Zimmer zurück. Oberflächlich betrachtet war es gut, daß die Pistole wieder bei ihrem rechtmäßigen Besitzer war; zumindest hielt sie niemand mehr versteckt, um damit womöglich Unheil anzurichten. Andererseits befand sie sich nun an einer Stelle, wo sie unmittelbar zur Hand war, und Henry war nicht wohl bei dem Gedanken, daß fünf geladene Pistolen frei zugänglich waren in einem Haus, in dem, wie er mit einiger Sicherheit annehmen konnte, bereits ein Mord geschehen war. Auch der Gedanke, daß der Schießplatz und seine Ausrüstung am Samstag jedermann offenstehen würden, beruhigte ihn nicht gerade. Er wandte sich wieder seinem Bericht zu und vertiefte sich darin, nur von einem hastigen Mittagessen unterbrochen.

Um halb fünf wurde Henry erneut ans Telefon gerufen. Diesmal war es Scotland Yard. Der Sergeant in London teilte ihm mit, ein Mr. Mumford verlange ihn dringend zu sprechen. Er habe nur seinen Namen nennen und sonst nichts über seine Person oder sein Anliegen preisgeben wollen, sondern lediglich darauf bestanden, daß er Chefinspektor Tibbett sprechen müsse. Gegen drei Uhr habe er zum ersten Mal angerufen. Man habe sich alle Mühe gegeben, ihn zu überreden, sich jemand anderem anzuvertrauen, aber es sei zwecklos gewesen. Endlich habe Mr. Mumford dann angedeutet, daß er wichtige Informationen im Falle Raymond Mason habe, und daraufhin habe der Sergeant sich entschlossen, Henry anzurufen. Er gab Mr. Mumfords Telefonnummer durch und schlug vor, daß Henry sich direkt mit Mr. Mumford in Verbindung setzen solle.

»Oh, Inspektor Tibbett, dem Himmel sei Dank, daß ich Sie endlich erreiche!« Mr. Mumford war mehr als nur erregt, er bebte vor Schrecken, und man spürte das durchs Telefon wie einen Riß im Eis. »Ich weiß wirklich nicht mehr, was ich tun soll. So etwas ist noch niemals vorgekommen. Und ich kann doch nicht die Polizei rufen.«

»Was ist geschehen?« fragte Henry.

»Nun.« Mr. Mumford schluckte schwer. »Zunächst einmal werden Sie sich erinnern, daß wir, als Sie dieser Tage hier waren, einige ... ähm ... ungebetene Besucher hatten.«

»Ich erinnere mich«, sagte Henry.

»Heute ist ein unglaublich unflätiges ... ja, Sie müssen es einfach selbst lesen, Inspektor. In der ... ähm ... einer unserer populärsten Tageszeitungen. Der Name soll mir nicht über die Lippen kommen. Es geht darin um ... ähm ... meinen verstorbenen Arbeitgeber. Der Artikel gibt unzweifelhaft zu verstehen, daß es zwischen Mr. ... ähm ... meinem verstorbenen Arbeitgeber und einigen seiner Klienten ... Unregelmäßigkeiten gegeben habe.

Das alles ist sehr raffiniert gemacht ... ich habe mich sofort mit dem Anwalt der Firma in Verbindung gesetzt, und er ist der Meinung, daß wir keine Handhabe dagegen hätten. Was die Sache ja nicht angenehmer macht.«

»Es tut mir sehr leid, das zu hören, Mr. Mumford«, sagte Henry, »aber ich weiß wirklich nicht, wie ich Ihnen da helfen könnte.«

»Niemand kann mir helfen«, erwiderte Mr. Mumford mit überwältigender Resignation. »Es war schlimm genug, das alles heute morgen in der Zeitung zu lesen, aber da wußte ich noch nicht, was der Tag noch für mich bereithalten würde.«

»Was hielt er für Sie bereit?«

»Ich traf nach dem Mittagessen später als gewöhnlich wieder im Büro ein«, erklärte Mr. Mumford. »Bedingt durch die viele Zeit, die ich mit dem Anwalt zugebracht hatte. Zuerst fiel mir gar nichts auf. Aber dann –«

Es folgte eine kurze Pause. Dann stieß Mr. Mumford ein einziges Wort hervor wie einen Pistolenschuß. »Diebstahl!«

»Sie meinen, in Ihr Büro ist eingebrochen worden?«

»Genau. Ein regelrechter Einbruchsdiebstahl!«

»Was wurde gestohlen?«

»Das ist es ja, Chefinspektor. Das ist ja das Furchtbare. Die ... die höchst privaten Akten meines verstorbenen Arbeitgebers. Ich hoffe, ich muß nicht mehr dazu sagen.«

»Wenn Sie bestohlen worden sind«, sagte Henry, »dann hätten Sie sofort die Polizei rufen sollen. Warum haben Sie das nicht getan?«

»Ich fürchte, ich habe mich noch nicht deutlich genug ausgedrückt, Chefinspektor. Ich weiß nämlich, wer für diesen Einbruch verantwortlich ist.«

»Tatsächlich?«

»Natürlich. Der ... der Sohn meines verstorbenen Arbeitgebers. Mehr kann ich nicht sagen. Kein weiteres Wort. Chefinspektor, Sie müssen nach London kommen und es sich selbst ansehen.«

»Ja«, sagte Henry. »Ja, das sollte ich wohl.« Er warf einen Blick auf seine Uhr. »Es ist jetzt Viertel vor fünf. Wann schließen Sie Ihr Büro?«

»Um sechs Uhr, Gott sei Dank«, sagte Mr. Mumford und gestattete sich die Andeutung einer menschlichen Regung. »Ich werde hier auf Sie warten. Ich kann Ihnen gar nicht genug danken, Chefinspektor.«

Henry ging zurück auf sein Zimmer und eröffnete Emmy, daß er sofort nach London aufbrechen müsse und nicht wisse, wann er zurück sein werde.

»Etwas Schlimmes?« fragte Emmy.

»Höchst merkwürdige Sache«, sagte Henry.

»Was soll das heißen?«

»Daß es eben höchst merkwürdig ist. Ich weiß noch nicht recht, was vor sich geht, aber ich habe das unangenehme Gefühl, daß ich eine große Dummheit gemacht habe, und das ist ein Gefühl, das mir gar nicht gefällt.« Er schlüpfte in seinen Mantel. »Würdest du wohl so nett sein und Sergeant Duckett für mich anrufen? Sage ihm, ich hätte nach London fahren müssen und würde mich morgen bei ihm melden.«

Die Fahrt nach London dauerte länger, als Henry erwartet hatte, denn er geriet in den dicksten Berufsverkehr. Nach einer nervenzerreißenden Folge von Staus und Kolonnenverkehr langte er kurz vor sieben endlich am Büro von Raymond Mason Ltd. an. Die Außentür war fest verschlossen, doch auf Henrys Klingeln erschien im Laufschritt ein völlig aufgelöster Mr. Mumford und öffnete ihm. Gemeinsam begaben sie sich durch das innere Büro in das Allerheiligste des Geschäftsführers.

Das erste, was Henry auffiel – es wäre auch kaum zu übersehen gewesen –, war der Umstand, daß Raymond Masons privater Aktenschrank offenstand und daß er leer war. Mumford, der Henrys Blick gefolgt war, ließ sich entkräftet in den großen Drehstuhl hinter seinem Schreibtisch sinken und sagte: »Da sehen Sie es.«

»Erzählen Sie mir davon«, sagte Henry.

»Da gibt es nicht viel zu erzählen. Ich war erst gegen drei Uhr wieder hier. Als ich das Büro draußen passierte, sagte Miss Jenkins: ›Sie haben gerade Mr. Frank verpaßt, Mr. Mumford. Er ist vor ein paar Minuten gegangen.‹ Um ehrlich zu sein, Chefinspektor, ich war darüber eher erfreut als traurig. Wie Sie wissen, war mein Verhältnis zu Mr. Frank niemals ... nun, lassen wir es dabei bewenden, daß er nicht der Mann ist, der sein Vater war.«

»Mr. Frank war also gerade gegangen.«

»Richtig. Er hatte in meinem Büro gewartet, um mit mir zu sprechen. War gegen halb drei gekommen, soweit ich in Erfahrung bringen konnte, und gegen zehn vor drei wieder gegangen. Jedenfalls kam ich hier herein und sah – was Sie nun auch gesehen haben. Ich war entsetzt. Das ist nicht übertrieben, Chefinspektor. Entsetzt. Ich wußte nicht, was ich tun sollte.« Mr. Mumford schien selbst darüber verwundert zu sein, daß er dies eingestehen mußte.

»So zuwider es mir auch war, die Angestellten etwas davon wissen zu lassen«, fuhr Mumford fort, »fühlte ich mich doch verpflichtet... ich rief Miss Jenkins herein, die Chefsekretärin, und fragte sie, ob Mr. Frank irgendwelche Papiere mitgenommen habe, als er das Büro verließ. ›Oh ja‹, sagte sie, als ob sie das nichts anginge. ›Einen ganzen Armvoll. Akten und Schachteln und so was. Er sagte, wir sollten Ihnen Bescheid sagen, daß er ein paar Sachen seines Vaters mitgenommen habe.‹«

»Mir fällt auf«, sagte Henry, »daß er nicht nur die Akten, sondern auch das Geld mitgenommen hat. Vom Whisky ganz zu schweigen. Und den –«

»Woher hatte er den Schlüssel?« fragte Mumford in jammerndem Tonfall. »Woher? Sie hatten den Schlüssel, und Sie sagten, es sei Mr. Masons eigener Schlüsselbund –«

Henry seufzte. »Er hat die letzten Tage im Haus seines Vaters gewohnt, in Cregwell Lodge«, sagte er. »Es ist denkbar, daß Raymond Mason dort irgendwo einen Zweitschlüssel aufbewahrte und daß Frank Mason ihn fand.«

»Das waren vertrauliche Unterlagen, Chefinspektor. Stellen Sie sich vor, er... Ich will gar nicht daran denken. Sie kennen ja die Namen der Betroffenen. Durchweg hochgestellte Persönlichkeiten.«

»Sie meinen«, sagte Henry, »daß diese Akten ausgesprochen wertvoll wären für einen Erpresser.«

»Einen –? Was für ein schreckliches Wort, Chefinspektor!«

»Da fällt mir ein«, fügte Henry hinzu, »haben Sie ein Exemplar dieser Zeitung hier? Die, von der Sie vorhin sprachen.«

»Und ob ich das habe!« Einen Moment lang ließ Mumfords Empörung ihn seine Furcht vergessen. »Etwas dermaßen Schändliches ist mir noch nicht... Oh, wenn ich nur wüßte, wer dafür verantwortlich ist!«

»Der betreffende Journalist, nehme ich an«, sagte Henry.

»Nein, ich meine, wer uns die Presse überhaupt auf den Hals gehetzt hat.«

191

»Ja. Das ist eine interessante Frage, nicht wahr?« sagte Henry.
»Lassen Sie uns einen Blick auf die Zeitung werfen.«

Mumford öffnete eine Schreibtischschublade und holte die aktuelle Nummer einer der meistverkauften Tageszeitungen hervor. Sie war aufgeschlagen, und über einem Artikel prangte die Schlagzeile: LEBEN UND STERBEN EINES SPIELERS, darunter ein großes Foto des verstorbenen Raymond Mason. Außerdem gab es Fotografien einiger der aristokratischeren Klienten Masons, doch keiner davon, wie Henry auffiel, ein »privater« Klient Masons. Jedesmal, wenn der Name eines Aristokraten oder einer bekannten Persönlichkeit fiel, erschien dieser in Großbuchstaben, auch wenn die Verbindung so dünn war wie bei John Smith, »einem Verwandten des GRAFEN VON FENSHIRE«. Nach dieser Methode hatte der Verfasser seine Geschichte mit illustren Namen ausgeschmückt. Außerdem hatte er sie auf höchst raffinierte Weise mit den windigsten Anspielungen gewürzt. Wendungen wie »hielt stets einen unanfechtbaren Kurs zwischen den Fallgruben am Rande der Legalität und regelrechtem Ganoventum, das den guten Namen dieses Berufes in den Dreck zieht« und »einträgliche Nebengeschäfte, denen einflußreiche Bekannte großzügig den Weg ebneten« sorgten dafür, daß ein gewisser Gesamteindruck entstand.

Im Grunde war die Geschichte ein Vom-Tellerwäscher-zum-Millionär-Epos: Der mittellose Junge aus dem Londoner East End, der es zum »Freund der Herzöge und Grafen« gebracht hatte. Und doch hatte am Ende seines Aufstiegs ein tragischer und skandalumwitterter Tod gestanden. Der Verfasser wies noch darauf hin, daß Scotland Yard hinzugezogen worden sei, um Masons Tod aufzuklären, und daß die gerichtliche Untersuchung am Freitag interessant zu werden verspreche.

»Sie werden die Rechtslage besser kennen als ich –«, sagte Mumford.

»Ich dachte, Ihr Anwalt hätte Ihnen schon gesagt, daß der Artikel keine Anhaltspunkte für eine Strafanzeige bietet«, erwiderte Henry.

»Nein, nein, nein. Ich spreche von Mr. Frank. Dem Testament.«

»Was ist mit dem Testament?«

»Der Anwalt hat es mir heute eröffnet. Mr. Masons Testament ist entsetzlich simpel. Er vermacht alles Mr. Frank. Alles. Und deshalb glaubte Mr. Frank offenbar, er habe das Recht, hier hereinzuspazieren und sich alles zu nehmen, wonach ihm der Sinn stand. Aber ist das wirklich so, Chefinspektor?«

»Nein«, antwortete Henry. »Ist es nicht. Das Testament ist noch nicht für rechtsgültig erklärt worden. Im Augenblick hat Frank Mason noch keinerlei Rechte.«

»Ich könnte also Anzeige gegen Mr. Frank wegen Diebstahls erstatten?«

»Sie könnten«, sagte Henry, »aber ich würde das an Ihrer Stelle nicht tun. Das Testament wird anerkannt sein, lange bevor Sie Ihren Fall vor Gericht bringen können, und – nun, ich kann mir nicht vorstellen, daß Sie die Aufmerksamkeit, die das erregen würde, zu schätzen wüßten.«

»Das ist es ja gerade, Chefinspektor. Schließlich bin ich kein Dummkopf. Deshalb habe ich mich ja auch an Sie gewandt und nicht an die Polizei.«

Henry wußte nicht recht, ob er sich von dieser Unterscheidung geschmeichelt fühlen sollte oder nicht. »Ich wußte, daß Sie das verstehen würden«, fuhr Mumford fort, »und mir einen Rat geben. Was soll ich nun tun?«

»Der beste Rat, den ich Ihnen geben kann«, entgegnete Henry, »ist, überhaupt nichts zu tun.«

»Nichts? Aber diese Akten –«

»Sie würden nichts Sinnvolles unternehmen können. Wenn die Presse Sie ernsthaft belästigt, verständigen Sie die Polizei. Wenn sich sonst irgend etwas Interessantes ergibt, rufen Sie mich an.« Henry kritzelte die Nummern des Viking und der Polizeiwache von Cregwell auf ein Stück Papier, das er Mumford reichte.

»Aber Chefinspektor –«

»In der Zwischenzeit werde ich etwas unternehmen.« Er blickte auf seine Uhr. »Es ist fünf vor acht. Die Straßen werden jetzt frei sein, mit etwas Glück sollte ich um neun wieder in Cregwell sein. Ich werde Mr. Frank Mason einen Besuch abstatten.«

* * *

Henry war erleichtert, daß Licht in Cregwell Lodge brannte, als er kurz nach neun seinen Wagen in der Nähe parkte. Außerdem erregte es seine Aufmerksamkeit, daß die roten Samtvorhänge des Arbeitszimmers fest zugezogen waren.

Henry läutete an der Vordertüre. Dies zeigte eine interessante Wirkung. Zuerst wurde der Vorhang ein winziges Stück zur Seite gezogen, als spähe jemand heraus. Dann folgte ein schlurfendes Geräusch im Haus, und sämtliche Lichter gingen aus. Dann herrschte Totenstille.

Henry läutete noch einmal. Als das nichts fruchtete, schlich er zum Arbeitszimmerfenster, nicht ohne dabei den Bischof von Bugolaland vor Augen zu haben, wie er einst den gleichen Gang unternommen hatte. Die Vorhänge waren zugezogen und alle Lampen ausgeschaltet, doch ein kleineres Licht flackerte dahinter. Henry, auf Zehenspitzen, versuchte den Griff der Terrassentür. Sie ließ sich mühelos öffnen, und Henry schlüpfte zwischen den Vorhängen hindurch ins Arbeitszimmer.

Frank Mason stand an der Tür zum Flur und horchte gespannt. Er erwartete offenbar einen weiteren Versuch an der Vordertür. In dem großen offenen Kamin loderten mehrere Holzscheite, und im Zimmer war es unerträglich heiß, denn es war ein milder Septemberabend. Auf dem Tisch lag, was von Raymond Masons vertraulichen Akten noch übrig war. Die anderen wurden eben im Kamin zu Asche.

»Guten Abend«, sagte Henry.

Mason fuhr herum, als hätte man ihm einen Hieb versetzt. Einen Augenblick lang starrte er Henry an, und wirkliche Panik stand ihm ins Gesicht geschrieben; dann plötzlich grinste er.

»Ich habe die Tür zum Garten vergessen«, sagte er.

»Ein Glück für mich«, meinte Henry. »Nun können Sie getrost die Lampen wieder einschalten.«

Frank Mason tat es. Dann sagte er: »Entschuldigen Sie, daß ich so unhöflich war. Es hatte keinen speziellen Grund, wirklich. Ich wollte einfach niemanden sehen.« Er stockte, dann fügte er ungeschickt hinzu: »Ich war gerade dabei, ein paar alte Papiere zu verbrennen.«

»Das sehe ich«, bemerkte Henry. Er nahm in einem Ledersessel Platz. »Warum haben Sie dem armen Mr. Mumford die Pressemeute auf den Hals gehetzt?«

»Ich habe sie nicht auf Mumford gehetzt. Mumford ist ein Speichellecker, eine Null. Er ist es nicht wert, daß jemand sich auch nur eine Minute lang mit ihm beschäftigt.« Frank hielt inne. Dann sagte er: »Ich dachte, die Welt soll Bescheid wissen über Leute wie meinen Vater.«

194

»Ich habe das Gefühl«, sagte Henry, »es herrscht ein ziemliches Durcheinander in Ihrem Kopf. Vor ein paar Tagen haben Sie noch behauptet, Ihr Vater sei ermordet worden. Sie haben Gerechtigkeit und Rache gefordert.«

»Man muß einen Mann nicht umbringen, nur weil man nichts von seinem Lebensstil hält«, sagte Mason. Er lächelte plötzlich. »Nicht einmal ein revolutionärer Kommunist tut so etwas. Außerdem war er mein Vater. Sie haben gerade gesagt, ich hätte Gerechtigkeit gefordert. Nun, das tue ich nach wie vor. Ich will, daß sein Mörder seiner gerechten Strafe zugeführt wird, daß der Gesellschaft insgesamt Gerechtigkeit widerfährt, indem ich sie vor anderen Menschen wie ihm warne. Ich finde nicht, daß man das ein Durcheinander nennen kann.«

»Wir beide«, sagte Henry, »sollten ein paar Sachen klarstellen. Zunächst einmal: Niemand hat Ihren Vater umgebracht.«

»Aber –«

»Ich erkläre es Ihnen«, sagte Henry. Und das tat er.

Als er geendet hatte, sagte Frank Mason nachdenklich: »Ja, so muß es wohl gewesen sein. Was bedeutet, daß ich mich bei Manning-Richards zu entschuldigen habe – aber ich will verflucht sein, wenn ich's tue.« Nach einer Weile fügte er hinzu: »Das entbehrt nicht einer gewissen Ironie, nicht wahr? Dad hat sich erschießen lassen, um der alten Miss Manciple das Leben zu retten, und nun ist sie trotzdem tot, nicht einmal eine Woche später. Das hätte er sich sparen können.«

Henry betrachtete ihn forschend. »Es hätte unmöglich jemand wissen können, daß Miss Manciple sterben würde«, sagte er. »Oder etwa doch?«

»Nein. Nein, natürlich nicht.«

»Gut«, sagte Henry. »Lassen Sie uns weitermachen. Als nächstes die Pistole. Was haben Sie damit gemacht?«

»Das habe ich Ihnen doch gesagt. Ich habe sie in die Schublade gelegt –«

»Sie haben sie nicht vielleicht heute morgen mit Ihren Sachen für den Basar zurück nach Cregwell Grange gebracht?«

»Ganz bestimmt nicht. Warum, ist sie wieder aufgetaucht?«

»Ja«, sagte Henry.

»Na, das ist doch gut. Ein weiteres Rätsel gelöst.«

»Vielleicht«, sagte Henry. »Nun zu den Dingen, die Sie heute aus dem privaten Aktenschrank Ihres Vaters genommen haben.«

195

Frank Mason machte große Augen. »Wie haben Sie –?«

»Sie glauben doch nicht, Mr. Mumford würde so etwas einfach hinnehmen, oder? Er hat sich sofort mit mir in Verbindung gesetzt. Er ist sehr verärgert.«

Mason grinste. »Fein«, sagte er.

»Warum zum Teufel«, fragte Henry, »haben Sie den Schrank denn nicht einfach wieder verschlossen? Dann hätte er niemals gemerkt, daß die Sachen verschwunden sind.«

»Na, weil ich wollte, daß er sich ärgert«, entgegnete Mason. »Ich hoffe, er bekommt einen Schlaganfall. Er soll mit seinem dünnen Stimmchen sämtliche Flüche herausschreien, die er kennt, und seine winzige Faust schütteln. Er kann nicht das geringste dagegen tun.«

»Sind Sie da so sicher?«

»Nun, alles in dem Büro gehört doch nun mir, oder? Einschließlich Mumford, fällt mir gerade ein.«

»Nein«, wandte Henry ein. »Es gehört Ihnen nicht.«

»Aber das Testament meines Vaters...«

»...ist noch nicht rechtskräftig. Rechtlich gesehen haben Sie noch keinerlei Ansprüche. Was Sie heute getan haben, war glatter Diebstahl, nicht anders, als wenn Sie sich einen Strumpf über den Kopf gezogen und eine Bank ausgeraubt hätten.«

Frank Mason schien erschrocken. »Sind Sie sicher? Sie meinen – er kann doch nicht wirklich etwas deswegen unternehmen, oder?«

»Er könnte«, erwiderte Henry, »aber ich glaube nicht, daß er es tun wird. Nicht, wenn Sie vernünftig sind.«

»Was verstehen Sie unter vernünftig?«

»Gleich morgen früh«, sagte Henry, »fahren Sie nach London, entschuldigen sich bei Mumford und geben alles zurück, was Sie aus dem Schrank genommen haben.«

»Aber...« Unwillkürlich wanderte Masons Blick zum Feuer.

»Ich sehe schon, daß Sie da ein Problem haben«, sagte Henry. »Warum verbrennen Sie sie?«

»Wissen Sie, was drinsteht?«

»Ja, das weiß ich.«

»Na, würden Sie sie da nicht verbrennen?«

»Ich vielleicht schon«, entgegnete Henry, »aber ich hätte gedacht, sie sind genau das richtige für die Presse, um das Ansehen Ihres Vaters in den Schmutz zu ziehen.«

Mason errötete. »Er war mein Vater«, sagte er.

Nach einer Weile meinte Henry: »Ich würde weitermachen und sie allesamt verbrennen. Ich nehme an, sämtliche Klienten sind in diesen Akten als Schuldner aufgeführt?«

»Natürlich. Das war ja gerade der Trick.«

»Dann wird sich auch niemand beschweren.«

»Aber Mumford –«

»Mumford am allerwenigsten«, sagte Henry. Dann fügte er hinzu: »Wenn Sie das Ruder übernehmen, werfen Sie ihn nicht hinaus. Er ist ein gewissenhafter Mann und außerordentlich nützlich für die Firma.«

Mason starrte Henry an. »Sie sind ein kurioser Mensch«, sagte er.

»In jeder Hinsicht«, bestätigte Henry. »Zum Beispiel wüßte ich gern, wieso Ihr Vater so versessen darauf war, Cregwell Grange zu kaufen.«

»Snobismus.« Die Antwort kam wie ein Reflex.

»Kein anderer Grund?«

»Nicht, daß ich wüßte.«

»Er hat Ihnen gegenüber nie irgendwelche Andeutungen gemacht?«

»Nicht, wenn er es vermeiden konnte«, antwortete Frank kurz angebunden. Er nahm eine der Akten, und Henry sah, daß »Sir John Adamson« in Schönschrift auf dem Etikett stand. »Tja – noch eine für den Scheiterhaufen.«

Als Henry sah, wie die Flammen sich den braunen Pappdeckel entlangfraßen und seinen Inhalt verzehrten, kamen ihm einen Moment lang Zweifel, aber er ließ sie nicht die Oberhand gewinnen. »Seit wann wissen Sie von diesen Geheimakten?« fragte er.

»Seit ich den Zweitschlüssel zum Aktenschrank fand. Er lag in einer Schublade im Frisiertisch meines Vaters, mit einem recht indiskret beschrifteten Anhänger. Ich habe ihn eingesteckt, als ich ankam, noch bevor Sie begannen, hier herumzuschnüffeln. Aber ich wußte nichts damit anzufangen, bis ich ihn mit einer Liste von Namen in Verbindung brachte, die ich in einem alten Kalender fand. Dann begann ich der Sache nachzugehen.«

»Haben Sie den Schlüssel noch?«

»Ja. Den habe ich hier.« Mason zog einen kleinen Schlüssel aus der Tasche. Er hatte keinerlei Anhänger, und Henry fragte danach.

»Den Anhänger habe ich ebenfalls verbrannt«, antwortete Mason.

»Na gut«, sagte Henry. »Das wäre alles. Aber es ist sehr wichtig, daß Sie die anderen Sachen morgen zurückbringen.«

»Das Geld, meinen Sie?«

»Das Geld, den Whisky und das Buch. Übrigens, dürfte ich einen Blick auf das Buch werfen?«

Mason schien überrascht. »Ich wußte gar nicht, daß Sie eine Schwäche für Pornographie haben, Inspektor.«

»Es ist ein Buch, das in diesem Lande verboten ist«, sagte Henry nüchtern. »Ich müßte es strenggenommen konfiszieren.«

Mason erhob sich. »Sie werden immer kurioser«, sagte er. Er öffnete eine Schublade. »Hier haben wir es. Aber ich fürchte, Sie werden enttäuscht sein.«

»Wie meinen Sie das?«

»Nur der Schutzumschlag ist anzüglich. Ich nehme an, Dad glaubte, so etwas würde ihm eine gewisse Reputation bei einer bestimmten Art von Kunden einbringen. Diese Art Mensch war er.«

Er warf Henry das Buch zu. Unter dem grellen Schutzumschlag verbarg sich ein Kriminalroman. Mason betrachtete Henrys Gesichtsausdruck und meinte dann: »Ich war auch enttäuscht. Da wird wohl nichts aus Ihrer Feierabendlektüre, was?«

»Nein«, sagte Henry. Er lächelte. »Daraus wird nichts.«

* * *

Mabel schloß gerade die Bar, als Henry wieder im Viking eintraf. Es sei viel Betrieb gewesen am Abend, sagte sie. Sir Claud Manciple sei dagewesen, mit seiner Nichte und ihrem netten Freund. Sie seien natürlich zur Beerdigung da. Die arme Miss Dora, sei das nicht traurig? Aber schließlich habe sie ja ein schönes langes Leben gehabt. Mrs. Tibbett sei schon nach oben gegangen. Ob Henry, als Übernachtungsgast, noch einen Schlummertrunk wolle? Nein? Dann wünsche sie ihm eine gute Nacht.

Als Henry oben ankam, lag Emmy schon im Bett. Er berichtete ihr knapp, was in London und in Cregwell Lodge vorgefallen war, und sie revanchierte sich mit einem Bericht über den angenehmen Abend, den sie mit Maud, Julian und Sir Claud verbracht hatte.

»Oh, ich wußte doch, daß da noch etwas war, was ich dir sagen wollte, Henry. Sir Claud sagte, Violet habe ihn gebeten, dir bei

198

Gelegenheit mitzuteilen, daß die Sache mit Lady Manciples Schlaftabletten ein Versehen gewesen sei. Sie hat sie wiedergefunden. Sie hatte scheinbar vergessen, daß sie sie in ihren Kulturbeutel gesteckt hatte. Das wäre also geklärt.«

Henry setzte sich mit finsterer Miene auf die Bettkante. »Ja«, sagte er.

»Du solltest darüber froh sein«, ermahnte ihn Emmy. »Zuerst die Pistole und nun die Pillen. Eines nach dem anderen lösen sich deine Rätsel, und du stellst fest, daß es gar keine Rätsel waren.«

»Genau das ist es«, entgegnete Henry, »was mir zu denken gibt.«

Kapitel 14

Die zwei Punkte, die für den Freitag auf dem Programm standen, waren beide trauriger Natur; am Vormittag die gerichtliche Untersuchung im Falle Raymond Mason, am Nachmittag die Beerdigung von Miss Dora Manciple. Nur Major und Mrs. Manciple wußten bisher von dem unglücklichen Umstand, daß zu einem späteren Zeitpunkt auch eine gerichtliche Untersuchung im Falle Tante Doras erforderlich sein würde. Der Amtsrichter von Kingsmarsh hatte sich, nachdem er Einblick in den Obduktionsbericht genommen hatte, bereiterklärt, eidesstattliche Erklärungen über die Identität der Toten und die medizinischen Befunde zu akzeptieren, und sein Einverständnis gegeben, daß die Beisetzung wie geplant stattfinden konnte.

Die Untersuchung im Fall Mason hatte eine beträchtliche Anzahl Journalisten aus London angezogen, dank der Andeutungen sensationeller Enthüllungen, die Frank gemacht hatte und auf die sich die Presse mit Begeisterung gestürzt hatte. So wurde das Ergebnis der polizeilichen Ermittlungen mit einiger Enttäuschung aufgenommen. Henry legte seine Rekonstruktion von Masons Tod ausführlich dar, und niemand schien Lust zu verspüren, ihr zu widersprechen. Die verschwundene Pistole kam zur Sprache, und Sergeant Duckett konnte noch mit einer glücklichen Entdeckung aufwarten, einem örtlichen Botenjungen, der gesehen hatte, wie Mason im Garten damit experimentierte. Er habe es für sich behalten, sagte er, weil er an ein Spiel oder einen Scherz geglaubt habe. »Mr. Mason hat ja immer solche Sachen gemacht.«

Für ein gewisses Maß an Erheiterung sorgte die Vorführung einer der genialen Tennisball-Schleudern aus Major Manciples Produktion, und die Presse mußte zufrieden sein, daraus das Beste zu machen.

200

Der Coroner, dem offenbar in erster Linie daran gelegen war, die Angelegenheit diskret und ohne Aufsehen zu einem Ende zu bringen, gab den Geschworenen zu bedenken, daß Mr. Mason ein Mensch gewesen sei, der immer zu Späßen aufgelegt war. Es sei auch nicht ihre Sache, ermahnte er sie, zu überlegen, aus welchen Gründen Mr. Mason seine Falle aufgebaut habe. Sie hätten lediglich auf der Grundlage des Beweismaterials zu entscheiden, ob er es getan und dabei durch einen unglücklichen Zufall seinen Tod selbst herbeigeführt habe. In diesem Falle müsse das angemessene Urteil auf »Tod durch Unfall« lauten.

Weiterer Winke bedurften die Geschworenen nicht. Nach noch nicht einmal einer halben Stunde kehrten sie mit dem Urteil zurück, das man ihnen nahegelegt hatte, und die Journalisten begaben sich ins Kingsmarsh Arms, um dort nach Kräften zu versuchen, Ziegel ohne Stroh zu backen.

Die Familie Manciple stand derweil im nebligen Sonnenlicht dieses späten Septembertages an der altehrwürdigen Hauptstraße von Kingsmarsh und debattierte über die Frage, wie der Rücktransport nach Cregwell zu organisieren sei. George und Violet hatten Claud und Ramona in ihrem Wagen mitgebracht, während Edwin sich trotz seines beträchtlichen Umfangs auf den Rücksitz von Mauds winzigem Gefährt gezwängt hatte. Nun hatte Violet jedoch Einkäufe in Kingsmarsh zu erledigen, und die anderen wollten so schnell wie möglich wieder zurück.

Ohne zu zögern, erbot Henry sich als Retter in der Not. Er sei ganz allein mit einem großen Polizeiwagen da, und darin sei Platz genug für Sir Claud und Lady Manciple und den Major dazu. Das Angebot wurde dankbar angenommen, und sie spazierten zu viert zum Parkplatz, während der Bischof sich mißmutig bereit erklärte zurückzukehren, wie er gekommen war, mit Maud und Julian.

Im Wagen wandte Henry sich an Lady Manciple. Es freue ihn zu hören, sagte er, daß ihre Schlaftabletten sich wieder eingefunden hätten. Sie hob die Augenbrauen.

»Eingefunden ist kaum das richtige Wort, Mr. Tibbett. Sie waren ja niemals fort. Ich weiß beim besten Willen nicht, wie ich auf die Idee kam, sie in meinen Kulturbeutel zu packen. Claud wird Ihnen bestätigen, daß ich sie immer in meiner Schmuckkassette aufbewahre, aus Sicherheitsgründen.«

»Und die Kassette halten Sie verschlossen, nicht wahr?« erkundigte sich Henry.

»Liebe Güte, nein. Ich besitze ja keinerlei teuren Schmuck«, sagte Ramona mit einer ganz leichten Betonung auf dem Personalpronomen.

»War die Flasche voll?«

»Was für außergewöhnliche Fragen Sie stellen, Mr. Tibbett. Warum interessieren Sie sich denn so für meine armen kleinen Pillen?«

Bevor Henry darauf antworten konnte, sagte George Manciple: »Der Inspektor hat seine Gründe, Ramona.«

»Liebe Güte«, sagte Sir Claud. Er wirkte ärgerlich. »Ich dachte, Ihre Arbeit hier sei längst zu Ende, Chefinspektor. Übrigens fand ich die Art, wie Sie die traurige Angelegenheit heute morgen gemeistert haben, höchst bewundernswert. Ihre Schlußfolgerungen waren zwingend und mit großer Klarheit dargelegt.«

»Ich danke Ihnen, Sir Claud«, sagte Henry.

»Und damit«, beharrte Claud, »wäre das doch erledigt, oder etwa nicht?«

»So gut wie«, sagte Henry. »Lady Manciple, war das Fläschchen mit Schlaftabletten voll?«

»Nein«, antwortete Ramona, ohne zu zögern. »Ungefähr halb voll, glaube ich.«

»Es wäre Ihnen nicht aufgefallen, wenn welche gefehlt hätten?«

»Natürlich nicht. Ich zähle sie ja nicht. Es ist schließlich kein Gift. Sie beruhigen lediglich und helfen beim Einschlafen.«

»Doch sie können zum Gift werden, wenn man sie in großen Mengen nimmt«, erinnerte Henry sie.

»Aber ich habe sie niemals in großen Mengen genommen«, protestierte Ramona. »Wenn Violet so etwas behauptet, ist das wirklich unanständig von ihr.«

Ein etwas angespanntes Schweigen folgte, das George Manciple mit einem kräftigen Räuspern unterbrach, dann sagte er: »Tut mir leid, daß wir Sie nicht zum Essen einladen können, Tibbett, aber Vi steht ein wenig unter Druck, wissen Sie...«

»Aber gewiß doch, Major Manciple. Ich würde nicht im Traum daran denken, ihr an einem Tag wie diesem noch zusätzliche Arbeit zu verursachen.«

»Aber wir erwarten Sie selbstverständlich zur Beerdigung. Und ich hoffe doch, daß Sie und Ihre Frau mit uns anschließend zum Haus kommen werden. Nur ein einfacher Tee.«

202

»Das ist sehr freundlich von Ihnen«, sagte Henry. »Wir kommen gern.«

Maud, Julian und der Bischof waren bereits wieder in Cregwell Grange eingetroffen, als Henry seinen schwarzen Wolseley die Auffahrt hinaufsteuerte. Er hatte vorgehabt, die Manciples nur abzusetzen und dann gleich zum Viking zurückzufahren. Doch George Manciple wollte davon nichts hören. Er erklärte noch einmal und ausgiebig, daß Violet nicht in der Lage sei, ihm ein Essen anzubieten, bestand jedoch darauf – es gab kein anderes Wort –, daß Henry mit hereinkam und einen Aperitif in der Grange nahm. Am Ende sah Henry ein, daß es ihn mehr Zeit kosten würde, die Einladung abzulehnen, als sie anzunehmen.

Das Haus war nicht wiederzuerkennen. Durch die offene Arbeitszimmertür konnte Henry stapelweise Trödel für den Basar sehen, eine bunte Mischung aus alten Kleidern, Kunsthandwerk, Lampenschirmen, Büchern, Küchenutensilien und Kinderspielzeug. Sogar ein angeschlagener Kinderwagen war dabei. Die Haufen quollen bis hinaus in die Halle, und das Porträt des Rektors war nun von einem Sortiment handgestrickter Schals halb verdeckt.

Maud kam aus dem Wohnzimmer, warf einen Blick auf das Durcheinander und rümpfte ihre hübsche Nase.

»Ist das nicht furchtbar?« sagte sie. »Sie müssen wissen, wir bekommen Jahr für Jahr dieselben Sachen. Mrs. A. kauft Mrs. B.s alten Hut, der selbst für eine Vogelscheuche eine Beleidigung wäre, nur um etwas für das Kirchendach, oder was es gerade ist, zu geben. Im nächsten Jahr gibt Mrs. A. den Hut natürlich wieder für den Basar, und Mrs. C. kauft ihn . . . und immer so weiter. Mittlerweile ist der Hut nichts als ein ritueller Gegenstand. Es wäre soviel einfacher für alle, wenn die Leute einfach Geld spenden würden, und damit wäre es erledigt. Aber nein. Es hat schon immer ein Pfarrfest gegeben, und es wird immer ein Pfarrfest geben.« Sie lächelte. »Das Wohnzimmer sieht nicht ganz so schlimm aus. Marmeladen, Konfitüren und Kuchen. Einige davon sind wirklich gut. Ich fürchte nur, sie werden alle aus Versehen bei dem Empfang zu Tante Doras Beerdigung gegessen werden.« Ernsthaft fügte sie hinzu: »Es ist ein Jammer, daß sie nicht dabei sein kann. Das ist genau das, wobei sie in ihrem Element war, eine schöne Beerdigung und hinterher ein prachtvoller Tee. Kommen Sie herein.«

Edwin hatte sich bereits im Wohnzimmer niedergelassen, trank ein Glas Bier und war mit dem Kreuzworträtsel der *Times* beschäftigt. Er hatte einige der Marmeladen, Konfitüren und Kuchen beiseite geräumt, auf den freien Platz seinen Lieblingssessel gestellt und nachdrücklich zum Fenster hin ausgerichtet, so daß er dem Rest des Zimmers den Rücken zuwandte. Er blickte nicht einmal von seiner Zeitung auf, als Maud und Henry eintraten.

»Sherry, Whisky oder Bier?« fragte Maud.

»Sherry, bitte«, antwortete Henry. Er betrachtete sie, wie sie hinüber zum Büffet ging, einige Konfitüren zur Seite schob und mit Karaffen und Gläsern zu hantieren begann. Plötzlich konnte er sich lebhaft vorstellen, wie sie im Laboratorium aussehen mußte. Im weißen Kittel, sachlich, kompetent, intelligent: nicht mehr die zerbrechliche Schönheit, sondern eine höchst professionelle Wissenschaftlerin. Auch kalt. Unsentimental.

Die kühle, sachliche Wissenschaftlerin wandte sich von ihren Destillierkolben und Phiolen um, und mit einem Male war sie wieder Maud Manciple: zart, blond und bezaubernd. Sie hielt ein Glas hoch und reichte es Henry mit den Worten: »Einmal trockener Sherry.« Dann nahm sie ihr eigenes und sagte: »Ich finde, wir sollten auf Tante Dora trinken. Sie war einem gutes Gläschen zur rechten Zeit niemals abgeneigt.«

»Auf Tante Dora«, sagte Henry und hob sein Glas.

»Amen«, sagte Maud.

»Dummes Zeug«, sagte Edwin laut und blätterte unter heftigem Rascheln eine Seite um.

»Das sind wunderschöne Chrysanthemen«, sagte Henry. »Kommen sie aus dem Garten?«

Maud war es ein wenig peinlich. »Nein«, entgegnete sie. »Sie gedeihen nicht bei uns. Nicht der richtige Boden.«

»Sie sind für Tante Dora, nicht wahr?« fragte Henry.

Maud zögerte einen Augenblick lang, ehe sie sagte: »Sie können sich Ihre Andeutungen sparen. Ja, ich habe sie in Kingsmarsh gekauft und hier aufgestellt. Ja, sie gelten von alters her als Trauerblumen. Vergessen Sie nicht, daß ich ein Jahr lang in Paris gelebt habe. Ich fand, daß etwas getan werden sollte.«

»Und niemand wollte etwas tun?«

»Niemand sonst –«, setzte Maud an und hielt dann inne. »Ich hatte Tante Dora sehr gern.«

»Ja«, sagte Henry. »Das weiß ich.«

204

Ramona, Claud und George Manciple traten gemeinsam ein, nachdem sie das seltsame Sortiment formloser Tweedmäntel, Strickschals und Schlapphüte, die sie als angemessene Garderobe für die gerichtliche Untersuchung erachtet hatten, abgelegt hatten. Maud widmete sich wieder den Getränken, und als jeder versorgt war, ging sie durch die Terrassentür hinaus zu Julian, der ziellos durch den Garten wanderte.

»Und die Wildblumen, Mr. Tibbett?« erkundigte sich Lady Manciple.

Geistesgegenwärtig, wenn auch unaufrichtig, antwortete Henry: »Oh, die wachsen und gedeihen. Nichts allzu Aufregendes bisher, fürchte ich. Nur Butterblumen und dergleichen.«

Ramonas Züge entspannten sich anerkennend. »In jeder Versammlung muß es eine Gemeinde ebenso geben wie einen Prediger«, sagte sie. »Die größten Schätze Ihrer Sammlung brauchen die Gesellschaft der unscheinbaren Butterblume und des Gänseblümchens, damit sie nur um so prächtiger erstrahlen. Ich verlasse mich darauf, daß Sie nicht nachlassen, wenn Sie sich von uns verabschiedet haben.«

»Ich werde mich bemühen«, versicherte Henry. Er verschwieg ihr, daß die Flora in Chelsea, um es zurückhaltend auszudrücken, spärlich war.

George sagte eben zu Claud: »Es hat keinen Zweck, mir so etwas erklären zu wollen, Claud. Das solltest du doch wissen. Mein Verstand ist einfach anders gebaut –«

»Die Quantentheorie«, entgegnete Sir Claud, »wird von jedem Erstsemester mit dem Hirn eines Vogels ohne Mühen verstanden. Ich begreife nicht, welche Schwierigkeiten –«

»Das ist ungerecht, Claud«, wandte Ramona gestrenge ein.

»Was ist ungerecht?«

»Die Verstandeskräfte der Vögel zu schmälern. Du weißt ebenso gut wie ich, daß viele von ihnen über ein außerordentlich hochentwickeltes Gehirn verfügen.«

»Richtig, meine Liebe«, stimmte Sir Claud ihr zu. »Sehr scharf beobachtet. Unsere Sprache ist ja so unpräzise, gerade was bildliche Ausdrücke angeht. Wenn ich nun sagen würde, ›das Hirn eines Huhnes‹, würdest du mir wohl zugestehen, daß der Ausdruck angemessen ist.«

»Huhn?« kam Edwins Stimme aus der Tiefe des Sessels. »Schon wieder? Violet ist ein wenig verschwenderisch, oder?«

205

»Das Hirn eines Huhnes, Edwin«, sagte Ramona und sprach dabei noch deutlicher als sonst.

»Das Hirn eines Huhnes? Was für eine überspannte Idee.« Interessiert ließ Edwin das Kreuzworträtsel in den Schoß sinken und wandte sich in seinem Sessel um, damit er die anderen sehen konnte. »Hühnerleber habe ich schon oft gegessen, sogar in Bugolaland. Aber niemals Hühnerhirn. Da bräuchte man wohl mehr als eines, um ein anständiges Essen daraus zu machen. Vielleicht hast du an Kalbshirn gedacht?«

»Ich habe an nichts dergleichen gedacht«, entgegnete Sir Claud scharf. »George und ich diskutierten die Quantentheorie.«

»Die Verbindung zum Hühnerhirn«, meinte Edwin, »scheint mir weit hergeholt.« Er klemmte sich einen Zwicker auf die Adlernase.

»Ich verstehe kein einziges Wort«, jammerte George. »Claud sollte sich über solche Sachen mit Maud und Julian unterhalten.«

»Pfirsiche«, sagte Edwin. Er faßte Henry streng ins Auge.

»Wie bitte, Sir?« fragte Henry.

»Pfirsiche. Erinnerten mich an Julian. Umgekehrt, meine ich natürlich. Ganz schön haarige Angelegenheit, dieses saftige Früchtchen aus dem Osten, wie der Lateiner sagt.«

Henry hub gerade an zu sagen: »Ja, das ist in der Tat –«, als sein Blick auf das Kreuzworträtsel fiel. »Ah«, sagte er. »Pfirsiche.«

»Ganz genau. 14 senkrecht.«

»Und was hat der Lateiner damit zu tun?«

»*Persicum*«, erwiderte Edwin. »Lateinisches Wort für Pfirsich.«

»Verstehe. Der persische Apfel. Deswegen auch der Osten?«

»Selbstverständlich. Ich hatte es gerade eingetragen, als George von Julian sprach, und da fiel es mir wieder ein.«

»Was fiel Ihnen ein, Sir?«

»Alle Wetter!« rief Edwin plötzlich. Er klang aufgeregt. »Hör dir das an, Claud. Was dem Schuster in die Nase steigt, wenn er den Käse streicht.«

»Was?«

»Warte, warte. Ich bin noch nicht fertig. Was dem Schuster in die Nase steigt, wenn er den Käse streicht... rein theoretisch natürlich.«

»Quanten!« rief Sir Claud.

»Quanten!« wiederholte Edwin und trug das Wort mit dicker schwarzer Tinte in die Kästchen ein.

»Quanten!«, pflichtete Henry bei, verblüfft über das merkwürdige Zusammentreffen.

»Ich verstehe kein Wort«, sagte George.

»Humphrey«, sagte Edwin, »konnte Pfirsiche nicht ausstehen. Duldete keine in seinem Haus. Und der Junge war genauso. Höchst merkwürdig. So etwas vererbt sich. Im Osten gab es natürlich Weihnachtspudding. Wie ich gerade schon zu Mr. Tibbett sagte. Ganz schön haarige Angelegenheit, dieses saftige Früchtchen aus dem –«

»Ja, ich habe es gehört«, sagte Claud. Er ging hinüber zu seinem Bruder, warf einen Blick auf das Rätsel und sagte: »Siebzehn waagerecht ist Semmelweis.«

»Wie bist du denn darauf gekommen?«

»Zum Frühstück dieses helle Kleingebäck. Aber Händewaschen nicht vergessen, wenn du die junge Mutter retten willst.«

»Ja... ja, du hast recht. Warte, bis ich es eingetragen habe. Bemerkenswert. Der Mann, der dieses Rätsel zusammengestellt hat, muß Ire sein. Hierzulande spricht man von Brötchen statt von Semmeln.«

»Oder Amerikaner«, fügte Claud hinzu. »Amerikaner sagen das auch.«

»Das glaube ich nicht«, widersprach ihm Edwin. »Nein, das glaube ich nicht. Ein Amerikaner wüßte nicht, was eine Käsequante ist.«

»Ein Ire wüßte das wahrscheinlich genausowenig«, sagte George. »Den Ausdruck findet man nur in East Anglia.«

»Was bedeutet«, folgerte Edwin triumphierend, »das dieses Kreuzworträtsel von einem Amerikaner oder Iren ersonnen wurde, der in East Anglia lebt.«

»Was sollte ein Amerikaner denn in East Anglia wollen?« verlangte Ramona zu wissen.

»Militärflughäfen«, meinte Claud. »Davon gibt es viele in Norfolk.«

»Unsinn«, widersprach Edwin. »Wer hätte jemals gehört, daß ein amerikanischer Flieger Mitarbeiter der *Times* gewesen wäre? Nein, der Mann ist Ire. Die ganze Arbeit zeugt von seiner Herkunft.« Eine kleine Pause trat ein. Dann fügte Edwin hinzu: »Die arme Tante Dora. Die Beerdigung hätte ihr so große Freude gemacht. Nun, wir müssen darauf vertrauen, daß sie im Geiste bei uns sein wird.«

Henry hatte sich während all der Jahre, die er nun bei der Kriminalpolizei war, stets Mühe gegeben, bei seiner Arbeit gewissenhaft zu sein. Er war nach den üblichen Verfahren vorgegangen, er hatte ein Auge auf Einzelheiten gehabt, er hatte sich der ausgezeichneten Mittel wissenschaftlicher Analyse, die Scotland Yard zur Verfügung standen, bedient und auf sie vertraut, und er wußte, daß mehr Mörder durch das Etikett einer chemischen Reinigung oder durch die Flusen in ihrem Hosenaufschlag überführt wurden als durch jene willkürliche Intuition, die man aus Kriminalromanen kannte. Und doch blieb da sein »Riecher«. Und als er im Wohnzimmer von Cregwell Grange stand, ein Glas hellen Sherrys in der Hand, und die drei Manciple-Brüder betrachtete, so unterschiedlich in Charakter und Mentalität und doch jeder ohne Frage ein Manciple, klickte etwas in seinem Kopf. Ob es Intuition oder Schlußfolgerung oder Beobachtung war, vermochte er nicht zu entscheiden, aber ein Bild hatte sich in seinem Kopf geformt, und es war beileibe kein Bild, das ihm gefiel.

Nicht zum ersten Mal sah Henry sich vor einem Dilemma, das er verabscheute. Es hatte nichts als eine plötzliche Eingebung. Es bestand keinerlei Verpflichtung, die Ermittlungen überhaupt fortzusetzen. Er konnte in aller Ruhe nach London zurückfahren und die ganze Sache vergessen. Andererseits war die Wahrheit nun einmal die Wahrheit und die Zukunft die Zukunft, und wenn sich die Idee, die er hatte, als richtig erweisen sollte . . .

Die Manciples hatten natürlich von Henrys Augenblick der Erkenntnis nichts bemerkt, und ebensowenig von dem inneren Kampf, der darauf folgte. Deshalb waren alle höchst überrascht, als er sein Glas lautstark auf den Tisch stellte und verkündete: »Es tut mir leid, aber ich muß gehen, Major Manciple.«

»Schon? Aber es ist doch noch früh am Tage, mein Lieber. Vi wird im Handumdrehen wieder hier sein. Trinken Sie noch ein Glas.«

Henry spürte ein Würgen im Hals, ein weiteres Glas wäre ihm höchst willkommen gewesen, aber er blieb hart: »Nein, ich bedaure, aber ich muß gehen.«

»Na, dann sehen wir uns bei der Beerdigung. Punkt halb drei an der Dorfkirche –«

»Ich fürchte«, sagte Henry, »es wird mir nun doch nicht möglich sein, zur Beerdigung zu kommen. Es tut mir sehr leid.«

»Sie kommen nicht zur Beerdigung?« Ramona klang empört. »Aber Mr. Tibbett, eben im Wagen haben Sie doch gesagt –«

»Und anschließend Tee«, versuchte Edwin ihn zu locken.

»Violet wird sehr enttäuscht sein«, sagte George.

»Es tut mir aufrichtig leid«, beteuerte Henry, »aber ich kann nicht kommen. Ich bin nicht Herr meiner Zeit. Ich muß meine Arbeit tun, und meine Aufgabe in Cregwell ist erledigt. Ich fahre zurück nach London.«

* * *

Und so fuhr Henry Tibbett also zurück nach London. Emmy Tibbett hingegen blieb in Cregwell. Ein Versprechen, sagte sie, sei schließlich ein Versprechen, und sie könne Mrs. Manciple auf keinen Fall im Stich lassen. Sie ging auch zur Beerdigung, und sie war die einzige, die dabei weinte. Der Tee anschließend war ausgezeichnet.

Kapitel 15

Als am Samstag morgen die Sonne aufging, war der blaue Himmel von schmalen Wolkenbändern überzogen, und an hundert und mehr Frühstückstischen in Cregwell und Umgebung gab es nur ein Thema, die bange Frage: Würde sich das gute Wetter noch bis zum Fest halten?

Die Belegschaft des Viking neigte zum Pessimismus. Alfred servierte Emmy das Frühstücksei mit der Bemerkung, genauso habe es vor vier Jahren angefangen, als dann das große Unwetter gekommen sei. Mabel, die in der Bar die Gläser putzte und die Tische polierte, verkündete, sie hätten zum Fest noch nie gutes Wetter gehabt.

Unter dem bedrückenden Einfluß solcher Prognosen beschloß Emmy, sich auf das Schlimmste einzustellen. Sie zog ein Wollkostüm an, dazu feste Schuhe, die auch den Schlamm überstehen würden, und einen Regenmantel. Um neun Uhr stand sie an der Tür des Viking und wartete auf Isobel Thompson, die sie mitnehmen wollte.

Isobel hingegen stand auf der Seite der Optimisten. Als sie ihren zerbeulten Ford vor dem Gasthaus zum Halten brachte, sah Emmy, daß sie ein ärmelloses Sommerkleid, keine Strümpfe und leichte Sandalen trug.

»Du wirst eingehen vor Hitze«, begrüßte sie Emmy.

»Ich kann mir nicht vorstellen, daß die Schätzungen zum Gewicht des Pfarrers so schweißtreibend sein werden«, entgegnete Emmy und stieg in den Wagen.

»Warte nur ab«, meinte Isobel vielsagend. Dann fuhren sie zur Grange.

Das Durcheinander, in das Henry am Donnerstag hineingeplatzt war, als die verschiedenen Utensilien für das Fest ins Haus gebracht worden waren, war nichts im Vergleich zu demjenigen, das am Samstag morgen herrschte, als alle sich wieder einfanden. Eine Anzahl männlicher Helfer war dabei, die Arbeitstische aufzustellen, die als Stände dienen sollten, und es erwies sich, wie so oft bei solchen Gelegenheiten, daß sie mehr Arbeit machten, als sie den Frauen abnahmen. Violet Manciple überlegte bereits, ob sie sie nicht fortschicken solle, was genau das war, worauf die Männer spekulierten. Sie rechneten fest damit, daß man sie gegen halb zwölf, wenn die Bar des Viking öffnete, empört vom Platz weisen würde.

Derweil liefen geschäftige weibliche Helfer wie Ameisen unablässig zum Haus und zur Garage hinein und, alle möglichen Dinge im Arm, wieder heraus. Violet selbst war dem Nervenzusammenbruch schon gefährlich nahe. Wie eine Seherin, die von übereifrigen Anhängern bestürmt wird, war sie von einer Schar flehender Damen umringt, von denen jede ihren Rat erhoffte, wohin dieses gehöre, wann jenes eintreffen werde und wer wofür verantwortlich sei.

Sie sah Emily und Isobel kommen und winkte ihnen über die Köpfe der Meute hinweg mit einer Liste zu. Irgendwie gelang es ihr, sich freizukämpfen, und sie kam zu ihnen herüber.

»Wie lieb von Ihnen, Mrs. Tibbett. Ich hatte wirklich nicht erwartet, daß Sie uns auch den Vormittag noch opfern . . . ich freue mich.« Sie strahlte Emmy an. »Isobel ist natürlich immer ein Fels in der Brandung. Isobel, Liebes, wenn du mir das Leben retten willst, dann geh, und halte Harry Penfold davon ab, den Stand für das Ringewerfen mitten in Georges liebstem Rosenbeet aufzustellen. Und dann könntest du Mrs. Rodgers helfen, die Konfitüren und das Eingemachte hübsch herzurichten. Danke, Liebes.«

»Was soll ich tun, Mrs. Manciple?« fragte Emmy.

»Also, wenn Sie ins Haus gehen, werden Sie Maud mit den Bettüchern finden.«

»Den Bettüchern?«

»Wir decken die Tische im Erfrischungszelt mit alten Bettüchern. Sie werden mit Sicherheitsnadeln zusammengesteckt. Maud wird es Ihnen zeigen. Und dann müssen die Gläser und die Teetassen aufgestellt werden . . . Nein, Mrs. Berridge, der Aschenbecher ist für den Basar. Alle Sachen für die Glückstonne werden verpackt, wegen der Kleie . . .« Die Wogen schlugen wieder über Violet zusammen.

Mit einiger Mühe gelangte Emmy ins Haus. In der Halle stieß sie beinahe mit Julian zusammen, der ein großes Faß voller Kleie herausschleppte.

»Hallo, Mrs. Tibbett«, begrüßte er sie. »Ich höre, Ihr Mann ist zurück nach London.«

»Ja.«

»Kann ich ihm nicht verdenken. Hier fühlt man sich eher wie auf einem sinkenden Schiff als in einem menschlichen Heim. Der Himmel stehe den armen Seeleuten bei.« Er verschwand mit seiner Bürde in Richtung Garten.

Frank Mason kam aus dem Arbeitszimmer. Sein rotes Haar stand ihm zu Berge, und er trug einen großen Haufen Trödel auf einem zerbeulten Tablett. »Ich weiß genau, daß es da war«, sagte er.

»Und nun ist es nicht mehr da, junger Mann. Das sehen Sie ja wohl selbst.« Ramonas Stimme, die aus dem Arbeitszimmer drang, klang herrisch und gereizt.

»Es ist sehr wichtig«, rief Frank ihr über die Schulter zu.

»Alles ist wichtig am Tage des Festes«, sagte Ramona. Sie erschien an der Tür des Arbeitszimmers, ihr Gesicht hinter einem Armvoll alter Kleider verborgen. »Kannst du mir das abnehmen, Maud, Liebes?«

»Nein, Tante Ramona, das kann ich nicht«, entgegnete Maud mit Bestimmtheit.

»Geben Sie es mir, Lady Manciple«, sagte Emmy.

»Oh, besten Dank.«

Ramona stopfte Emmy das unappetitliche Bündel in die Arme. »Über den Rasen, unter dem Ahorn. Der Stand müßte inzwischen fertig sein.«

Emmy machte sich auf den Weg in den Garten und hörte gerade noch, wie Maud fragte: »Weswegen war Frank denn so schrecklich aufgeregt?«

»Ach, irgendein Buch . . .« Ramonas Stimme verlor sich.

Der Stand unter dem Ahorn war noch nicht fertig. Genauer gesagt, kam Emmy gerade noch rechtzeitig, um zu sehen, wie seine zusammenklappbaren Beine zusammenklappten. Er ging mit einer gewissen gelassenen Würde zu Boden, nicht ohne dabei einem der männlichen Helfer die Finger zu klemmen. Es folgten Wut- und Schmerzensschreie und Rufe nach Heftpflaster. Schicksalsergeben legte Emmy ihr Bündel zu einem weiteren Stapel, der auf dem Rasen lag, und ging zurück zu Maud, um ihr mit den Bettüchern zu helfen. Es war zehn Uhr.

* * *

Um zehn nach zehn sagte der schweigsame, selbstsichere Mann in seiner anonymen Dienststelle: »Wir werden natürlich versuchen, Ihnen zu helfen, Chefinspektor, aber es dürfte nicht einfach sein. Es herrschen verrückte Zustände in diesen gerade unabhängig gewordenen Ländern. Wir sind...« Er räusperte sich – »...dieser Tage in Bugolaland nicht gerade *persona grata.*«

»Aber einige der alten Kolonialfamilien sind doch sicher dort geblieben«, sagte Henry. »Arbeiten mit dem neuen Regime zusammen, meine ich.«

»Oh ja. Das allerdings. Als ich ›wir‹ sagte, meinte ich es im engeren Sinne. Es ist nicht leicht, Auskünfte zu bekommen.«

»Es sind ja keineswegs geheime Informationen, die ich brauche«, sagte Henry. »Es müßte nur jemand die Archive durchsehen.«

»Sie kennen diese Burschen nicht«, entgegnete der Mann melancholisch.

»Wenn die Ahnung, die ich habe, sich bewahrheitet, sollte das für Ihre Abteilung von großem Interesse sein«, sagte Henry.

Der Mann seufzte. »Wissen Sie, es ist gar nicht so leicht, uns für etwas zu interessieren«, sagte er. »Also gut, schießen Sie los. Sagen Sie uns genau, welche Auskünfte Sie brauchen.«

* * *

Halb zwölf. Der Stand für den Basar war aufgebaut, das Ringewerfen aus dem Rosenbeet umquartiert, und das Zelt der Wahrsagerin war gerade zum zweiten Mal eingestürzt und hatte Ramona, die wie jedes Jahr darin residierte, um ein Haar erstickt, als sie die Räumlichkeiten inspizieren wollte. Die männlichen Helfer waren zur allgemeinen Erleichterung entlassen und warteten nun in geschlossener Formation vor dem Viking darauf, daß die Bar geöffnet wurde.

Nur Frank Mason war geblieben, machte Besorgungen und transportierte Dinge für Maud und jammerte zwischendrin immer wieder: »Ich habe es aus Versehen mit hergebracht. Ich muß es wiederhaben. Es lag bei den Sachen für den Basar.«

»Mein lieber Frank«, entgegnete Maud herzlos, »wenn der heutige Tag vorüber ist, können Sie froh sein, wenn Ihre goldene Armbanduhr nicht für Sixpence verkauft worden ist und Ihre Hosen nicht in die Lotterie kommen. Hören Sie doch auf mit Ihrem dummen Buch, und helfen Sie mir lieber, diese Limonadenkrüge zum Zelt zu bringen.«

Edwin kam hereingeschlendert, sein Kreuzworträtsel in der Hand, und sagte: »Violet schickt mich, ich soll etwas ausrichten.«

»Tatsächlich? Und was, Onkel Edwin?«

»Ich kann mich beim besten Willen nicht mehr erinnern«, antwortete Edwin. »Irgendwas über den Stand des Frauenvereins.« Er goß sich ein Glas Limonade ein. Maud nahm es ihm aus der Hand.

»Oh nein, das läßt du schön bleiben! Die ist für heute nachmittag!« Sie goß die Limonade zurück in den Krug. Edwin betrachtete seine leere Hand mit einiger Verblüffung.

Julian steckte den Kopf zur Tür herein. »Die Kapelle ist da«, verkündete er mit einem Unterton von Resignation.

»Gut«, sagte Maud. »Führe sie ins alte Kinderzimmer, da können sie ihre Uniformen anziehen.«

»Die Hälfte von ihnen hat keine Uniform«, entgegnete Julian. »Manche haben nicht einmal ihre Instrumente dabei, und zwei sind jetzt schon betrunken.«

»Das sind sie immer«, sagte Maud. »Mach dir keine Gedanken darüber.«

Julian verschwand wieder. »Wer ist immer was?« fragte Edwin.

»Betrunken, Onkel Edwin.«

»Betrunken? Der Frauenverein? Das überrascht mich. Ich dachte, es sei nur Limonade.«

»Also wirklich«, rief Maud. Es gab Zeiten, da war es schon eine Tortur, eine Manciple zu sein. Sie scheuchte Frank mit der Limonade hinaus in den Garten.

Edwin nahm einen Teller mit Marmeladentörtchen, an dem ein Zettel hing: »Mrs. Berridge. Erster Preis, Gebäck und Pasteten.« Gedankenverloren kauend, wanderte er hinunter zum Schießplatz. Hier herrschte, so paradox das war, Ruhe. Abseits der tosenden See waren George und Claud Manciple in bester Stimmung damit beschäftigt, die Schießscheiben aufzustellen und Munition und Waffen für den nachmittäglichen Sport bereitzulegen. Edwin ließ sich auf der Gartenbank nieder und bot seinen Brü-

214

dern von dem Teller mit Törtchen an. Sie griffen dankbar zu. Eine Zeitlang aßen alle drei schweigend. Dann eröffnete Edwin: »Maud hat mir gerade etwas Unglaubliches erzählt.«

»Ach?« fragte George mit vollem Mund.

»Ja. Sie sagt, die Mitglieder des Frauenvereins von Cregwell seien regelmäßig betrunken.«

»Tatsächlich?« Claud war beeindruckt.

»Es ist natürlich ein sehr moderner Verein«, gab George zu bedenken. »Hat mir Vi neulich noch erzählt. Aufgeschlossen. Wahrscheinlich hat sie das damit gemeint.«

»Die Frauen unseres Vereins in Bugolaland waren nur äußerst selten betrunken«, sagte der Bischof. »Ich erinnere mich nur an ein oder zwei vereinzelte Fälle. Natürlich handelte es sich um Schwarze.«

»Vielleicht ist das die Erklärung«, meinte George.

»Massentrunksucht«, erklärte Claud, »ist ein psychologisches Phänomen, das aus einer grundsätzlichen Unsicherheit heraus entsteht, dem gleichzeitigen Bestreben, sich mit einer Gruppe zu identifizieren und die eigene Persönlichkeit zu unterdrücken. Seltsam, daß sich so etwas unter den Frauen von Cregwell entwickelt.«

Die drei Brüder diskutierten die Frage noch weiter, und von Mrs. Berridges preisgekrönten Törtchen blieb nur der Teller zurück.

* * *

Zwölf Uhr. »Leider noch nichts Definitives, Tibbett«, sagte der schweigsame Mann. »Wie gesagt, diese Burschen sind heikel, und Sie verlangen schließlich, daß jemand ziemlich tief in den Akten wühlt, alter Junge. Das muß man schon sagen. Verdammt tief. Wir haben es von hier aus natürlich dringend gemacht, aber bisher ist nichts gekommen. Absolut nichts. Sie müssen einfach Geduld haben.«

* * *

Ein Uhr. Die meisten erschöpften Helferinnen waren aufgebrochen und nach Hause gefahren, um ihren Männern das Essen zu kochen und ihre Sonntagskleider anzuziehen. Denn um halb drei würde Lady Fenshire das Fest eröffnen.

In der Küche von Cregwell Grange verzehrten die Manciples das, was Violet ein »Mittagessen im Stehen« nannte. Das bedeutete nichts weiter, als daß jeder die Speisekammer und den Kühlschrank plünderte, sich nahm, was ihm paßte, und es an Ort und Stelle ohne Messer, Gabel oder Teller verputzte. Violet hatte Emmy gedrängt, dazubleiben und an diesem unorthodoxen Mahl der Familie teilzunehmen. Der einzige andere Außenstehende war Frank Mason. Im Grunde hatte ihn niemand eingeladen. Er blieb aus eigenem Antrieb und aus privaten Gründen, und jeder glaubte, einer der anderen müsse ihn zum Bleiben aufgefordert haben.

Im Zuge dieses merkwürdigen Mittagessens, bei dem Emmys Anteil – in dieser Reihenfolge – aus dem Schwanzende eines kalten Lachses, einem gedämpften Pfirsich, einem Löffelvoll kalten Kartoffelpürees und einem Würstchen bestand, fand sie endlich Gelegenheit, Frank Mason nach seinem verlorenen Buch zu fragen.

Es schien ihm peinlich. »Ach, nichts. Nur ein Buch meines Vaters. Ich hatte es dabei, als ich die Sachen aus der Lodge für den Basar brachte, und ich muß es bei dem anderen Zeug im Arbeitszimmer liegengelassen haben. Ich bin sicher, daß es irgendwo dazwischen ist, aber Lady Manciple gestattet einfach nicht, daß ich genauer nachsehe.«

»Ich habe eine Reihe von Dingen für den Basar hinausgetragen«, sagte Emmy. »Wie war der Titel?«

Frank zögerte deutlich. Dann sagte er: »Es hatte keinen Titel. Ich meine, es ist ein einfacher brauner Umschlag. In braunes Packpapier gewickelt.«

Emily lachte. »Als ich jung war«, sagte sie, »hätte da nur der *Ulysses* oder *Lady Chatterleys Liebhaber* drin sein können. Heute kann man beide als Taschenbuch kaufen.«

»Meines können Sie nicht kaufen«, versicherte Frank Mason. Er löste sich von der Tischkante, wo er sich angelehnt hatte, um einen Apfel zu essen. »Ich glaube, ich werde noch mal –«

Er ließ den Satz mit Absicht unvollendet und schlenderte hinaus auf den Flur, doch Emmy sah, daß er ins Arbeitszimmer ging.

Um zwei Uhr trafen Lord und Lady Fenshire mit Sir John Adamson ein. Sie hatten gemeinsam in Cregwell Manor zu Mittag gegessen und schienen glänzender Laune zu sein, obwohl gerade in dem Augenblick, in dem sie eintrafen, die ersten Regentropfen fielen. Um Viertel nach zwei gingen Maud und Julian hinunter, um die

Tore zu öffnen. Draußen hatte sich bereits eine beträchtliche Menschenmenge versammelt. Einige der Leute trugen Regenschirme, von denen die ersten bereits aufgespannt wurden, aber davon abgesehen waren Sommerkleider an der Tagesordnung, und Cregwell schien fest entschlossen, das Wetter schön zu finden, auch wenn der äußere Eindruck noch so sehr dagegen sprach. Wenige Minuten später waren alle Helfer an ihrem zugewiesenen Platz. Mrs. Rodgers wachte selig über Konfitüren und Gelees, während Mrs. Berridge grimmig hinter sauren Gurken und Eingemachtem hockte. Die gegensätzlichen Stimmungen der beiden Damen waren schnell erklärt. Als der leere Teller und die weggeworfene Karte auf dem Schießplatz entdeckt wurden, war in aller Eile eine neue Karte geschrieben worden, die den ersten Preis an Mrs. Rodgers Apfelkuchen vergab.

Ramona, ausgestattet mit einem Satz eselsohriger Tarotkarten und einer Kristallkugel, die in Wirklichkeit ein umgestürztes Goldfischglas war, hatte sich in ihrem schwankenden Zelt in Positur gesetzt und wartete darauf, für einen Shilling pro Weissagung die Zukunft vorauszusagen. Sie trug Ohrringe, die aus großen Messing-Vorhangringen gefertigt waren, und ein Kopftuch aus scharlachroter Seide – »Damit ich auch echt aussehe«. Isobel Thompson wachte, von Violet assistiert, über den Basar, der in vielerlei Hinsicht das Herzstück des Festes war. Sir Claud Manciple stand traditionsgemäß an der Glückstonne. George und Edwin waren bereits auf dem Schießplatz. Maud kam eilig vom Tor zurück, um das Kommando über den Erfrischungsstand zu übernehmen, und Julian, um ihr zu assistieren. Die Frau des Pfarrers überwachte das Ringewerfen, während die gequälten Lehrerinnen der Dorfschule ihr eigenes Reich am Kinderspielplatz innehatten. Emmy saß an ihrem Tisch, Notizheft und Geldkassette bereit, und erwartete die ersten Wetten auf das Gewicht des Pfarrers. Frank Mason streifte unglücklich auf der Suche nach seinem verlorenen Buch umher. Alles war bereit.

Um halb drei traten Lord und Lady Fenshire, begleitet von Sir John Adamson und Violet Manciple, durch die Terrassentür hinaus in den Garten. Spärlicher Applaus kam auf, als sie die wacklige Tribüne erklommen.

»Es ist mir eine Freude«, deklamierte Lady Fenshire mit schriller Stimme, »das jährliche Pfarrfest im Dorfe Cregwell offiziell für eröffnet zu erklären.«

»Eins, zwei drei –« erklang eine laute und ein wenig lallende Stimme, und nach einem Tusch und mit schrägem Einsatz der Hörner begann die Kapelle von Cregwell ihre höchst eigenwillige Interpretation von *Anchors Aweigh.* Im selben Augenblick brach der Regen los. Es war genau zwei Uhr dreißig.

* * *

Um zwei Uhr fünfunddreißig sagte der schweigsame Mann: »Anscheinend haben Sie Glück, Tibbett. Wir haben herausgefunden, was Sie wissen wollen. Manche Bibliotheken bewahren offenbar die alten Zeitungen auf. Wenn ich Sie recht verstehe, ging es um einen Artikel aus der *Bugolaland Times* von vor zwanzig Jahren.«

»Das ist richtig.«

»Nun, hier haben wir einen aus der *East Bugolaland Mail.* Der Lokalzeitung aus der Gegend, in der die Familie lebte, der Artikel ist also detaillierter. Es ist natürlich kein amtlicher Bericht, aber er läßt keinen Zweifel daran, daß der Junge zusammen mit seinen Eltern umkam. Alle drei wurden bei dem Unfall getötet. Lesen Sie selbst.«

* * *

»Zweiundsiebzig Kilo und hundertachtzig Gramm«, meinte die stämmige Dame nachdenklich. Der Pfarrer, der ein wenig beklommen auf einer kleinen Plattform aus Gemüsekisten stand, schien geschmeichelt. »Zweiundsiebzig Kilo hundertachtzig Gramm«, wiederholte Emmy und notierte es auf einem Zettel. »Der Name bitte?«

»Mrs. Barton, Hole End Farm.«

»Danke, Mrs. Barton. Hier ist Ihre Quittung. Das macht Sixpence, bitte.«

Der Mann, der sie begleitete, vermutlich Mr. Barton, war eine kleine, magere Gestalt, die ein die Jahre gekommener Jockey hätte sein können. »Zweiundneunzigeinhalb Kilo«, sagte er laut. Der Pfarrer machte ein entsetztes Gesicht. Emmy stellte eine Quittung aus, und die beiden gingen davon.

»In Wirklichkeit, Mrs. Tibbett«, flüsterte der Pfarrer Emmy zu, »wiege ich –«

»Bitte, sagen Sie es mir nicht!« rief Emmy. »Ich könnte etwas verraten, wenn ich Bescheid wüßte.«

»Ich wollte Ihnen nur zu verstehen geben«, schloß der Pfarrer würdevoll, »daß ich weniger als zweiundneunzigeinhalb Kilo wiege.«

»Die meisten haben Sie auf ungefähr fünfundachtzig Kilo geschätzt«, versuchte Emmy ihn zu trösten.

»Siebenundachtzig ist der Durchschnittswert«, sagte der Pfarrer, der gute Ohren hatte. »Ich habe es mir im Kopf ausgerechnet. Es liegt an diesem Anzug, fürchte ich. Ich habe ihn vor einigen Jahren machen lassen, als ich noch fülliger war. Er vermittelt... ähm... einen falschen Eindruck.« Er lachte verlegen. »Man soll ein Päckchen niemals nach seiner Verpackung beurteilen.«

Im selben Augenblick erschien Isobel Thompson. »Teepause«, verkündete sie Emmy gutgelaunt.

»Also wirklich, Isobel, ich –«

»Keine Widerrede«, erwiderte Isobel. »Violet hat den Basar übernommen, und ich soll dich für eine halbe Stunde hier ablösen, damit du eine Tasse Tee trinken kannst. Und ich würde mich beeilen, an deiner Stelle«, fügte sie noch hinzu.

Tatsächlich begann es nun wieder große, klatschende Tropfen zu regnen. »Wenn das so ist«, sagte Emmy dankbar, »mache ich mich gleich auf den Weg.«

»Ich glaube«, sagte der Pfarrer mit klagender Stimme, »ich sollte meinen Regenmantel anziehen.«

»Das wäre ausgesprochen unfair, Mr. Dishforth«, entgegnete Isobel freundlich, aber bestimmt. »Sie müssen doch der Kundschaft eine Chance geben, sich einen guten Eindruck von Ihnen zu verschaffen.«

»Sie sagen das, als sei ich eine Kuriosität auf einem Jahrmarkt, Mrs. Thompson.«

»Nun, ob Kuriosität oder nicht, auf einem Jahrmarkt befinden Sie sich auf alle Fälle«, sagte Isobel. »Und denken Sie an das Kirchendach.«

»Ihr Mann würde es gar nicht gutheißen, wenn ich mir hier mit einer Erkältung den Tod holte.«

»Meinetwegen können Sie einen Regenschirm aufspannen, aber Sie dürfen keinen Mantel tragen. Mrs. Manciple hat es verboten.«

»Also, Mrs. Manciple hat wirklich nicht das Recht, mir –«

Emmy überließ die beiden sich selbst und sah zu, daß sie in den Schutz des Erfrischungszeltes kam.

Während sie eine Tasse heißen, starken Tee schlürfte und eines von Mrs. Rodgers erstklassigen Törtchen aß, fiel ihr eine Bemerkung des Pfarrers wieder ein, und mit ihr kam die Erleuchtung. Sie sah sich um, in der Hoffnung, Frank Mason zu entdecken, doch er war nirgends zu sehen. Sie spähte zum Zelteingang hinaus. Der Regen war jetzt heftiger denn je, und Emmy hatte keine Lust, ihre teure halbe Stunde damit zu vertun, durch den Regen zu laufen. Aber sie sah Maud und rief ihr.

»Hallo, Mrs. Tibbett«, sagte Maud. Sie trug Gummistiefel, eine schimmernde schwarze Öljacke und einen Südwester, und sie sah aus, als könnte ihr kein noch so heftiger Regenguß etwas anhaben. »Was kann ich für Sie tun?«

»Haben Sie Frank Mason gesehen?«

»In letzter Zeit nicht. Soll ich ihn für Sie suchen?«

»Nein, das wäre übertrieben. Aber wenn Sie ihn sehen, richten Sie ihm von mir aus, daß sein Buch wahrscheinlich in der Glückstonne gelandet ist.«

»Sie meinen das Buch, das er aus Versehen mit zum Basar gebracht hat?«

»Genau. Er hat mir heute mittag gesagt, es sei in Packpapier eingeschlagen gewesen. Und Ihre Mutter hat mehrmals gesagt, die Sachen für die Glückstonne seien eingepackt, die für den Basar nicht.«

Maud schnitt eine Grimasse. »Da hat er nicht viel Hoffnung, es in dem Faß wiederzufinden«, meinte sie. »Aber ich sage ihm Bescheid, wenn ich ihn sehe.«

»Danke«, sagte Emmy. Sie kehrte in das trockene, warme Zelt zurück, und der Gedanke, daß sie für diesen Tag ihr gutes Werk getan hatte, wärmte zusätzlich. Es war vier Uhr.

* * *

Der schweigsame Mann begann allmählich eine gewisse Begeisterung an den Tag zu legen. Das heißt, er hatte sich einen ganzen Stapel von Akten und Papieren auf seinen Schreibtisch geladen, und seine Zigarette verglomm unbeachtet im Aschenbecher, während er sie studierte. Zu Henry sagte er: »Ich glaube, Sie sind da tatsächlich einer Sache auf der Spur, Tibbett.«

»Ich habe lange gezögert«, sagte Henry. »Ich konnte es einfach nicht glauben.«

»In dieser Abteilung können wir alles glauben«, sagte der Mann mit einem gewissen finsteren Stolz. »Denken Sie nur an den Fall Lonsdale. Über zwanzig Jahre eine komplette Persönlichkeit aufgebaut, in verschiedenen Ländern –«

»Daran hatte ich gedacht«, wandte Henry ein, »aber er ist noch so jung –«

Der schweigsame Mann tippte mit dem Finger auf ein mit Schreibmaschine beschriebenes Blatt, das ihm eben jemand auf den Tisch gelegt hatte. »Die Stiefgroßmutter«, sagte er. »Magda Manning-Richards, geborene Borthy. Ungarin. Kam vor über fünfzig Jahren als Varietétänzerin nach London. Lernte Humphrey Manning-Richards, der damals District Officer in Bugolaland war, kennen und heiratete ihn. Begleitete ihn dorthin und wurde von der britischen Gemeinde sehr ablehnend aufgenommen. Entwickelte eine ausgesprochene Abneigung gegen alles Britische. Nach dem Tod ihres Mannes und der Heirat ihres Stiefsohnes Tony kehrte sie nach Ungarn zurück, wo sie als aktive Revolutionärin in Erscheinung trat. Mit ihren Kenntnissen von Bugolaland nahm sie noch vor der Unabhängigkeit Beziehungen zu der militanten linksgerichteten Bewegung dort auf. Vor zwanzig Jahren kam Tony Manning-Richards bei jenem Autounfall in Bugolaland zusammen mit seiner Frau und dem fünfjährigen Jungen ums Leben. Und zehn Jahre später tauchte Magda in Alimumba auf, der Stadt in West-Bugolaland, in der sie früher mit ihrem Mann gelebt hatte. Natürlich konnte sie sich nicht trauen, in den Osten des Landes zurückzukehren, wo Tony und seine Familie gut bekannt waren; schließlich hatte sie ja den fünfzehnjährigen Jungen bei sich, den sie als ihren verwaisten Enkel ausgab.«

»Wer ist er?« fragte Henry. Ihm war ein wenig flau. Er dachte an Maud.

Der schweigsame Mann zuckte die Schultern. »Das weiß ich ebensowenig wie Sie, alter Junge. Mit einiger Sicherheit ist er Ungar, vielleicht ein echter Verwandter von Magda. Ein Kind der Revolution ohne Zweifel, sorgfältig vorbereitet auf seine Arbeit als Geheimagent. Seine Rolle als unverbesserlicher Erzkonservativer aus den Kolonien hat er ausgezeichnet gespielt.«

»Er...« Henry wußte, daß er sich an einen Strohhalm klammerte. »Er... weiß, wer er ist, nicht wahr?«

»Ich würde es so formulieren«, erwiderte der schweigsame Mann, »er weiß, wer er nicht ist. Er weiß, daß er nicht Julian Manning-Richards ist. Sein Zusammentreffen mit Maud Manciple war kein Zufall, ebensowenig seine Verlobung mit ihr. Sein Auftrag lautete, den Posten in Bradwood zu bekommen. Malen Sie sich das nur aus.« Er lehnte sich in seinem Stuhl zurück und beschrieb es beinahe bewundernd. »Wenn sie da einen Agenten hätten einschleusen können; Sir Clauds Privatsekretär, verheiratet mit seiner Nichte, einer Physikerin. Zugang zu jedem Geheimdokument, das es dort überhaupt gibt, nichts zu tun, als die Informationen in aller Ruhe weiterzugeben – und so fest im Sattel, daß man schon eine Regierungskommission gebraucht hätte, bevor irgend jemand einen Zweifel auch nur hätte andeuten können. Ich wüßte zu gern, wie Sie ihm doch noch auf die Schliche gekommen sind.«

»Durch Tante Dora«, sagte Henry.

»Tante Dora?«

»Die alte Miss Manciple, die in der vergangenen Woche verstorben ist. Sie... sie kannte Humphrey Manning-Richards gut. Sie hat Julian nicht erkannt.«

»Irgendein Grund, warum sie das sollte?«

»Sie wußte, daß er nicht echt war«, sagte Henry. Der schweigsame Mann hob die Augenbrauen. »Er paßte nicht. Es war nicht so sehr, daß sie ihn nicht erkannte. Es war ein ausdrückliches Nicht-Kennen, wenn Sie verstehen, was ich meine.«

»Nein«, sagte der schweigsame Mann.

»Und dann«, fuhr Henry fort, »war da noch die Sache mit den Pfirsichen.«

»Pfirsiche?«

»Das ist zu kompliziert, um es zu erklären«, sagte Henry. »Aber aus ein oder zwei Dingen, die er sagte, schloß ich mit ziemlicher Sicherheit, daß seine Kindheitserinnerungen an Bugolaland recht verschwommen waren, um es milde auszudrücken. Und doch wußte ich ja, daß er dort gelebt hatte. Dann ging es mir auf. Er wußte Bescheid über West-Bugolaland, wo es sehr heiß und feucht ist, aber er wußte sehr wenig über den Osten, wo er ja angeblich zur Welt gekommen und aufgewachsen war und wo völlig andere klimatische Verhältnisse herrschen.«

»Und all das haben Sie aus einer Bemerkung über Pfirsiche geschlossen?«

Henry zuckte die Schultern. »Nennen Sie es Inspiration«, sagte er. »Und ich fürchte, ich hatte recht.«

»Sie fürchten es?«

»Tja, er ist so ein sympathischer junger Mann«, sagte Henry.

Der schweigsame Mann erwiderte darauf nichts. Er hatte bereits zum Telefon gegriffen, um mit eiskalter Effizienz Anweisungen zu erteilen.

Kapitel 16

U m fünf Uhr verließ Emmy das Teezelt, um sich wieder auf ihren Posten zu begeben.

Wie durch ein Wunder hatten sich die Regenwolken verzogen, und eine bleiche Sonne schickte zum Abschied noch ein paar Strahlen herab.

In diesem unerwartet klaren Licht machte das Fest einen schwer angeschlagenen Eindruck. Die untergehende Sonne vergoldete die wenigen unansehnlichen Überreste, die der Basar noch feilbot, beim Ringewerfen waren nur mehr ein paar Christbaumkugeln und Anstecker zu gewinnen, und die Konfitüren und Gelees waren allesamt verkauft, so daß nur der Arbeitstisch mit seinem halb heruntergerutschten, marmeladenverschmierten Laken blieb. Sporadische Salven vom Schießplatz zeugten von einem gewissen Betrieb. Die Schulkinder, die frischgewaschen und in gestärkten Kleidern zur Eröffnung des Festes erschienen waren, zogen nun schmutzig und müde in Grüppchen umher, jedes von ihnen kaute oder lutschte an irgendeiner Süßigkeit, und einige sahen aus, als ob ihnen jeden Moment schlecht würde.

Es war offensichtlich, daß der Nachmittag sich dem Ende näherte, und Emmy eilte über den Rasen zurück in Richtung ihres Standes. Es mußte jeden Moment soweit sein, daß das Geheimnis um das Gewicht des Pfarrers gelüftet und die Gewinnnummern der Lotterie und die Nummer der Zielscheibe mit den meisten Treffern verkündet wurden. Dann würde Lady Fenshire ein zweites Mal aus dem Haus treten, Namen würden verlesen und Preise überreicht werden. Und danach würden die Dorfbewohner sich endlich mit Munition für so manchen Kaffeeklatsch versehen an ihren jeweiligen heimischen Kamin zurückziehen können.

Ohne das kommende Unheil auch nur im mindesten zu spüren, spazierte Emmy über das nasse Gras, und die Alarmglocke erklang nicht einmal, als sie Mrs. Manciple mit besorgter Miene aus dem kleinen Menschenauflauf auftauchen sah, der sich um die Glückstonne gebildet hatte.

»Oh, Mrs. Tibbett . . .«, hob Violet an.

»Ja, Mrs. Manciple?« fragte Emmy höflich.

»Es geht um den jungen Mason«, erklärte Violet. »Er sagt, es sei Ihre Idee gewesen.«

»Was war meine Idee?« Emmy erschrak ein wenig.

Aus dem Mittelpunkt des Menschenknäuels erklang mit halb amüsierter Erschöpfung Sir Clauds Stimme. »Mr. Mason, ich muß darauf bestehen –«

»Nun machen Sie schon!« brüllte Frank Mason. »Machen Sie! Nehmen Sie es! Es ist nicht verboten! Also los!«

Andere Stimmen aus der Gruppe wurden laut, und Violet Manciple flehte: »Oh, bitte, Mrs. Tibbett. Vielleicht hört er auf Sie.«

Widerstrebend bahnte Emmy sich einen Weg zum Kleiefaß.

Sir Claud und Frank Mason standen einander, nur durch das Faß getrennt, gegenüber. Sir Claud machte eine so ratlose Miene, wie man sie sich bei einem führenden Kernphysiker überhaupt nur vorstellen kann. Das Verhalten, das Frank Mason an den Tag legte, wich ohne Zweifel von jedem bekannten Muster ab.

Franks rotes Haar stand zu Berge, sein spitzes Gesicht war weiß von Zorn und Erregung. Er wedelte mit einer Fünfpfundnote, und als Emmy herankam, rief er wieder: »Nehmen Sie es! Nehmen Sie es!«

Um dieses sonderbare Paar hatten sich in einiger Zahl die Bewohner von Cregwell versammelt und starrten es mit jener durch nichts zu erschütternden Ruhe an, die Engländer wie eine Tarnung annehmen können, wenn sie etwas beobachten wollen, ohne selbst hineingezogen zu werden. Emmy hingegen war in einer anderen Position, sie hatte sich mitten in die Arena drängen lassen.

Frank Mason entdeckte sie und wandte sich ihr zu. »Mrs. Tibbett, es war Ihre Idee. Sie müssen ihn zur Vernunft bringen!«

»Was war meine Idee?«

»Daß mein Buch in der Glückstonne ist.«

225

»Mrs. Tibbett«, rief Sir Claud mit einer Spur von Verzweiflung, »bitte sprechen Sie mit diesem jungen Mann. Ich bin für die Glückstonne verantwortlich, und –«

»Nehmen Sie es!« brüllte Frank und versuchte Sir Claud die Fünfpfundnote in die Westentasche zu stecken.

»Er will«, wandte sich Sir Claud erklärend an Emmy, »den gesamten Inhalt des Fasses kaufen. Bei fünf Pfund könnte er zweihundert Mal sein Glück versuchen, und es können höchstens noch zwanzig Objekte im Faß sein. Außerdem sollte jeder eine Chance haben . . .«

»Sie sagen, daß niemand ein Buch herausgeholt hat –« brüllte Frank.

»Niemand, solange ich hier war«, entgegnete Sir Claud mit Würde. »Für kurze Zeit hat mich allerdings meine Nichte Maud vertreten, und –«

»Ach, zum Teufel mit der ganzen Bande!« Frank Mason hatte den kritischen Punkt erreicht. Er warf Sir Claud die Fünfpfundnote ins Gesicht und stürzte das Kleiefaß einfach um.

Die Kleie stob in die Lüfte wie eine Wolke, und hinter ihrem schützenden Schleier applaudierten mehrere Dorfbewohner, während andere ihr Mißfallen kundtaten. Sir Claud brüllte seine Empörung über dieses Versagen der Ratio hinaus, und Violet stöhnte: »Ach je, ach je. Ich wußte, daß so etwas passieren würde!«

»Holen Sie Maud«, wandte Emmy sich mit Nachdruck an Violet.

»Wen holen?«

»Maud. Sie wird damit fertig.«

Frank Mason, der mit dem Faß zu Boden gegangen war, kam empor wie ein Laib Brot im heißen Backofen, Gesicht und Kleider weiß von Kleie, die Haare wie eine rote Kruste. Er hielt ein längliches, in Papier eingeschlagenes Päckchen in der Hand. »Ich hab's!« rief er. Ein paar Leute riefen Bravo. Frank kratzte an dem Packpapier herum und riß es dann auf. Hervor kam ein Puzzlespiel. Mit einem ungestümen Aufschrei schleuderte Frank es nach Sir Claud.

»Es ist nicht da! Jemand hat es gewonnen.«

»Was hat jemand gewonnen?« Maud hatte sich ins Innere des Kreises vorgearbeitet.

»Mein Buch!«

226

»Ach, das war Ihr Buch?« Maud klang ein wenig amüsiert.

Frank funkelte sie durch seine Kleiemaske wütend an. Mit ungeheurer Selbstbeherrschung sagte er: »Ja.«

»Nun«, sagte Maud, »ich habe Onkel Claud hier vertreten, und Alfred vom Viking kam vorbei, um sein Glück zu versuchen. Er hat ein Buch gezogen. Schien ein wenig enttäuscht zu sein.«

»Enttäuscht? Und ob ich enttäuscht war!« Alfreds empörte Stimme drang vom Rand der Gruppe herüber. »Und sowas soll Glück sein! Es war in irgendeiner ausländischen Sprache.«

»Was hast du denn für Sixpence erwartet, Alf?« fragte ein Witzbold. »James Bond?«

»Was haben Sie damit gemacht?« brüllte Frank.

»Was ich damit gemacht habe? Ich hab's zum Basar gegeben.«

»Basar!«

Frank Mason warf sich in die Menschenmenge. »Frank!« rief Maud und stürzte ihm nach. »Dieser junge Mann ist von Sinnen«, lautete Sir Clauds Kommentar, doch er folgte ihm ebenfalls und zupfte unterwegs die Puzzlestückchen von seiner Jacke. Violet ergriff Emmys Arm und rief: »Halten Sie ihn auf, Mrs. Tibbett! Lady Fenshire wird jeden Moment herauskommen!« Und damit eilten die beiden den anderen nach. Es bedarf wohl kaum einer Erwähnung, daß die Volksmassen ihnen auf den Fersen blieben.

Isobel Thompson wurde von der Attacke überrascht. Der Basar – oder das, was davon noch übrig war – befand sich am entgegengesetzten Ende des Rasens, und da es kaum noch Ware zum Verkauf gab, nahm es Mrs. Thompson mit ihrer Aufsicht über den Stand nicht mehr allzu genau. Als die Invasion über sie hereinbrach, rauchte sie eben in aller Ruhe eine Zigarette und plauderte mit ihrem Mann, der dem Fest einen Anstandsbesuch abstattete.

Eine erste Ahnung, daß es mit dem relativen Frieden des Abends vorbei war, beschlich die Thompsons, als sie Franks Schlachtruf vernahmen: »Wo ist es? Wo ist es?« Dann brach die Hölle los. Der Tapeziertisch wurde umgestürzt, die verbliebenen gefiederten Hüte und bemalten Blumentöpfe flogen in alle Richtungen davon, Isobel Thompson kreischte, Alex Thompson fluchte, und Violet Manciple brach in Tränen aus.

Mitten in all diesem Durcheinander sagte Maud mit klarer und kühler Stimme: »Es ist nicht hier, Frank. Sehen Sie doch selbst.«

»Was ist los? Was wollen Sie alle hier?« Isobels Stimme war schrill vor Furcht und Erregung.

Maud sagte: »Alfred hat Ihnen doch ein Buch zum Verkauf gegeben –«

Isobels Züge hellten sich ein wenig auf. »Ja, das stimmt. Er hatte es aus der Glückstonne gezogen, aber er sagte, er könne nichts damit anfangen, und ich könne es für den Basar haben –«

»In einer ausländischen Sprache«, warf Alfred am Rande der Gruppe in die Runde.

»Was ist damit passiert?« verlangte Frank zu wissen. Der Schweiß rann ihm übers Gesicht und zeichnete Furchen in die Kleie.

»Lady Manciple hat es gekauft«, antwortete Isobel.

»Tante Ramona?« fragte Maud.

»Ja genau. Sie sagte, es sei ein Manciple-Buch. Sie war in ihrer Teepause hier. Sie hat es mitgenommen in ihr Wahrsagerzelt.«

Eine Sekunde lang hielt alles den Atem an, und jeder Kopf wandte sich jener unsicheren Behausung aus Segeltuch zu, die mit Sternen aus Goldpapier und geheimnisvollen astrologischen Zeichen geschmückt war, dann brach die Meute unter großem Radau erneut los.

Im Innern des Zelts hatte Ramona eine Reihe abgegriffener Karten ausgelegt und blickte versonnen in das umgedrehte Goldfischglas. Es war merkwürdig, dachte sie bei sich, wie sie dabei manchmal tatsächlich Vorahnungen hatte. Immer häufiger schienen die Karten und die Glaskugel ihrem geistigen Auge Bilder einzugeben. Rein subjektiv natürlich. Ramona fragte sich, ob diese Einbildungen vielleicht die Folge eines Schuldgefühls waren, eines Gefühls, ihre Überzeugungen zu verraten, indem sie etwas so Barbarisches und Unzeitgemäßes wie den Fonds zur Reparatur des Kirchendaches unterstützte.

»Natur lieb ich, und nach Natur die Kunst...« murmelte Ramona wie einen Zauberspruch.

»Was?« fragte ihre Klientin, eine hübsche, rundliche Bauerntochter namens Lily.

Ramona riß sich zusammen. »Ich sehe...« begann sie und hielt dann inne. Das übliche Geschwätz über den stattlichen jungen Mann und die kurze Reise, die zu unternehmen wäre, kam ihr einfach nicht über die Lippen. Es blieb ihr im Halse stecken. Plötzlich war es Ramona, als würde alles dunkel vor ihren Augen wie Blut. Nur die mesmerische Oberfläche der schimmernden Kugel hellte sich auf und fesselte ihren Blick, und in dem schimmernden Licht sah sie, so schien es ihr, ein Gesicht. Sie hörte ihre eigene Stimme sagen: »Düster ... düster ... düster und hell ... Düsternis und Helle ... er bringt die Düsternis ... Düsternis in der Helle ... da sind Menschen ... viele Menschen ...«

»Was?« fragte Lily zum zweiten Mal. Sie hatte schon sagen hören, daß Lady Manciple ein wenig wunderlich sei, und allmählich hatte sie das Gefühl, daß das untertrieben war.

»Das Unheil ...« stöhnte Lady Manciple. »Es kommt näher ... Düsternis ... Menschen ... nahen.«

»Jetzt, wo Sie's sagen, ich höre tatsächlich so ein komisches Geräusch«, meinte Lily. »Als ob Leute angelaufen kommen.«

Ramona sprang mit irrem Blick auf. »Fliehe!« rief sie. »Fliehe das Unheil! Fliehe!«

Weiter kam sie nicht. Weder Lily noch ihr selbst blieb Zeit, diesen sehr vernünftigen Rat zu befolgen, denn schon fiel die Meute über sie her. Das Zelt hatte natürlich nicht die geringste Chance. Als Frank Mason hereinstürmte, wurde die Eingangsklappe aus ihrer Verankerung gerissen, Violet stolperte über eine Spannschnur und löste einen der Heringe, und mit einer gewissen würdevollen Gelassenheit sackte alles zusammen. Ganz wie Ramona es prophezeit hatte, senkte sich Dunkelheit herab.

Es dauerte eine ganze Weile, bis die drei Insassen aus dem Zelt befreit waren. Lily, die gar nicht so abwegig gefolgert hatte, daß das Ende der Welt gekommen sei, schrie irgendwo in den Falten der Leinwand. Ein anderer Teil des Knäuels, der wie ein beweglicher und Flüche ausstoßender Sack Kartoffeln aussah, war Frank Mason. Das Spannseil hatte Violet zu Fall gebracht, und nun saß sie da und rieb sich den Knöchel, und sie saß auf etwas, das ein bequemes Kissen unter der Leinwand zu sein schien. Es war Ramona.

Sir Claud brüllte nach seiner Frau. Er hatte längst alle Hoffnung auf ein rationales und wissenschaftlich vorhersehbares Verhalten aufgegeben und hoffte nun nur noch, das Fest lebend zu überstehen. Was die Menschenmasse anging, so war inzwischen praktisch jeder herbeigeeilt, der sich überhaupt auf dem Grundstück von Cregwell Grange befunden hatte. Nur die wenigen Privilegierten, die von Anfang an dabeigewesen waren, hatten eine ungefähre Vorstellung davon, worum es ging. Die wildesten Gerüchte kursierten. Es werde Jagd auf einen gefährlichen Einbrecher gemacht. Der junge Mr. Mason habe den Verstand verloren

229

und sei über Sir Claud hergefallen. Es brenne. Die Kommunisten steckten dahinter. Jemand sei erschossen worden – das Knallen der Schüsse vom Schießplatz schien dieser Theorie Nahrung zu geben. Mrs. Rodgers hatte unter Tränen den Pfarrer gebeten einzugreifen, und so kam denn Reverend Herbert Dishforth, alle sechsundachtzig Kilo und dreihundertvierundfünfzig Gramm, herangestapft, um seinen Teil zum Aufruhr beizutragen.

»Ähm . . . ist irgend etwas nicht in Ordnung, Mrs. Manciple?« erkundigte er sich.

»Wo ist Ramona?« brüllte Sir Claud.

»Ach, Herr Pfarrer –« hob Violet zu jammern an.

»Irgend jemand«, erscholl eine klare, tiefe Stimme unter ihr, »sitzt auf mir.«

Violet sprang auf wie von der Tarantel gestochen.

»Ramona!« schrie Claud. »Sag etwas!«

»Holt mich aus diesem verfluchten Zelt raus!« brüllte Frank.

»Hilfe!« rief Lily.

»Du holst jetzt auf der Stelle meine Frau dort heraus, Violet!«

»Wer zum Teufel ist das denn?« hörte man Franks dumpfe Stimme.

Zur Antwort ließ Lily ein schrilles »Nehmen Sie Ihre Hände da weg!« hören. Das Zelt schien sich in Zuckungen zu winden. Am Ende dieser Konvulsionen kam Lady Manciple hervor. Ihr Haar war wirr und das Kleid zerrissen, und sie hatte einen ihrer Ohrringe verloren, doch war sie überraschend guter Dinge. Ihr Mann half ihr auf die Beine, und sie sagte: »Ich habe gerade eine ganz unglaubliche Erfahrung gemacht, Claud.«

»Das sehe ich«, entgegnete Sir Claud grimmig. »Kommen Sie da heraus, Mason, ich habe ein Wörtchen mit Ihnen zu reden.«

Das Zelt regte sich wieder. Man hörte Lily kichern, und sie rief: »Oh, Sie sind ja ein ganz Schlimmer!« Sie schien die Situation rasch neu beurteilt zu haben und war offenbar zu dem Schluß gekommen, daß die Welt doch noch nicht untergegangen war. Es war vielleicht ein Glück, daß man von Frank Masons Antwort nur ein bissiges »Geh mir aus dem Wege, du blöde . . .« vernehmen konnte. Der Rest ging unter.

»Eine spirituelle Erfahrung, Claud«, erklärte Ramona mit Nachdruck. »In ihrem Licht werde ich meine gesamte Einstellung zur Welt des Übersinnlichen neu überdenken müssen. Was für ein Jammer, daß Tante Dora das nicht mehr erleben durfte.«

Mason kam aus den Überresten des Zeltes hervorgeschossen wie der Korken aus einer Champagnerflasche. Sein Äußeres hatte bei diesen neuesten Erlebnissen nicht eben gewonnen. Die Kleie hatte sich mit einem gewissen Anteil an Schlamm verbunden, und mehrere kabbalistische Zeichen aus Buntpapier klebten an den verschiedensten Stellen seines Körpers. Er wandte sich an Ramona: »Wo ist mein Buch?«

»Ihr was, Mr. Mason?«

»Mein Buch! Mein Buch! Das Buch, das Sie auf dem Basar gekauft haben. In Leder gebunden –«

»Ach, das Buch aus der Manciple-Bibliothek? Das ist nicht Ihr Buch, Mr. Mason.« Ramona war die Ruhe selbst.

»Das ist es verdammt noch mal doch. Es stammt aus der Bibliothek meines Vaters. Er hat es gekauft, und es gehörte ihm, und nun gehört es mir, und ich will es wiederhaben.«

»Ich habe es gekauft«, korrigierte Ramona ihn sanft. »Auf dem Basar.«

»Es hätte gar nicht dorthin gelangen dürfen. Das war ein Versehen –«

»Na, wie dem auch sei«, fuhr Lady Manciple fort, »ich habe es ohnehin nicht mehr.«

»Was soll das heißen: Sie haben es nicht mehr?«

»Julian hat es. Er kam mich in meinem Zelt besuchen, sah das Buch und nahm es mit. Er war offenbar sehr interessiert, ich weiß nicht warum.«

Mason stieß ein Wutgeheul aus. »Ich muß ihn zu fassen bekommen! Wo ist er? Wo ist er hin?«

Wie zur Antwort fiel auf dem Schießplatz ein Schuß, und der Pfarrer sagte: »Ich habe Mr. Manning-Richards vor nicht allzu langer Zeit zum Schießplatz hinuntergehen sehen.«

Wiederum folgte eine Sekunde lang Stille, das Aufnehmen der Spur, dann drehten sich alle Köpfe in Richtung Ligusterhecke. Und schon war die Meute wieder los.

* * *

Mehrere schweigsame Männer saßen bei Henry im Wagen, und allesamt machten sie ernsthafte, um nicht zu sagen finstere Gesichter. Henry, der am Steuer saß, war elend zumute, und er wünschte sich tausend Kilometer weit fort.

»Wie gesagt, auf dem Grundstück findet gerade das Pfarrfest statt«, erklärte er. »Wir sollten eigentlich hineinkommen können, ohne allzuviel Aufmerksamkeit zu erregen.« Die schweigsamen Männer blieben schweigsam. »Ich wäre Ihnen dankbar«, sagte Henry, »wenn Sie es mit so wenig ... so wenig Aufsehen wie möglich erledigen könnten. Es wird schlimm genug für die Manciples sein, auch ohne –«

Von neuem das Schweigen. Schließlich sagte der schweigsame Mann: »Das Mädchen muß gründlich unter die Lupe genommen werden. Das ist Ihnen doch klar, Tibbett?«

»Selbstverständlich. Aber ich bin mir sicher –«

»Wir werden uns sicher sein, wenn wir sicher sind.«

Wiederum Schweigen. Dann meinte Henry: »Wer sein Kontaktmann in der sowjetischen Botschaft war, werden wir wohl niemals erfahren.«

Der schweigsame Mann lächelte beinahe. »Ich könnte Ihnen den Namen nennen«, sagte er. »Aber natürlich werden wir es niemals beweisen können.« Er machte eine Pause, dann fuhr er fort: »Der junge Manning-Richards war in dem Juwelierladen bekannt, weil er Stücke zum Verkauf brachte. So wurde er bezahlt. Sehr raffiniert. Klug von Ihnen, dort Erkundigungen einzuziehen.«

»Als ich erfuhr, daß er am Samstag erst nach dem Mittagessen dort gewesen war, um den Ring zu kaufen«, erklärte Henry, »da wußte ich, daß er am Vormittag irgendwo anders in London gewesen sein mußte. Der Besuch beim Juwelier war nur ein Vorwand für seine Fahrt nach London. Ich nehme an, er war irritiert durch Masons Tod und wollte sich Anweisungen holen.«

»Das vermute ich auch«, bestätigte der schweigsame Mann. »Und auch wo er am Samstagvormittag gewesen ist, werden wir niemals nachweisen können. Nicht daß es eine Rolle spielte. Was wir in seiner Wohnung gefunden haben, genügt uns.« Er zündete sich eine Zigarette an. »Raffiniert, diese winzigen Mikrofilm-Kopierer für Dokumente und die Funkstation im Kameragehäuse. Ja, wir haben genug, um ihn für lange, lange Zeit verschwinden zu lassen.« Er seufzte. »Man kann nicht anders, sie müssen einem leid tun. All die Jahre der Vorbereitung, und nun schnappen wir ihn, bevor er seine Arbeit aufnehmen kann. Eine schreckliche Verschwendung, finden Sie nicht auch?«

»Doch«, antwortete Henry. »Doch, das finde ich auch.« Er dachte an Maud.

Als sie ankamen, fanden sie mehrere Wagen in der Auffahrt von Cregwell Grange geparkt, doch der Garten war merkwürdig menschenleer. Henry ging mit seinem Grüppchen schweigsamer Männer im Schlepptau hinüber zu dem verlassenen Rasen, der in vielem an ein Schlachtfeld am Morgen nach dem Gefecht erinnerte. Ein Knäuel aus zerrissener Leinwand und verdrehten Seilen war alles, was noch vom Zelt der Wahrsagerin übrig war. Das Kleiefaß lag ausgeleert auf der Seite, die noch verbliebenen Schätze über ein Rosenbeet verstreut. Der Basarstand war umgeworfen, zerbrochene Gläser und Teetassen waren die stummen Zeugen eines Tumultes im Erfrischungszelt. Keine Menschenseele war zu sehen.

Die schweigsamen Männer sahen Henry an und hoben kaum merklich ihre Augenbrauen. »Ich weiß auch nicht, was hier vorgefallen ist«, sagte Henry gereizt. »Alles mögliche kann passiert sein. Sie kennen die Manciples nicht.«

»Jedenfalls ist das Fest allem Anschein nach vorüber«, meinte der schweigsame Mann. »Unser Vogel ist vielleicht schon ausgeflogen.« Er schien nicht zu bemerken, daß er wie jemand in einem zweitrangigen Film klang.

Das war der Augenblick, in dem ein kleines, sehr schmutziges Mädchen aus dem herausgekrochen kam, was vom Erfrischungszelt noch übrig war. Es war sehr bleich, und es teilte Henry mit: »Ich glaube, ich muß gleich brechen.«

Henry hockte sich neben es hin. »Wo sind denn alle?« fragte er.

»Im Zelt ist keiner«, gestand das Kind. »Ich hab' fünf Eiscremes gegessen und drei Törtchen, und ein paar Marshmellows mit Marmelade, und ich glaube, ich muß gleich –« Und das tat es dann auch.

Henry hielt ihm den Kopf, wischte ihm den Mund ab und tröstete es. Die schweigsamen Männer standen dabei und grinsten. »Geht's jetzt besser?« fragte Henry.

»Ja«, antwortete das Kind, schon wieder munter. »Danke. Sollen wir wieder reingehen und sehen, ob noch mehr Törtchen da sind?«

»Ich wüßte lieber«, sagte Henry, »wo die anderen alle geblieben sind.«

Das Mädchen machte eine unbestimmte Handbewegung. »Sie sind da runter«, sagte es.

»Zum Schießplatz?«, fragte Henry.

»Glaub' schon«, bestätigte das Kind. Die Züge der schweigsamen Männer strafften sich. »Es war eine ganze Schachtel Marshmellows da. Sollen wir reingehen und nachsehen?«

»Im Augenblick nicht«, antwortete Henry. Er richtete sich auf und wandte sich an die schweigsamen Männer: »Hier entlang.«

* * *

George Manciple hatte Julian eben die geladene Pistole gereicht, als die Meute durch die Lücke in der Buchsbaumhecke brach. Julian zielte sorgfältig auf die geringelte Zielscheibe, die an der Mauer am unteren Ende des Platzes angebracht war. Edwin Manciple saß auf der Bank und sortierte friedlich die Scheiben. Neben ihm lag im bleichen Sonnenlicht der ledergebundene fünfte Band der Vergil-Ausgabe, *Bucolica* und *Georgica,* mit dem Wappen der Manciples auf dem Rücken.

Frank Mason sah es sofort. »Da ist es!« rief er.

Julian wirbelte herum, die Waffe in der Hand. »Was zum Teufel –« hob er an.

»Damit kommen Sie nicht durch«, sagte Frank. »Ich weiß alles über Sie, Manning-Richards, und darüber, worauf Sie es abgesehen haben.« Er trat einen Schritt vor.

»Stehengeblieben!« Julians Stimme war wie ein Peitschenhieb.

Frank blieb stehen. Die anderen stauten sich begierig hinter ihm und versuchten sich durch die Lücke in der Hecke zu drängen.

Sanft und liebevoll sagte Julian: »Maud, Liebes, würdest du wohl für einen Augenblick herkommen?«

»Maud –« Emmy versuchte sie am Arm festzuhalten, aber es war zu spät. Mit einem heiteren Lächeln schob sie Frank beiseite und ging hinüber zu Julian.

»Was ist denn los, Schatz?« fragte sie.

Wie der Blitz hatte er die Waffe an Mauds Schläfe. Sie blickte ein wenig überrascht und amüsiert drein. »Julian, Lieber, was –«

»Wenn irgend jemand sich rührt«, sagte Julian, »erschieße ich Miss Manciple.«

»Julian –« Maud glaubte noch immer an einen Scherz.

»Halt die Klappe, du dumme Kuh«, schnauzte Julian. »Stell dich hier vor mich.«

Mit ausdruckslosem Gesicht stellte Maud sich vor ihn und befand sich nun zwischen ihm und der verstummten Menschenmenge. Julian bewegte sich langsam rückwärts auf den Durchlaß in der Hecke auf der gegenüberliegenden Seite zu. Im Gehen griff er mit der freien Hand nach dem Buch. Bei jedem Schritt rückwärts trat Maud ebenfalls weiter zurück. Er hielt sie stets zwischen sich und Frank und hatte die Waffe an ihrer Schläfe.

In der sie umfangenden Totenstille wichen Maud und Julian langsam, Schritt für Schritt zurück – in die Arme Henrys und der schweigsamen Männer. Julian bemerkte die Gefahr einen Sekundenbruchteil zu spät. So vermochte Henry seinem Arm einen Hieb zu versetzen, als er abdrückte, und der Schuß ging in die Luft, ohne Schaden anzurichten.

Als sei dieser Schuß das Startsignal zu einem Wettrennen gewesen, brach nun ein Höllenspektakel los. Es war noch in vollem Gange, als Sir John Adamson und Lord und Lady Fenshire ahnungslos in den Garten traten, strahlend vor guter Laune und Wohlwollen und bereit, die Preise zu verleihen. Die Preise wurden niemals verliehen. Wie ein Flächenbrand tobte die Masse über den Rasen und die Auffahrt hinunter und kam schließlich im Viking zum Halten, wo jeder eine Geschichte zu erzählen hatte, die die seines Nachbarn noch übertrumpfte.

Julian Manning-Richards – die Anklage wurde unter diesem Namen erhoben, denn sein wirklicher Name konnte nie ermittelt werden – war verhaftet worden wegen des dringenden Verdachts auf Spionage. Die Familie Manciple hatte sich in ihre Burg zurückgezogen und war in diskreter Abgeschiedenheit damit beschäftigt, den Schock zu verdauen. Frank Mason war in Cregwell Lodge und erging sich in lautstarken Verwünschungen des Establishments, das offenbar den gesamten Planeten mit Ausnahme von F. Mason und M. Manciple umfaßte. Und M. Manciple selbst befand sich auf der Polizeiwache von Cregwell und saß an einem kahlen Tisch Chefinspektor Henry Tibbett gegenüber.

Henry sagte: »Sie haben ihn in Paris kennengelernt und dann später in London wiedergetroffen. Sie hatten keinen Grund, einen Verdacht zu hegen, daß er etwas anderes sein könnte als –«

»Sie sind sich ja ziemlich sicher«, meinte Maud.

Henry blickte sie an. »Sie hätten niemals auch nur daran gedacht«, sagte er, »einem Spion zu einer Stelle in Bradwood zu verhelfen.«

235

»Nein«, bestätigte Maud. »Nein, das hätte ich nicht.«

»Und was Tante Dora Manciple angeht, denke ich, das Urteil der gerichtlichen Untersuchung wird auf Tod durch Unfall lauten. Es wird sich niemals nachweisen lassen, wer ihr die Schlaftabletten verabreicht hat oder daß sie sie nicht doch aus Versehen selbst genommen hat. Aber ich finde, ich sollte Ihnen das sagen, Miss Manciple, ich persönlich habe keinen Zweifel daran, daß Manning-Richards derjenige war, der das Mittel in die Limonade mischte. Er brachte ihr, wie Sie sich erinnern werden, das erste Glas, und es war ausdrücklich der Geschmack des ersten Glases, der ihr auffiel.«

»Ja, ich erinnere mich«, sagte Maud.

»Der Grund dafür war natürlich, daß ihm klar wurde, daß sie eine Gefahr für ihn bedeutete. Durch eine seltsame Mischung aus Erinnerung und Instinkt spürte Tante Dora, daß er ein Hochstapler war. Irgendwann mag sie sich sogar daran erinnert haben, daß der echte Julian als kleiner Junge ums Leben kam. Jedenfalls machte sie sich die Mühe, jenen Zeitungsartikel für mich herauszusuchen.« Maud entgegnete darauf nichts, und Henry fuhr fort: »Ich weiß, daß ich Ihnen all das sehr schonungslos beibringe, aber es geschieht zu Ihrem eigenen Besten. Wenn Sie erst einmal begriffen haben, wie berechnend und zynisch er war, wie wenig es ihm ausmachte, Sie zu belügen und zu betrügen – und Sie zu töten, wenn es sich als notwendig erwiesen hätte. Sie wissen ja, daß er nicht gezögert hätte –«

»Ja, ich weiß«, sagte Maud.

»Sie sind ein sehr vernünftiges Mädchen«, sagte Henry. »Für den Augenblick ist das alles ein furchtbarer Schock, aber Sie sind jung, und Sie werden darüber hinwegkommen. Wenn Sie der Wahrheit jetzt ins Gesicht blicken, dann werden Sie sehen, die Wunden werden im Laufe der Zeit verheilen.«

»Im Laufe der Zeit«, sagte Maud. Ihre Stimme war ausdruckslos.

»Richtig«, sagte Henry. »Im Laufe der Zeit.«

»Was ich nicht verstehe«, sagte Maud, »ist die Sache mit dem Buch.«

Kapitel 17

W as ich nicht verstehe«, sagte Sir Claud, »ist die Sache mit dem Buch.«

»Welches Buch?« fragte der Bischof. »Danke, Violet. Ich nehme gern noch eine Tasse Kaffee. Maud kommt heute sehr spät nach Hause.«

»Maud ist auf der Polizeiwache, Edwin«, sagte George Manciple. Er fühlte sich sehr müde. Es war neun Uhr abends, und er hatte die Ereignisse des Nachmittags noch immer nicht ganz verarbeitet.

»Der Polizeiwache? Wieso denn auf der Polizeiwache?«

»Wegen Julian«, sagte Ramona. »Ihrem Freund. Es hat sich herausgestellt, daß er ein Russe ist.«

»Ein Russe? Aber er ist Humphrey Manning-Richards' Enkel.«

»Nein, das ist er eben nicht, Edwin«, erklärte Violet geduldig. »Er hat nur behauptet, daß er das sei.«

Edwin seufzte. »Das ist alles zuviel für mich«, bemerkte er. »Warum hat der junge Mason heute nachmittag einen solchen Aufruhr veranstaltet? Das ganze Gesicht voller Kleie.«

»Das war wegen diesem Buch, Edwin«, sagte Violet.

»Welches Buch?«

»Irgendein Buch aus der Bibliothek des Rektors«, schaltete George sich ein. »Alles sehr geheimnisvoll.«

»Was ich nicht verstehe, ist die Sache mit dem Buch«, sagte Sir Claud noch einmal.

»Wo ist es überhaupt geblieben?« fragte Ramona.

»Keine Ahnung. Tibbett hat es mitgenommen. Wir drehen uns ständig im Kreise«, sagte George Manciple gereizt. »Seit letzter Woche hat es nichts als Durcheinander und Ärger gegeben. Ich will verflucht sein, Violet, wenn ich für dieses verdammte Fest

237

noch einmal meinen Garten zur Verfügung stelle, wenn so etwas dabei herauskommt.«

»Also wirklich, George! Du kannst doch nicht das Fest dafür verantwortlich machen –«

»Manning-Richards ist kein russischer Name«, wandte der Bischof ein. »Wenn Tibbett das glaubt, dann zeigt das nur, was für ein Ignorant er ist.«

»Ja, das ist schon alles sehr verwirrend, das gebe ich zu«, sagte Ramona. »Und ich glaube auch nicht, daß er sich wirklich Mühe gegeben hat mit seiner Wildblumensammlung, auch wenn er immer so getan hat als ob.«

»Julian hat niemals Wildblumen gesammelt, Liebes«, sagte Sir Claud. »Gerechtigkeit sollte man immer walten lassen.«

»Nicht Julian, Claud«, sagte Violet. »Inspektor Tibbett.«

»Tibbett ist auch kein russischer Name«, sagte Edwin. Die Konversation, die dergestalt in eine Sackgasse geraten war, brach ab. Und Henry trat herein, begleitet von Maud.

»Ah, da bist du ja, Maud«, sagte Edwin. »Hier, das habe ich für dich aufgehoben. Habe selbst noch keinen Blick darauf geworfen.« Er hielt ihr die aktuelle Nummer der *Times* hin, sorgfältig so gefaltet, daß das Kreuzworträtsel obenauf lag.

Als Maud das sah, war es mit ihrer eisernen Beherrschung vorbei. Die Tränen kamen so schnell, daß sie nichts dagegen tun konnte, und ihr versagte die Stimme, als sie sagte: »Danke, Onkel Edwin.« Sie ergriff die Zeitung und floh damit aus dem Zimmer.

Edwin schien ehrlich überrascht. »Aber was ist denn mit Maud los?« fragte er.

Ramona antwortete sanft: »Es liegt daran, daß Julian ein Russe ist, Edwin. Da ist es kein Wunder, daß sie durcheinander ist.«

»Julian? Hat Claud denn nicht gesagt, Tibbett –«

»Die arme kleine Maud«, sagte Violet. »Ob ich ihr nachgehen sollte, um –?«

»Das würde ich nicht tun, Mrs. Manciple«, sagte Henry. »Ich glaube, sie möchte jetzt lieber allein sein.«

»Oh, Inspektor Tibbett . . . ich fürchte, Sie werden uns sehr in Verwirrung finden. Nehmen Sie eine Tasse Kaffee. Sie werden vielleicht schon gehört haben, was heute nachmittag vorgefallen ist . . .«

»Ja«, sagte Henry, »ich habe davon läuten hören. Und ich habe Ihnen Ihr Buch mitgebracht.«

»Unser Buch? Welches Buch? D a s Buch?« Claud setzte eine randlose Brille auf, durch die er Henry aufmerksam betrachtete.

»Jawohl«, sagte Henry. »Ein Buch, das Ihrem verstorbenen Vater gehörte, Augustus Manciple. Ein Band seiner Vergil-Ausgabe.«

»Aber das Buch gehört uns nicht, Tibbett«, wandte George Manciple ein.

»Es gehört Ihnen nicht?«

»Nein, wirklich nicht. Ich erkenne es wieder. Das ist eines der Bücher aus der Bibliothek des Rektors, die ich vor einiger Zeit Raymond Mason verkauft habe. Jetzt gehört es wohl seinem Sohn Frank.«

Henry lächelte. »Das ist vollkommen richtig, theoretisch gesehen«, sagte er. »Einer anderen Theorie zufolge könnte man allerdings auch behaupten, daß es Lady Manciple gehört, die es heute nachmittag auf dem Basar für Sixpence erstanden hat. Ist das richtig?« wandte er sich an Ramona.

»Vollkommen korrekt. Ich habe dem jungen Mann gesagt –«

»Wie um alles in der Welt kam es denn auf den Basar?« fragte George Manciple.

»Alfred aus dem Viking hatte es gestiftet. Er hatte es aus der Glückstonne gezogen, aber da er kein Altphilologe ist –«

»Oh, Mr. Tibbett, machen Sie es doch nicht so umständlich!« rief Violet. »Kommen Sie endlich zu den Fakten. Warum war es in der Glückstonne?«

»Ich glaube, ich begreife allmählich«, sagte Ramona. »Frank Mason brachte es aus Versehen mit –«

»Nein«, entgegnete Henry.

»Aber Mr. Tibbett, er hat mir selbst gesagt –«

»Es war kein Versehen«, sagte Henry. »Er brachte es mit hierher, um es zu verstecken. Ein ausgezeichnetes Versteck. Er wollte es heimlich wieder ins Regal stellen, aber da es in braunes Packpapier eingeschlagen war, wanderte es in die Glückstonne, und er fand es nicht mehr wieder.«

»Vor wem wollte er es verstecken?« fragte Edwin.

»Vor mir.«

»Ich verstehe das nicht«, sagte Sir Claud zum vierten Male.

»Ich werde es Ihnen erklären«, versicherte Henry. »Deswegen bin ich ja hier. Frank Mason ist seit dem Augenblick, in dem sein Vater umkam, auf der Suche nach diesem Buch.«

»Aber warum um alles in der Welt sollte er –« begann George.

»Das ist ja das Komische daran«, sagte Henry. »Er hatte keine Ahnung, warum das Buch so wertvoll war. Nur daß es wertvoll war, wußte er, denn sein Vater hatte es ihm gesagt. Und dann stellte er fest, daß ich ebenfalls auf der Suche danach war. Nun, da er es gefunden hatte, mußte er es vor mir verstecken.«

»Tibbett«, sagte der Bischof streng, »ich dachte, Sie wollten es erklären.«

»Aber das tue ich doch gerade.«

»Nun, wo hat der junge Mason denn zum Beispiel das Buch gefunden?«

»Im Londoner Büro seines Vaters. In Masons persönlichem Aktenschrank. Das Verrückte ist, daß ich selbst vor dem jungen Mason in diesen Aktenschrank hineingesehen habe, und ich habe das Buch nicht erkannt. Raymond Mason hatte es in einem schreiendbunten, pornographischen Schutzumschlag verborgen.«

Edwin blickte schockiert. »Vergil? Das hätte dem Rektor gar nicht gefallen.«

»Das kann ich mir vorstellen«, sagte Henry. »Jedenfalls – Frank Mason fand es und nahm es wieder mit nach Cregwell Lodge. Kurz darauf stattete ich ihm dort einen Besuch ab. Als er mich kommen sah, nahm er in aller Eile den Vergil aus dem Schutzumschlag und steckte ein anderes Buch hinein. Und bevor ich das Haus ein weiteres Mal durchsuchen konnte, wickelte er den Vergil in braunes Packpapier und brachte ihn zusammen mit seinen Sachen für den Basar hierher.«

»Schön und gut«, sagte Sir Claud, »aber wann kommen Sie denn nun endlich zur Sache? Was hat es mit dem Buch auf sich, und wieso wußten Sie überhaupt davon?«

»Dazu komme ich jetzt«, sagte Henry. »Ich fand einen Eintrag in Raymond Masons Terminkalender, der mich stutzig machte. Und zwar sein Autokennzeichen.«

»Einen solchen Unsinn habe ich ja noch nie gehört«, schnaubte Edwin. Er funkelte Henry an und fügte leiser, an Claud gewandt, hinzu: »Ich hab's dir ja gesagt, der Mann ist nicht ganz richtig im Kopf.«

»Masons Autokennzeichen war RM 1, was ja auch gut zu ihm paßte«, fuhr Henry ungerührt fort. »In seinem Kalender hatte er jedoch vermerkt: BD5 S83. Das war ganz offensichtlich nicht sein Autokennzeichen, sondern etwas anderes, das er nicht vergessen wollte. Man brauchte nicht viel Phantasie, um es als Band V, Seite dreiundachtzig zu lesen. Und dann las ich Tante Doras Abschrift des Briefes, den der alte Doktor Thompson seinerzeit an Major Manciple geschrieben hat.«

»Wir sollen lieber den jungen Doktor Thompson rufen«, wandte sich Edwin lautstark an Claud. »Der Bursche hat nicht alle Tassen im Schrank.«

»Aus diesem Brief, der kurz nach dem Tode des alten Mr. Manciple verfaßt worden war, ging unmißverständlich hervor, daß Mr. Manciple auf dem Sterbebett mit aller Kraft versucht hatte, Dr. Thompson etwas mitzuteilen, das er an seinen Sohn George weitergeben sollte. Ich konnte nicht glauben, daß es einfach nur darum ging, das Haus nicht zu verkaufen. Darüber war sich die Familie einig, und es war im Testament festgelegt. Und ebensowenig konnte ich glauben, daß der Rektor seine wertvollen letzten Atemzüge darauf verschwendet haben sollte, von Kolik und Schwäche zu murmeln. Und seine letzte Bemerkung an Dr. Thompson sprach Bände.«

»Und was war das für eine Bemerkung?« fragte Ramona.

»Daß Dr. Thompson ein Idiot sei. Was bedeutete, daß er nicht begriffen hatte, was der Rektor ihm hatte mitteilen wollen. Zum Glück war Dr. Thompson jedoch gewissenhaft genug, Major Manciple wortwörtlich zu berichten, was sein Vater gesagt hatte, so daß wir heute in der Lage sind, es zu deuten. Nicht von ›verkaufen‹ sprach der Rektor, sondern von Vergil. Und was Thompson als Kolik und ach verstand, hieß in Wirklichkeit Bucolica und acht – der achte Gesang nämlich. Und da haben wir die Verbindung zum Eintrag in Raymonds Kalender. Band V der Vergil-Ausgabe mit dem lateinischen Text der *Bucolica* enthält auf Seite 83 eine geheime Nachricht von Mr. Augustus Manciple an seinen Sohn George.

Mir ist von verschiedenen Seiten gesagt worden«, fuhr Henry fort, »daß der alte Mr. Manciple immer mißtrauischer gegenüber Fremden wurde, je älter er wurde, daß er niemandem mehr vertraute, nur seinem Anwalt Arthur Pringle. Pringle hatte zweifellos Anweisungen, George in das Geheimnis des Vergil einzuweihen, doch er starb, bevor er dies tun konnte. Als er hörte, daß Pringle tot war, versuchte der Rektor alles, um die Botschaft noch selbst zu übermitteln, doch er wurde nicht verstanden. Jahrelang stand das Buch hier in der Bibliothek im Regal; ungelesen, denn keiner von Ihnen ist Altphilologe. Schließlich wurde es an Raymond Mason verkauft, der die Ledereinbände in seinem Arbeitszimmer zur Schau stellen wollte.

Was ihn dazu bewogen hat, in dem Buch zu blättern, werden wir niemals erfahren, obwohl ich gehört habe, daß es seine Art war, so zu tun, als lese er in diesen gewichtigen Werken, um Leute wie Sir John Adamson damit zu beeindrucken. Jedenfalls schlug er den Band auf, was mehr ist, als jemals einer von Ihnen getan hat, und entdeckte das Geheimnis der Seite 83. Und das ist die Erklärung dafür, daß er so versessen darauf war, dieses Haus zu erwerben; warum er jeden Trick versuchte, der ihm nur einfiel, um Major Manciple zum Verkauf zu bewegen – und warum er sich am Ende bei einem verzweifelten Versuch, dieses Ziel zu erreichen, selber umbrachte.«

George Manciple hatte die Miene aufgesetzt, die er zeigte, wenn Claud und Edwin zu einer Diskussion über Metaphysik ausholten. »Ich verstehe kein Wort von dem, was Sie da sagen, Tibbett«, sagte er. »Was zum Teufel hat Masons Autokennzeichen damit zu tun? Ich habe diesen Wagen von ihm nie leiden können.«

»Ich glaube«, sagte Henry, »für Sie ist der Zeitpunkt gekommen, einen Blick auf dies hier zu werfen.«

Er reichte George das in Leder gebundene Buch, und der griff vorsichtig danach. Seite 83 war aufgeschlagen. George sagte: »Für mich sind das böhmische Dörfer, mein Lieber.«

»Schauen Sie genauer hin«, beharrte Henry. »Zwischen den Seiten.«

Alle beobachteten gespannt, wie George das Buch untersuchte. Totenstille herrschte, als er es hochhielt, um zu zeigen, daß die Seiten 84 und 85 zusammengeklebt waren. Augenscheinlich waren sie vor kurzem mit einem scharfen Messer sorgfältig aufgetrennt worden, der Schnitt war deutlich zu sehen, doch hatte jemand die Seiten danach mit einem Klebstreifen wieder zusammengefügt.

Henry hielt ihm ein Taschenmesser hin. »Öffnen Sie es, Major Manciple«, sagte er.

George schnitt die Seiten auseinander, und dabei flatterte ein dünnes, mit verblichener Tinte beschriebenes Blatt zu Boden. Edwin beugte sich vor und hob es auf.

»Das ist die Handschrift des Rektors«, bemerkte er.

242

Henry nickte. »Es ist an seinen Sohn George gerichtet«, sagte er. Und zu Major Manciple: »Lesen Sie, Sir.«

George Manciple faltete den Brief sorgfältig auseinander. Dann las er ihn laut vor.

Lieber George!

Wenn Du dies liest, werde ich in meinem Grabe liegen, was ich in erster Linie meiner Betreuung durch diesen alten Trottel Thompson zu verdanken habe. Arthur Pringle, der einzige anständige Mensch in England, wird Dir gesagt haben, wo Du nach diesem Brief zu suchen hast. Wenn Du ihn liest, wirst du verstehen, welche Schritte ich unternommen habe, Dein Erbe zu sichern. Ohne diese Schritte hättest Du niemals die Mittel gehabt, Cregwell Grange zu erhalten, worauf ich Dich, wie Du weißt, für alle Zeiten verpflichtet habe.

Seit einigen Jahren schon hege ich ein immer größer werdendes Mißtrauen gegen Masterman, den Geschäftsführer der Bank, und mittlerweile bin ich von seiner Unehrlichkeit überzeugt. Ich habe überlegt, wie ich den Schmuck Deiner teuren Mutter an einen sicheren Ort schaffen könnte; aber wo ist Sicherheit in unserer heutigen Zeit zu finden? Eine Bank ist so unseriös wie die andere, allesamt Diebe und Verbrecher.

Aber ich darf wohl sagen, daß ich sie hinters Licht geführt habe. Im Laufe der Jahre habe ich nach und nach die Schmuckstücke aus dem Banksafe herausgenommen, habe wertlose Kopien davon anfertigen lassen und die falschen Stücke zurückgebracht. Die echten Juwelen habe ich in Cregwell Grange versteckt, wo ich ein Auge auf sie habe. Gerade vorige Woche habe ich den letzten Austausch vorgenommen – die Brosche mit der Diamantenrosette. Nun können Masterman und seine Ganovenbande kommen, um die Kassette zu plündern, und alles, was sie finden werden, ist Talmi und Glas.

Ich gestehe, daß mich dieser Gedanke mit einiger Genugtuung erfüllt.

Nun muß ich Dir nur noch sagen, wo Du die echten Juwelen finden wirst. Sie liegen unter einer der Bodenplatten im Weinkeller der Grange. Von der Tür zähle zehn Platten vorwärts und dann drei nach links. Der Stein selbst befindet sich unter der Kiste mit meinem besten Portwein. Ich hoffe, der Wein ist nicht allzusehr erschüttert worden, denn ich mußte ihn ja beiseiterücken, wann immer ich ein neues Stück hinzufügte, aber ich würde Dir raten, ihn mehrere Monate lang ruhen zu lassen, bevor Du ihn trinkst. Es wird Dir zu Deiner Erheiterung, wie ich hoffe, aufgefallen sein, daß ich Dir in meinem Testament ausdrücklich »Cregwell Grange und alles, was darin ist« vermache. Dein Anrecht auf den Schmuck sollte also unbestreitbar sein.

Ich gebe Dir den dringenden Rat, die Schmuckstücke dort zu lassen, wo sie sind, und immer nur eines hervorzuholen und zu verkaufen, wenn – und nur wenn – Du Geld benötigst. Keinesfalls solltest Du sie einer Bank anvertrauen, ebensowenig, wie Du Dein Vermögen einem Börsenmakler anvertrauen solltest oder Deinen Leib einem Arzt. Du siehst ja, was aus mir geworden ist.

Dein Dich liebender Vater

Augustus Manciple.

George beendete seinen Vortrag mit einem ungläubigen Pfiff, und einen Moment lang herrschte Totenstille. Dann sagte Henry unvermittelt: »Das werden Sie natürlich nun besprechen wollen, und Sie werden, könnte ich mir vorstellen, in den Keller gehen und nachsehen wollen. Es steht wohl außer Zweifel, daß die Juwelen sich tatsächlich dort befinden.«

»Wenn er sie dort unten gelassen hat«, sagte George, »dann sind sie auch noch dort. Es sind sogar noch ein paar Flaschen vom Portwein des Rektors übrig. Wir haben stets vermieden, ihn zu erschüttern.«

Henry reichte George die Hand. »Also«, sagte er, »ich gratuliere Ihnen, Major Manciple. Diese Juwelen müssen Tausende von Pfund wert sein.«

George wirkte benommen. Er schüttelte Henry die Hand, dann fragte er: »Und wer hat meine Pistole zurückgebracht?«

»Das kann ich nicht mit Sicherheit sagen«, antwortete Henry, »aber ich würde vermuten, Sir John Adamson.«

»Warum sollte –?«

»Einfach nur aus Freundlichkeit«, fügte Henry rasch hinzu. Ihm war gar nicht danach zumute zu erklären, warum Sir John so viel daran gelegen hatte, den Tod von Raymond Mason so schnell und unauffällig wie möglich aufzuklären.

»Und Tante Dora?«

»Ich nehme an«, sagte Henry, »daß man es als Unfall auffassen wird.« Er schwieg einen Augenblick lang, dann fügte er hinzu:

244

»Ich hoffe, diese unglückliche Angelegenheit mit Miss Manciple und ihrem jungen Mann macht Ihnen keinen zu großen Kummer. Wissen Sie, sie wird darüber hinwegkommen. Die Jugend ist sehr widerstandsfähig.«

Erst in der Halle begegneten Henry und Maud einander noch einmal. Genauer gesagt erwartete sie ihn dort. »Sie wissen, daß die Chrysanthemen von mir stammen«, sagte sie.

»Ja«, bestätigte Henry.

»Ich mußte doch wenigstens versuchen, etwas gutzumachen. Ich habe doch –«

»Bitte«, sagte Henry. »Sagen Sie nichts.«

»Ich liebe ihn«, sagte Maud. Ihre Tränen waren getrocknet. »Meinetwegen hätte er mich erschießen können, wenn er dadurch davongekommen wäre. Ich werde auf ihn warten. Sie können ihn ja nicht für immer ins Gefängnis stecken.«

»Er hat sich einen Dreck aus Ihnen gemacht«, sagte Henry brutal. »Er hat Ihnen den Heiratsantrag nur gemacht, um den Posten in Bradwood zu bekommen.«

Maud fauchte ihn an wie eine kleine Tigerin. »Meinen Sie denn, das spielt eine Rolle? Meinen Sie denn, um jemanden zu lieben, müßte man wiedergeliebt werden?«

»Und noch etwas sollten Sie bedenken«, fuhr Henry fort. »In ein paar Jahren wird er vielleicht gegen einen britischen Agenten ausgetauscht und kehrt nach Rußland zurück. Was wollen Sie dann tun?«

»Mitgehen, wenn er mich haben will«, sagte Maud.

»Es ist ganz natürlich, daß Sie jetzt so empfinden«, sagte Henry. »Aber ich flehe Sie an, kapseln Sie sich nicht ab. Frank Mason zum Beispiel ist ein wirklich sehr intelligenter junger Mann, unter der reichlich unvorteilhaften Maske, die er zur Schau trägt. Er hat mich gefragt, ob er wohl kommen und Sie besuchen dürfe –«

»Ich werde nicht hier sein«, sagte Maud. »Ich gehe fort.«

»Fort?«

»Ich kann ja wohl nicht zurück nach Bradwood, und hier kann ich auch nicht bleiben. Das wollte ich Sie noch fragen, Inspektor Tibbett – wissen Sie, in welches Gefängnis sie Julian gesteckt haben? Ich werde mir ein Zimmer in der Nähe nehmen und mir Arbeit suchen. Ich werde ihn doch besuchen dürfen?«

»Ich denke schon«, sagte Henry. »Aber –«

»Sie haben doch wohl nicht geglaubt«, schnaubte Maud, »daß ich mitmache bei Ihrem hübschen kleinen Happy-End!«

»Dann kann ich nur hoffen«, sagte Henry, »daß Sie ein anderes für sich selbst finden werden.«

Und so sah er sie zum letzten Mal, wie sie allein in der großen, leeren Halle stand, hinter sich einen Strauß Chrysanthemen.

Nachwort

Auf der Einfahrt zum alten Herrenhaus Cregwell Grange, das in der zweiten Generation der Familiensitz der Manciples ist, wird am hellichten Tage deren Nachbar Raymond Mason neben seinem Mercedes erschossen – offensichtlich aus der Nähe des Hauses und mit einer Pistole aus der Sammlung des Hausherrn. Dessen einzige Leidenschaft ist das Schießen auf alte Tennisbälle, die er mit Hilfe einer selbstgebastelten komplizierten Anlage in die Luft schleudert, denn konventionelle Tontauben übersteigen seine bescheidenen Mittel bei weitem.

Die Beziehungen der Manciples zu Mason waren nachbarlich, aber keineswegs mehr gutnachbarlich. Dabei hatte alles ganz friedlich begonnen, als George Manciple dem Emporkömmling mit dem vulgären Eastend-Akzent ein altes Pförtnerhaus verkaufte; auch hatten die Manciples weniger als die anderen Honoratioren des Dorfes Anstoß daran genommen, daß bei dem Gründer und Inhaber eines Wettbüros gerade die richtige Kleidung, das richtige Auto, die richtigen Möbel und die richtigen Bücher besonders falsch wirkten. In der letzten Zeit jedoch hatte Mason sich zu einem Quälgeist entwickelt: Erst wollte er das für George Manciple prinzipiell unverkäufliche Herrenhaus um jeden Preis erwerben, dann fing er an, die Familie mit der ganzen Kleinlichkeit zu schikanieren, deren ein böser Nachbar fähig ist – und nun liegt er tot vor dem Haus der Manciples. Nachdem es George Manciple trotz der der ganzen Familie eigentümlichen Unfähigkeit zur sprachlichen Kommunikation gelungen ist, Sir John Adamson, den Polizeichef der Gegend, davon zu unterrichten, ist dieser sogleich entschlossen, Scotland Yard hinzuzuziehen. Er hat nicht die geringste Lust, lokale Beamte unter seiner Leitung in einem Fall ermitteln zu lassen, in der seine nächsten Nachbarn sowohl die potentiellen Täter wie das höchst reale Opfer sind.

Die Manciples sind schon eine eigentümliche Familie, eigentümlich in jeder Hinsicht – darin sind sich alle, die sie kennen, einig. Selbstverständlich traut ihnen keiner aus dem Dorf einen Mord zu; aber daß einer von ihnen Mason sozusagen aus bloßem Versehen erschossen haben könnte, ist mehr als wahrscheinlich. Natürlich sind sie Iren, was für ihre englischen Nachbarn schon einiges erklärt. Erst der Großvater ist nach England übergesiedelt, wo sich sein Sohn, der Vater der jetzigen Manciples, einen Namen als Altphilologe und bedeutender Schulmann gemacht hat. Vom beträchtlichen ererbten Vermögen hat er in Cregwell ein Herrenhaus mit Ländereien erworben und im übrigen für seine Schule, seine Wissenschaft und seine Exzentrik gelebt, nicht ohne Folgen für sich und seine Nachkommen. Sein fester Glaube, als Autofahrer habe er ein verbrieftes Recht auf die volle Straßenbreite, schließlich sei ja die ganze Straße, und nicht nur deren linke Seite, von seinen Steuern erbaut, wurde von seinem Anwalt und einzigem Freund geteilt – und da wollte es das Unglück, daß die beiden sich eines Tages bei hoher Geschwindigkeit auf derselben Straße begegneten...

Hatte dies letale Folgen für ihn, so traf ein anderer Aspekt seiner Exzentrik seine Nachkommen, sein nach dem Tode seiner jüngeren Frau entstandenes Mißtrauen gegen alles und jeden, vor allem gegen Vermögensverwalter und Bankiers: Riet man ihm zum Verkauf, so kaufte er dazu, bekam er Anlagetips, so verkaufte er auf der Stelle diese Werte aus seinem Portefeuille. Selbst der legendär teure Schmuck, mit der er seine junge Frau überhäuft hatte, scheint seinem wahnwitzigen Treiben an der Börse zum Opfer gefallen zu sein, denn bei seinem plötzlichen Tode fand der Haupterbe, sein zweitältester Sohn George, im Banksafe nur wertlose Kopien.

Dabei wäre George Manciple durchaus auf dieses Erbe angewiesen. Zum einen hatte er im Gegensatz zu seinem älteren und zu seinem jüngeren Bruder den Verstand nicht vom Vater, sondern von der schönen Mutter geerbt, so daß seine Intelligenz nur knapp für eine kurze Offizierskarriere reichte. Zum andern hatte ihn sein Vater schriftlich, mündlich, testamentarisch und in jeder erdenklichen Weise bis hin zu seinen letzten gestammelten Worten vor dem Tode, die der Arzt schriftlich festgehalten hatte, beschworen, Cregwell Grange der Familie zu erhalten, selbst dort zu leben und seine beiden erfolgreicheren Brüder jederzeit gast-

248

lich aufzunehmen. Nach dem Verlust des Vermögens muß sich jetzt der »Weiße Elefant« von Haus sein eigenes Futter beschaffen; die Manciples leben über die Jahre mehr schlecht als recht vom Verkauf der Ländereien, der verbliebenen Wertsachen, der Bibliothek des Vaters mit ihren wundervollen Einbänden mit dem Familienwappen – der soeben erschossene Mason war einer der dankbarsten Abnehmer.

Patricia Moyes' Seriendetektiv Chefinspektor Henry Tibbett ist bei seinem Auftritt in ihrem siebten Roman, erschienen 1967, durchaus schon eine Berühmtheit, der der lokale Polizeichef wie einem Filmstar oder einem prominenten Politiker entgegensieht. Um so enttäuschter ist Sir John dann vom wirklichen Tibbett, einem eher kleinen, unauffälligen Mann von mittleren Jahren, dessen einzige Besonderheit seine dunkelblauen intelligenten Augen zu sein scheinen. Im Grunde hat Patricia Moyes mit Henry Tibbett einen Mann ohne Eigenschaften zum Detektiv gemacht, der gerade deshalb, wie Musils Held, der Mann mit allen Eigenschaften ist. Er ist so etwas wie ein Universalempfänger in der Transfusionsmedizin und zeichnet sich durch die Fähigkeit aus, sich in jedes Milieu einleben und einfühlen zu können – selbst in das der Manciples. Bemerkenswert ist auch sein unerschütterlicher und abgründiger Humor – und den wird er bei den Manciples dringend benötigen.

Einen Vorgeschmack dessen, was ihn erwartet, bekommt der Chefinspektor bereits, als er sich Cregwell Grange nähert. Ein älterer Herr in einer Art Tropenuniform bedroht ihn aus einem Baum heraus mit einer Pistole, ruft »Peng, peng!« und erklärt ihn danach für tot. Es ist der Hausherr, Ex-Major George Manciple, der dabei ist, den Mord auf seiner Auffahrt zu rekonstruieren. George wird auch bei den weiteren Ermittlungen nie das Gefühl verlieren, seinen eigenen Detektivroman zu erleben beziehungsweise in einem großen Kriminalrätselspiel mitzuwirken, weshalb er Tibbett mit Tabellen überschüttet, wo sich wer zur Tatzeit aufgehalten hat, welche Motive jeder haben könnte, und ihn informiert, daß natürlich alle, auch er selbst, jederzeit die Unwahrheit sagen können.

Cregwell Grange beherbergt zur Zeit – und damit auch zur Tatzeit – die gesamte Familie Manciple, der der zukünftige Verlobte von Maud, der intelligenten und vor allem erfreulich normalen Tochter von George und Violet Manciple, vorgestellt werden soll.

Wie die Manciples selbst ahnen, handelt es sich jedoch eher um einen Härtetest für den jungen Mann, ob er die Einheirat in diese Familie auch überleben wird.

Musterexemplar der familieneigentümlichen Kommunikationsunfähigkeit ist die schwerhörige Tante Dora, die für jede Unterhaltung neu »verkabelt« werden muß, wie es im Familienjargon heißt, und die jedes Gespräch durch unerwartet scharfes Hinhören wie konsequentes Überhören in ihrem Sinne zu steuern weiß. Vor allem kann sie es offenbar auch nach Wunsch durch einen ohrzerreißenden Pfeifton beenden, den ihr Hörgerät jederzeit zu produzieren vermag. Ansonsten ist sie trotz ihrer 93 Jahre von größter geistiger Klarheit, solange im Gespräch nicht Themen aufkommen, die entfernte Assoziationen zu ihrem spiritistischen Steckenpferd, den spektralen Manifestationen verstorbener Tiere, erlauben. Bei dem Ältesten der drei Manciple-Brüder, Edwin, dem emeritierten anglikanischen Bischof von Bugolaland, ist es auch das Hobby, das kommunikationshemmend wirkt – das Lösen der legendären Kreuzworträtsel der *Times*. Bei seinen unvermutet hervorgestoßenen Gesprächsbeiträgen weiß man nie, ob er sich an einer Unterhaltung beteiligen will oder ob er nicht gerade das besonders knifflige 14 Waagerecht zitiert, so daß er seine Gesprächspartner ständig zwingt, »um die Ecke zu denken«. Der jüngste Manciple, der erfolgreiche Atomphysiker Sir Claud, ist noch der normalste – seine Exzentrik ist allerdings vielleicht die gewagteste; sie besteht darin, trotz seiner Familie menschliches Verhalten als so berechenbar wie ein physikalisches Phänomen zu bezeichnen.

Chefinspektor Tibbett erweist sich schnell als der ideale Besucher dieser »Pension Schöller«. Nach zehn Minuten kann er sich bereits an Dialogen wie dem folgenden beteiligen: »Hat er auf Tennisbälle geschossen?« – »Nein, er saß auf einem Baum.« – »Oh, da bin ich aber froh«, nur daß er noch gelegentlich Alltagskonversation mit Kreuzworträtseln verwechselt. Wenn auch in dieser Atmosphäre ein Mord schnell nach Macbeths Worten wie ein »Murder Fantastical« – so der Originaltitel –, wie ein »Hirngespinst« wirkt, kann Tibbett doch als Universalempfänger alle, auch die leisesten und verstecktesten Hinweise aufnehmen. Wie stets wird er dabei von seiner Frau Emmy begleitet und unterstützt, die im Hintergrund wichtige Informationen bei ihrer Schulfreundin, der Frau des Dorfarztes, einsammelt; zufällig gilt diese als das begabteste Klatschmaul der Gegend. Schon bald hat Tibbett den einen Todesfall geklärt, einen weiteren durch seinen legendären »Riecher« als Mord erkannt, die Ermittlungen durchkreuzende Sekundärgeheimnisse gelöst und, inmitten eines Pfarrfestes im Garten der Manciples, einen Showdown inszeniert, dem wenig aus der Kriminalliteratur zur Seite gestellt werden kann.

Patricia Moyes wurde am 19. Januar 1923 in Bray in Irland geboren, ging in England zur Schule und diente im Zweiten Weltkrieg als Offizier in der Women's Auxiliary Air Force. Ihr erster Detektivroman mit Henry und Emmy Tibbett erschien 1959, nachdem sie zuvor acht Jahre Mitarbeiterin Peter Ustinovs war und fünf Jahre zur Redaktion von *Vogue* gehört hatte. Sie pflegt, wie der etwas ältere Michael Innes alias J. I. M. Stewart und der fast gleichaltrige Edmund Crispin alias R. B. Montgomery, bewußt die Spätformen des bei ihrem Debüt bereits zurückliegenden Goldenen Zeitalters des Detektivromans: klassische, gut recherchierte Schauplätze, unvergeßliche skurrile Charaktere, eine sauber konstruierte Handlung, die strikte Einhaltung des Fairness-Gebots, dem Leser keine wichtige Information vorzuenthalten – und das alles gewürzt mit einem mehr als tüchtigen Schuß Humor. Ihr großes schriftstellerisches Vorbild ist der in der ersten Jahrhunderthälfte in Großbritannien und den USA äußerst populäre humoristische Romancier P. G. Wodehouse, und mit dem britischen Lustspielautor Noël Coward ist Patricia Moyes der Meinung, daß die Gabe, amüsant zu unterhalten, keineswegs gering zu schätzen ist; sonst hätte sie wohl auch kaum so lange mit Peter Ustinov zusammengearbeitet, für dessen Film *School for Scoundrels* sie 1960 das Drehbuch schrieb.

Für die Autoren und Autorinnen dieser Generation, zu der auch Charlotte MacLeod zu rechnen ist, wird das Schreiben von Detektivromanen zu einem hochintelligenten Spiel, das der Kenner der klassischen Detektivromane mit seinen Lesern spielt, die auch zu diesen Kennern zählen. Die Gestalten wissen, daß sie Figuren in Detektivromanen sind, und nach den unsterblichen Worten von John Dickson Carrs Detektiv Dr. Gideon Fell führen sie den Leser nicht dadurch an der Nase herum, daß sie immer wieder betonen, sie seien es nicht: Im vorliegenden, »... *daß Mord nur noch ein Hirngespinst*«, weigert sich eine der Personen geradezu, beim vom Detektiv inszenierten Happy-End am Buchschluß mitzuspielen.

Noch einmal beschwört Patricia Moyes spielerisch eine Welt, wie sie schon zwischen den Kriegen unterging: das friedliche Dorf mit seinen Herrensitzen, auf deren größtem der Chief Constable wohnt, wo ein Toter in der Einfahrt so etwas Unpassendes und Ungehöriges ist wie Hundekot auf einem edlen Teppich, wie Richard Alewyn einmal formulierte. Zugleich kombiniert sie diesen klassischsten aller Schauplätze mit einer im britischen und amerikanischen Kriminalroman äußerst beliebten Sonderform, der »dying message novel«: Ein Sterbender hinterläßt eine verstümmelte, kryptische Botschaft, die auf seinen Mörder, auf ein Familiengeheimnis oder auf einen vergrabenen Schatz hinweist und die es erst einmal zu erkennen und dann zu entschlüsseln gilt. Zugleich aber ist Patricia Moyes sich dieser späten Romanform bewußt, in der die Tradition nur noch zitiert wird, und zollt auch den Zeitgenossen ihren Tribut. Darin überschreitet sie eine Grenze, die nur sehr selten überquert wird, und betritt ein dem Detektivroman eng benachbartes Gebiet, das Willard Huntington Wright alias S. S. van Dine als strenger Gesetzgeber einst vom Detektivroman völlig ausschließen wollte und das hier nicht verraten werden darf.

Patricia Moyes betont stolz, sie entschuldige sich schon seit langem nicht mehr dafür, keine »serious literature« zu schreiben, was ja sowohl »seriöse« wie »ernste« Literatur heißt. Ihre Leser danken ihr dafür, daß sie beides nicht tut und statt dessen hoffentlich noch lange beim heiteren Spiel bleibt.

Volker Neuhaus

DuMont's Kriminal-Bibliothek

»Knarrende Geheimtüren, verwirrende Mordserien, schaurige Familienlegenden und, nicht zu vergessen, beherzte Helden (und bemerkenswert viele Heldinnen) sind die Zutaten, die die Lektüre der DuMont's ›Kriminal-Bibliothek‹ zu einem Lese- und Schmökervergnügen machen.

Der besondere Reiz dieser Krimi-Serie liegt in der Präsentation von hierzulande meist noch unbekannten anglo-amerikanischen Autoren, die mit repräsentativen Werken (in ausgezeichneter Übersetzung) vorgelegt werden.

Die ansprechend ausgestatteten Paperbacks sind mit kurzen Nachbemerkungen von Herausgeber Volker Neuhaus versehen, die auch auf neugierige Krimi-Fans Rücksicht nehmen, die gerne mal kiebitzen: Der Mörder wird nicht verraten. Kombiniere – zum Verschenken fast zu schade.«   *Neue Presse/Hannover*

Band 1001	Charlotte MacLeod	**»Schlaf in himmlischer Ruh'«**
Band 1002	John Dickson Carr	**Tod im Hexenwinkel**
Band 1003	Phoebe Atwood Taylor	**Kraft seines Wortes**
Band 1004	Mary Roberts Rinehart	**Die Wendeltreppe**
Band 1005	Hampton Stone	**Tod am Ententeich**
Band 1006	S. S. van Dine	**Der Mordfall Bischof**
Band 1007	Charlotte MacLeod	**». . . freu dich des Lebens«**
Band 1008	Ellery Queen	**Der mysteriöse Zylinder**
Band 1009	Henry Fitzgerald Heard	**Die Honigfalle**
Band 1010	Phoebe Atwood Taylor	**Ein Jegliches hat seine Zeit**
Band 1011	Mary Roberts Rinehart	**Der große Fehler**
Band 1012	Charlotte MacLeod	**Die Familiengruft**
Band 1013	Josephine Tey	**Der singende Sand**
Band 1014	John Dickson Carr	**Der Tote im Tower**
Band 1015	Gypsy Rose Lee	**Der Varieté-Mörder**

Band 1016	Anne Perry	**Der Würger von der Cater Street**
~~Band 1017~~	Ellery Queen	~~Sherlock Holmes und Jack the Ripper~~
Band 1018	John Dickson Carr	**Die schottische Selbstmord-Serie**
Band 1019	Charlotte MacLeod	**»Über Stock und Runenstein«**
Band 1020	Mary Roberts Rinehart	**Das Album**
Band 1021	Phoebe Atwood Taylor	**Wie ein Stich durchs Herz**
Band 1022	Charlotte MacLeod	**Der Rauchsalon**
Band 1023	Henry Fitzgerald Heard	**Anlage: Freiumschlag**
Band 1024	C. W. Grafton	**Das Wasser löscht das Feuer nicht**
Band 1025	Anne Perry	**Callander Square**
Band 1026	Josephine Tey	**Die verfolgte Unschuld**
Band 1027	John Dickson Carr	**Die Schädelburg**
Band 1028	Leslie Thomas	**Dangerous Davies, der letzte Detektiv**
Band 1029	S. S. van Dine	**Der Mordfall Greene**
Band 1030	Timothy Holme	**Tod in Verona**
Band 1031	Charlotte MacLeod	**»Der Kater läßt das Mausen nicht«**
Band 1032	Phoebe Atwood Taylor	**Wer gern in Freuden lebt . . .**
Band 1033	Anne Perry	**Nachts am Paragon Walk**
Band 1034	John Dickson Carr	**Fünf tödliche Schachteln**
Band 1035	Charlotte MacLeod	**Madam Wilkins' Palazzo**
Band 1036	Josephine Tey	**Wie ein Hauch im Wind**
Band 1037	Charlotte MacLeod	**Der Spiegel aus Bilbao**
Band 1038	Patricia Moyes	**». . . daß Mord nur noch ein Hirngespinst«**

Band 1028
Leslie Thomas
Dangerous Davies, der letzte Detektiv

Der Londoner Detective Davies ist ein Einzelgänger, liebt den Alkohol und seinen monströsen Hund Kitty, ist nicht übermäßig intelligent und neigt dazu, seinen Mitmenschen mehr zu glauben, als gut für ihn ist. Seine Kollegen sind daher nicht die einzigen, die den gutmütigen Beamten ›Dangerous Davies‹ oder den ›letzten Detektiv‹ nennen.

Davies' Traum, einmal richtige Detektivarbeit leisten zu dürfen, scheint sich nicht zu verwirklichen, denn wer wird einem Polizisten, der noch nicht einmal die Polizeitombola verwalten kann, schon einen wichtigen Fall anvertrauen? Aber Dangerous Davies ist geduldig und hartnäckig. So kommt es, daß er sich auf eigene Faust eines Falles annimmt, weil ihm der Tod einer jungen Frau, die 25 Jahre vor seiner Zeit ermordet wurde, keine Ruhe läßt ...

Band 1029
S. S. van Dine
Der Mordfall Greene

Im Haus der Greenes hat scheinbar ein Amokläufer gewütet: Julia Greene wurde erschossen, ihre Schwester Ada ist schwer verwundet. Tippt die Polizei zunächst auf einen Einbrecher, so ist sich Philo Vance, der kühl kalkulierende Amateurdetektiv, bald sicher: Hinter diesem Mord steckt mehr! Auch die übrigen Mitglieder der Familie Greene glauben nicht mehr an einen gewöhnlichen Dieb. Sie scheinen vielmehr vor etwas Angst zu haben, was sich innerhalb der düsteren Mauern des Greeneschen Domizils befindet, und verdächtigen sich bald gegenseitig...

Nach dem zweiten Mord steht jedenfalls eines fest: Mord kommt auch in den reichsten Familien vor. Und Philo Vance muß seinen ganzen Scharfsinn einsetzen, um dem Grauen auf die Spur zu kommen und den Haß zu besiegen.

Band 1030
Timothy Holme
Tod in Verona

Als der italienische Kriegsheld Piantaleone in Verona entführt und später ermordet aufgefunden wird, deutet alles auf ein Attentat der Roten Brigaden hin, die sich in einem Brief auch zu der »Exekution des Volksfeindes« bekennen. Aber welches Interesse können die Terroristen an der Ermordung eines Greises haben? Inspektor Achille Peroni, der Rudolph Valentino der italienischen Polizei, muß sehr schnell erkennen, daß er sich auf ein gefährliches Spiel eingelassen hat. Politische Intrigen, Geheimbünde, jahrhundertelange Feindschaften einflußreicher Familien... Und einfach wird es dem Inspektor bei seinen Untersuchungen wirklich nicht gemacht – muß er als gebürtiger Neapolitaner doch gegen alle Vorurteile ankämpfen, welche die Norditaliener gegenüber Landsleuten aus dem Süden haben...

Band 1031
Charlotte MacLeod
»Der Kater läßt das Mausen nicht«

Für Betsy Lomax, die erprobte Haushaltshilfe von Professor Peter Shandy, fängt der Tag wahrlich nicht gut an. Bestürzt muß sie feststellen, daß ihr Kater Edmund ihrem Untermieter Professor Herbert Ungley das Toupet geraubt hat. Ihre Bestürzung wandelt sich in Entsetzen, als sie Ungley tot hinter dem Clubhaus der noblen Balaclava Society findet... Da der Chef der Polizei sich weigert, den Tod Ungleys als Mord anzuerkennen, gibt es für Betsy Lomax nur einen, von dem sie Hilfe erwarten kann – Peter Shandy, seines Zeichens Professor für Botanik am Balaclava Agricultural College. Dieser stößt bei seinen Ermittlungen in ein Wespennest – einflußreiche Persönlichkeiten in Balaclava Junction schrecken offenbar auch nicht vor Mord zurück, wenn es um Geld und Politik geht.

Band 1032
Phoebe Atwood Taylor
Wer gern in Freuden lebt...

Victoria Alexandra Ballard ist aufgebracht: Hat ihr Adoptivsohn George doch einfach ein Häuschen auf Cape Cod für sie gemietet, ohne sie zu fragen – zu ihrem eigenen Besten selbstverständlich, ist sie doch sehr krank gewesen... Mrs. Ballards Entschluß, ihren Zwangsurlaub trotz allem zu genießen, läßt sich jedoch leider nicht umsetzen. Gleich am ersten Abend ihres Aufenthaltes wird ein Mitglied einer Schauspielertruppe, die sich im Nebel verirrt hatte und bei ihr Unterschlupf fand, umgebracht. Der Ermordete, der Varieté-Künstler John Gilpin, zauberte nicht nur Kaninchen aus seinem Hut, sondern übte auch eine ganz besonders magische Wirkung auf Frauen aus... Und ohne die Hilfe von Asey Mayo, dem Kabeljau-Sherlock Holmes von Cape Cod, ist dieser Fall auch für die unternehmungslustige Vic Ballard nicht zu lösen.

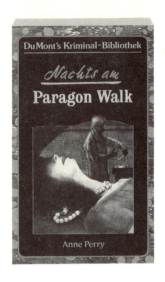

Band 1033
Anne Perry
Nachts am Paragon Walk

Skandal: In der Parkanlage am Paragon Walk ist ein junges Mädchen erstochen und geschändet aufgefunden worden. In den Salons der feinen Familien gibt es keinen Zweifel: Offensichtlich hat ein Kutscher, während er auf seine Herrschaft wartete, dem armen Mädchen aufgelauert. Schließlich wäre kein Gentleman zu einer solchen Tat fähig!

Inspector Pitt ist sich da nicht so sicher. Sein Verdacht scheint sich zu bestätigen, als ein zweites Verbrechen geschieht. Aber die vornehmen Leute wissen sich vor indiskreten Fragen der Polizei zu schützen. Zum Glück stellt Charlotte – Pitts kluge Frau – ihre eigenen Ermittlungen an. Behilflich ist ihr dabei ihre Schwester Emily, der seit ihrer Heirat mit einem Lord Türen offenstehen, die Scotland Yard verschlossen bleiben.

Band 1034
John Dickson Carr
Fünf tödliche Schachteln

Eine harte Nuß für Chefinspektor Masters: Vier illustre Mitglieder der Londoner High-Society haben sich kurz vor Mitternacht zu einer Cocktailparty getroffen. Wenig später finden der junge Arzt John Sanders und die hübsche Marcia Blystone die drei Gäste bewußtlos und den Gastgeber erstochen auf. An Verdächtigen herrscht kein Mangel – der Tote hatte in weiser Voraussicht fünf mysteriöse Schachteln mit den Namen von fünf potentiellen Tätern bei seinem Anwalt hinterlegt. Mit Elan begibt sich Masters auf die Spurensuche. Die Lösung des Rätsels bleibt jedoch seinem schwergewichtigen Erzrivalen aus dem englischen Hochadel, Sir Henry Merrivale, vorbehalten. Unterstützt von Marcia Blystone und John Sanders riskiert Merrivale Kopf und Kragen und lüftet mehr als ein dunkles Geheimnis, bevor er den überraschten Beteiligten den Mörder präsentiert.

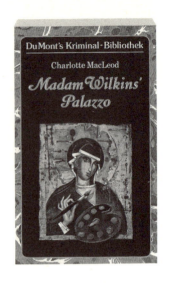

Band 1035
Charlotte MacLeod
Madam Wilkins' Palazzo

Sarah Kelling sagt nur zu gern zu, als der smarte Detektiv in Sachen Kunstraub und Fälschung, Max Bittersohn, sie zu einem Konzert in den Palazzo der Madam Wilkins einlädt, ein Museum, das für seine exquisite Kunstsammlung berühmt und für den schlechten Geschmack seiner Besitzerin berüchtigt ist. Doch Bittersohns Einladung steht unter keinem guten Stern: Die Musiker sind schlecht, das Buffet läßt zu wünschen übrig – und einer der Museumswächter fällt rücklings von einem Balkon im zweiten Stock des Palazzos. Als Bittersohn dann noch entdeckt, daß die berühmte Kunstsammlung mehr Fälschungen als Originale enthält, steht eines zumindest fest: Mord sollte eben nie nur als schöne Kunst betrachtet werden!

Band 1036
Josephine Tey
Wie ein Hauch im Wind

Der junge Amerikaner Leslie Searle ist gutaussehend, freundlich und charmant – kein Wunder, daß ihn die Bewohner des kleinen Künstlerdörfchens Salcott St. Mary in der Nähe von London sofort ins Herz schließen. Um so bestürzter sind Searles neue Freunde, als dieser nach einem mehrtägigen Ausflug mit einem Kanu nicht mehr zurückkommt – ist der sympathische Fotograf ertrunken, hat er Selbstmord begangen, oder wurde er etwa umgebracht?
Inspektor Alan Grant von Scotland Yard, der die Ermittlungen aufnimmt, entdeckt sehr schnell, daß Searle keinesfalls bei allen Dorfbewohnern gleichermaßen beliebt war. Versteckte Aggressionen, verborgene Ängste, Eifersucht und Intrigen machen es dem Inspektor nicht gerade leicht, herauszufinden, warum Leslie Searle verschwinden mußte.

Band 1037
Charlotte MacLeod
Der Spiegel aus Bilbao

Nachdem die hübsche Pensionswirtin Sarah Kelling in den letzten Monaten von einem Mordfall in den nächsten gestolpert ist, fühlt sie sich mehr als erholungsbedürftig. Ihr Sommerhaus am Meer scheint der ideale Ort für einen Urlaub, zumal Sarah hofft, daß sie und ihr bevorzugter Untermieter, der Detektiv Max Bittersohn, sich noch näherkommen... Zu ihrer Enttäuschung wird die romantische Stimmung jedoch durch einen Mord empfindlich gestört – und statt in Sarahs Armen landet Max zu seinem Entsetzen als Hauptverdächtiger in einer Gefängniszelle. Schon bald stellt sich eines heraus: Ehe nicht das Geheimnis des alten Spiegels gelöst ist, der so plötzlich in Sarahs Haus auftauchte, wird es für die beiden kein Happy-End geben.